저자. 아홉 살.
친구와 함께 산에 오르기 전.
친구는 기분이 좋아 보이나,
저자는 날카로운 햇살에
표정관리를 못하고 있으며,
장갑을 잊고 나온 것을
후회하고 있다.

저자. 마찬가지로 아홉 살.
거리의 펍 앞에서 행복한
미소를 짓고 있다.

스타부르 헛간의 돌계단.

산 정상에서 환호하는 이들과
종교 집회 참가자들은
어딘가 비슷해 보인다.

등산 용품점의 모형 산,
휴대용 싱크대,
그리고 휴대용 샤워기.

나무뿌리…
나무뿌리…
조금 이상하게 생긴
나무뿌리…

등산 첫째 날
8시간을 걸은 끝에
도착한 산장.

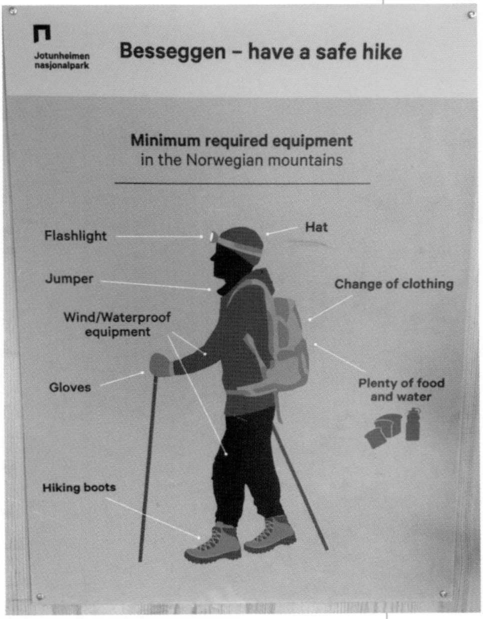

"노르웨이의 산을 오를 때 요구되는 최소한의 장비"

옌데스헤임을 가리키는 표지판 옆에 촌스러운 녹색 재킷을 입고 있는 저자.

안개가 가득한 베세겐.

산에서 흔히 볼 수 있는 팻말.

수르트닝수아(불쾌한 거실)
해발 2368미터
라우하므라네(붉은 산길) &
메무루달렌(메무루 계곡).

산에서 꼭 찾아봐야 하는 팻말들.

1. *이 지점에서 돌아갈 수 있음.*
   (여기서부터는 그다지 흥미롭지 않은 길이 기다리고 있음)
2. *평평하고 지루한 길.*
3. *안개.*
4. *먼 길.*
5. *다른 사람이 뭐라고 말하든 간에 여기서부터는 암벽 등반을 해야 함.*

프레이케스톨렌에서 본 경치.

갈회피겐 정상에서 본 경치.

유바스 산장에서의 창밖 풍경.
두 개의 양초는 안개 속에 감추어져 있는
노르웨이에서 가장 높은 두 산을 의미함.

프레이케스톨렌 정상으로
올라가는 긴 줄과
정상에서 사진을 찍는 사람들.

베세겐 능선 정상에서 본 경치.

오슬로플라자에서 본 경치.

프레이케스톨렌 정상에
서 있는 저자.

48세 생일 때의 사진.
한 해의 마지막 날,
영하의 날씨에서 수영을 하는 저자.
행복했음.

핀세 산장으로 올라가는
기차의 식당칸.

핀세 산장.
두 번째 여행의 첫 목적지.
이 짧은 길조차 무난히 넘기지 못했음.

핀세 산장에서
크렉챠 산장으로 가는 길.

자연 속에서 즐기는
술과 담배.

눈에 파묻힌 크렉챠 산장의
숙소 건물.

걱정 담당자의 발목에 생긴 물집.

장비 담당자의 '부러진' 신발.

튜바 산장의 전경.

왼쪽부터
장비 담당자,
걱정 담당자,
기록 담당자,
저자.

노르웨이 관광협회의
명예 회원인
노르웨이 여왕의 동상.

내 친구들은
왜 산으로 갔을까

NORLA
Norwegian
Literature Abroad

This translation has been published with the financial support of NORLA, Norwegian Literature Abroad.

노르웨이 코미디언의
반강제 등산 도전기

내 친구들은
왜 산으로 갔을까

차례

올레순
스트란다
노르웨이
요툰헤이멘산맥
국립공원
베르겐
하르당에르고원
국립공원
오슬로
스타방게르
프레이케스톨렌

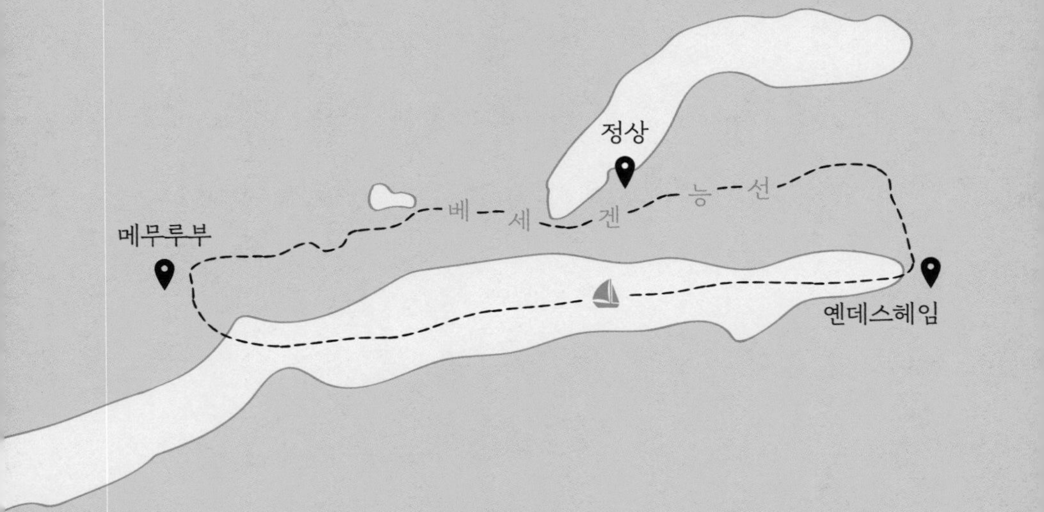

요툰헤이멘산맥 베세겐 능선의 등산로

하르당에르고원의 핀세 산장에서
우스타오세트까지 가는 길

일러두기

1. 본문 중의 주석은 모두 옮긴이주이다.
2. 책과 장편은 『 』로 묶었고, 단편·시·논문·기사명은 「 」로, 영화·신문·잡지·TV프로그램·음악은 〈 〉로, 시리즈·음반은 ' '로 묶었다.

여행 전

최근 나와 같은 나라에 살고 있는
사람들을 대상으로 한 설문 조사에서,
거의 80퍼센트에 이르는 이들이
지난 1년 동안 한 번 이상 등산을 하거나
숲에서 하이킹한 적이 있다고 대답했다.

나는 지난 30년 동안 등산은커녕
숲에서 하이킹을 한 적이
단 한 번도 없다.

이에 나는 스스로 자문을
해보지 않을 수 없다.
혹시 내게 문제가 있는 건 아닐까?

그건 아니지 않은가

나는 스타부르 헛간*이 있는 시골에서 자랐다. 태초부터 그 자리를 지켜온 것 같은 돌계단은 금방이라도 쓰러질 듯 비스듬히 자리하고 있다. 비틀어져 있는 묵직한 헛간 문을 열고 닫기 위해서는 갓 태어난 우량아만 한 크기의 낡고 녹슨 열쇠를 사용해야만 한다. 시골에 살면 좀체 물건을 버리는 일이 없다. 사방팔방으로 공간이 충분해서 꼭 물건을 버리고 정리해야 할 필요성을 느끼지 않기 때문이다. 스타부르 헛간에는 갖가지 낡은 주방기구, 한때는 문제없이 작동했던 녹슨 농기구들이 자리하고 있다. 그것들은 이제 어딘

* 노르웨이의 전통 헛간으로, 주로 음식을 저장하는 용도로 사용된다. 쥐나 다른 짐승들의 침입을 막기 위해 지면에서 상당한 간격을 두고 지어 올리며, 출입을 위한 돌이나 계단을 따로 마련하는 것이 특징이다.

가에 사용할 수 있는 유용한 물건이라기보다는 보기에 위험한 물건으로 남아 있다. 그 외에도 찾아볼 수 있는 것들은 많다. 여물통, 팽이, 음식을 보관하는 데 사용하는 나무 상자, 교유기,* 나무 썰매, 낡은 잡지, 만화책, 대부분의 낡은 장난감이 그렇듯 언뜻 보기에도 오싹한 인형의 집, 바람에 붕 뜬 듯한 헤어스타일의 80년대 영국 가수들이 발매한 히트송 앨범들(대부분은 지루할 정도로 긴 곡이었다), 세월이 더 지나면 골동품 소리를 들을 먼지 묻은 가전제품들. 현재 우리 집 거실에서 스피커 역할을 하는 40년이나 된 낡은 라디오를 발견했던 곳도 바로 이 스타부르 헛간이었다. 우리 집에 온 손님들은 모두 하나같이 이 라디오를 감탄 어린 눈으로 바라보며 한마디씩 던지곤 한다.

스타부르 헛간은 바로 그런 곳이다. 게다가 헛간 앞의 돌계단은 오래된 농장을 떠올리면 바로 생각이 나는 전형적인 물건이기도 하다. 그곳을 방문하는 사람들은 집에서 직접 만든 것 같은 비뚤비뚤하고 조악한 돌계단을 감탄 어린 눈으로 바라보며 사진을 찍기도 한다.

그렇다. 나는 바로 그러한 곳에서 태어나 자랐다. 스타부르 헛간과 외양간과 여물통과 팽이와 같은 물건들을 찾아볼 수 있는 곳에서. 이러한 것들은 세대를 거쳐 대물림된다. 외양간. 숲. 나무 오두막. 그곳에 있을 때는 거의 알아채지 못하지만 다시 되돌아오면 얼

---

* 버터를 만드는 데 쓰는 큰 통.

마나 큰 소리를 내며 흐르는지 그제야 느낄 수 있는 강물. 하얀 페인트칠을 한 나무집. 피오르fjord가 훤히 보이는 침실 창문. 갖가지 야생 동물들과 소, 닭, 돼지와 같은 가축들. 어느 날 갑자기 마당에 들어와 쭉 눌러앉은 개 한 마리. 게다가 항상 그곳에 살고 있었던 것 같은 고양이 한 마리.

나는 자연 속에서 자랐다. 흙, 가축, 전통, 철이 되면 직접 따 먹는 갖가지 과일과 열매들, 그리고 산. 사방의 시야를 가릴 정도로 빽빽한 산.

엄청난 크기의 산.

스타부르 헛간 앞의 계단에 앉으면 농장과 들판을 한눈에 볼 수 있다. 들판 너머로는 당연히 산이 보인다. 농장에서 차를 타고 어느 쪽으로 가든 4분만 가면 산 입구에 도달할 수 있다. 야성적인 산, 관광객들의 이목을 집중시키는 산, 사진 한 장을 찍기 위해 지구 반 바퀴를 돌아 찾아와야 하는 산, 등산은 물론 알파인 스키도 즐길 수 있는 산. 그 산에서는 노르웨이 알파인 스키 선수권 대회도 개최된다. 월드컵이 개최된 적도 있다. 전형적인 노르웨이의 자연 정경을 담고 있는 광고 필름 세 개 중 하나는 바로 그 산에서 촬영된 것이다. 나머지 두 개는 뉴질랜드에서 촬영된 것이다. 제작비가 훨씬 더 싸기 때문이다.

나도 물론 등산을 해보았다. 산 위에 올라가본 적이 있다는 말이다. 스키를 타본 적도 있다. 크로스컨트리 스키와 알파인 스키도 타보았다. 어렸을 때 주말이면 늘 하던 일이었으니까. 물론 스키를 타지 않기 위해 누가 들어도 고개를 끄덕일 만큼 그럴 듯한 이유를 댈 수 있을 경우에는 예외였지만 말이다.

그러니 내가 야외 활동이나 하이킹, 또는 스키에 전혀 문외한이라 할 수는 없다. 어렸을 때는 학교에서 정기적으로 '스키데이'를 개최하곤 했다. 그런 날에는 학생들이 우리 집으로 몰려들었다. 거짓말이 아니다. 우리 집은 학교에서 매우 가까웠으며, 마당도 널찍했으니까. 뿐만 아니라 스키 점프를 하기에 딱 적당한 언덕도 있어서, 학생들은 우리 집 마당에서 스키 점프를 즐길 수도 있었다. 듣고 있는가? 그러니까 나는 집 마당에서 스키를 타고 심지어는 스키 점프도 즐길 수 있는 곳에서 자랐다.

그러니 내가 야외 활동에 문외한이라는 말은 할 수 없지 않은가.

1983년,—지금 돌이켜 생각해보니 어떻게 그런 일이 있었는지 도저히 설명할 수가 없다—우리 동네 축구팀이 센세이션을 일으켰다. 축구팀 이름은 연고지 이름을 따서 '스트란다'라고 불렀다. 스트란다 팀은 당시 4부 리그에 속해 있었으나 전국 대회에서 모든 이의 예상을 뒤엎고 준결승까지 올라갔다. 준결승에 이르기까지의 역사를 살펴보면, 3부 리그 팀은 물론 당시 2부 리그에 속해 있던 올레순 축구팀까지 이겼던 것을 알 수 있다. 올레순은 그 지역에서 유일하게 도시를 연고지로 한 축구팀이었으며, 근처 시골 지역을 연고지로 한 다른 팀을 얕잡아 보기에 충분할 정도로 실력 있는 팀이었다. 당시 스트란다 주민의 수는 3000명 정도밖에 되지 않았지만, 올레순 주민은 2만 5000명이었다. 그런 스트란다 팀이 올레순 팀을 상대로 승리를 거두었던 것이다. 준결승에 이른 스트란다 팀은 당시 노르웨이 축구 리그에서 선두를 달리던 볼레렝가 팀과 맞붙게 되었다. 그해, 오슬로를 연고지로 한 볼레렝가 팀은 전국 대회에서 우승을 거두었다. 이미 말했듯이, 당시 스트란다의 주민은 약 3000명이었다. 반면 오슬로 주민은 60만 명 이상이었다.

두 팀의 경기는 노르웨이에서 가장 큰 일간지에 전면 기사로 실렸다. 신문에는 스트란다 팀의 주전 선수가 지역 보안관 및 교구 목사와 함께 서 있는 사진이 실리기도 했다. 온 마을 사람들이 한 마음으로 함께 응원한다는 것을 상징적으로 보여주기 위해서였을 것이다. 같은 날 인터뷰를 했던 볼레렝가 팀의 주전 선수는 "스트란다? 그게 어디 있는 팀인가요?"라고 말했다.

그렇다. 나는 대도시에서 자라진 않았다. 그렇다고 해서 내가 세상 돌아가는 물정을 전혀 모른 채 어린 시절을 보냈다고는 할 수 없다.

그렇지 않은가.

우리는 무슨 일이 있으면 함께 모이곤 했다. 스트란다 팀과 볼레렝가 팀의 경기가 있던 날엔 무려 4000여 명의 관중이 모여들었다.

4000명! 전 주민 수가 3000명에 불과한 작은 시골 마을에 축구 경기를 보기 위해 모여든 관중이 4000명이라니. 비율로 따지자면

130퍼센트였다. 이 비율을 오슬로에 적용하면 80만 명, 베를린에 적용하면 500만 명, 런던에 적용하면 1150만 명이 축구 경기를 보기 위해 경기장을 찾았다는 말이 된다.

두 팀의 경기를 보기 위해 수도인 오슬로에서도 사람들이 찾아왔다. 보잘것없는 스트란다 팀이 노르웨이에서 가장 실력 있는 팀에게 패배해 굴욕을 당하는 모습을 보고자 올레순에서도 사람들이 몰려들었다. 그중 한 명은 아버지의 옛 친구로서 옆머리를 쓸어 올려 숱이 적은 정수리 부분을 가린 남자였다. 그는 동료들 사이에서 대왕마마라는 별명으로 불렸는데, 그 이유는 나도 모른다. 올레순 사람들은 그처럼 지인들끼리 별명을 붙여 부르는 것에 익숙한 모양이었다. 대왕마마는 내가 태어나 자랐던 시골 농가를 방문했다. 그 또한 헛간 앞에 스러져가는 돌계단 위에 서서 탁 트인 넓은 들판과 평야를 한동안 바라보았다. 집으로 돌아간 대왕마마에게 그의 이웃들이 스트란다를 다녀온 느낌을 물었을 때, 그는 이렇게 대답했다. "무지하게 넓기는 하더군."

그러니까, 내가 수많은 사람들과 소음과 주변에서 쉼 없이 벌어지는 갖가지 일에 익숙해 있던 사람은 아니라는 말이다. 오히려 나는 널찍하고 조용한 환경에 익숙한 사람이다. 무지하게 넓은 곳. 정적. 스타부르 헛간의 돌계단. 새로운 일이라곤 거의 찾아볼 수 없는 단조로운 일상에 익숙한 동네. 어느 날 무슨 일이 생기면 마을 주민의 130퍼센트나 되는 사람들이 몰리는 그런 곳.

그렇다. 나는 그런 환경에서 자랐다.

나는 신체를 움직이는 일에도 익숙한 사람이다. 나는 유년기와 청년기에 이르기까지 꽤 실력 있는 축구선수로 인정받았다. 심지어는 1983년, 그해 노르웨이에서 제일 잘 나가던 축구팀을 상대로 2-0이라는 명예로운 결과로 졌던 팀에서 활동한 적도 있다. 뿐만 아니라, 나는 크로스컨트리 스키 선수로도 활약했다. 활발하게 활동했던 것은 아니지만 그럭저럭 스키를 좀 탔다는 말이다. 고귀한 2등도 수없이 해보았다. 그것은 상으로 받았던 트로피로 증명할 수 있다. 물론 그건 매우 작은 트로피다. 얼마나 작은지 짐작이 가는가? 50ml 양주잔을 떠올려보라. 그 양주잔의 반 정도 크기…. 나는 아직도 그 트로피를 어딘가에 보관해두고 있다. 아마 스타부르 헛간을 뒤져보면 나올 것이다.

내가 걷는 것을 싫어하는 것도 아니다. 오히려 정반대다. 솔직히, 걷는 것은 내가 가장 좋아하는 일 중 하나다. 나는 매일 걷는다. 그것도 꽤 먼 거리를 걷는다. 그러니 내가 걷는 것을 싫어한다고 한다면 그건 거짓말이다.

하지만 나의 걷기는 여느 다른 이들과 비교했을 때 조금 다르다. 나는 사람들이 많이 모인 곳에서 걷는 것을 좋아한다. 예를 들어, 도심의 중심가 같은 곳에서 목적지를 따로 생각지 않고 정처 없이 걷는 것을 좋아한다. 내가 자랐던 시골 마을에서는 길을 걷는 사람들이 거의 없었다. 그곳에서는 열여덟 살이 되는 순간 자동차 운전 면허를 따고, 바로 그날부터 차에서 내리지 않는다. 만약 그 시골 마을의 중심가를 어슬렁어슬렁 걷는 사람을 본다면, 마을 주민들은 이렇게 생각할 것이다. '어이쿠, 면허증을 잃어버렸나 보네?'

또는 '우리 마을의 중학교에 새로운 교사가 부임했나?'

그렇다. 사람들은 마을의 중심가에서 어슬렁어슬렁 걷지 않는다.

그들은 자동차로 4분을 달려 산어귀에 이른 다음, 차에서 내려 산에 오른다. 산에서 내려온 후엔 다시 차를 타고 집으로 간다. 이것이 정상적인 모습이다.

목적 없이 어슬렁어슬렁 마을 중심가를 걷는 사람? 그런 사람은 매우 특이한 종자로 인식되기 마련이다.

하지만 나는 그렇게 걷는다. 그것도 아주 먼 거리를.

그러니 내가 몸을 움직이기 싫어하는 사람은 아니라는 말이다.

매우 절친하게 지냈던 친구가 시골 마을의 농가를 처음 방문했을 때, 그녀 또한 다른 사람들과 마찬가지로 스타부르 헛간 앞의 낡은 돌계단에 앉아 탁 트인 정경을 바라보았다. 그러고는 내게 무슨 말을 했던가.

"나는 이런 곳에서 살 수 없을 것 같아."

바로 그거다.

나 또한 어린 시절에 바로 그 계단에 앉아 그런 생각을 했다. 내가 그 돌계단 위에서 보낸 시간은 꽤 많았다. 솔직히 말하면, 나는 어떻게든 다른 사람의 눈에 멋있게 보이려고, 근사하게 폼을 잡고 앉아 생각에 잠긴 척할 때가 많았다. 하지만 나는 자연에 관한 생각을 하지 않았다. 눈앞의 자연이 얼마나 아름다운지는 단 한 번도 생각해본 적이 없으며, 이러한 자연 속에서 건강하게 살 수 있다는 것이 얼마나 감사한 일인지도 생각해본 적이 없다.

내가 생각했던 것은 이런 곳에서 살 수 없을 것 같다는 생각뿐이었다.

물론, 그 생각만 했던 것은 아니다. 나도 건강하고 감수성이 풍부한 젊은이였으니까. 그때 돌계단 위에 앉아 생각했던 거창하고 원대한 것들을 지금 여기서 밝힐 수는 없다. 사람들이 아무리 애걸복걸하며 물어봐도 나는 입을 열 생각이 없다. 그러니 포기하는 것이 좋을 것이다.

어쨌든, 나는 그때 돌계단 위에 앉아 그곳에서는 살 수 없다는 생각을 했다. 아무리 그곳에서 행복하게 살았다 하더라도 말이다.

물론, 그런 생각이 그리 특별하다고 할 수는 없다. 나도 그것쯤은 잘 알고 있다. 조그마한 시골 마을 출신의 사람들은 훗날 작가가 되어, 귀에 익은 전원생활을 언급하며 그때가 얼마나 그리운지 모르겠다며 글을 쓰기도 한다. 그건 별로 특별하다 할 수 없는 것이다. 내 어릴 적 친구들도 지금은 모두 그와 같은 말을 하니까.

우리는 도시로 삶을 옮겨 학교를 다녔다. 술집을 전전하기도 했고, 밤새 잘 알지도 못하는 여러 가지 사항들에 관해 토론을 하기도 했다. 솔직히 좋아하지도 않는 문화적 행위에 목맸다고나 할까. 우리는 도시 중심가를 걸었고, 새로운 친구를 사귀었으며, 밤새 술을 마셨다. 우리는 그렇게 도시 생활을 즐겼고, 그 삶은 내가 경험한 그 어떤 것보다도 더 값진 것이었다. 물론 그 삶에는 많은 사람들, 시끌벅적한 소리가 함께 따랐다. 사실 어떤 이가 벽과 천장으로 둘러싸인 공간, 또는 호텔 바 안에서 그 어디에도 견줄 수 없이 즐거운 일을 함께 해보자고 제안해왔을 때, 텐트를 치고 홀로 고립을 자처한다면 이 얼마나 무례한 일인가. 우리는 도시로 삶을 옮겼고, 도시를 최대한으로 이용했으며, 도시의 삶을 사랑했기에 시골에서의 삶을 뒤돌아보지 않았다. 내 친구들의 대부분은 그러했다.

하지만.

평생토록 그런 삶을 사는 사람은 거의 없다.

그러한 삶도 언젠가는 마침표를 찍기 마련이다. 학업을 마치면 도시에서의 삶을 계속하겠다는 핑계도 사라지게 된다. 사람들은 성인이 되면 좀 더 느릿느릿하고 안정적인 삶을 살기를 원한다. 그것은 사람들이 삶의 또 다른 가치를 발견했기 때문이 아닐까.

우리는 삶의 어느 한 지점에서 별안간 자연에 애정을 지니고 있는 자신을 발견하게 된다.

이것은 내가 알고 있는 거의 모든 사람들에게 똑같이 일어났던 현상이다. 하지만 내겐 그런 일이 일어나지 않았다.

나는 최근 몇 년 동안 자연 때문에 수없이 많은 친구들을 잃어버렸다. 성실한 친구들. 현명한 친구들. 펍에서 함께 술을 마시며 농담을 주고받았던 유머 감각이 풍부한 친구들. 그들은 지금 무엇을 하며 살고 있을까? 모르긴 해도, 매일 아침 일찍 일어나 눈 위의 스키 자국을 사진으로 찍어 페이스북이나 인스타그램에 포스팅을 하고 이렇게 쓰고 있을 것이다. "눈 위에서 맞는 행복한 아침."

그들은 몇 년 전까지만 하더라도 내가 둘도 없는 친구라 생각했던 사람들이다. 유머 감각이 풍부하다고 생각했던 것은 물론이다. "눈 위에서 맞는 행복한 아침." 그런데 그들은 이젠 이런 문장밖에 쓰지 못하는 사람들로 전락해버렸다.

이러한 일은 살다 보면 대부분의 사람들에게 일어나는 현상이기도 하다. 유머 감각을 잃어버리고, 머리숱도 점점 적어진다. 이 두 가지 일은 대부분 동시에 일어난다. 때문에, 가끔 나는 유머 감각이라는 것은 머리카락 속에 숨어 있는 게 아닌가 생각해볼 때도 있다.

사람들은 유머 감각과 머리숱을 잃어버리는 시기에 등산을 시작한다. 이 모든 것은 클럽 앞에서 주민등록증을 요구하기보다는 오히려 혹시 잘못 찾아온 것이 아닌지 묻는 의아한 표정과 맞닥뜨리는 시기와 일치한다.

그 나이가 되면 삶에서 변하는 것이 한두 가지가 아니다.

일단 그 나이가 되면 사람들은 운동을 시작한다. 텅 빈 머리숱과, 부족한 유머 감각을 잘 단련된 신체로 상쇄하려 하기 때문이다. 물론 개중에는 단지 남들 눈에 잘 보이기 위해 운동을 하는 것이 아니라 말하는 사람들도 있다. 그들은 대부분 스스로의 만족을 위해 운동을 한다고 말한다. 물론 그것까지도 좋다. 하지만 건강이나 외모 등 구체적인 결과를 염두에 두지 않는다면, 솔직히 운동을 할 필요는 없지 않은가. 한번 생각해보라. 환자와 의사의 대화를 예로 들어보자. 의사: "이제 당신에겐 살날이 한 달밖에 남지 않았습니다." 환자: "그렇다면 오늘부터 열심히 운동을 해야겠군요! 나는 마지막 남은 4주 동안 스판덱스 운동복을 입고 불이 환하게 밝혀진 헬스 스튜디오에 가서, 역시 스판덱스 운동복을 입고 땀 냄새를 풍기는 낯선 사람들과 함께, 좋아하지도 않는 음악을 들으며, 아무리 페달을 밟아도 앞으로 나아가지 않는 자전거를 타며 운동을 할 생각입니다."

그 나이가 되었다 하더라도 가끔씩 친구들과 함께 펍에 가서 술을 마시는 일을 완전히 그만두는 것은 아니다. 대신, 예전과는 달리 시끄러운 음악이 흐르는 장소를 피할 뿐이다. 문 앞에 경호원들이 서 있는 곳도 피하게 된다. 자연히 사람들이 많이 모이는 곳도 피하게 된다. 그 나이가 되면 대부분 대화를 목적으로 가까운 친구들을 만나기 때문이다. 그러한 대화는 지루하기 짝이 없다. 이 나이에 이른 남자들은, 지난주에 친구들과 함께 여행 가서 무엇을 했냐고 애인이 물어오면 우물쭈물하며 대답을 꺼려한다. 그건 그들이 차마 입에 올릴 수 없는 일을 했기 때문일 수도 있고, 도대체 무엇을 했는지 전혀 기억을 못 하기 때문일 수도 있다. 하지만 대부분은 런던의 한 펍에 앉아 사흘 내내 휴가에 관한 이야기 등 지루하기 짝이 없는 이야기를 나누었다고 인정하기 싫어서 대답을 꺼리는 것이다.

물론 그보다 더 인정하기 싫은 지루한 주제들도 없지 않다. 예를 들면, 운동이라든가 등산이라든가….

여기서 알 수 있듯이, 사람들은 어느 날 갑자기 자연 속에서 하이킹과 등산을 즐기기 시작하는 데서 그치지 않는다. 그들은 자연에 관해 끊임없이 대화도 나눈다. 하지만 그들의 대화에서 유머라곤 전혀 찾아볼 수 없다. 젊었을 때는 너무나 생기발랄하고 원기왕성하며 유머 감각이 넘쳤던 사람들이 이제는 너무나 심각한 표정으로 이렇게 말한다.

"산중에서 만나는 고요함은 이 세상 그 어떤 곳의 고요함과도 비교할 수가 없어."

아, 정말 그런가? 산중의 고요함은 솔직히 다른 장소에서의 고요함과 비슷하다. 다른 점이 있다면, 산중의 고요함은 다른 곳보다 조금 더 시끄럽다는 것이다. 그건 산 위에 바람이 더 많이 불기 때문일 것이다. 물론 빗소리도 섞여 있을 수 있고, 윙윙거리는 모기 소리도 섞여 있을 수 있다.

"이른 새벽에 나가면 자연을 홀로 즐길 수 있어."

아, 정말 그런가? 이 말에서 약간 이기적인 면을 느꼈다고 한다면, 그건 나만의 생각일까?

"산에 오르면 특별한 평온함을 느낄 수 있어."

당사자에겐 매우 좋은 일임이 틀림없다. 하지만 그걸 왜 나한테까지 꼭 말을 해야 하는 건지 이해할 수 없다.

"우리는 자연을 앞에 두고 있을 때, 비로소 우리가 얼마나 미미한 존재인지 깨달을 수 있어."

아니, 평소 얼마나 스스로를 대단하게 생각했기에, 자연을 앞에 두었을 때 비로소 그런 생각을 하게 되는 것일까.

만약 자신의 문제가 얼마나 미미한 것인지 알고 싶다면 요툰헤이멘*이 아니라 시리아의 알레포**를 떠올려보라.

"산의 정상을 차례로 정복하기 시작했어. 이젠 더 수집할 물건이 없으니까."

이런 말을 들어도, 그가 물건 수집을 완전히 그만두었다고 믿는 사람은 아무도 없다. 모르긴 해도 그는 불과 며칠 전에 100만 원을 주고 주스 프레스기를 샀을 것이 틀림없다. 산 정상을 수집하는 일은 그러한 물건들을 제쳐두고 하는 일이다.

"올해 휴가 기간에는 걸어서 산장들을 섭렵해보기로 했어."

걸어서? 그렇다면 그건 휴가가 아니다. 그 일은 휴가 기간에 할

* 노르웨이의 남쪽에 자리한 산으로서 관광명소 중 하나임.
** 세계에서 가장 오래된 도시 중 하나.

수 있는 최악의 행위를 두 가지 모두 포함하고 있다. 짐 싸는 일과 짐을 옮기는 일.

하지만 사람들이 하는 일은 바로 이런 것들이다. 몇 날 며칠을 걸어 산중의 이 산장에서 저 산장까지 가는 일. 그 와중에 땀은 땀대로 흘릴 것이고 기분은 나빠질 대로 나빠질 것이다. 그들이 찾는 오두막 앞에는 '핏트부아', '크렉챠', '첸후켄', '가우크헤이' 등의 팻말이 붙어 있다. 이건 내가 상상해서 만든 말이 절대 아니다. 이런 팻말은 정말 노르웨이의 산장에 가면 얼마든지 볼 수 있다. 사람들은 이러한 이름을 가진 산장에서 휴가를 보낸다. '눈보라 치는 로비', '추한 남자의 산장', '모기들의 소굴'.

세상에, 모기들의 소굴이라니!

도대체 어느 정도나 될까? 내 친구들 중에서 농담 따먹기를 하고 큰 소리로 웃을 수 있는 사회적 친교를 제쳐두고 자연을 더 우선적으로 선택한 사람은 몇 명이나 될까? 나는 날을 잡아서 일목요연하게 정리해보려 마음먹었다. 나는 모든 소셜미디어를 뒤져 초등학교 동창부터 대학교 동창, 담임 선생님과 교수님, 직장 동료와 상사 등을 찾아냈다. 그들은 전국 방방곡곡에 흩어져 저마다 다른 삶을 살고 있었다. 동성애자도 있었고 이성애자도 있었으며, 미혼인 사람과 약혼 중인 사람과 결혼한 사람은 물론, 이도저도 아닌 사람들도 있었다. 자식이 없는 사람도 있었고, 두 명 또는 다섯 명의 자식을 둔 사람도 있었다. 개중에는 서로 다른 파트너에게서 자식을 얻은 사람도 있었다. 건축가도 있었고, 기술자도 있었으며, 예술가와 노동자, 작가와 교사는 물론이고 편의점을 운영하는 사람과 가구를 파는 사람도 있었다.

하지만 모두들, 정말 거짓말 하나 안 보태고 모두들 소셜미디어에 산 사진을 하나 이상 포스팅한 것을 볼 수 있었다.

산만 찍은 사진이 제일 많았고, 산 정상에서 웃통을 벗고 있는 셀피 사진도 간혹 보였다. 심지어는 아랫도리를 내린 채 찍은 사진도 볼 수 있었다. 여기에 관해선 더 자세한 이야기를 하지 않을 생각이다. 어쩌면 그들은 산어귀에 서서 꼭대기 사진만 찍었는지도 모른다. 어쨌거나, 한 명도 빠짐없이 모두들 산 사진을 포스팅한 것은 사실이다. 적어도 한 개 이상.

다시 말해서, 페이스북에 산 사진을 올리지 않은 지인은 단 한 명도 없었다.

도대체 언제 이런 일이 일어났을까? 내가 모르는 사이에 그들이 한자리에 모여 회의를 하기라도 했단 말인가? 도대체 내 친구들을 이처럼 산에 혹하도록 만든 것은 무엇이란 말인가? 누가 봐도 생기 있고 건강한 미소를 띤 채 우스꽝스런 등산 모자를 쓰고 엄지를 치켜올리는 이들은 도대체 누구란 말인가? 더욱 이해할 수 없었던 것은, 사진으로 미루어봤을 때 그들이 정말 만족스러워하는 것 같다는 사실이었다.

가끔, 연애를 시작하며 동성 친구들과 소원해지는 사람들을 본 적이 있다. 나는 그들을 충분히 이해할 수 있다. 그들은 비록 친구를 잃어버렸을지는 몰라도, 인생에서 가장 크고 가치 있는 것, 즉 사랑을 얻었다 할 수 있으니까. 반면, 나는 돌멩이 때문에 친구를 잃었다.

이제 애인이 없는 친구들을 살펴보자. 그들은 데이팅 어플을 들여다보며 대부분의 시간을 보낸다. 내 친구들만 그런 것도 아니고, 홀로 나이가 든다는 것에 회의와 두려움을 느끼는 40~50대의 사람들만 그런 것도 아니다. (이와 관련된 놀랄 만한 통계는 이 책의 부록에서 자세히 설명할 예정이다.) 그 전에 이 점 하나만큼은 말하고 넘어가야 할 것 같다. 나와 비슷한 세대에 속한 이들은 지금껏 살아오는 동안 자연과 야외 활동에 관한 사회적 관심이 폭발적으로 증가해왔다는 것을 알고 있으리라. 누가 시키지 않아도 자발적으로 텐트 야영을 하는 젊은이들, 숲과 언덕을 하이킹하는 노인들. 모두들 자연 속에서 걷고 움직인다. 내가 글을 쓰고 있는 바로 지금 이 순간, 가을 방학이 코앞으로 다가온 지금 이 순간, 잠깐의 휴식을 이용해 인터넷을 뒤져보았더니 최근 실시한 설문 조사에 관한 기사가 눈에 들어왔다. 이번 가을 방학에는 열 명 중 일곱 명이 야외로 나가겠다고 대답했다는 내용이었다. 이러한 수치는 평균에 불과하다. 나이대가 높아질수록, 즉 40~59세의 나이대에 있는 사람들만 본다면 그 수는 훨씬 높다.

마치 내가 잠깐 어디 갔다가 집에 돌아오니 전 국민이 집단적 중년의 위기를 겪고 있는 것 같다는 생각을 지울 수가 없었다. 물론 여기서 말하는 집단적 중년의 위기는 광란의 파티, 마약 및 무절제한 삶, 또는 아침에 눈을 떠보니 어딘지 모를 낯선 곳에 와 있는 등 영화에서나 볼 수 있는 그러한 위기는 아니다. 여기서 말하는 위기는 극단적일 정도로 합리적인 이성을 지닌, 보건복지부에서 찬사와 후원을 마다하지 않을 정도로 건강한 중년의 위기이다.

보아하니 합리적 이성이 승리를 거둔 것 같다. 이 나라뿐 아니라 다른 여러 나라의 경우도 다르지 않은 것 같다.

예전에는 텔레비전에서 나이 어린 팝스타가 나와 인터뷰를 하면 대충 무책임하고 자극적인 말을 하는 것이 일반적이었다. 하지만 지금은 매우 책임감 있고 바르게 인터뷰를 한다. 존경하는 사람은? 부모님. 취미는? 운동.

심지어 리얼리티 쇼까지 합리적이고 이성적이다. 20여 년 전만 하더라도, 텔레비전 리얼리티 쇼라 하면 도덕성의 분해가 무엇인지 적나라하게 보여주는 대표적인 프로그램이라 할 수 있었다. 초기 단계의 리얼리티 쇼는 참가자들이 한 달 이내에 누가 가장 술을 많이 마시는지 또는 누가 가장 섹스를 많이 하는지를 두고 경쟁하는 모습을 보여주었다. 그것은 일종의 라마단*이라고도 할 수 있었다. 단지 그 방향이 반대였을 뿐. 현재의 리얼리티 쇼와 다큐멘터리, 드라마는 대부분 그 배경을 자연 속으로 옮겨 참가자들이 전통

* 이슬람의 금식 기간.

적 환경 속에서 함께 어려움을 해결하는 훈훈한 모습을 보여준다. 전 세계 각국에서 저작권을 구입했던 노르웨이에서 가장 수명이 긴 리얼리티 쇼의 기본적 구성은, 물론 경쟁과 관련된 것이었다. 그렇다면, 참가자들은 무엇을 두고 경쟁했을까?

그렇다. 바로 자연 속에서 걷는 일.

그들은 어디에 눈을 돌려도 찾아볼 수 있다. 합리적인 옷을 입고 합리적인 사고를 하는 사람들. 산에 올라 산 사진을 찍는 건강한 사람들. 너무나 진지하게 "편한 신발은 알파이자 오메가"라고 부르짖는 사람들.

이쯤에서 사이코패스가 아니라면 조금 의아하게 생각할 수도 있을 것이다. 정말 내게 문제가 있는 걸까? 왜 나는 다른 사람들과는 달리 자연에 매력을 느끼지 못하는 걸까? 왜 나는 자연의 정적과 고요함을 그리워하지 않는 걸까? 스타부르 헛간의 돌계단과 가축들, 여물통과 팽이와 함께 자랐음에도 불구하고. 나는 심지어 사방팔방으로 눈만 돌리면 산을 볼 수 있는 곳에서 자랐다. 그리고 그곳에서 매우 행복한 어린 시절을 보냈다.

도대체 나는 뭐가 잘못된 걸까? 넓디넓은 마당과 자연, 그리고 외부에서 수천 명의 사람들이 몰려왔던 날이 마을의 기념비적인 사건으로 기억되는 그런 곳에서 자란 나는 뭐가 잘못된 것일까?

어쩌면 내가 아직 진정한 어른이 되지 않았기 때문일까? 이것은 나이와 함께 깨달아가는 것일까? 그렇다면 나는 머지않은 미래의 어느 날, 갑자기 모든 것이 변했다고 느끼게 되는 것은 아닐까? 그렇게 된다면, 그날 내가 하고 싶은 유일한 일은—아니, 꼭 해야만 하는 일은—산꼭대기에 올라가 바지를 벗고 사진을 찍은 후, #자유라는 해시태그와 함께 소셜미디어에 포스팅하는 일이 될지도 모른다.

어떤 이는 우리가 죽기 전에 근친상간과 전통무용 외에는 모든 일을 한 번쯤은 해봐야 된다고 말한다. 세상 대부분의 명언이나 금언의 출처와 마찬가지로 이 말을 누가 가장 먼저 말했는지는 확실하지 않다. 물론 세상의 '모든 일' 중에서는 아예 해볼 생각도 안 하는 것이 좋은 것들도 많다. 예를 들면, 자살 같은 것. 하지만 '모든 일'이라는 것의 정의를 '합법적이며 사람들이 좋아하는 일'이라는 테두리 내에 제한시키면 상황은 달라진다. 간결한 우아함은 사라지지만, 금언으로써의 매력은 더욱 커진다. 이 금언이 주는 메시지는 이것이다. 호기심을 가지고, 진심으로 빠져들어보라.

나는, 적어도 성인이 된 후에는, 다른 사람들이 호기심을 가지는 일에 관심을 가져보려 시도한 적이 많다. 내가 가장 싫어하는 사람은 무슨 말을 할 때마다 거의 자동적으로 부정적인 대답을 돌려주거나, 다수의 사람들이 관심을 가지는 일에 무작정 거부감을 보이는 사람이다. 반면, 나는 많은 이들이 관심을 보이는 일이나 자주 화제에 오르는 일이 생기면 그 이유를 알기 위해 직접 부딪쳐보곤 한다. 바로 그 때문에 나는 나이와 맞지 않는 음악도 자주 듣는다. 내가 2016년 여름에 아이슬란드에 갔던 것도 같은 이유에서다. 솔직히 나는 아이슬란드라는 나라를 그다지 좋아하지 않았다. 아이슬란드 출신의 친구도 없다. 그 나라에 관한 정보도 대충 얻어들은 것밖에 없다. 예를 들면, 아이슬란드어는 매우 독특하고 이상하며, 그 나라에는 천연 온천이 매우 많다는 것. 그러고 보니 어렸을 때는 한때 아이슬란드 출신 가수 비외르크의 노래를 아무것도 모른 채 듣기도 했다. 때는 2016년, 아이슬란드 축구팀이 UEFA 유로 대회에서 영국을 이기고 8강에 오르는 센세이션을 일으켰다. 아이슬란드는 일 년 내내 겨울이라 해도 과언이 아닐 만큼 추운 나라이며, 전국 인구를 통틀어도 런던의 4분의 1밖에 되지 않는 조그만 나라다. 우리는 노르웨이의 한 축구 펍에 앉아 텔레비전을 시청했다. 화면 속에는 아이슬란드의 전 국민이라 해도 과언이 아닐 정도로 많은 사람들이 레이캬비크•의 어느 곳에 모여 자국 축구팀을 응원하고 있었다. 그들은 환성을 지르고 함께 노래를 불렀다. 그 모습을 본 우리가 할 수 있는 일은 단 한 가지밖에 없었다. 우리는 바로 비행기 표를 예약하고 레이캬비크로 향했다. 8강전을 치를 그곳 축구팀을 아이슬란드 국민들과 함께 응원하기 위해서였다. 그 느낌을 어떻게 설명할 수 있을까. 한마디로 환상적이라는 말밖에.

물론 이런 말을 하면 자랑을 한다고 눈살을 찌푸리는 사람도 있을 것이다. 하룻밤의 충동으로 아이슬란드행 비행기 표를 구입할

• 아이슬란드의 수도.

수 있는 사람은 그다지 많지 않을 테니까. 하지만 달리 생각해보자. 우리 주변에는 겨울에도 날씨만 좋으면 산을 오르는 사람들이 수 없이 많다. 그들이 갖춘 스키 장비를 돈으로 따지자면 아이슬란드를 몇 번이나 왕복할 수 있는 가격이 아니었던가.

이쯤에서 우리는 일정한 패턴을 발견할 수 있다. 그것은 어린 시절 작은 시골 마을에 연고지를 둔 축구팀이 노르웨이에서 선두를 달리던 팀과 만났던 사건에서도 볼 수 있다. 하지만 내가 지금 하려는 이야기는 축구에 관한 이야기가 아니다. 그것은 바로 사람들에 관한 이야기다. 빠져든다는 것. 전심을 다한다는 것.

나는 어떤 일에 최선을 다해 빠져드는 것을 좋아한다.

그렇게 하면 삶은 더 재미있게 변하기 마련이다.

하지만 나는 등산이나 스키 등 야외에서 운동을 하는 일에는 좀체 흥미를 느낄 수가 없다. 보아하니 이러한 야외 활동은 꽤 많은 사람들이 정기적으로 하는 일 같다. 그렇다면 나 또한 그들을 이해하기 위해서라도 그 일에 매달려봐야 하지 않을까.

문제는 내가 아무리 애를 써도 그런 활동엔 아무런 흥미가 생기지 않는다는 것이다.

내가 얼마나 소위 건강한 야외 활동에 관심이 없는 사람인지 보여주는 예는 적지 않다. 그중에서 몇 가지만 소개해보고자 한다.

최근 나는 무릎을 다쳐 몇 주 동안 목발을 짚고 다녔다. 거리에서 절룩거리며 목발을 짚고 다니는 것은 생각보다 나쁘지 않았다. 사람들은 내게 미소를 짓고 호의를 보여주었다. 용기를 내라는 듯 고개를 끄덕여주는 사람들도 있었다. 하지만 어느 정도 시간이 흐른 후, 나는 그들의 미소와 호의 어린 눈빛 뒤에 자리한 또 다른 것을 볼 수 있었다. 무언가 짐짓 생색을 내는 듯한 느낌? 무언가 이미 알고 있다는 듯한 느낌? 길에서 내게 고개를 끄덕이며 미소를 짓는 사람들의 눈빛은 '난 다 알고 있어!'라고 말하는 것만 같았다.

나는 그제야 이해할 수 있었다. 그들의 눈에 보이는 내 모습은 바로 이런 것이 아닐까. 무릎을 다쳐 목발을 짚은 40대 남자. 자신의 체력은 생각지도 않고 무리하게 운동을 하거나 산에 올랐던 남자.

젠장! 그들은 내가 자신들과 비슷한 족속이라 생각했을 것이다.

나 자신을 설명해야 할 것 같은 필요성을 느꼈던 나는 모든 소셜 미디어 플랫폼에 대고 부르짖었다. 큰 소리로 매우 자세하게. 아무도 내게 묻는 사람이 없음에도 불구하고. "내가 다쳤던 곳은 파티장이었어요. 춤을 췄다고요! 새벽 3시 반에. 무릎을 다쳤던 곳은 바로 파티장이었다고요! 춤을 추다 다친 거였어요. 운동이나 등산을 하다가 다친 건 아니었어요. 파티장에서였어요! 파티장에서였다고요!"

이제 이해가 되는가?

아직도 이해가 안 된다고?

그렇다면 내가 얼마나 운동이나 야외 활동과 거리가 먼 사람인지 설명하기 위해 한 번 더 시도해보겠다. 다음은 내가 지난 평생을 살아오며 접했던 야외 활동을 나열한 것이다. 이것은 단 7개의 항목으로 설명할 수 있다.

1: 나는 어렸을 때 산중의 오두막에서 캠핑을 한 적이 있다. 대충 다섯 번 정도였던 것 같다. 이 캠핑 경험은 야외 활동이나 운동과는 상관없는 것이다. 더 자세한 이야기는 하지 않겠다. 그러니 나의 어린 시절이 어땠는지는 쉽게 짐작할 수 있을 것이다.

2: 나는 성인이 된 후에도 몇 번 산장을 찾은 적이 있다. 약 네 번 정도였다. 네 번 모두 산장 바로 앞까지 차를 타고 갔으며, 차 안에는 배낭의 수보다 비닐봉지의 수가 더 많았다. 산장에 머무르는 중에도 하이킹을 비롯한 걷기 운동은 하지 않았다.

3: 나는 약 30여 년 전 의무교육을 마친 이후, 단 한 번 스키를 신어보았다. 위의 2번에서 언급한 산장 여행 중의 하나였다. 무지막지하게 쌓인 눈 때문에 산장 바로 앞까지 차를 타고 갈 수 없었기에 어쩔 수 없이 스키를 신고 걸어야만 했다. 그때도 배낭의 수보다 비닐봉지의 수가 더 많았다. 게다가 양손으로는 스키폴까지 쥐어야 했기 때문에 결코 쉽지 않았다.

4: 지난 2년 동안은 매년 여름, 바닷가에 자리한 오두막을 빌렸다. 나는 해변을 좋아한다. 오두막 장소를 선정하는 데 있어 내가

요구했던 단 한 가지 사항은, 바로 최소 두 개 이상의 레스토랑이나 카페가 오두막에서 걸어갈 수 있는 거리 내에 있어야 한다는 것이었다. 우리가 묵었던 오두막 주변에는 세 개의 레스토랑이 있었다. 그해 여름은 매우 행복하고 즐거웠던 기억으로 가득하다.

5: 물론, 나도 어렸을 때 등산을 한 적이 있긴 있다. 왜냐하면, 산은 마치 내 양심을 자극하듯, 축구 게임을 하거나 친구들과 술을 마시며 농담 따먹기를 하는 것보다 훨씬 더 건전하고 이성적인 일을 하며 시간을 보낼 수도 있다는 것을 알려주기라도 하듯 바로 내 눈앞에 서 있었기 때문이다.

사실을 말하자면, 나는 산이 주는 이 엄청난 압박감을 꽤 자주 무시했다. 하지만 학교에서 단체로 소풍을 가는 날이면 어쩔 수 없이 함께 가야만 했다. 우리는 종교적인 이유나, 모국어가 다르다는 이유, 또는 숫자나 글자 이해에 큰 어려움을 겪는 경우에 몇몇 수업에서 빠질 수 있었다. 반면, 소풍은 누구나 참가해야 하는 의무적인 것이었다. 만약 내게 지금 그런 일이 벌어진다면, 나는 분명 국제사법기관에 소송을 의뢰했을 것이다. 하지만 그때는 그런 가능성을 생각지도 못한 채 받아들였을 뿐이다. 그 시절의 소풍에서 가장 기억에 남는 것은 극도로 복잡한 사전 준비와 연락망 체계였다. 우리는 소풍을 가기 직전에 이르러서야 소풍을 가는지 마는지 확실하게 알 수 있었다. 그것은 내가 태어나 자란 나라가 바로 푸른 초목 한 중앙에는 화창한 햇볕이 내리쬐지만 거기서 불과 300여

미터도 떨어지지 않은 곳에서는 한겨울을 느낄 수 있는 곳이기 때문이다. 사전 준비를 위한 연락망 체계는 다음과 같았다. 소풍을 가는 날이 되면, 실질적으로 밤이라 해도 좋을 정도로 이른 아침 시간에 선생님이 1번 학생에게 전화를 해서 소풍을 가는지 여부를 확인해주었다. 1번 학생은 2번 학생에게 전화를 해서 선생님의 말을 전했고, 2번 학생은 다시 3번 학생에게로 연락을 했다. 이런 식으로 반 전체 학생들에게 무언가를 알리는 연락망 체계는 매우 취약할 수밖에 없다. 예를 들어, 전화 소리를 듣지 못하고 계속 잠을 자는 가족도 있었다. 그도 그럴 것이 그 시간은 밤이라 해도 틀린 말이 아닐 정도로 이른 시간이었으니까. 뿐만 아니라 다음 번호 학생이 누구인지 기억을 못 하는 학생도 더러 있었으며, 전화를 한 후에는 선생님의 말을 전해야 한다는 것을 잊고 수다를 떠는 학생들도 있었다. 그러한 일이 수없이 많았음에도 우리가 소풍을 갈 수 있었다는 것은 지금 생각해보니 기적에 가까운 일이다.

6: 나는 열여덟 살이 되던 해에 군대에 갔다. 당시에 노르웨이에서는 심각한 건강상의 문제나, 군대에 갈 수 없는 중대한 개인적 사유를 증명하지 못하는 이상 모두 군대에 가야만 했다. 물론 단지 군대에 가기 싫다는 이유로 군대에 가지 않았던 젊은이들도 더러 있긴 했다. 그 경우엔 누구도 알아차리지 못할 정도로 감쪽같이 거짓말을 해야만 했다. 내 경우엔 위의 조건에 충족되는 사항이 단 하나뿐이었다. 군대에 가기 싫어했다는 것. 하지만 그것만으로는

충분하지 않았다.

군대에 있을 때, 나는 자주 군장을 짊어지고 숲속을 행군했다. 적군이 공격해오면 그래야만 한다고 했던가. 우리는 숲에서 텐트를 치고 야영을 하기도 했다. 나는 제대를 한 후엔 야외에서 텐트를 쳐본 적이 단 한 번도 없다.

나는 군대에서의 이러한 생활을 학창 시절의 소풍과 비슷하게 기억하고 있다. 그 이유는 일단 두 경우 모두 사전에 준비할 것이 너무나 많기 때문이다. 짐 싸기, 기름칠 하기, 짐 풀기, 텐트 올리기, 텐트 내리기, 정리하기 등등. 학교에서의 소풍은 90퍼센트가 이러한 일로 채워졌으며, 정작 소풍이라 말할 수 있는 행위는 10퍼센트에 불과했다. 군대에서는 90퍼센트가 이러한 일이었고, 나머지 10퍼센트는 제 모습을 갖추는 데만 꼬박 하루가 걸렸던 차가운 텐트 안에서의 취침으로 채워졌다.

7: 나는 2년 전쯤, 노르웨이의 북부 지역인 스발바르에 간 적이 있다. 물론 그 추운 지역에 사는 불쌍한 사람들을 위해 스탠드업 코미디 공연을 할 목적으로 간 것이었다. 나와 스태프들은 이왕 거기까지 갔으니 공연을 마친 후에 며칠 더 그곳에 머물러 즐기기로 마음먹었다. 그래서 했던 일이 바로 개썰매를 타는 것이었다. 우리는 당시의 추억을 사진으로 남겨두는 것도 잊지 않았다. 솔직히, 우리는 개들이 끄는 썰매 위에 앉아 두껍고 묵직한 양가죽 담요로 몸을 덮고 와인을 마시며 즐길 수 있을 줄 알았다. 하지만 그런 일은

일어나지 않았다. 개썰매장으로 가기 위해 기다리자니, 무뚝뚝한 남자 한 명이 우리를 집단 수용소처럼 보이는 곳으로 인도했다. 그의 차 안에는 장총도 있었다. 썰매장에 도착해 방한복으로 갈아입고 기다리고 있는데, 청천벽력 같은 말이 들려왔다. 썰매를 타기 위해 가만히 앉아 있는 것이 아니라, 개들에게 목줄을 매어주고 그들을 조종하는 것도 우리가 하는 일이었다. 썰매를 끌 개들을 돌아보니 쇠사슬에 묶여 울부짖는 늑대와 다름이 없었다. 우리 일행 중의 한 지인은(그녀는 앞에서도 등장했는데, 어렸을 때 우리 집 마당의 스타부르 돌계단에 앉아보기도 했던 사람이다) 그날 나의 또 다른 면을 보았다고 말하기도 했다. 그도 그럴 것이, 나는 마구 짖어대는 개들을 멋지게 장악하고 재빨리 썰매 목줄을 맨 후, 일행들에게도 같은 일을 하도록 지시했기 때문이다. 엄청난 속도로 그 일을 하는 나를 보며, 그녀는 내게서 타고난 야성적 리더의 모습을 보았다고 말했다.

그날의 일은 여러 가지를 말해준다. 예를 들자면, 내가 자연과는 아예 상관없는 사람이라거나, 영하의 날씨에 힘든 일을 하기엔 적합하지 않은 사람이라는 것은 절대 아니라는 말이다. 나도 마음만 먹으면 그런 일을 얼마든지 할 수 있다.

요점은 내가 그것을 싫어한다는 것이다.

내가 그처럼 남성적이고 혈기 왕성한 일을 앞장서서 하게 된 이유는, 내 속에 잠재하고 있던 남성성을 자연 앞에서 갑자기 되찾았다거나 살을 에는 듯한 추위와 매서운 개들의 울부짖음 속에서 갑자기 몸을 움직여 일을 해야 한다는 깨달음을 얻었기 때문은 아니었다. 솔직히 말하자면, 그 일을 빨리 하면 할수록 펍에 더 빨리 도착할 수 있다는 생각 때문이었다.

한 가지 덧붙이자면, 개썰매를 탈 때의 기분보다 펍에 앉아서 개썰매를 탔던 이야기를 늘어놓는 것이 내겐 훨씬 더 재미있었다. 눈 쌓인 자연 풍경은 이미 수도 없이 많이 봤던 터였다. 개도 마찬가지였다. 커다란 파카 점퍼를 입고 뒤뚱뒤뚱 움직이는 사람들도 자주 보았다. 그도 그럴 것이 나는 유치원 바로 옆에 살았으니까.

그렇다. 나는 이런 사람이다. 반면, 세월이 흐를수록 내 친구들 중에선 나와 비슷한 사람들이 점점 사라졌다. 그들은 자연을 선택했던 것이다.

그렇다면 나도 한 번은 시도해봐야 하지 않을까. 역경을 헤치고, 귀찮음과 유머의 상실을 두려워하지 않고 자연 속으로 나아가야 하지 않을까. 그들이 왜 그토록 자연에 집착하는지 알아보기 위해서 말이다.

그렇다. 나는 궁금한 것이 있으면 참지 못하는 사람이다.

어쩌면 그들은 자연 속에서 특별히 하는 일이 따로 있을지도 모른다. 내겐 이야기해주지 않았던 것들이 있을지도 모른다. 어쩌면, 그들은 자연 속에서 무언가 매우 신나는 일을 비밀스럽게 하는지도 모른다. 내가 그런 일들을 모른 채 지나갈 수는 없지 않은가.

나는 산으로, 숲으로 가봐야겠다고 마음먹었다. 어쩌면 나도 구원을 받을 수 있을지 모른다. 자연 속에 스며들면 그간 궁금해했던 모든 것이 제자리를 찾고 해답을 얻을 수 있을지도 모른다. 심지어는 내가 얼마나 작고 미미한 존재인지 마침내 깨달을 수 있을지도 모른다.

어쩌면 이 모든 노력이 수포로 돌아갈지도 모른다. 하지만 적어도 잃었던 친구들을 되찾을 수는 있지 않을까. 그들을 다시 도심으로 데려와 샤워를 시키고 그럴 듯한 옷으로 갈아입힌 후 펍으로 데려갈 수 있을지도 모른다.

그 전에 내가 해야 할 일은 이 모든 것이 도대체 무엇을 말하고 있는지 좀 더 이해하는 것이었다.

그리고 내 뒤에 앉아 있는 그녀에게 전화를 해서, 우리가 곧 여행을 떠나게 될 거라고 말할 생각이다.

내가 이해할 수 없는 것들

나는 평소에 내 이해력에는 문제가 없다고 생각해왔다. 물론 이 세상의 일에는 내가 좋아할 수 없는 것도 많이 있다. 하지만 나는 조금만 노력하면 주변의 일들을 이해하는 데 큰 어려움을 겪지 않았다. 하지만 내가 아무리 노력을 해도 이해할 수 없는 것이 딱 세 가지가 있다. 그것은 바로 종교, 마약, 야외 활동이다.

이 세 가지에서는 꽤 많은 공통점을 찾아볼 수 있다. 일단 이것들은 개인의 만족감과 매우 깊은 관련이 있으며, 유머와는 거의 상관이 없으며, 자기 자신의 관심사만 열심히 이야기하고 싶은 사람들의 전유물이라는 것이다. 한참 이야기를 하다가 어디에서 멈춰야 할지 모르는 사람들이 이러한 것들에 관심을 가지고 있다면, 그건 극도로 위험하다 할 수도 있을 것이다.

여기서 일단 마약은 제쳐두기로 하자. 그렇게 하는 것이 일반적으로도 좋을 것이다. 나는 야외 활동과 자연에 매력을 느끼는 사람들을 좀 더 깊이 이해하기 위해 꽤 진지한 노력을 해왔다. 관련 서적을 읽기도 하고, 사람들과 대화를 나누기도 하고, 구글 검색을 하거나 관련 영화를 찾아보기도 했다. 뿐만 아니라, 야외 활동과 자연 때문에 잃어버렸다고 생각했던 친구들을 찾아 대화를 해보려 노력하기도 했다. 그들과 연락을 하는 것은 그리 쉽지 않았다. 그들은 등산을 한 후 젖은 양말을 말리거나, 인스타그램에 #자연이최고를 쓸까 #자연속에서의삶이최고라고 쓸까 고민하느라 바빴기 때문이다. 물론 그중엔 둘 다 쓰는 사람도 없지 않았다. 하지만 결국 그들과도 연락이 닿았다. 그리고 그들의 삶을 조금 더 이해할 수 있었다. 그러면 그럴수록, 야외 활동과 종교 활동이 얼마나 많은 공통점을 가지고 있는지 깨닫게 되었다.

예를 들어, 해마다 수도 없이 출간되는 자연 속에서의 삶에 관한 책을 들여다보자. 그리고 최근 페이스북이나 인스타그램에 산 정상에서 찍은 사진을 올린 지인들을 떠올려보자. 마지막으로 구글에서 '카리스마적 기독교'를 검색해보자. 그렇게 한다면, 세 가지 사항을 아우르는 공통점을 쉽게 찾아볼 수 있을 것이다. 그것은 바로 이해할 수 없을 정도로 기쁘고 행복하게 보이는 사람들이 하늘을 향해 두 손을 쭉 뻗고 있는 사진이다.

여기에서 무언가 심오한 인간성의 핵심을 발견하는 것도 가능하다. 어쩌면 그것은 일종의 본능일지도 모른다. 어쨌든, 산 정상에

서서 하늘을 향해 두 팔을 쭉 뻗고서 사진을 찍는 일을 피하는 것은 절대 불가한 일처럼 보인다.

그러한 사진 속에서 또 하나 발견할 수 있는 특이점은 사진 속의 인물들이 하나같이 구원이라도 받은 것처럼 보인다는 것이다. 즐겁고 행복하다 못해 정신을 잃기 직전에 있는 표정. 치켜올린 엄지. 젖은 옷을 입고 어깨동무를 하고 있는 사람들. 축축하게 젖은 옷을 입고 있긴 하지만, 추워서 떠는 것 같지는 않은 아이들. 아이들은 비록 축축하게 젖은 옷을 입고 있긴 하지만 추워서 떠는 것 같지는 않다. 오히려 그들은 행복하게만 보인다. 왜냐하면 그들은 무언가에 도전해서 원하는 것을 이루었고, 스스로 음식을 만드는 법은 물론 나뭇가지로 장난감 자동차를 만드는 법도 배웠으며, 비 내리는 숲속과 산장에서의 생활을 경험해보았기 때문이다.

자연과 야외 활동에 미쳐 있던 나의 친구들과 대화를 해보면, 그들 또한 종교적 구원을 받은 듯한 느낌을 지울 수가 없다. 그들 또한 나를 구원의 대상으로 인지하고 내게 전도의 집착을 느꼈으리라.

좀 더 긍정적으로 표현하자면 '전도의 열망'이라고 해야 할까.

어쨌든 나는 전도의 집착이라고 부를 참이다.

그들은 상대방에게 무언가를 증명하고 싶어 한다. 여기에는 일반적으로 두 가지 방법이 있다. 첫 번째로 그들은 자연 속에서의 경험이 다른 어느 곳에서의 경험과도 차원이 다르다고 역설한다. 두 번째는—이것은 첫 번째 방법과 비교했을 때 훨씬 이상한데—

자연 속에서의 경험이 이 세상 그 어느 곳에서의 경험과도 결코 다르지 않다는 것이다. 바로 여기서, 등산가들과 여름 종교 캠프에 참가하는 청소년들의 유사점을 발견할 수 있다. 그것은 바로 두 그룹 모두 사람들이 평상시 집에서의 모습과는 다른 모습을 보인다는 것이다. 자연의 구원을 받은 등산가들은 방금 무언가 비밀스러운 것을 발견한 십대 청소년들처럼 열정적으로 외딴 산장에서의 생활을 늘어놓는다. 그들은 심지어 한쪽 눈을 찡긋해가며 산장에서의 생활이 절대 지루하다고 생각하지 말라고 종용한다. 산장? 규모가 큰 산장은 호텔을 방불케 할 정도이기에 그곳에서는 와인과 음식을 즐기는 것은 물론, 바람을 피우기 전에 짬을 내어 주변의 경관을 둘러볼 수도 있다. 그렇다. 산장은 이성과 눈을 맞추거나 바람을 피우기에 매우 적합한 장소다. 피엘헤이멘 산장? 그곳은 세상에서 가장 규모가 큰 일탈의 장소라 해도 과언이 아니다.

그들이 말하고자 하는 것은, 빗속에서 예닐곱 시간 동안 오르막길을 올라 마침내 목적지에 도달한 후면—물론 여기엔 조금의 행운도 따라야 할 것이다—매일 저녁 대도시의 한가운데에서 경험할 수 있는 일들을 똑같이 경험할 수 있다는 것이다. 다른 점이 있다면, 도시 한가운데에서는 기능성 내복을 입은 무섭게 생긴 독일어 강사가 우리를 째려보는 상황이 발생할 수 없다는 것이다. 또한 도시에서는 갑자기 지루해지거나 마음이 내키지 않을 경우 자리를 옮기거나 집으로 갈 수도 있다. 하지만 산장에서는 그러한 일이 허용되지 않는다. 가장 가까운 이웃 산장으로 가려 해도 최소 50킬로미터는 움직여야 하니까.

바로 여기서 야외 활동을 전도할 의무를 짊어진 사람들을 다시 언급해야 할 것 같다. 이들은 대부분 인터넷에서 활동한다. 전도는 당연히 구세대 단어 중의 하나다. 이 단어는 현대 사회에서 자주 자랑 또는 떠벌림의 의미로 다가온다. 왜냐하면 이들은 산에 오를 때마다 다른 사람들에게 알려야 하기 때문이다. 더 많은 사람들이 알면 알수록 좋고, 해시태그도 많으면 많을수록 좋다. 요즘엔 너무나 많은 사람들이 너무나 많은 해시태그를 사용해서 셀 수 없이 많은 사진을 포스팅하기에 조만간 인터넷이 꽉 찰지도 모른다. 나는 바로 이 점을 보며, 등산가들이 종교에 심취한 사람들과 다르지 않다고 생각했다. 다른 면에서 구원의 빛을 보았던 사람들과 마찬가지로, 이들에게서도 절제나 다양성, 또는 삼가는 태도를 찾아볼 수가 없다. "사실은 얼마 전부터 내가 새로운 것을 하나 시작했는데, 이게 다른 사람들에겐 얼마나 흥미로운 일이 될지 잘 모르겠어"라는 말은 들어볼 수 없다. 오히려, 이들에겐 부끄러움이나 민망함이라곤 전혀 없는 자랑과 떠벌림뿐이다. 이걸 보시게! 내가 무엇을 발견했는지 봐줘! 이건 이 세상에 존재하는 것 중의 최고야! 이것이 바로 진실이요 길! #밖으로나가 #소파에서내려와 #야외가최고 #나의운동장 #자연속에서의삶이최고 #산정상 #ilovenorway #집안에서멀뚱멀뚱바보되지않기 #산꼭대기에서바지를벗은채하늘을향해두팔을뻗는것은행복을향한지름길

사람들은 야외에서 계시를 받는다. 그들은 대답을 얻기 위해 자

연 속으로 나아간다. 요나스 가르 스퇴레*는 노르웨이의 최대 정당의 리더 자리를 받아들이겠다고 선언하는—그것은 그가 실질적으로 노르웨이의 국무총리 선거에 나가겠다는 의미로도 받아들여진다—기자회견 자리에서, 산에 오르며 마음의 결심을 했다고 말했다. 아무도 동반하지 않은 혼자만의 산행에서 말이다.

그의 말에 대부분의 사람들은 진지하게 고개를 끄덕였다. 하지만 나는 그 모습을 보며 의아해하지 않을 수 없었다. 정말? 그가 정말로 그랬을까? 한 나라의 국무총리가 되겠다고 홀로 산 위에서 결심했다고? 그 전에 먼저 주변의 동료 정치인이나 가족들과 대화를 나누고 조언을 들어야 하지 않을까?

강인함과 순수함을 동시에 표방하고 싶어 하는 정치인들은 대부분 자연을 찾는다. 심지어 여름이 되면 우리는 정기적으로 독일 수상 앙겔라 메르켈이 보행 지팡이를 짚고 산중의 오두막으로 향하는 사진을 볼 수 있다.

만약 내가 우리나라의 한 정당 리더가 웃통을 벗은 채 말 위에 앉아 있는 모습을 본다면, 결코 "오, 정말 강인한 리더군. 저 사람에게 표를 줘야지"라고 생각하지 않을 것이다. 오히려, "도대체 저 사람은 왜 저러는 걸까?! 얼른 옷을 주워 입고 나랏일을 해야지, 거기서 뭘 하는 거야? 머저리 같으니!"라고 생각할 것이다.

지난 서너 번의 미국 대통령 선거를 살펴보면, 살짝 진부하게 들

* 노르웨이의 정치인으로 현 노동당 대표이자 야권대표이며, 2021년 선거에서 국무총리로 당선되었다.

리는 아메리칸 드림이 사실상 존재한다는 것을 알 수 있다. 물론 여기서 말하는 아메리칸 드림은 우리가 학교에서 배웠던 것과 마찬가지로, 어느 누구라도 미국의 대통령이 될 수 있다는 것과 상통한다. 여성도 최고 권력자의 바로 아랫자리까지 오를 수 있다. 하지만 여기에는 그 누가 되든 신을 믿어야 한다는 전제 조건이 암암리에 존재한다. 리얼리티 쇼의 백만장자, 아프리카에 뿌리를 두고, 후세인을 미들네임으로 가진 사람도 미국의 최고 권력자가 될 수 있다. 물론 여전히 기독교의 신을 믿어야 한다는 전제 조건하에서 말이다. 만약 이들 중 종교라는 것이 불합리한 것이고 신의 존재를 믿지 않는 사람이 있어서 "갓 블레스 유"라고 말하기를 거부한다면, 그는 꽤 심각한 문제에 직면하게 될 것이다. 북유럽은 상황이 좀 다르다. 이곳에서는 무신론자 국무총리가 정치를 하고 있으며, 만약 한 정당의 리더가 신실한 종교인이라는 점을 대중들 앞에서 강조할 경우엔 국민의 웃음거리로 전락할 확률이 크다. 노르웨이에서 미래의 정치를 이끌어갈 사람들 중에는 기독교인, 종교에는 아예 무관심한 사람, 신을 믿지 않는 무신론자, 심지어는 무슬림도 찾아볼 수 있다. 즉, 종교는 매우 개인적인 것이라는 말이다. 반면 스칸디나비아에서는 사람들 앞에서 야외 활동이나 산장에서 휴가를 보내는 것을 이해하지 못한다고 대놓고 말할 경우, 사회 부적응자나 패배자로 간주될 확률이 크다.

그렇다면 오늘날 우리가 몸담고 사는 이 사회에선 등산과 야외 활동이 과거 종교의 자리를 대신하고 있다고 봐도 좋을까? 최근의 서로 다른 여러 가지 조사 결과를 살펴보면, 스칸디나비아 국가에 사는 사람들은 이 지구상에서 가장 비종교적인 사람이라는 사실을 알 수 있다. 우리 인간은 종교를 믿는 몇몇 사람들이 주장하듯, 흐르는 시간 속에서 불변하고, 이성과 논리로는 설명할 수 없으며, 우리 스스로의 존재보다 더 큰 무언가에 의지해야만 할까? 앞 문장에서 말한 모든 것은 신과 산에게 공통적으로 적용될 수 있다. 꽤 흥미롭지 않은가.

이쯤에서 다시 한번 소셜미디어에 산 사진을 포스팅하는 사람들을 살펴보자. 그들이 사진을 묘사하는 글 중에서 "신의 손이 닿은…" 또는 "신이 창조한…"이라는 말로 시작되는 문장이 얼마나 많은지 생각해보았는가? 이들의 비합리성은 끝을 볼 수 없을 정도이다. 예를 들어, 산꼭대기는 "신의 창끝", "신이 깎아놓은 감자 껍질", "신이 직접 구운 크룸 비스킷•" 등으로 묘사되기도 한다.

여기서 우리가 해볼 수 있는 질문은, 자연이 오늘날 진실로 종교의 자리를 대신하고 있는가 하는 것이다. 만약 통계적 숫자에 바탕을 두고 여기에 약간의 음모론을 가미한다면, 약 30~40년 전에는 종교의 역할과 영향력이 지금보다 훨씬 크고 강했다고 말할 수 있을 것이다. 더불어 인간의 야외 활동은 지난 30~40년 사이에 더욱 크게 부각되었다고 볼 수 있다.

그렇다면 내 친구들은 종교인이 되었다고 말할 수 있을까?

• 노르웨이의 전통적인 과자로서 얇은 비스킷이 콘처럼 돌돌 말린 형태를 지니고 있다.

물론 그건 아니다.

나는 그들에게 자연을 찾고 등산을 하게 된 계기가 무엇인지 물어보았다. 대부분은 건강을 유지하기 위해서라고 대답했다. 어떤 이들은 어느 날 갑자기 자신의 몸이 눈사람처럼 둥글둥글하게 변한 것을 발견했다고 말했으며, 또 어떤 이들은 회식 자리에서 찍은 사진을 보았더니 똥배가 튀어나와 있는 것을 발견하고 충격을 받았다고도 말했다. 이미 오래전에 알았어야 했는데 너무 늦은 감이 있다고 덧붙이기도 했다. 어떤 이들은 산을 오르는 것이 건강을 유지하기 위해 하는 다른 어떤 일보다 쉽고 기분 좋다고 말하며, 좋은 경치도 구경할 수 있다고 말했다. 내 친구 중 한 명은 가파른 산의 내리막길을 내려가는 것은 엉덩이를 더 예쁘게 만들 수 있는 지름길이라며, 이는 과학적으로 입증된 것이라 말하기도 했다.

나는 이들의 말을 부인할 생각은 없다. 하지만 이들은 등산의 특별한 점을 명확하게 설명하지 못했다. 단지 그것은 직접 경험해봐야 알 수 있는 것이라 얼버무릴 뿐. 글쎄, 무엇이 그리도 설명하기 어려운 것일까. 그들은 산 정상에 이르면 승리감을 맛볼 수 있다고 했다. 그것은 형언할 수 없을 정도로 강렬한 느낌이라고도 했다. 또한 산꼭대기에 서서 아래를 내려다보면 그 어떤 것과도 비교할 수 없는 매우 특별한 느낌이 든다고도 했다. 그것은 일반적으로 아름다운 것을 볼 때와는 전혀 다른 느낌이라고 했다. 내 친구 중의 한 명은(궁금한 이들을 위해 밝히자면, 그는 앞서 엉덩이에 관한 말을 했던 친구다) 산의 경치를 음미하다 보면 성욕을 느낀다고도 했다. 이

건 종교적인 것과는 아무 관련이 없지만, 그 이유를 설명할 수 없다는 것을 놓고 따진다면 비슷하다고도 할 수 있을 것이다.

방금 내가 말했던 것들은 자연과 등산을 다룬 수많은 책에서도 찾아볼 수 있다. 물론 이들 책에는 성욕에 관한 이야기는 없다. 자연과 등산에 관해 책을 쓰다 보면 자연히 반쯤은 종교적인 사람으로 변하는 건 아닐까. 그들 또한 한마디로 자연을 명확하게 설명할 수 있는 것 같진 않다.

영국인 윌리엄 세실 슬링스비William Cecil Slingsby는 노르웨이의 산을 약 50여 군데 오른 최초의 사람이다. 그는 1904년에 출간된 『노르웨이, 북유럽의 놀이터』라는 고전의 저자이기도 하다. 그는 이 책에서 노르웨이의 산들은 신과 악마의 싸움에서 만들어진 결과물이라며 대체 창조신화적인 글을 쓰기도 했다. 신은 이곳을 인간이 살기에 좋은 곳으로 만들고 싶어 했다. 이것은 전형적인 신의 모습이다. 반면 악마는 이곳을 어둡고 침울하며 인간의 발이 닿을 수 없는 험한 곳으로 만들고 싶어 했다. 결국 신과 악마의 대립 때문에 노르웨이의 산은 그 중간적 지형으로 창조되었다는 것이다.

헨리크 입센Henrik Ibsen은 이를 좀 더 쉬운 말로 표현했다. "이곳 정상에 오르면 자유와 신이 존재하며, 저 밑에는 그 외의 존재들이 혼란 속에서 살고 있다."

입센의 말은 등산을 하지 않는 이들에겐 꽤 불쾌하게 들릴 수도 있다. 하지만 우리는 그의 말에서 요점을 발견할 수 있다.

현대로 들어오면서부터 관광 또는 취미를 다루는 책자에서 신을 다루는 글은 점점 줄어들기 시작했고, 그 자리에는 자유가 들어서기 시작했다. 그렇다면 여기서 말하는 자유는 무엇을 향한 자유일까? 아니, 더 정확하게 말하자면, 무엇으로부터의 자유를 말하는 것일까?

노르웨이의 모험가 엘링 카게Erling Kagge는 자신의 책에서 이렇게 말했다. "만약 등산이나 세일링을 통해, 아니 심지어는 걸어서도 세상을 벗어나지 못할 경우, 나는 세상과 나를 단절시키는 나만의 방법을 통해 휴식을 취하곤 한다."

한마디로 세상으로부터의 자유. 바로 그것이다.

노르웨이의 저널리스트이자 작가인 시그리 산베르그Sigri Sandberg는 자연과 산에 관한 책을 여러 권 출간했다. 그녀는 한 인터뷰에서, 자기는 수많은 사람들로부터 벗어나 스스로를 보호하고 싶은 필요성을 느낄 때마다 자연을 찾는다고 했다. 그녀는 사람들이 너무나 많은 에너지와 소음을 발산하기 때문에, 여기에서 벗어나고 싶을 때마다 자연을 찾지 않을 수 없다고 했다.

세상과 인간으로부터의 자유. 이것은 결코 작고 무의미한 것이라 할 수 없다.

사람들 중에는 항상 조금 더 나아가는 이들이 있기 마련이다. 영국인 토머스 트웨이츠Thomas Thawaits도 그중의 한 명이다. 그는 몇 년 전, 알프스산맥의 염소로 살겠다고 결심했다. 그는 이러한 자신의 생각과 실행 과정을 『염소 사나이』라는 책에 상세하게 기술했다. 이 프로젝트는 여러 면에서 매우 특별한 것이었다. 하지만 자연으로 되돌아가겠다는 그의 결심과 그 이유는 카게의 글이나 산베르그의 말과 그리 다르지 않다. "단 보름만이라도 인간의 특정 능력을 전혀 사용하지 않고 지낼 수 있다면 얼마나 좋을까? 그간 내가 무엇을 했든, 또는 지금 내가 무엇을 하고 있든, 더 나아가서 앞으로 내가 무엇을 해야 하든 걱정하지 않고, 지금 바로 이 순간을 즐기며 살 수는 없을까? 우리 능력의 한계와, 사회나 문화권 또는 개인이 요구하는 기대는 물론, 생물학적 존재로서의 나 자신으로부터 잠시 벗어날 수는 없을까? 인간으로 태어났기에 어쩔 수 없이 보듬어야 하는 필수 불가결한 걱정거리로부터 벗어날 수 있는 방법은 없을까?"

이처럼 긴 질문에 따르는 짧은 대답은 바로 "그건 불가능하다"라는 것이다.

물론 타인과 함께 살아가기 위해 어쩔 수 없이 해야 하는 의무적 말과 행위에서 가끔씩 벗어날 수 있는 방법이 없지는 않다. 이는 다음과 같은 일련의 단어들로 대치할 수 있다. 예를 들어, 이기심과 같은 단어 말이다. 무책임, 도피, 유아적 성향 등과 같은 단어도 이와 결을 같이한다.

토머스 트웨이츠에 의하면 염소도 명백히 여기에 속한다.

로그오프log-off. 자발적 고립. 이것은 자연 속에서의 경험을 서술한 거의 모든 책에서 찾아볼 수 있다. 보아하니 인간은 사회 내의 전이와 혼란, 온갖 문제와 소음, 또는 이 모든 것을 합친 것, 즉 삶에서 벗어나기 위해 자연을 찾는 것 같다.

픽션의 세계에서는 자연에 관한 또 다른 이야기를 접할 수 있다. 수많은 소설, 드라마, 영화 등에서는 스트레스 가득한 삶을 뒤로 한 채 자연 속에서 사는 사람들을 만나볼 수 있다. 나는 지금껏 살아오며 책 속의 주인공이 자연으로 도피하는 경우를 너무나 많이 보아왔다. 그러한 인물들을 분석해본 결과, 정확하진 않지만 대충 다음과 같은 결론을 내릴 수 있었다.

이들 중 10퍼센트는 무엇을 하든 주변인들의 웃음거리로 전락해 남은 생을 살게 되었다.

나머지 90퍼센트는 죽임을 당했다.

물론 픽션이라는 것은 항상 극적인 요소를 포함하기 마련이다. 하지만 나는 사실을 바탕으로 하는 책에서도 비슷한 경향을 발견할 수 있었다. 야생의 삶을 다룬 작품 중에서 미국인 존 크라카우어Jon Krakauer의 『인투 더 와일드』는 신고전으로 여겨진다. 그는 이 책에서 사회를 벗어나 자연 속에서의 진실한 삶을 살고자 했던 한 대학생의 이야기를 다루었다. 물론 그것은 실화였으며, 주인공은 결국 숲속에서 배가 고파 숨을 거두었다.

이제 지금까지 언급한 것들을 바탕으로 요점을 정리해볼까 한다.

자연 속에서의 삶은 매우 거칠고 힘들다. 자칫 잘못하면 배를 곪아 죽을 수도 있다. 그럼에도 자연 속에서의 삶을 매우 매력적으로 여기는 사람들이 있다. 그들은 대부분 중소기업에서 중간 정도의 직급을 달고 매일 무미건조한 삶을 사는 사람들일 것이다. 또한 자연으로 이끌리는 인간의 본능도 간과할 수는 없다. 운동을 하고 건강을 유지하고 싶은 사람, 탄탄하고 근사하게 보이는 엉덩이를 가지고 싶은 사람, 둥글넓적한 눈사람 체형에서 벗어나고 싶은 사람들의 욕구는 물론, 자연 속에서 신선한 공기를 마시고 멋진 풍경을 보고 싶은 욕구도 간과할 수는 없을 것이다.

그 외에도 한마디로 표현할 수 없는 것, 전적으로 종교적이라 할 수는 없지만 그 비슷한 요소 또한 작용할 것이다. 시간을 멈추고 싶은 바람, 소음으로부터 벗어나고 싶은 바람, 세상에서 잠시나마 고립된 삶을 맛보고 싶은 바람과 함께, 생각을 정리할 수 있는 시간과 공간이 필요한 사람도 있을 것이다. 우리는 빠르게 흐르는 시간 속에서 스트레스로 가득한 삶을 살고 있다. 바로 그 때문에 가끔은 조용히 홀로 있는 시간이 필요하기도 하다.

이것은 매력적이고 충분히 이해 가능한 이유라고 할 수 있다.

현대의 삶을 이유로 들지 않는다면, 자연으로 돌아가고 싶은 욕구를 어떻게 설명할 수 있을까.

우리는 약 30~40년 전부터 시간을 멈추고 번잡한 삶과 소음에서 벗어나고자 하는 바람을 진지하게 피력해왔다. 이 기간 동안 있었던 또 다른 일은 무엇이 있을까? 이제 그에 관해 이야기해보고자 한다.

1970년대부터 우리는 이전과 비교해 매일 평균 약 1시간 정도의 자유 시간을 더 가질 수 있었다. 그럼에도 우리가 타인과 함께 지내는 시간은 이전보다 더 줄었다.

1980년에는 노르웨이 인구의 약 10퍼센트 정도가 집에 욕실이나 샤워 시설을 갖추지 못했다. 2015년에는 인구의 40퍼센트 정도가 집에 두 개 이상의 욕실을 갖추게 되었다. 그러나 한집에 사는 사람들의 수는 이전보다 줄었다. 즉, 가족의 수가 이전과 비교해 크게 줄었다는 말이다. 현재는 노르웨이 가구의 약 40퍼센트가 일인일가구의 형태로 살아가고 있다. 이처럼 시간이 흐를수록 한집에 사는 사람들의 수는 점점 줄어들고 있다. 오늘날 노르웨이 인구 중 26퍼센트는 별장을 소유하고 있고, 40퍼센트는 별장을 대여할 수 있는 경제적 여력을 갖추고 있다. 외국에 건물이나 부동산을 소유한 노르웨이 국민의 수는 2000년대에 들어서면서 8배로 늘어났다.

더 많은 시간과 공간을 얻기 시작한 이 기간 동안 무슨 일이 있었던가. 각자에게 주어진 더 많은 시간과 공간에도 불구하고, 타인과 함께 지내는 시간은 이전과 비교해 현저하게 줄었다. 즉, 우리는 홀로 조용하게 지낼 수 있는 시간과 공간을 과거 그 어느 때보다 더 많이 소유하고 있다는 말이다.

야외 활동에 대한 관심이 폭발적으로 증가한 것을 현대 사회에 대한 인간의 반발이라고만 치부할 수는 없다. 이것은 끝없이 더 많은 것을 원하는 인간 본성의 고전적인 한 예일 뿐이다. 두 세대 전만 하더라도 사람들은 하루 종일 고된 일을 했으며, 집에 돌아오면 좁다란 공간에 엄청난 수의 가족들이 옹기종기 모여 기다리고 있었다. 그때는 사람들에게 진정으로 내면의 안정을 찾을 수 있는 시간적·공간적 여유가 필요했을 것이다. 물론 그때는 오직 취미나 시간을 때우기 위해서 숲과 산을 어슬렁거리지도 않았을 것이다. 이러한 일은 우리가 더 많은 자유 시간과, 더 넓은 주거 공간을 얻고, 가족의 수가 줄어들고 나서야 시작된 일이다. 그렇게 따진다면, 산을 찾는 사람들은 신종교인이라 볼 수도 없지 않겠는가. 어쩌면 그들은 한마디로 그저 요구하는 것이 많은 사람들일지도 모른다. 그들은 서로 다른 두 나라에 세 채의 집을 소유하고 있으면서, 이를 충분히 자주 사용하지 못한다는 양심의 가책에 시달리는 사람들일 뿐이다. 여기에 더해, 그들이 자연 그 자체도 소유하고 싶은 욕심을 가지고 있지는 않는지 한번 돌아볼 필요가 있지 않을까?

어쩌면 자연과 산을 찾는 사람들은 근본적으로 무언가 다른 것을 동경하고 있을지도 모른다. 번지르르한 집과 거대한 별장에서는 찾아볼 수 없는 것. 그것은 바로 수많은 팝송 가사에서도 찾아볼 수 있듯, 돈으로 살 수 없는 것일지도 모른다. 예를 들면 사랑과 행복 같은 것 말이다.

우리는 행복에 관해 다들 조금은 알고 있다. 유엔에서는 정기적으로 세계에서 가장 살기 좋은 나라와 가장 행복한 국민들을 선정해 발표한다. 그 결과를 보면, 상위권의 국가들은 대부분 부유하고 평화로운 민주주의 국가이고, 하위권에는 가난과 전쟁과 기아에 허덕이는 국가들이 자리하고 있다. 물론 이것은 전혀 놀랄 일이 아니다. 수년간의 결과를 살펴보면, 최상위권에는 항상 북유럽 국가들이 사이좋게 자리하고 있다. 이들 국가의 국민들이 행복한 이유는 그들 나라에 산이 많기 때문만은 아닐 것이다.

만약 산 때문이라면 매년 덴마크가 최상위권을 차지하는 이유를 어떻게 설명할 수 있단 말인가? 덴마크에서 가장 높은 산은 그 높이가 200미터도 채 되지 않는다. 나머지 산들은 앉은뱅이 의자보다 조금 높을 뿐이다.

지금까지 입 밖에 내어 말하진 않았지만, 현대에 들어오면서 우리의 삶에 눈에 띄는 변화가 생겼던 것은 분명하다. 그것은 바로 우리가 스스로 자연으로부터 벗어났다는 것이다. 한번 생각해보라. 여러 면에서 우리의 일상이 자연에서 분리된 것은 자명한 일이 아닌가. 과거와는 달리, 현재에는 극소수의 사람만이 자연을 바탕으로 생계를 꾸려가고 있다. 어쩌면 바로 그 때문에, 우리가 자연을 이국적이고 매력적인 낯선 것으로 여기는 것은 아닐까. 그렇게 따진다면 우리가 자연을 대상으로 종교적인 마음가짐을 가지는 것, 자연 속에서 뜬금없이 성욕을 느끼는 것, 또는 자연이 무엇인지 명확히 설명하는 것조차 어렵다고 생각하는 이들이 점점 많아지는 것도 무리는 아니다. 만약 자연이 우리 일상과 삶의 한 부분이라면 그런 말을 하진 않을 테니까.

어쩌면 바로 그 때문에 현대인들은 더욱 거칠고 야성적인 모습을 보여주어야 할 필요성과 욕구를 가지고 있는지도 모른다. 실상은 전혀 그렇지 않은데도 불구하고 말이다. 자연에 빼앗겼다고 생각했던 내 친구들은 산에 오를 때마다 정상을 "정복"하자고 기운차게 외친다. 정상까지 "오르자"라던가 "걷자"라는 말은 사용하지 않는다. 정복하자. 따지고 보면, 이 말은 꽤 억세고 거칠게 들린다. 현대 사회에서는 25세 이상의 청년들이라면 하나같이 이러저러한 증후군에 시달리고 있으며, 대부분의 성인들은 직장에서의 구조조정 등을 견뎌내기 위해 심리학자들의 도움을 받아야 한다. 하지만 산이 대화의 주제로 등장하면 우리는 대번에 정복하자고 주먹을 불끈 쥐며 외친다.

자연 속에 몸을 담는다는 것은—심지어는 걷거나 움직이는 것, 즉 몸을 움직이는 것—현대인들이 매일 겪는 일상의 한 부분이라 할 수는 없다. 오히려 현대인들에게 자연이라는 것은 목적 의식을 지니고 일부러 찾아 나서야 하는 것이 되어버렸다. 물론 여기에 걸맞은 의상도 챙겨 입어야 한다.

앞서 언급했던 것처럼 내가 어렸을 때 마을 사람들은 중심가에서 하릴없이 어슬렁거리는 사람들을 이상한 눈으로 바라보곤 했다. 요즘은 중심가에서 걷는 사람들을 꽤 많이 볼 수 있다. 다른 점이 있다면, 이들은 과거와는 달리 매우 빨리 걷는다는 것이다. 물론 이들은 선명한 원색의 운동화와 트레이닝복을 입고 있다. 하릴없이 길거리를 어슬렁어슬렁 걷는 것이 아니라 운동을 하고 있다는 것을 보여주고 싶기 때문이리라.

한번은 매우 잘 단련된 몸을 가진 남자가 두 발을 질질 끌며 걷는 것을 본 적이 있다. 보아하니 헬스장에서 운동을 마치고 막 나온 것 같았다. 커다란 운동 가방을 손에 든 그는 건장하고 근사한 근육질의 몸을 가지고 있었지만, 너무나 힘없이 두 발을 질질 끌며 걸었다. 헬스장 안에서는 벤치 프레스를 하며 수백 킬로그램이나 들어올렸을지 몰라도, 헬스장 밖에서는 다리 하나를 들어올리는 것도 힘들어했다.

나는 그가 현대 사회를 사는 우리들의 슬픈 모습을 너무나 잘 보여주는 한 예라고 생각했다.

나는 외할아버지의 농가에서 자랐다. 내가 그곳에 살며 보았던 외할아버지는 한마디로 자연과 더불어 사는 사람이라 해도 과언이 아니었다. 내가 아는 외할아버지는 자연과 동물에 관해 모르는 것이 없었다. 평생 농사를 지으며 생계를 연명했던 그는, 세례식 때 한 번 양복을 입었을 뿐, 사시사철 작업복을 입은 채 생활했다.

그는 단 한 번도 아무 이유 없이 무작정 숲속에서 어슬렁어슬렁 걸었던 적이 없다. 하이킹을 위한 하이킹을 하지 않았던 것이다. 단순히 누군가에게 보여주기 위해서 목적 없이 무거운 것을 들어올린 적도 없다. 물론 원색의 기능성 방풍 재킷을 입고 가까운 산꼭대기에 올라 하늘을 향해 두 팔을 쭉 뻗은 후 바로 집에 돌아온 적도 없다. 설령 그 당시에 인스타그램이 있었다 하더라도, 나의 외할아버지는 #자연이최고라는 말은 절대 쓰지 않았을 것이다.

가끔 외할아버지는 스타부르 헛간의 돌계단 위에 앉아 파이프 담배를 피며 고양이를 쓰다듬어주기도 했다. 나는 그런 외할아버지의 모습을 보며, 단 한 번도 그가 자연 앞에서 작고 미미한 존재라는 생각을 해본 적이 없다.

대문만 열면 산과 강이 펼쳐진 작은 시골 마을에서 자란 사람들은 시간을 멈추고 싶다거나 숨을 쉴 공간을 찾고 싶다는 이 과장된 열망에 그다지 유혹을 느끼지 않는 것 같다. 적어도 제3자의 눈에는 그렇게 보인다.

도시 사람들은 내면의 안정을 찾기 위해 자연을 찾는다. 시골 사람들은 사냥을 하기 위해 자연을 찾는다.

도시 사람들은 무언가를 배울 수 있다는 생각으로, 과거의 방식으로 일상을 보내며 서바이벌 경쟁을 하는 리얼리티 쇼를 즐기며 시청한다. 반면, 시골 사람들은 도끼의 앞날과 뒷날조차 구별하지 못하는 출연자들을 보며 웃음을 참지 못한다.

도시 사람들은 작고 어린 양을 보면 눈물을 글썽이지만, 시골 사람들은 입 속에 침부터 고일 것이다.

시골에서 자란 사람들은 겉으로 표를 내진 않지만 은근한 자부심을 가지고 있다. 그들은 자연을 낭만과는 거리가 먼 현실적 요소로 생각한다. 하지만 빠르게 변하는 현대 사회에서 자연은 그들에게조차 그럴 듯한 한마디 말로 변해버렸다. 이제 좀 더 솔직해지자. 우리는 핸드폰 없이 자연 속에서 홀로 살아남을 수 없을 것이다. 하지만 핸드폰 없이 자연 속에서 살 이유도 없지 않은가?

현대 사회에서는 도시 사람 시골 사람 할 것 없이 단지 자연이 아름답다는 이유만으로 자연을 찾는 경우가 대부분이다. 그건 도시와 시골에서의 삶이 그다지 다르지 않기 때문일 것이다. 하지만 역사적으로 보았을 때 자연 속에서의 경험이라는 것은 일종의 교환적 의미를 지니고 있는 것이 사실이다.

북유럽권에 사는 사람들은 몇 날 며칠 쉬지 않고 산을 걷는 일을 전통적이고 실질적인 노르딕 문화의 한 부분이라 생각하는 경향이 있다. 물론 이러한 생각의 밑바탕에는 역사적 무지함과 국수주의적 성향이 깔려 있다고도 볼 수 있다. 진실을 말하자면, 이러한 행위는 고상한 척하는 몇몇 외국에서 수입된 것이며, 그 역사도 그리 오래되지 않았다.

이러한 산 타기 전통은 영국에서 들어온 것이다. 영국에서는 부유한 상류층에 속하는 사람들이 이런 일을 한다. 몇 날 며칠 산을 타기 위해선 여가 시간이 많아야 할 테니까. '지루함' 또는 '권태'라는 단어가 사전에 등재된 것도, 부유한 영국인들이 노르웨이까지 와서 등정을 하던 바로 그 시기였다. 물론 그 전에도 노르웨이 산을 올랐던 사람들은 많이 있었다. 하지만 그들은 생계를 연명하거나 일을 하기 위해 산을 올랐기 때문에 그 사람들은 제외하기로 하자. 앞서 언급했던 영국인 윌리엄 세실 슬링스비는 약 150여 년 전에 노르웨이 산을 차례로 정복했다. 그는 책에서 노르웨이 지역 주민들이 산을 오르는 자신의 모습을 이해할 수 없다는 눈으로 바라보았다고 밝혔다. 딱히 산 위에서 할 일도 없으면서 왜 저렇게 힘을 들여 산을 오르는 것일까? 그도 그럴 것이, 그 산은 지역 주민들에게 있어 일터 또는 작업장이었기 때문이다. 그들의 눈에는 땀을 뻘뻘 흘리며 산을 오르는 영국 신사가, 휴가 기간 동안 사무실에 나와 어슬렁어슬렁 돌아다니는 직장 상사처럼 보였을 것이다.

노르웨이의 자연을 홍보하기 위해 한 무리의 사람들이 모여 관련 협회를 만들 때에도, 지역 농부들은 포함되지 않았다. 노르웨이 관광협회는 산중에 자리한 오두막 소유자와, 그 오두막에서 휴가를 보내려는 사람들로 구성되었다. 관광협회는 1868년 오슬로에서 창설되었다. 초창기 구성원들은 기업 총수, 대령은 물론이고 영사, 지방법원 판사, 과세평가인 등 입센의 문학 작품 속에서나 볼 수 있는 직책을 가진 사람들이 대부분이었다.

다시 말하면, 그 협회를 창설하는 데 밑바탕이 되었던 주도적인 힘은 아래에서부터 생겨난 것이 아니다. 엄밀히 따지자면 재미와 오락을 목적으로 산을 오르는 행위는 지금도 여전히 일반적이고 대중적이라고는 할 수 없다. 산을 오르는 사람들의 대부분은 고학력자에 수입이 많은 사람들이니까.

등산과 야외 활동이 대중적인 성격을 띠기 시작한 것은 불과 30~40년 전이다. 즉, 도시 부유층의 전유물이었던 이러한 활동이 더 많은 사람들에게로 전파되었던 것이다. 아니, 엄밀하게 따지자면 등산과 야외 활동은 여전히 도시 부유층 사람들이 주로 즐기는 것이라 할 수 있다. 문제는 지난 30~40년 동안 노르웨이 국민의 대부분이 도시 부유층이 되어버렸다는 것이다.

물론 이 또한 따지고 들자면 사실이라고는 할 수 없다. 간략하고 정확하게 말하는 것이 쉽지 않은 이유다. 어쨌든 노르웨이의 평균 국민소득은 1980년 이후로 124퍼센트가 증가했다. 전반적인 물가

상승에 따른 결과이기도 하다. 또한, 노르웨이 국민의 80퍼센트가 대도시 또는 중소 도시에서 거주한다. 뿐만 아니라, 시골에서조차 직접적으로 자연을 이용하거나 자연을 바탕으로 생활하는 사람들이 점점 줄어들고 있는 상황이다.

현대의 우리는 여러 세대를 거쳐 내려오며 자연을 바탕으로 한 고된 삶에서 벗어나 편안한 삶을 누리고 있다. 이 시점에 도달한 우리는 이제 다시 자연으로 돌아가려 한다. 이러한 경향은 오랫동안 자식을 원했던 부부가 마침내 자식을 보자마자, 아이가 없었던 여유로운 삶을 그리워하는 것에 비교할 수 있다. 주말이면 와인을 앞에 놓고 이웃과 함께 육아가 얼마나 힘든지 대화를 나누고 싶어 하는 것과 무엇이 다르다는 말인가.

이제 지금까지 내가 배웠던 것과 이해했던 것을 요약해보겠다. 야외 활동가와 등산가들은 자연을 통해 구원을 받았다고 생각하는 신종교인에 비유할 수 있으며, 대부분 원하는 것이 많고 근사한 엉덩이를 가지고 싶어 하는 중산층 사람들이다. 이들은 가끔 산에 올라 하늘을 향해 두 팔을 쭉 뻗고 사진을 찍은 다음 인스타그램에 #자연이최고라는 글귀와 함께 포스팅하기도 한다. 이들의 사진과 글귀에서는 반어적이라든가 비꼬는 듯한 뉘앙스는 전혀 찾아볼 수 없다.

물론 이것이 전부는 아닐 것이다. 세상의 모든 질문에 책이나 통계적 숫자로 답할 수는 없는 일이다. 내 친구들은 평균적으로 정상에서 벗어나지 않는 평범한 사람들이다. 적어도 예전에는 그랬다. 그런 그들이 이처럼 홀린 듯 자연에 빠져드는 것을 보니, 그 근간에는 분명 내가 이해하지 못한 무언가가 존재할 것이라는 생각이 든다.

나는 그것을 알아내기 위해 밖으로 나가보려 결심했다. 직접 경험을 하면 그들을 이해할 수 있지 않을까.

일단 먼저 요툰헤이멘부터 올라야 할 것이다. 그곳은 노르웨이에서 자연을 말할 때 가장 먼저 언급되는 고전적인 개념의 산이며, 노르웨이 등산가들이 처음 탄생한 곳이며, 산장에서 산장으로 이어지는 멀고 먼 길을 걷는 데 가장 적합한 곳이기도 하다. 이 산맥은 영국 상류층 귀족들이 오른 후 숨이 멎을 듯 아름답다고 입을 모았던 곳이며, 많은 예술가들의 영감이 되었던 장소일 뿐 아니라, 북유럽에서 가장 높은 산들이 자리한 곳이기도 하다. 나는 베세겐으로 가야만 했다. 베세겐 능선은 노르웨이 사람이라면 한 번쯤은 가보았을 하이킹 코스이다. 나는 노르웨이는 물론 북유럽에서 가장 높은 산으로 알려져 있는 갈회피겐에도 오를 생각이다. 아니, 갈회피겐을 정복할 것이다. 정상에 오르면, 내가 자연 앞에서 얼마나 미미한 존재인지 알 수 있지 않을까. 심지어 그곳에 발을 디디면 스스로가 얼마나 위대한지, 얼마나 야성적인지, 얼마나 행복한지 깨달을 수 있을지도 모른다. 심지어는 구원을 받은 듯한 뿌듯함과 한 지인의 말대로 성욕마저 느낄 수 있을지도 모른다.

온갖 이상한 이름의 산장에도 머물러볼 것이며, 요구하는 것이 많은 신흥 상류층 사람들도 만나볼 것이다.

말 그대로 자연 속에서의 삶을 즐겨볼 생각이다.

물론 정신을 잃을 정도로 배를 곪을지도 모른다.

그렇게 하기 위해서는 먼저 등산에 필요한 갖가지 옷과 장비들을 구입해야만 한다.

실내 등산과
모닥불 위의 팝콘

내가 전혀 모르는 것을 파는 가게에서 쇼핑을 하는 것보다 더 두려운 일은 없다. 가까스로 용기를 내어 가게 안으로 들어선다 하더라도, 머저리처럼 보이지 않기 위해 점원이 묻는 말에 대부분 그렇다고 동의하고 얼버무려야 하며, 기죽은 것처럼 보이지 않기 위해 실없는 농담을 해야 할 경우가 생기기도 한다. 그로부터 15분 후면 어디에 쓰는지도 모르고 이름도 모르는 4만 크로네*어치의 물건들을 두 팔에 한아름 안은 채 가게 밖에 서 있는 나 자신을 발견하게 된다.

바로 그 때문에 나는 등산을 하는 것보다 가게에서 필요한 장비

* 한화로 약 550만 원.

와 옷가지를 사는 일이 더 두려웠다. 구입한 물건 중에는 내게 필요치 않은 물건들도 상당수 있으리라.

그 전에 나는 노르웨이 관광협회의 회원으로 등록해야만 했다. 이 관광협회는 앞서도 말했듯, 약 150년 전에 입센의 문학 작품 속에서나 볼 수 있는 직업군의 사람들이 모여 만들었던 기관으로서, 회원이 되면 노르웨이 곳곳의 산장에 머무를 자격을 얻을 수 있다.

협회 사무실 겸 가게는 내가 사는 도시의 한가운데에 자리 잡고 있었다. 나는 그곳에서 필요한 장비를 구입할 생각이었다. 그곳에서는 등산 계획을 짜는 데 도움을 얻을 수도 있을 뿐 아니라, 산장의 열쇠도 얻을 수 있다. 나는 가게 안에 들어가기 전 용기를 내느라 약 15분 동안 문 앞에 서 있었다. 마음 같아서는 길 건너편 카페에 앉아 커피를 마시고 신문을 뒤적이고 대화를 나누는 사람들 속에 섞이고 싶을 뿐이었다.

가게 안은 사람들로 바글바글했다. 대부분은 주머니가 셀 수 없이 많이 달린 등산용 바지를 입고 있었다. 그들 중 두 명은 가만히 서서 나를 바라보기만 했다. 그들은 도시락과 지도, 보온병을 들고 있었다. 보아하니 산을 오르는 사람들은 이 가게 안에서마저도 캠핑을 즐기는 것 같았다. 나는 한참 후에야 그들이 나를 지나쳐 구석에 자리한 테이블로 가려 한다는 것을 깨달았다. 나는 얼른 미소를 지으며 옆으로 비켜서서 자비롭게 두 팔을 흔들며 그들에게 지나가라는 신호를 주었다. 그들은 미소를 짓지도 않았고, 고맙다는 말도 하지 않은 채 나를 지나쳤다. 그들은 테이블에 앉자마자 도시락 뚜껑을 열고 지도를 펼친 후 무슨 말인가를 중얼거리며 대화를 나누었다.

이제 내 차례가 되었다. 나는 내가 만들어낼 수 있는 가장 환하고 호의적인 미소를 입가에 머금은 채(이 미소를 띠고 있으면, 그 어느 누구라도 내게 쉽게 말을 걸어올 수 있다고 장담한다) 점원에게 다가갔다.

"안녕하세요!" 나는 최대한 밝고 힘차게 말을 걸었다. "도움이 필요합니다."

"네." 그녀는 무덤덤하게 대답했다.

나는 큰 소리로 웃었다. 왜냐하면 나는 나 자신이 꽤 웃기다고 생각했으니까. 기가 죽지 않았다는 것을 보여주고도 싶었다. 하지만 그녀는 내가 웃기다고 생각하지 않는 것 같았다.

그때부터 내 머릿속에는 등산 애호가들이 평범하고 정상적인 사회적 관계를 유지하는 데 힘들어하는 족속이라는 생각이 스멀스멀 피어오르기 시작했다.

나는 관광협회 회원이 되고 싶다고 말했다.

계산대 뒤에 서 있던 여자 점원은 매우 바빠 보였다. 겉으로 짜증을 내며 손가락으로 계산대를 톡톡 두드리진 않았지만, 속마음은 거의 그랬던 것 같았다. 나는 그런 곳의 점원이라면 시간을 충분히 두고 여유롭게 손님을 맞아주리라 기대했었다. 지도를 펼쳐놓고 커피 한 잔—당연히 보온병에 넣어두었던 미적지근하고 맹물 같은 커피이긴 하겠지만—과 함께 등산과 관련된 갖가지 조언을 해주는 것은 물론, 노르웨이의 산이란 산은 다 가본 전문가답게 내 어깨를 툭툭 두드려주며 힘내라고 응원도 해줄 줄로만 알았다. 뿐만 아니라, 내 편이 된 사람을 하나 더 확보했기에 고마워할 거라고 생각했었다. 내가 회원이 된 것을 기념하기 위해 그들이 팡파르를 울리고 레드 카펫을 깔아주는 것까지는 기대하지 않았다. 하지만 이처럼 바쁜 척 무뚝뚝하게 나를 대하리라곤 상상도 하지 못했다. 아마도 그녀는 얼른 가게 문을 닫고 가능한 한 빨리 도심을 벗어나 숲속에서 홀로 있는 시간을 즐기고 싶었으리라. 그런 사람들에겐 도시의 한가운데에서 일을 한다는 것이 지옥처럼 느껴질 테니까. 그녀는 주머니가 셀 수 없이 많이 달린 등산용 바지를 입고 있었다. 어느 모로 봐도, 가게 문을 닫는 순간 자연 속으로 들어갈 준비가 되어 있는 사람 같았다.

농담이나 잡담을 할 여유는 조금도 없어 보였다. 그래서 나는 서둘러 내 이름과 연락처를 알려주고 회비를 지불했다. 그 대가로 내가 받은 것은 회원증과 산장 열쇠였다. 그것을 받아드니 뜬금없이 나 자신이 자랑스러워졌다. 뿐만 아니라, 나 또한 주머니가 많이 달린 등산용 바지를 입어보고 싶은 마음도 생겼다.

"어디로 가실 건가요?" 그녀가 내게 물었다. 아! 이제야 예상했던 질문을 하는군! 등산에 관한 대화는 산장 열쇠를 건네준 후에야 시작되는 것이었나 보다.

"요툰헤이멘과…" 나는 자랑스럽게 말을 이었다. "베세겐, 갈회피겐에 갈 생각입니다."

"그렇군요. 다들 가는 곳이지요."

"그렇게 말씀하시는 것을 보니, 그곳에 가지 말라고 조언하시는 것 같은데… 제 말이 맞나요?"

"아니, 꼭 그런 건 아니고요…. 줄을 서서 산을 오르고 싶다면 그곳에 가셔도 문제없어요."

나는 그곳을 나서며 내게 묻은 약간의 불쾌감을 떨쳐버리려 애썼다. 얼른 다음 가게로 가서 필요한 장비와 옷을 사야 하니까.

나는 이미 주변 사람들에게 등산을 하려면 무엇이 필요한지 물어보고 쇼핑 목록을 작성해놓았다. 하나하나 살펴보니 모두 내가 이미 소유하고 있는 것들이었다. 다른 점이 있다면, 이미 내가 가지고 있는 물건의 이름 앞에 '등산(용)'또는 '캠핑(용)'이라는 단어가 하나 더 붙는다는 것뿐. 등산화, 등산용 바지, 등산용 양말, 등산용 내복, 등산용 재킷, 등산용 모자, 캠핑용 음식, 캠핑용 수저, 캠핑용 그릇, 캠핑용 수건, 캠핑용 세면도구, 등산용 장갑, 캠핑용 선글라스.

나는 등산화부터 사기로 마음먹었다. 좋은 신발은 알파요 오메가라는 말도 있지 않은가.

처음으로 들른 스포츠용품 가게 앞에는 거대한 광고 포스터가 세 개나 걸려 있었다. 물론 포스터에는 하늘을 향해 두 팔을 쭉 뻗은 사람들의 사진이 실려 있었고, 그 밑에는 다음과 같은 표어가 적혀 있었다. *밖에 나와야 세상이 보인다. 밖에 나와야 자유를 누릴 수 있다. 밖에 나와야 삶을 느낄 수 있다.*

그것을 보고 있자니 가게 안에 들어가고 싶은 마음이 점점 사라지는 것 같았다. 하지만 나는 가게 안으로 들어가야만 했다.

"등산화가 필요해요." 나는 나의 그 유명한 호의적 미소를 머금으며 남자 점원에게 말을 걸었다. 그는 내게 미소를 되돌려주지 않았다.

"어딜 가실 건가요?" 그가 내게 물었다.

"요툰헤이멘. 베세겐. 갈회피겐."

"아, 그곳은 저희가 손님들에게 가능한 한 피하라고 말씀드리는 곳인데요."

"그건 왜죠?"

"항상 사람들로 바글바글하기 때문이에요. 아마 줄을 서서 올라가야 할걸요?"

젠장!

그날 이후로 적어도 두 가지 사항만큼은 명백해졌다.

1: 등산가들은 평범한 사회적 관계에 적응하지 못하는 것으로 보인다.

2: 사람들이 많이 찾는 잘 알려진 곳에 가겠다고 말하면 등산가들의 비난과 질책을 받을 수도 있다.

위의 두 가지 사항에서는 한 가지 공통점을 찾아볼 수 있다. 어쩌면 등산가들이 평범한 사회적 관계에 적응을 못 한다는 것은 그리 이상한 일이 아닐지도 모른다. 그들이 다수의 사람들이 모인 자리에 익숙지 않은 것은 분명하다. 요툰헤이멘산맥이 북적거린다고 말한다면, 그들은 진실로 번잡함이 무엇인지 모르는 사람들이다. 노르웨이의 자연이 사람들로 북적거린다고 여긴다면, 그들은 한마디로 사람들을 좋아하지 않는 이들이다. 그렇지 않은가. 나는 자연에 관한 책을 섭렵하며, 등산가들은 세상에서 벗어나기 위해 산을 찾는다고 배웠다. 그들은 다른 사람들을 일종의 소음으로 여기기 때문이다.

이쯤에서 한 가지는 분명히 짚고 넘어가야겠다. 그 어떤 잣대를 들이댄다 하더라도, 자연을 포함한 노르웨이의 그 어떤 곳도 번잡하다고는 말할 수 없다는 사실이다. 번잡함으로 말하자면, 홍콩을 들 수 있다. 출퇴근 시간대의 런던 지하철도 꽤 번잡하다. 하지만 노르웨이의 자연은 결코 번잡하다 할 수 없다. 이론적으로 따졌을 때, 이 세상의 모든 사람들은 노르웨이 외스트폴주에 동시에 모일 수 있다. 이건 거짓말이 아니다. 만약 한 사람당 0.5제곱미터의 공간을 배분할 경우, 외스트폴에는 이 지구상의 전 인구가 동시에 서 있을 수 있다. 외스트폴은 노르웨이 전 국토 면적의 1퍼센트밖에 차지하지 않는다. 즉, 이 지구상의 모든 사람들이 노르웨이의 1퍼센트에 해당하는 공간에 모일 수 있다는 말이다. 그러니 요툰헤이멘산맥이 번잡하다고 말하는 것은 어불성설이다. 요툰헤이멘산맥은 그 면적이 엄청나다. 전 유럽 인구가 한꺼번에 요툰헤이멘산맥에 올라, 개인당 1인용 텐트를 설치한다 하더라도 무려 200제곱킬로미터가 남는다.

이 정도면 모두 이해할 수 있으리라 믿는다.

하지만 등산가들 사이에서는 이러한 논리가 먹혀들지 않는다. 우리는 흔히 여행의 목적이 자신의 일상은 물론, 세상에서 벗어나기 위해서라고 말한다. 그렇게 하면 스스로가 매우 특별하다는 느낌을 얻을 수 있을 것이다. 또한, 우리는 접근이 어려우면 어려운 곳일수록 더 큰 가치를 부여하는 경향이 있다. 예를 들어, 험난한 산등성이에 외딴 레스토랑이 있다고 치자. 우리는 몇 시간이나 배를 타고 그곳에 도착한 후, 산등성이까지 오르기 위해 다시 몇 시간이나 소비한다. 마침내 도착한 그 레스토랑은, 자신들이 세상에서 가장 맛있는 생선수프를 판다고 주장할 것이 확실하다.

물론 그 레스토랑에서 파는 생선수프가 세상에서 가장 맛있는 수프일 리는 없다. 하지만 몇 시간이나 노를 젓고 산을 올라 마침내 그곳에 도착하면, 생선수프의 맛이 없을 수가 없다. 그것이 비록 봉지에 넣어 파는 냉동수프를 해동한 것이라 해도 말이다.

자연과 산에 마음을 빼앗긴 대다수의 내 친구들이 마침내 산 정상에 올랐을 때 할렐루야를 외치고 싶은 것도 같은 이유에서일 것이다. 먼 길을 걸어 마침내 숲속의 산장에 도착했을 때도 마찬가지일 것이다. 그들은 꽤 험한 여정을 거쳐 마침내 목적지에 이르면 주변의 풍경도 훨씬 아름답게 보인다고 말했다. 음식 맛도 마찬가지다. 같은 산 정상이라도 케이블카를 타고 올랐을 때보다, 땀을 뻘

뻘 흘리며 직접 두 발로 올랐을 때의 풍경이 훨씬 아름답게 보인다고 말했다.

나 또한 관광객의 입장에서 비슷한 경험을 한 적이 있다. 한번은 친구와 함께 에든버러에 간 적이 있다. 아름다운 도시라는 말을 들었기 때문이다. 마침 그곳에서 나와 비슷한 부류의 사람들이 찾는 페스티벌이 열린다는 사실도 주요한 이유 중의 하나였다. 우리는 그리 유명하지 않은 잡지에 실린 기사를 보고 그곳의 한 펍에 가보기로 결심했다. 한 작가가 추천했던 그 펍은 지역 색채가 뚜렷이 드러나는 장소로서 관광객이나 페스티벌 참가자들로 북적대지 않는다고 했다. 우리는 몇 시간이나 걸려 겨우 그 펍을 찾을 수 있었다. 하지만 문을 열고 들어서는 순간, 왜 그곳이 관광객이나 페스티벌 참가자들로 북적대지 않는지 대번에 깨달을 수 있었다. 그곳은 한마디로 특별하지도 않고 호의적인 분위기도 느낄 수 없는 펍이었다. 음악도 흘러나오지 않았으며, 몇 세대 동안 환기를 시키지 않은 듯 공기도 침침했다. 테이블 앞에 자리를 잡고 앉은 사람들은 아무 말도 하지 않았다. 그들은 우리가 문을 열고 들어서자 일제히 고개를 돌려 우리를 바라보았다. 펍 주인은 우리를 본체만체했으며, 술값도 현금으로만 받았다. 벽에는 창문을 대신하는 듯 에든버러의 풍경을 찍은 낡은 흑백 사진이 걸려 있었다. 펍에 앉아 있는 동네 주민들이 흘끗흘끗 돌아보는 가운데, 우리는 삶의 한 시간가량을 그곳에서 허비했다.

그런 펍을 찾기 위해 온갖 노력과 시간을 들였다는 것을 생각하니 나 자신이 너무나 멍청하게 생각되어 후회스러웠다. 그 도시는 음악이 흐르는 것은 물론 앉아 있기만 해도 유쾌하고 신나는 펍이 4미터 간격으로 빽빽하게 자리한 곳이다. 뿐만 아니라, 거기에선 발을 들이자마자 주인이나 점원으로부터 "사장님" 또는 "선생님"이라는 소리도 들을 수 있다.

마찬가지로 노르웨이의 가장 높은 산이 자리한 산맥까지 가놓고서도, 그 산에 오르지 않고 주변의 나지막한 산들만 구경하는 것처럼 바보 같은 일은 없을 것이다. 전문 등산가들은 그처럼 주변에 자리한 산을 오르면 사람들로 붐비지 않기 때문에 홀로 자연과 풍경을 만끽할 수 있다고 주장한다. 물론 그럴 가능성은 매우 크다. 하지만 그들의 말만 믿고 주변의 나지막한 산만 올라갔다 내려온다면 무슨 소용이 있는가. 궁극적인 목적은 노르웨이에서 가장 높은 산에 오르는 것이 아니었던가. 만약 홀로 있는 것이 목적이라면 집에 가만히 앉아 있어도 별문제는 없을 것이다.

나는 주변의 반대에도 불구하고 내 의지를 꺾지 않으리라 결심했다. 그러기 위해서는 좋은 등산화를 구비해야만 했다.

등산화를 파는 가게 안에서 내 시선을 끌었던 것은 바로 작은 산의 모형이 자리하고 있었다는 점이다. 아마도 직접 신발의 착용감을 시험해보려는 손님들을 위해 설치해놓은 것 같았다. 가게 안의 산은 약 40센티미터 높이로 나지막했고(물론, 덴마크 사람들이 보면서 엄청 높은 산이라 입을 모을 것이다), 심지어는 오르막길과 내리막길까지 구비되어 있었다.

솔직히 말해보자. 가게 안에 설치된 장난감 같은 작은 산을 심각한 표정으로 올랐다가 내려오는 사람들을 보면서 코웃음을 치지 않을 사람이 있을까? 나는 등산화를 신고 그 산을 오르내리는 동안 쉴 새 없이 코웃음을 쳤다. 반면, 점원들은 코웃음을 치기는커녕 무덤덤하기만 했다. 나는 산을 내려오며 천장에서부터 길게 늘어진 세일광고 플래카드와 부딪쳤다. 나는 웃음을 터뜨리며 정말 산에 오르는 것과 비슷한 경험을 여기서도 하게 된다며 농담처럼 말했다. 그러자 점원은 자못 심각한 표정으로 이렇게 말했다.

"네, 그렇습니다. 등산화를 구입할 때는 착용감을 제대로 시험해 봐야 하죠. 좋은 신발은 알파요 오메가니까요."

흠, 보아하니 가게 점원과 나의 유머 코드는 잘 맞지 않는 것 같았다.

지금껏 40년 이상의 삶을 살아오며, 나는 서로 다른 수많은 사람들을 만나보았다. 이러한 만남에서 유머와 반어법, 자조적 비꼼은 매우 일반적인 것으로서 분위기를 띄우는 데 없어서는 안 되는 역할을 해왔다. 어쨌거나 각종 사회적 상황에서 미소와 유머는 꽤 중요한 것이기도 하다.

하지만 그날 가게에서의 경험 이후 나는 새로운 것을 깨달았다. 이미 오래전부터 막연하게 생각해왔던 것이지만, 그날 확연한 답을 얻었다고나 할까. 즉, 자연과 관계된 것에는 일종의 한계와 장벽이 있다는 것이다. 자연에 가까워지면 가까워질수록 유머와 농담과는 거리가 멀어진다는 것. 사람들은 집에 있을 때면 자조적 농담을 매우 자주 내뱉는다. 심지어는 자신이 사는 집에 관해서도 직접적으로 깔보거나 경시하는 자조적 농담을 하기도 한다. 하지만 그런 그들이 주변의 자연에 관해 말할 때는 절대 농담 섞인 말을 하지 않는다. 대부분은 자신들이 사는 곳의 주변 경관이 세상에서 가장 아름답다고 농담기 없이 매우 진지하게 말하기를 주저하지 않는다. 물론 그들의 말이 모두 진실일 리는 없다. 세상에서 가장 아름다운 경관이 수백, 수천 곳에 동시에 자리할 수는 없으니까. 그렇다면 이것을 설명할 수 있는 길은 단 하나뿐이다. 그것은 바로 그들이 유머를 잃어버렸다는 사실이다. 대다수의 사람들은 자신이 자란 농가나, 주변의 동네 산을 두고 터무니없을 정도로 자부심을 느낀다. 마치 그들이 직접 산을 지어 올리기라도 한 듯. 그들은 손님이 오면 주변 경관을 가리키며 "참 아름답지 않습니까?"라고 말한다. 물론 그것은 질문이 아니다. 단지 물음표와 함께 질문처럼 구성된 말이기에 묻는 말처럼 들릴 뿐이다. 하지만 확신하건대 그것은 절대 질문이 아니다.

당신은 자연으로 나가 그 지역 출신 사람들과 모닥불을 피워놓고—모닥불을 피운 것은 고즈넉한 분위기를 즐기기 위해서가 아니라, 날씨가 쌀쌀하기 때문이거나 모기를 쫓기 위해서다—함께 앉아 있게 될지도 모른다. 모닥불 앞에 앉아 있으면 다른 옷을 입고 올걸 하는 후회감에 휩싸일지도 모른다. 그것은 추운 날에 얇은 옷을 입고 왔기 때문이 아니라, 지금 입고 있는 옷에 불냄새가 배어 앞으로도 10년 이상은 그 냄새를 지울 수가 없다는 것을 잘 알고 있기 때문이다. 그 옷을 입고 회사에 가거나 친구들을 만나면, 사람들은 내가 주말에 자연을 즐기고 왔다고는 생각하지 않을 것이다. 그들은 단지 주말에 우리 집에 불이 났나 하고 의아해할 것이다. 이처럼 그 지역 사람들과 함께 모닥불 앞에 앉아 있노라면, 흐르는 대화는 뻔하다. "분위기 좋죠?" 그럴 때면 나는 말없이 고개만 끄덕일 뿐이다.

그렇다. 나는 적당한 예의와 적당한 사회성을 지닌 평범한 사람이다. 사실, 적당한 예의와 사회성은 매우 중요한 것이다. 하지만 애향심과 유머의 부재가 결합될 경우, 최악의 상황이 발생할 수도 있다. 이 조합은 나를 매우 유치하게 만들기도 한다. 물론 당신도 짐작할 수 있듯이, 나는 예전에 그런 식으로 지역 출신 사람들과 함께 모닥불 앞에 앉아 있었던 적이 있다. 자기네 동네가 세계에서 가장 아름답다고 주장하는 노르웨이의 대략 800개 지역 중 한 곳이었다. 그중 한 사람이 두 팔을 활짝 펼치며 말했다.

"저 산을 보세요, 너무나 장대하고 아름답지 않습니까?"

다시 말하건대, 그 말은 질문이 아니다. 나는 그것을 너무나 잘 알고 있다. 그럼에도 나는 결국 대답이랍시고 이렇게 말하고 말았다.

"서쪽 베스틀란 지역에서 살았던 저는 저 산이 산으로 보이지 않는군요. 어쨌든 꽤 아름다운 언덕인 것은 확실합니다."

당연히 내 말은 먹혀들지 않았다.

이제 등산을 하고 자연을 확실하게 경험해보리라 마음먹은 이상, 자연과 관련된 나의 대화법과 농담의 수준을 갈고닦아야 할 것 같다.

처음 2~3일은 등산에 필요한 각종 장비를 구입하는 데 모두 소비했다. 여러 가게를 둘러보는 동안 유머 감각이 없지 않은 점원을 발견했던 것도 소득이라면 소득이었다. 나는 그런 가게에서 일하는 점원이라면 유머 감각을 필수적으로 지녀야 한다고 생각한다.

등산 장비 중에는 꼭 필요한 것도 있지만, 기이하고 우스꽝스런 물건들도 꽤 많이 있다는 것을 발견했다. 등산 열풍이 불기 시작하니, 관련 장비를 제조하는 회사들은 돈을 벌기 위해 가능한 한 많은 종류의 등산 용품을 생산하기 시작했다. 즉, 그들은 매우 일상적인 물건들의 부피와 무게를 줄여 그것을 등산 용품이라 부르기 시작했다. 자그마한 접시와 수저, 납작하게 접을 수 있는 컵, 진공 포장된 도시락과 무게가 1그램밖에 나가지 않는 수건 등이 그것이다. 그 외에도 접이식 양동이, 휴대용 샤워기, 여행용 물동이 등도 볼 수 있다. 뿐만 아니라 여행용 와플기계와 모닥불 위에서 사용할 수 있는 여행용 팝콘 기계도 있다. 내가 조금만 더 시간을 내어 찾아보았더라면, 분명 진공 포장된 냉장고나 휴대용 식탁, 접이식 마룻바닥도 볼 수 있었으리라. 요즘은 등산이나 여행용으로 제작된 소형 제품들이 너무나 많아서, 야외에 나가서도 집에서와 마찬가지로 별 어려움 없이 생활할 수 있다. 차이점이라면 야외 도구는 모두 그 크기와 부피가 소형이라는 것뿐.

이처럼 특수용품을 파는 가게에서 기억해야 할 점은, 그곳에서 파는 물건과는 거리가 멀 것 같은 점원을 찾아 조언을 구해야 한다는 것이다. 예를 들어, 컴퓨터를 파는 곳에서는 너드처럼 보이지 않는 평범한 점원을 찾아야 하고, 등산 용품을 파는 가게에서는 건강함 또는 스포티함과는 거리가 먼 점원을 찾아야 한다.

나는 다행히도 그런 점원을 찾을 수 있었다. 물론 그 또한 전문 산악인일 수도 있었지만, 적어도 그의 외모는 그렇게 보이지 않았다. 그는 산꼭대기에 올라 두 팔을 활짝 펼치는 사람이라기보다는 오히려 고요한 바닷가에 앉아 수평선을 지긋이 바라보며 삶을 돌아보는 부류의 사람 같았다. 나는 먼저 세일 광고를 보았다. 광고 문구 중 적어도 10개 이상의 단어는 내가 이해하지 못하는 것이었다. 하는 수 없이 나는 광고에 나온 등산용 바지를 찾고 있다며 점원에게 도움을 부탁했다.

"그 바지를 찾으신다고요? 이 모델은 파란색이 제일 보기 좋아요."

나는 그의 말을 듣는 순간, 바로 이 사람이라면 나를 이해하고 제대로 도와줄 수 있으리라 확신했다. 왜냐하면, 전문 산악인이라면 절대 그런 말을 하지 않을 테니까.

우리는 함께 여러 종류의 바지를 둘러보며, 파란색 바지가 제일 보기 좋다는 데 의견을 같이했다.

그 후 나는 그가 하는 말이라면 100퍼센트 신뢰하게 되었고, 그가 추천하는 등산용 재킷도 군말 없이 받아들였다. 재킷 포장지의 안내 문구에는 갖가지 문구와 함께 특히 '에어 트랜스포트' 기능이 뛰어나다고 적혀 있었다. 나는 그때까지만 하더라도 에어 트랜스포트라면 비행기와 관련된 것인 줄로만 알았다. 하지만 재킷을 보는 순간 내 생각이 틀렸다는 것을 알 수 있었다. 내 말을 들은 점원은 짐짓 생색을 내며 미소를 짓더니, 에어 트랜스포트 기능이라는 것은 한마디로 통풍이 잘 된다는 말로써, 기온차가 변덕스러운 산에 올랐을 때 재킷을 따로 입거나 벗지 않아도 된다는 뜻이라고 친절하게 설명해주었다. 재킷을 찬찬히 살펴보니 그의 말에도 일리가 있었다. 셀 수 없이 많은 지퍼가 달려 있었으니까.

나는 그 재킷을 꼭 사야만 했다.

단 한 가지 문제라면, 그 가게에 있는 재킷 중 내 몸에 맞는 사이즈는 모두 녹색뿐이었다. 그것도 매우 선명하고 촌스러운 녹색. 90년대 초, 정의할 수 없는 유행의 한 물결 속에서 볼 수 있었던 그 기이한 녹색. 한마디로 그것은 녹색의 끝판왕이었다.

나는 그 녹색 재킷을 입어보았다. 선명한 파란색 등산용 바지와 함께.

"산을 오르는 사람들 중에는 이렇게 옷을 입는 사람도 꽤 많아요." 가게 점원은 꽤 외교적인 어투로 나를 위로했다.

"하지만 당신은 그들의 일부가 되길 원하는 것 같진 않군요. 솔직히 저 같으면 다른 색의 옷을 고를 것 같은데…."

나는 산 위에서 흠뻑 젖은 채 일주일 이상의 시간을 보낼 생각은 전혀 없었기에, 그 재킷은 꼭 사야만 했다. 그렇다면 바지를 다른 것으로 고르는 수밖에. 나는 무난한 회색 바지와 검은색 바지를 차례차례 입어보았다. 그럴듯했다. 재킷은 여전히 너무나 선명하고 촌스러운 녹색이었지만, 바지 색이 달라지니 나쁘지 않았다.

"산중에서는 눈에 잘 띄어야 해요." 점원이 말했다. 나는 그의 말에 나도 모르게 고개를 끄덕였다. 매우 현명한 말이라고 생각했다. 문득 나도 산에서 며칠을 보낸 후엔 지인들에게 그런 말을 하기 시작하지 않을까 하는 생각이 스쳤다.

산에서는 눈에 잘 띄어야 한다. 그것은 매우 중요하다.

좋은 신발은 알파요 오메가다.

산을 오를 때 등산화를 착용하지 않는 것보다 더 멍청한 일은 없다.

산중에서는 날씨가 변덕스럽기 때문에 어떤 상황에서라도 견딜 수 있도록 사전에 만반의 준비를 해야 한다.

몸을 움직이는 것은 매우 긍정적인 일이다.

"결정했습니다." 나는 끊임없이 머릿속을 헤집는 생각들을 중단시키기 위해 무슨 말이라도 해야만 했다.

"이걸로 주세요."

쇼핑을 마치고 나니 기분이 홀가분해졌다. 나는 경험자들의 조언에 귀를 기울였고, 내게 필요한 것들만 구입했다. 돈을 허투루 썼다는 생각은 들지 않았다. 심지어는 등산가들 중에도 나와 비슷한 사람들이 있다는 것을 발견했기에 기분이 좋았다. 적어도 한 명은 있었으니까.

앞날이 긍정적으로 보이기 시작했다. 집에 돌아와 쇼핑한 물건들을 늘어놓고 보니, 지난번에 야외에서 시간을 보냈던 때와는 비교도 할 수 없을 만큼 잘 준비되었다는 생각도 들었다.

나는 북부 노를란 지역에 자리한 트레나라는 작은 섬에서 열린 뮤직페스티벌에 간 적이 있었다. 우리 일행은 그곳에 가기 위해 쾌속정을 타고 바다로 나가야만 했다. 우리가 굳이 그곳으로 갔던 이유는, 접근 가능성이 희박하면 희박할수록 그 가치는 더 커진다는 신념 때문이었다. 우리는 트레나섬뿐만이 아니라 그보다 더 작은 이웃 섬에서 열렸던 페스티벌에도 참가했다. 역시 보트를 타고 한참이나 가야 하는 곳이었다. 바로 그 섬에 자리한 가파르고 험한 산 위에는 세상에서 가장 맛있는 생선수프를 판다는 레스토랑이 있었다. 우리는 아름다운 자연으로 둘러싸인 곳에서 콘서트가 시작되기를 기다리며 온몸에 모기약을 문질러댔다. 페스티벌 사흘째 되는 날, 우리는 비닐봉지와 와인 병이 여기저기 흩어져 있는 잔디밭에 멍하니 앉아 있었다. 우리 뒤의 바위 위에는 한 남자가 꼿꼿하게 서 있었다. 그는 알파-오메가 등산화를 신고 주머니가 수없이 달린 바지를 입고 있었다. 보아하니 그는 우리에게 무슨 말인가를 하고 싶어 하는 듯했다. 눈치를 챈 나는 미소를 지으며(물론 나의 전매특허인 너무나 밝고 호의적인 미소였다) 그를 향해 살짝 고개를 끄덕였다. 그리고 우리의 대화는 이렇게 이어졌다.

낯선 남자: 모기 때문에 고생하시는 것 같군요?

나 (*한 손으로는 모기약 스프레이를 뿌리고 다른 한 손으로는 눈앞에 날아다니는 모기떼를 쫓으며*): 아, 아닙니다. 괜찮습니다.

(*어색할 정도의 긴 침묵*)

낯선 남자: 당신이 사는 곳에는 모기가 그리 많지 않은 모양이군요?

나 (*남의 일에 상관하지 말라고 그에게 무안을 주고 싶은 마음을 애써 억누르며*): 아, 네. 그러고 보니 모기와 맞닥뜨린 적이 거의 없는 것 같기도 하네요.

낯선 남자: 흠….

(*다시 길고 어색한 침묵*)

낯선 남자: 바람을 등지고 앉으세요.

나 (*그가 왜 갑자기 알 수 없는 말을 던지는지 궁금해하며*): 네?

(*다시 길고 어색한 침묵*)

낯선 남자: 그렇게 앉아 있으면 모기에게 더 많이 물릴 거예요. 나처럼 서 있으면 훨씬 나을 겁니다.

나 (*그렇다면 모기는 벌떡 일어서서 마치 영웅이라도 된 듯 지평선을 지긋이 바라보는 사람은 물지 않고, 반질거리는 구두를 신은 도시 사람들만 문단 말인가?*): 네, 그건 저도 압니다만, 무릎이 아파서요. 얼마 전에 무릎을 다쳤거든요.

일행 중 한 명: 술에 취해서 다친 거예요.

나 (*친구라 해도 절대 도움이 안 되는군*): 하하.

(*다시 길고 어색한 침묵*)

낯선 남자: 여기 경치가 참 좋죠?

나 (*말없이 고개만 끄덕임*)

만약 다음에 다시 그런 사람을 만난다면, 좀 더 근사하게 대응할 수 있을 것이다. 왜냐하면 나는 이제 자연으로 나갈 만반의 준비가 되었으니까. 관련 책자도 수없이 읽어보았으니 자연 속에서 무엇이 나를 기다리고 있는지도 잘 알고 있다. 뿐만 아니라 필요한 각종 장비도 빠짐없이 구비해놓았다.

이제 나는 자연 속에서 구원을 받은 듯한 사람, 요구하는 것이 많은 현대인, 근사한 엉덩이를 가지고 싶어 하며 부족한 것 없이 사는 중년층의 무리에 낄 수 있는 요건을 갖춘 셈이다. 그렇다고 해서 내가 근사한 엉덩이에 목을 매는 것은 아니다. 나는 구원을 받고 싶은 생각도 없고, 요구하는 것도 그리 많지 않다. 하지만 나는 부족한 것 없이 사는 중년층인 것은 분명하다. 그날 쇼핑을 하며 쓴 돈을 계산해보니 그건 더욱 확실해졌다. 이쯤에서 한 가지 분명히 하고 넘어가야 할 사항은, 바로 자연 속에서 산다고 해도 그것이 경제적인 삶과 직결되진 않는다는 것이다. 내가 최고급 장비만 구입했던 것도 아닌데, 영수증을 살펴보니 꽤 많은 돈을 썼다는 것을 알 수 있었다. 물론 개중에는 싼값에 절충할 수 없는 물건도 있다. 등산화가 바로 그 예이다. 하지만 나는 매우 합리적이고 이성적으로 쇼핑을 했다. 대부분 중간 정도의 가격과 품질로 그 목표를 잡았던 것이다. 내가 구입했던 물건들은 다음과 같다: 선글라스, 모자, 양모 내복, 보온병(보온병을 사는 것은 그리 어렵지 않았다. 나는 브랜드네임 자체가 '보온병'인 것을 골랐다. 브랜드네임이 바로 그 상품을 가리킨다면 품질을 믿을 수 있다고 생각했기 때문이다. 자동차를 살 때 브랜드네임에 자동차라는 단어가 들어가 있다면 나는 주저하지 않고 그 자동차를 고를 것이다), 여행용 포크와 나이프, 여행용 접시, 여행용 컵, 여행용 음식, 여행용 커피, 침낭, 기능성 재킷, 등산복 재킷(녹색), 등산용 바지(수없이 많은 주머니가 달린 바지), 비옷, 장갑, 두꺼운 모직 양말, 등산화, 배낭, 지도, 나침반, 지도를 넣을 수 있는 방수 주머니, 구급용품, 물집 치료용 밴드, 선크림, 모기약 스프레이, 헤드라이트, 건전지, 오두막에서 사용할 실내용 바지, 노르웨이 관광협회 회원증, 그리고 산장 열쇠. 여기에 더해, 산장에서 생활하려면 먹고 마실 것도 있어야 하고, 교통비도 필요하다. 이 모든 것을 고려했을 때, 일주일간의 이번 여행에 투자한 돈은 무려 4만 353크로네•나 되었다.

그렇다면 4만 353크로네로 우리가 할 수 있는 다른 일은 무엇이 있을까?

물론 나는 이것도 조사해보았다.

• 한화로 약 550만 원.

예를 들어, 이 금액으로는 비행기로 뉴욕까지 12번 왕복할 수 있다.

아이슬란드로 가서 주말 동안 호텔에서 푹 쉬다 오는 일을 13번이나 할 수 있다.

우리 동네에 있는 분위기 좋은 프렌치 레스토랑에서 코스요리를 44번 먹을 수 있다.

내가 자주 가는 펍에서 500cc 맥주를 450잔 마실 수 있다. 물론 팁을 포함한 가격이다.

콘서트 입장권을 115장 구입할 수 있다. 이 정도의 횟수라면 내가 죽을 때까지 일 년에 서너 번은 콘서트 관람을 할 수 있다는 얘기다.

만약 레드 바르나* 인터넷 홈페이지의 내용을 신뢰한다면, 일 년 동안 가난한 저개발 국가의 어린이들 160명을 학교에 보내줄 수 있다.

나는 이 돈으로 위에 언급한 일들이 아니라, 단지 자연 속에서 내가 얼마나 미미한 존재인지 확인하기 위해 산에 올라가려는 것뿐이다.

이제 남은 것은 하나뿐. 혼자 산에 오를 수는 없기에 나와 함께 갈 사람을 찾아야만 했다. 필요한 장비는 모두 구비했지만, 그것을

* 전 세계 어린이들의 삶의 질과 권리를 위해 조직된 노르웨이의 구제 기관.

어떻게 사용하는지 몰랐기에 도와줄 사람이 필요했던 것이다. 또한 내가 지도를 얼마나 잘 사용할 수 있는지도 자신할 수 없었다. 나침반을 어떻게 사용하는지 잊어버렸던 것은 확실했다. 게다가 등산용 장비에는 전혀 익숙하지 않았다. 요점은, 나를 도와주고 내 여행을 증명할 수 있는 사람이 필요했던 것이다. 더욱 중요한 것은 쇼핑을 하느라 진지하기 짝이 없는 가게 점원들과 하루 종일 대화를 하다 보니 내 속에 꽤 많이 쌓였던 농담과 자조적인 비꼼, 유머 등을 풀어내야 할 필요성을 느꼈다. 나는 그것을 들어줄 사람이 필요했다.

내가 산꼭대기에 서서 하늘을 향해 두 팔을 쭉 뻗는 모습을 사진으로 기록해줄 사람도 필요하지 않을까. 나는 내 여행을 확실하게 증명해줄 근거가 필요했다.

내게는 등산 경험이 꽤 많은 사람, 그러면서도 내 농담을 받아줄 수 있을 만큼 적당한 유머 감각을 지니고 있는 사람이 필요했다. 사실, 그런 사람은 그리 많지 않다. 특히 내가 아는 사람들 중에는 단 한 명뿐이었다. 그녀는 바로 앞서 언급했듯 농가의 스타부르 헛간 돌계단 앞에 앉아 나를 바라보았던 사람이었다. 게다가 그녀는 스발바르에서 개썰매를 탈 때 나의 남성적이고 야성적인 면을 본 적도 있다. 우연히도 그녀는 현재 나와 같은 집에서 살고 있으니, 그녀에게 여행의 동반자가 되어달라고 청하는 것은 그리 어렵지 않았다.

나: 혹시 나와 함께 산에 오를 마음은 없니?

그녀: 산? 너도 알다시피 산에는 술집이 없잖아? 그런데도 산에 가겠다는 말이야?

나: 그 정도는 견딜 수 있어야지. 어때? 같이 갈래? 누가 알아? 지난번에 스발바르에서 보았던 나의 또 다른 면을 이번에 재발견할 수 있을지…?

그녀: 글쎄… 적어도 스발바르에는 술집이 있었으니까.

나: 어쨌든 내겐 기록을 담당할 사람이 필요해.

그녀: 기록을 책임지라고? 누가 이처럼 중대한 임무를 내게 맡긴 건 처음이야.

첫 번째 시도

구원을 얻기 위해 요툰헤이멘산맥을 오르다

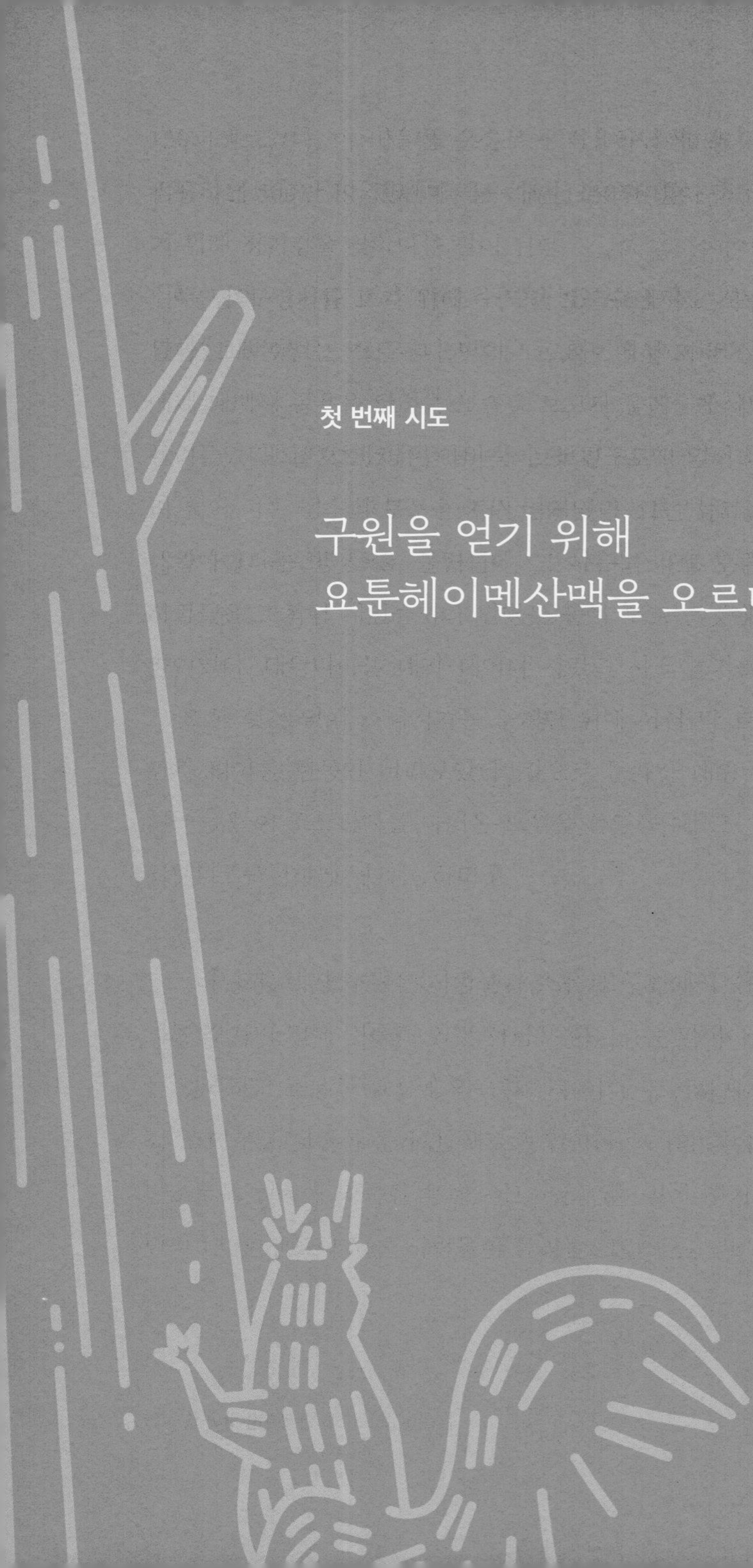

여행 계획

- 1일 차 오슬로 도심 » 노르마르카 숲
- 2일 차 노르마르카 숲 » 요툰헤이멘 지역
- 3일 차 베세겐 능선
- 4일 차 옌데스헤임 산장 » 스피테르스툴렌 산장
- 5일 차 갈회피겐산
- 6일 차 마무리 하이킹 및 평가

여행의 목적

- 내면의 안정 찾기
- 내가 얼마나 미미한 존재인지 깨닫기
- 말로 설명할 수 없는 무언가를 경험하기
- 하늘을 향해 두 팔을 쭉 뻗고 싶은 충동을 느껴보기
- 오랜 하이킹 후에 느끼는 음식의 맛과 자연 경관이 평소보다 더 나은지 확인하기
- 이상한 이름의 산장에서 마주친 사람들과 대화를 나누고, 그들을 이해하고, 심지어는 그들에게 호감을 느껴보기

자유와 함께하는 마지막 날 저녁

"이건 꽤 야심찬 계획이라는 생각이 드는군." 기록 담당자가 말했다.

"중요한 건 최선을 다해야 한다는 것이지. 그래야 나도 제대로 된 경험을 해보지 않겠어?"

"맞는 말이야. 하지만 요점은 네가 이 일을 해본 후에도 계속 좋아할 수 있어야 하잖아. 그렇지?"

"어쨌든 시도는 해보려고."

기록 담당자는 내가 프린트한 여행 계획표를 찬찬히 훑어보았다. 매일 달라지는 일정표도 살펴보았다. 나는 그것도 이미 프린트해놓은 후였다. 경험자들의 조언에 의하면, 등산을 할 때는 좋은 신발을 착용하는 것과 마찬가지로 현대 기술을 전적으로 신뢰하지 않는 것 또한 매우 중요하다고 했다. 예를 들면, 산중에서는 인터넷을 사용할 수 없다. 바로 그 때문에 나는 모든 필요한 문서를 사전에 미리 프린트해놓았던 것이다. 인터넷의 ut.no 사이트는 등산가들의 성경이라 해도 과언이 아니다. 그곳은 등산가들이 각자의 경험과 여행지에 관한 정보를 나누는 곳이다. 거리는 얼마나 되는지, 오르막은 얼마나 가파른지, 시간은 얼마나 걸리는지 등 필요한 정보는 그곳에서 모두 찾아볼 수 있다. 나는 각종 문서들을 보관할 수 있는 비닐 주머니도 마련했다. 산에서 갑자기 비를 맞을 경우 애써 프린트했던 문서들이 축축하게 젖어버릴 것을 피하기 위해서다. 이처럼 만반의 준비를 한 나 자신이 대견하고 자랑스러웠다.

"그러니까 우린 내일 이 숲에 있는 오두막에 갈 거라는 말이지?" 기록 담당자가 내게 물었다.

"응."

"모레는 거기서 출발해 기차와 버스를 타고 요툰헤이멘으로 갈 거고?"

"그렇지."

"그다음엔 요툰헤이멘에서 베세겐 능선을 오를 예정이고?"

"맞아."

"이 문서에 의하면 최소 6시간에서 최대 8시간까지 걸린다고 하는데?"

"응."

"그다음엔 갈회피겐에 있는 산장으로 이동할 거고?"

"응."
"그 후엔 갈회피겐 정상에 오를 예정인 거야?"
"그리고 다시 내려올 거야."
"흠… 말이 쉽지 장장 8시간을 걷는다는 것은 그리 쉽지 않을 걸?"
"나도 알고 있어."
"더욱이 그 산은 가파르고 험하기로 유명한 산이잖아."
"그렇지."
"네 무릎도 생각해야 하지 않겠어?"
아무리 생각해도 그녀는 나를 신뢰하지 못하는 것만 같았다.
"잘될 거야." 나는 나 자신에게 증명이라도 해보이듯 힘차게 고개를 끄덕이며 말했다.
"물론, 잘되겠지." 기록 담당자가 말했다. 나는 그녀의 말이 진심이라고 믿었다.
우리는 미소를 지으며 건배를 한 후, 창밖의 경치를 음미하며 맥주를 마셨다. 이제 내일이면 시작될 것이다. 지금은 노르웨이 내에서 가능한 한 자연과 멀리 떨어진 분위기를 즐기면 되는 것이다.

노르웨이를 여행하다 보면, 어디를 가더라도 자연에서 벗어날 수 없다는 것을 깨닫게 된다. 또한, 자연에 가까우면 가까운 곳일수록 사람들이 등산복을 일상복처럼 사용하는 것을 볼 수 있다. 산과 숲으로 둘러싸인 작은 시골 마을의 주민들은 잠시 슈퍼마켓에 들러 감자칩과 콜라를 살 때도 등산화와 등산용 바지를 입고 나온다. 마치 언제라도 마음만 내키면 산에 오를 준비가 되어 있다는 듯. 그들은 마을에서의 일상이 지속적인 자연 속에서의 삶에서 잠시 벗어나 휴식을 취하는 것이라 여기는 것은 아닐까.

나는 오슬로 동쪽 지역에서 살고 있다. 그곳에서는 거리에서 15분 정도만 어슬렁거려도, 나라 안 대부분의 다른 도시 사람들이 평생 동안 만날 수 있는 것보다 훨씬 많은 외국인과 동성애자, 무슬림과 알코올 중독자들을 볼 수 있다. 이곳은 노르웨이 내에서 부활절이나 겨울 방학이 되어도 이를 인지하지 못하고 넘어가는 몇 안 되는 지역 중 하나다. 거리와 카페를 막론하고 어디를 가든 소음과 낯선 언어들을 들을 수 있다. 나는 성인이 된 후 대부분의 시간을 이곳에서 보냈다. 그럼에도 이곳에서는 등산복을 입은 사람을 거의 보지 못했다. 아, 단 한 번 본 적이 있다. 하지만 그때는 한 무리의 젊은이들이 총각파티를 하고 있을 때였다. 즉, 이곳은 두 팔을 하늘로 쭉 뻗은 사람들의 사진이 가득 실린 관광책자와 가장 거리가 먼 지역이라 해도 과언이 아니다.

이 지역에는 노르웨이에서 가장 높은 건물인 '오슬로플라자'가 자리하고 있다. 1980년대에 지어진 117미터 높이의 건물로, 당시 5층 이상의 건물이라면 이맛살을 찌푸렸던 사람들에게서 엄청날 정도의 부정적인 말을 들었던 건물이기도 하다.

노르웨이의 사회적 이슈를 기반으로 한 대중 토론의 장에서 고층 건물만큼이나 사람들의 불평과 적대감을 유발시키는 것은 없다. 노르웨이인들은 토론의 장에서 대부분 무난함과 중도성을 표방한다. 하지만 자신의 거실 창문에서 이전과 다른 무언가가 보일 때면 지옥의 사자처럼 변한다. 그것이 세상에서 가장 흉측한 2층 집이라면 누구도 참견하거나 끼어들지 않겠지만, 그것이 근사하고 독창적인 고층 건물이라면 이를 두고 30년 이상은 불평을 하고 말다툼을 하는 것이 바로 노르웨이 사람들이다. 대부분의 노르웨이인들은 새로운 건물이 생겨 자신의 창에서 보이는 피오르 광경이 차단될 경우, 매우 급진적이고 과격하게 변한다. 이상하게도 젊은 시절에 무장 혁명에 찬동했던 사람들이 고층 건물에 가장 먼저 부정적 반응을 보인다. 현대 노르웨이인 중에서 자연 속에서 일상을 살아가는 사람은 거의 없음에도 불구하고, 창을 통해선 자연을 볼 수 있어야 한다고 생각하는 사람이 대부분이다.

노르웨이 하면 가장 먼저 무엇이 떠오르는지, 또는 노르웨이에서 가장 근사한 것이 무엇인지 물어보면, 오슬로플라자라고 대답하는 사람은 아무도 없다. 오히려 대부분의 사람들은 오슬로플라자를 수치스럽게 생각한다고 말할 것이다. 그럼에도 그들의 속내를 따져보면, 오슬로에 독창적인 신식 고층 건물이 하나쯤은 있다는 사실을 내심 자랑스럽게 생각한다. 물론 그 건물이 지어졌을 당시에는 지금과는 달리 스칸디나비아 문화가 세상에 알려지지도 않았으며, 베르겐 출신의 젊은이가 랩톱 컴퓨터를 무릎 위에 올려놓고 공원에 앉아 있는 모습을 본다면 그가 팝스타가 분명하다고 믿었던 때였다. 그렇다. 그 시절에는 다른 나라에서 볼 수 있는 거대한 고층 건물이 노르웨이에 단 하나라도 있다는 사실에 은근한 자부심을 가졌던 때다. 1990년, 오슬로플라자가 문을 열었을 때, 그 건물은 북유럽에서 가장 높은 건물이라는 이름표를 얻었다. 심지어는 노르웨이 국왕이 친히 건물을 오픈하며 리본을 끊었고, 그 모습을 보기 위해 사람들이 줄을 서기까지 했다.

지금은 북유럽에서 가장 높은 건물이라는 명성을 잃어버린 지 오래다. 플라자 건물 바로 옆에는 비슷한 높이의 우체국 건물이 있고, 그 옆에는 2008년에 오슬로에서 가장 흉측한 건물로 뽑혔던 쇼핑센터와 버스터미널 등이 자리하고 있다. 물론 사람들은 이 건물들이 결코 근사하다고 생각지 않는다. 오히려 오슬로의 경관을 해친다며 싫어하는 사람들이 대부분이다. 그 건물의 아래쪽에는 햄버거 가게 피아스코가 있다. 대부분의 노르웨이 카페나 레스토랑과는 달리 창가 자리에 앉아도 하늘을 볼 수 없는 가게지만, 나는 항상 피아스코에 앉아 있는 것을 좋아했다.

이들 건물이 자리한 지역은 노르웨이의 자연과 숲에서 최대한 멀리 떨어진 곳이라 해도 과언이 아니다.

우리의 여행은 바로 여기서부터 시작될 예정이었다. 따지고 보면 이곳에서조차도 자연을 피할 수는 없다. 왜냐하면 요툰헤이멘으로 향하는 하이킹 코스가 바로 여기서부터 시작하니까.

노르웨이에는 약 2만 개 이상의 공식 하이킹 코스가 있다. 하이킹 코스가 시작되는 곳에는 커다란 돌 위에 붉은색으로 T 자가 새겨져 있다. 만약 길을 가다가 붉은색의 커다란 T 자를 본다면, 안심하고 하이킹을 해도 좋다는 뜻이다. 노르웨이에서 자란 사람들이라면 모두 잘 알고 있을 것이다. 심지어는 글자를 읽지 못하는 어린아이들이라도, 이 붉은색의 T 자를 보면 거기서부터 하이킹 코스가 시작된다는 것을 알고 있다. 이 2만여 개의 하이킹 코스 중 하나는 '요툰헤이멘 하이킹 코스'라는 이름을 가지고 있다. 이 하이킹 코스는 노르웨이에서 가장 큰 도시 내, 오슬로플라자 건물 바로 뒤편에서부터 시작된다. 시간이 충분하다면 거기서부터 요툰헤이멘까지 걸어가도 된다. 이 하이킹 코스는 300킬로미터 이상의 긴 오솔길로서 목적지까지 걸어가는 데 대충 보름 정도 걸릴 것이다.

나는 바로 이 지점에서 여행을 시작하리라 마음먹었다. 물론 요툰헤이멘까지 걸어가진 않을 것이다. 아직까지는 최소한의 이성을 잃지 않았으니까. 더욱이 우리에겐 보름이라는 시간도 주어지지 않았다. 솔직히 현대인들 중 그 누가 이러한 여유를 부릴 수 있을까. 어쨌든 우리는 이미 여행을 시작했고, 첫날 밤은 오슬로플라자에서 보낼 예정이었다. 도시 전경이 보이는 30층에서. 삶은 바로 이런 것이 아니겠는가. 날이 밝으면, 우리는 도시를 가로질러 숲으로 들어갈 것이다. 몇 시간을 걸어 들어간 후, 전기와 수도가 없는 오두막에서 하루를 묵을 것이다. 이 또한 삶의 한 부분이라 할 수 있다. 최대한의 도시적 삶에서부터 최대한으로 원시적인 자연 속의 삶으로 걸어 들어가는 데는 딱 하루가 걸리는 셈이다. 나는 내 여행 계획에 매우 만족했다.

그것이 바로 내가 오슬로플라자의 꼭대기층 바에 앉아 맥주를 손에 들고 여행 일정표를 뒤적이며 기록 책임을 맡은 그녀에게 했던 말이다. 우리는 전형적인 도시 분위기를 풍기는 피아스코에서 맥주를 마신 후, 엘리베이터를 타고 30층까지 올라가 도시 전경을 바라보는 것으로 여정을 시작했다. 벌써부터 나와 등산가들 사이에 공통점이 있다는 것을 발견했다. 그것은 바로 경치와 풍경을 좋아한다는 것이다. 나는 북유럽에서 꽤 높은 축에 속하는 건물의 꼭대기에 앉아 지평선 너머로 뻗어나가는 도시의 불빛을 바라보았다. 불빛은 저 멀리서부터 희미해지기 시작했고 곧 어둠과 맞닿았다. 그곳에는 분명 도시와는 거리가 먼 자연 풍경이 자리하고 있으리라. 기분이 좋아진 나는 맥주를 한 모금 더 마셨다. 내가 살고 있는 도시의 호텔에서 하룻밤을 묵는다는 사실에 어린아이 같은 즐거움이 나를 감싸왔다. 이 일은 다른 사람들에게도 꼭 추천해주고 싶은 일 중의 하나이기도 하다. 그 느낌은 마치 학교나 직장에 무단결석하는 짜릿함과도 비슷했다. 동시에 그 경험은 다음 날 날이 밝자마자 다른 모든 이성적인 사람들과 마찬가지로 비닐 속에 보관해두었던 지도를 보며 숲속을 걷고, 수분이 모자라지 않도록 정기적으로 물을 마셔야 하는 행위를 하기 전, 내가 마지막으로 할 수 있는 비이성적인 행위이기도 했다. 창밖에는 늦여름을 머금은 빗방울이 떨어지고 있었으며, 나는 만반의 준비가 되었다는 자신감으로 넘쳤다.

"꽤 그럴 듯한 계획이라고 생각해. 너도 동의하지?" 나는 기록 담당자가 나와는 다른 생각을 하고 있다는 어렴풋한 짐작을 뿌리치기 위해 다그쳐보았다.

그녀는 고개를 끄덕이며 미소를 지었다. 나는 그녀가 내심 우리의 여행에 큰 기대를 하고 있다는 생각도 해보았다. 솔직히, 그녀를 설득하는 것은 어렵지 않았다. 그녀는 활동적인 일을 좋아하는 사람이기 때문이다. 하지만 그녀가 과할 정도로 야심찬 우리의 여행 일정표를 두고 걱정을 하는 것은 분명했다. 물론 나의 무릎 상태도 걱정이 되었을 것이다.

"네가 좌절하기를 바라진 않아. 하지만 네가 이번 일로 완전히 등산이나 야외 활동에 거부감을 가질까 봐 조금 걱정돼. 그렇다면, 이번 일은 하나 마나잖아."

"바로 그 때문에 이 프로젝트에 네가 필요해. 만약 내가 용기를 잃고 좌절하는 모습을 보이기 시작하면, 너는 너의 수많은 등산 경험과 유머 감각으로 내 기운을 북돋아줘야 해."

"그렇다면, 내가 이번 여행에서 짜증이 날 정도로 긍정적인 역할을 해야 한다는 말이군."

"바로 그거야!"

"우리의 여행에 방해가 되는 것은 나쁜 날씨가 아니라 오직 적절치 않은 옷차림뿐이라고 말을 해야겠군."

"아, 그 정도로 긍정적이진 않아도 돼."

그것은 이 세상에서 가장 짜증나는 말 중의 하나다. 이것은 야외 활동과 관련한 모든 짜증나는 것들을 대표하는 말이라고도 할 수 있다.

나쁜 날씨가 문제가 되는 것이 아니라, 오직 옷차림이 적당치 않을 뿐이라고? 도대체 이건 무슨 의미인가? 등산복과 등산 장비를 구비하기 위해 무려 4만 크로네를 소비할 수 있는 사람이라면, 폭풍이 몰아치는 험한 날씨에도 여덟 시간 동안 야외에서 걸을 수 있다는 말인가?

"알았어. 그러면 힘든 오르막길을 올라야 정상에 설 수 있다는 말 정도는 할 수 있겠지?"

그녀의 말을 듣고 보니, 등산을 하는 데 적당치 않은 옷차림이 나쁜 날씨보다 더 큰 장애물이라는 말이 이 세상에서 가장 짜증나는 말이라 단언했던 것을 후회하게 되었다.

"사람들이 잊고 있는 게 있어." 내가 말을 이었다. "그건 바로, 내리막길에서 더 빨리 움직일 수 있다는 사실이야."

"꼭 그렇지만도 않아."

"꼭 그렇지만도 않다고?"

"내리막길이 꼭 더 빠르다고는 할 수 없다는 말이야."

"그게 무슨 말이야?"

"내가 갈회피겐산에 갔을 때, 올라가는 데 4시간이 걸렸고 내려오는 데도 4시간이 걸렸어."

"정말이야?"

"응."

그것은 등산과 관련된 책자에서 전혀 찾아볼 수 없는 말이었다.

"그렇다면 정상에서 아래로 내려가는 길은 어때?"

"아주 길고 지루하지. 무릎에 큰 무리를 주기도 하고 말이야."

"흠…."

이 또한 등산과 관련된 책자에서 찾아볼 수 없는 말이었다.

"그렇다면 정상에서 내려갈 때는 극단적으로 긍정적이어야 한다는 말이군."

"그렇게 해석할 수도 있겠지."

우리는 도시 풍경으로 시선을 돌렸다. 마지막으로 일기 예보를 확인하니, 다음 날 날씨는 그다지 좋지 않았다. 기록 담당자는 무슨 말인가를 하려다가 무의미하다고 생각해서였는지 입을 다물었다. 우리는 500cc 맥주를 거의 동시에 비웠다.

"한 잔 더 할까?" 그녀가 물었다.

"아냐. 오늘은 일찍 자야 해. 내일을 위해서."

"네가 그런 말을 하다니. 정말 놀랍군."

"새로운 시대가 열렸어. 새로운 시대가 우리 앞에 활짝 열렸다고."

그로부터 12시간 후, 나는 등산화를 신고, 녹색의 표준이라 할 수 있는 등산용 재킷을 입은 채 오슬로플라자의 세련되고 화려한 로비에 서 있었다. 모르긴 하지만 아마도 나는 이 도시 역사상 그러한 옷차림으로 그곳에 서 있었던 최초의 사람이리라. 재킷 색깔이 가게에서 보던 것보다 훨씬 촌스러운 녹색이라 느껴졌던 것은 나만의 생각이었을까. 뿐만 아니라 나는 커다란 배낭도 등에 짊어지고 있었고, 목에는 비닐로 감싼 지도를 목걸이처럼 걸고 있었다. 기록 담당자 또한 나와 비슷한 옷차림이었지만, 눈부신 녹색 옷은 걸치지 않았다. 그녀는 이미 등산을 여러 번 해보았던 경험자이기도 했다. 그녀를 보는 순간, 경험자의 분위기를 느낄 수 있을 정도였다. 반면, 나의 옷차림은 사람들의 눈길을 끌기에 충분했다. 어딘지 모르게 어색했을지도 모른다. 그도 그럴 것이, 내 옷은 하루 전만 하더라도 가격표가 붙어 있던 새것이었으니까.

기록 담당자는 짜증날 정도로 긍정적인 분위기를 조성하는 자신의 역할을 매우 심각하게 받아들였다. 그 예로, 우리가 짐을 쌀 때 그녀는 짜증날 정도로 긍정적인 노래를 쉴 새 없이 흥얼거렸다. 〈즐거운 여행자〉. 이 노래를 모르는 사람이 있을 경우를 대비해 조금의 설명을 곁들여야겠다. 그것은 원래 독일 노래였으나, 세월이 흐르면서 세계 각국의 언어로 번안되어 불리는 매우 유명한 곡이었다. 눈여겨볼 만한 사실은, 각각 다른 나라의 언어로 불렸음에도 불구하고 그 내용은 원곡과 마찬가지로 짜증날 정도로 긍정적인 내용을 담고 있다는 것이다. 번역된 노래는 이중창 곡으로서, 건강한 미소를 띠고 힘차게 불러야 제맛을 느낄 수 있다.

저 넓은 들과 높은 산
흐르는 시냇물
떠오르는 햇빛 안고
즐거이 노래해.

발데리 발데라 발데라 하하하
발데리 발데라! 즐거이 노래해.
따스한 햇볕은 나의 친구
빗방울은 나의 형제

자, 이제 이해할 수 있는가? 빗방울이 나의 형제라니! 이 무슨 얼토당토않은 소리인가!

나는 선천적으로 내가 맡은 일에는 최선을 다해야 직성이 풀리는 사람이다. 또한, 이상한 옛날 노래에 무척 관심이 많은 사람이다. 그래서인지 몰라도, 짜증날 정도로 긍정적인 저 노래를 들으니 갑자기 기분이 좋아졌고, 금방이라도 밖에 나가 걷고 싶은 생각에 마음이 들뜨기 시작했다. 굳이 다른 이유를 찾자면, 전날 하루 종일 짐을 싸느라 기진맥진해 있던 참이었기에 한시라도 빨리 밖에 나가고 싶었을지도 모른다. 그렇다. 우리는 짐을 싸는 데 거의 온종일을 소비했다. 짐을 싸고 풀어헤치고, 또 다시 싸고 풀어헤치기를 몇 번이나 반복했는지 모른다. 거실 바닥에는 등산 장비가 발 디딜 틈도 없이 널브러져 있었다. 그와 비슷한 양의 포장지와 상자들도 함께 흩어져 있었던 것은 물론이다. 그다지 크게 문제 삼고 싶은 마음은 없지만, 자연 속에서 산다는 것은 엄청난 양의 쓰레기를 만들어낸다는 것을 깨달았다. 나는 평소 꽤 합리적이고 효율적으로 짐을 싸는 편이다. 하지만 그것도 따지고 보면 내가 주로 가는 여행지에는 잊어버린 물건이 있으면 바로 달려 나가 즉석에서 필요한 것들을 구입할 수 있는 편의점이나 백화점을 볼 수 있기 때문이다. 짐을 싸는 현명한 방법 중에서 널리 알려진 것은, 우선 들고 다니기에 편한 가방이나 배낭을 선택해야 한다는 것과 자주 필요로 하는 물건들을 쉽게 꺼낼 수 있도록 배치해야 한다는 것이다. 한마디로 요약하자면, 이것은 불가능한 일이다. 바로 그 때문에 사람들은 대충 짐을 싸고, 여행지에서 가서는 필요한 물건들을 찾기 위해 배낭을 엎어야 하며, 다음 날이 되면 다시 짐 싸는 일을 반복하게 된다. 그 와중에도 "발데리 발데라 발데라 하하하"라는 후렴구를 듣곤 한다.

나는 이 신나는 노래를 로비에 서서도 흥얼거렸다. 어쩐 일인지 이 노래는 이미 내 머릿속에 박혀버린 것 같았다.

물론, 로비엔 우리와 같은 옷차림을 한 사람을 한 명도 찾아볼 수 없었다. 다른 이들은 정장 차림이거나, 명찰이 붙은 유니폼 또는 평상복을 입고 있었다. 대충 싼 듯한 짐을 든 그들 중에는 매우 피곤하게 보이는 사람도 있었고, 술이 덜 깬 듯 여전히 행복한 표정을 짓는 사람도 있었다. 대부분은 우리를 지나쳐가며 믿을 수 없다는 눈빛으로 한 번씩 돌아보곤 했다. 어떤 이는 눈동자를 휘휘 굴리기도 했다. 나는 그들에게 아무것도 잘못한 것이 없는데도 말이다. 땀이 주르르 흐르기 시작했다. 내가 입은 옷은 실내용이 아닌 게 분명했다. 나는 재킷에 달린 68개의 지퍼 중에서 하나를 열고, 그 유명한 통기 성능을 시험해보았다.

발데리. 발데라.

로비의 안내 직원은 매우 어려 보였고, 유니폼 재킷의 이름표로 보아 이제 막 일을 배우기 시작한 인턴인 것 같았다.

"저희 호텔에서 좋은 시간 보내셨는지요?" 그는 과장된 큰 목소리로 오랫동안 연습해온 듯 이빨이 드러나는 부자연스러운 미소와 함께 내게 물었다. 그것을 안내 직원들의 언어로 해석하면 "당신은 왜 호텔에서 하룻밤만 묵는데도 160리터 크기의 배낭을 가져왔나요? 당신의 녹색 재킷 색깔은 정말 촌스럽게 보이는군요!" 정도가 될 것이다.

나는 트레이드마크라 할 수 있는 나만의 그 유명한 환한 미소를 지어보였다.

"이런 옷을 입고 호텔에 오는 사람은 거의 없죠?" 나는 그와 대화를 이어가기 위해 말문을 열었다.

로비 직원은 대답을 찾기 위해 머리를 굴렸다. 내가 던진 질문은 고객 대응 매뉴얼에서 찾아볼 수 없었기 때문이리라. 그는 즉흥적으로 대답을 해야만 했다.

"네… 그런 옷을 입고 이 호텔에 오는 사람은… 그리 많이 보지 못했습니다."

"우리는 요툰헤이멘에 갈 거예요." 나는 그에게 설명을 해줬다.

"아, 네…" 그는 말을 잇지 못했다. 사실, 그가 할 수 있는 말은 뭐가 있을까? "아, 네…"라는 그의 말을 상황에 맞는 호텔 직원의 언어로 바꾸어 말하면 다음과 같을 것이다. "요툰헤이멘이라고요? 여기서 300킬로미터나 떨어져 있는 곳 아닙니까? 그건 그렇고, 당신의 재킷 색깔은 정말 눈이 아플 정도로 선명한 녹색이군요. 다시 봐도 감탄할 만합니다."

"요툰헤이멘으로 가는 길이 이 근처에서 시작된다는 것은 알고 계셨나요?"

"아, 그런가요? 그건 저도 몰랐습니다." 그 말을 다시 호텔 직원의 언어로 바꾸어 말하면 "혹시 대중교통이 필요하신가요? 제가 전화를 걸어 택시를 예약해드릴까요?" 정도가 될 것이다.

요툰헤이멘으로 가는 길이 그 근처에서 시작된다는 것을 실질적으로 암시하는 것은 아무것도 없었다. ut.no 사이트를 보면 "오슬로플라자 옆의 아케르 강변을 따라 걷다 보면 마리달렌 호수를 가리키는 이정표를 볼 수 있을 것이다"라고 적혀 있었다.

하지만 아무리 눈을 씻고 찾아봐도 그런 이정표는 보이지 않았다. 게다가 오슬로플라자 근처에는 사람들도 거의 없어서 요툰헤이멘으로 가는 길을 물어보는 것도 쉽지 않았다. 호텔 뒤편에 무리를 지어 모여 있는 사람들에게 길을 물어보는 것은 그다지 내키지 않았다. 마약에 관심이 있다면 또 모를까.

가로등 둥치에 언젠가 무언가 붙어 있었던 자국이 보였다. 우리는 그것이 이정표가 붙어 있었던 자국이라 결론을 내리고 발을 옮겼다.

우리는 강변 오솔길을 따라 도시를 가로질렀다. 그 길은 점심시간이나 저녁에 산책을 하며 여러 번 가본 길이었다. 특히, 지난 며칠 동안은 새로 구입한 등산화에 적응하기 위해 더욱 자주 걸었던 길이었다. 새 신발에 적응하는 것은 매우 중요한 일이다.

우리는 빨간 T 자 팻말을 찾아 두리번거렸다. 우리가 걷는 길은 관광객을 위한 오솔길이었다. 문득, 노르웨이에서 가장 도시적인 곳에서 자연을 상징하는 빨간 T 자 팻말을 만난다면 참으로 기분이 좋을 것 같았다. 주변을 둘러보니 돌담벽이나 커다란 바위 등 팻말을 걸어놓거나 빨간 스프레이 페인트로 T 자를 써놓을 만한 공간은 꽤 많았다. 하지만 여전히 빨간 T 자 팻말은 어디에서도 볼 수 없었다. 반면, 바위나 돌담벽에는 우리가 기대하지 않았던 글귀들이 많이 보였다. 예를 들면, 어떤 곳에는 '나는 매춘부를 사랑해'라고 적혀 있기도 했다. 하지만 그것은 노르웨이 관광협회와는 상관없는 것이리라.

아니, 어쩌면 내 생각이 틀렸을지도 모른다. 노르웨이 관광협회의 하위 그룹에서 적어놓았던 것은 아닐까? '남성 쇼비니즘 클럽'이라든지? 영 가망 없는 일도 아니다. 자연 속에서 외로움과 고독을 찾으려 산을 오르는 사람들 중에는 낯선 사람들과 짝을 짓거나 단체를 만들어 함께 움직이는 일에 매우 열심인 사람들이 생각보다 많다. 노르웨이 관광협회 산하에는 거의 60여 개의 하위 그룹과 수많은 지역 단체가 있다. 청소년 단체, 어린이 단체, 노인 단체는 물론이고, 동성애자 단체도 있다.

오슬로플라자에서 약 7분 정도 떨어진 곳에는 내가 매일 아침 커피를 사는 작은 카페가 있다. 요툰헤이멘으로 가는 하이킹 코스도 바로 그 카페 옆에서 시작된다. 카페는 항상 분위기가 좋았다. 매일 아침 나와 같은 시간대에 그 카페를 찾는 사람은 서너 명 정도 있었고, 우리는 매일 아침 같은 말로 인사를 하고 같은 내용의 대화를 주고받으며 일종의 동지애를 형성하게 되었다. 가끔씩 카페가 아닌 다른 곳에서 그들과 마주칠 때면, 마치 휴가 때 집을 멀리 떠난 곳에서 뜻하지 않게 만난 직장 동료나 이웃처럼 반갑게 여겨지기도 했다.

그것은 일종의 시험이었다. 나는 등산복을 입고 단골 카페에 들어가보기로 마음먹었다. 내가 가지고 있었던 것은 오직 등산복과 자신감뿐이었다. 카페 동지들에게 나 또한 자연인이 되었다는 것을 보이고 싶었다. 그것은 생각보다 훨씬 부끄러운 일이었다. 사실 부끄러운 일이라면 나는 누구에게도 지지 않을 만큼 많이 해보았다. 그럼에도 카페 안으로 들어가는 발걸음을 주저했던 것이다. 나는 마음을 단단히 먹었다. 고개를 당당하게 치켜들고, 허리를 쭉 펴고, 재킷의 지퍼를 서너 개 정도 연 후, 카페 안으로 들어갔다.

생각했던 일은 일어나지 않았다. 덕분에 나는 다시 멋쩍게 카페를 나와야만 했다. 평소보다 일찍 카페에 들른 탓인지 단골 고객들을 만나지 못했던 것이다. 카페의 여자 직원은 일을 시작한 지 얼마 되지 않았기 때문에, 아마도 내가 그곳에서 모닝커피를 마신 후에 다시 집으로 돌아가 촌스러운 녹색 등산복으로 갈아입고 커다란 배낭을 등에 멘 채 다시 돌아왔다고 믿는 것 같았다.

나의 동반자이자 이번 여정의 기록 담당 임무를 맡았던 그녀는 카페 밖에 서 있다가 사진을 찍었다.

"마지막 코르타도*!" 그녀가 과장된 목소리로 말을 이었다.

"이제부터는 보온병에 담긴 블랙커피만 마셔야 돼."

"세상에 나쁜 커피란 없어." 내가 말했다. "날씨와 목적에 맞지 않는 나쁜 옷차림이 있을 뿐이야."

비가 오기 시작했다.

"비는 우리의 형제!" 기록 담당자가 말했다.

그리고 우리는 문명을 벗어났다.

---

* 에스프레소와 우유를 일 대 일로 섞은 커피.

도시에서 숲으로
: 시간별로 기록한 여정

첫 번째 단계

오슬로 도심 ››› 툄테 오두막. 도보.

예상 시간

6시간 30분

12:15 15분 정도 걸었다. 여전히 아스팔트길과 도심을 벗어나지 못했다. 비는 그쳤다. 코르타도는 동이 났다. 머릿속에서 〈즐거운 여행자〉의 멜로디를 지울 수가 없었다. 기분은 나쁘지 않았다.

12:45 여전히 도심을 벗어나기 전이지만, 주변의 풍경은 왠지 낯설었다. 그럼에도 기분은 좋았다. 우리는 그곳에 어떤 사람들이 사는지 궁금해했다. 언젠가 파티를 하고 회의를 했던 건물을 지나쳤다. 언젠가 조깅을 했던 곳, 수영을 했던 곳도 지나쳐갔다. 내가 사는 도시를 한 번쯤 둘러보는 것은 참으로 의미 있는 일이라 생각했다.

12:50 기분이 날아갈 듯 좋았다.

13:00 아스팔트길이 끝나는 지점에서부터 자갈길이 시작되었다. 초콜릿을 먹으려 길가 벤치 위에 앉자마자 비가 내리기 시작했다.

13:15 자갈길을 걸은 지 채 20분도 지나지 않아 반대편에서 오는 노부부와 마주쳤다. 그들은 미소를 지으며 우리에게 인사를 건넸다. 사람들은 아스팔트를 벗어나기만 하면 낯선 사람들에게도 거리낌 없이 인사를 한다.

13:30 마리달렌 호수에 이르기까지 소요되었던 시간은 ut.no에서 예상한 시간과 한 치의 오차도 없었다. 이상하고도 만족스러운 기분이 온몸을 휘감았다. 비가 그쳤다.

13:45 그 옛날 마찻길을 연상시키는 길을 한참 걸었다. 도시의 모습은 점점 옅어지는 반면, 자연의 모습은 더욱 짙어졌다. 그러나 나는 여전히 도시적 감흥에서 벗어나지 못했다. "저길 봐, 집이 있어!" 또는 "저 길 위쪽에서 자동차 소리가 들려!"라고 신이 나서 외치기를 반복했다. 정신을 차려야겠다고 생각했다. 자연에 더 집중하기로.

14:00 이정표의 화살표가 우리가 생각했던 길과는 반대 방향을

가리켰다. 이정표가 시키는 대로 한참을 걸으니 아스팔트길이 펼쳐졌다. 지도를 보니, 동일한 지명의 두 동네가 거의 나란히 붙어 있었다. 우리는 자연 속으로 발을 디디기도 전에 길을 잃은 것이 아닐까 두려워졌다.

14:05 우리는 긍정적인 자아를 확인하기라도 하듯 바위 위에 앉아 잠시 쉬면서 배를 채우기로 했다. 음식을 먹고 커피를 마신 후, 조용히 지도를 보며 우리가 어디에 있는지, 또 우리가 갈 곳은 어디인지 찬찬히 살펴보기로 했다.

14:06 다시 비가 내리기 시작했다.

14:07 기억할 사항: 등산 목적으로 짐을 쌀 때는 항상 바닥깔개, 비옷, 음식을 쉽게 꺼낼 수 있는 곳에 넣어둘 것.

14:10 기록 담당자는 작은 봉지에 담긴 여행용 에티오피아 커피를 준비했고, 우리는 함께 빵을 먹었다. 비록 비가 내리긴 했지만 기분은 꽤 좋았다. 지도를 확인하니 우리가 가고자 했던 길은 방금 지나왔던 교차로에서 시작된다는 것을 알 수 있었다. 그 길을 따라가니 눈앞에 빽빽한 숲이 펼쳐졌다. 별안간 이 여정은 장난이 아니라는 생각에 심각해졌다.

14:20 숲속으로 발을 디뎠다. 인터넷을 신뢰할 경우, 그날의 목적지인 오두막까지는 4시간을 더 가야만 했다.

14:25 비가 더욱 세차게 내렸다. 나는 나뭇가지 밑에서 걷는다면 비를 덜 맞을 수 있다고 말했다.

"숲은 자연의 지붕이지." 우리는 이런 말을 웃지 않고 진지하게 할 수 있어야만 진정한 자연인이라 할 수 있다는 데 의견을 같이했다.

14:30 주변에 보이는 것은 숲밖에 없을 경우, 대화를 나눌 만한 이야깃거리도 줄어든다는 것을 깨달았다. 우리는 숲속을 걸으며 고요함 속에서 사색을 할 수 있는 좋은 기회라고 생각했다. 도시의 일상과 소음을 뒤로 하고 스스로와 주변을 선명한 시각으로 볼 수 있을 것이다.

14:40 우리는 침묵 속에서 발을 옮기며 약 10여 분 동안 각자 사색에 잠겨보기로 했다. 하지만 그 10여 분 동안 내 머릿속을 채웠던 생각은 '여기에 나무둥치가 있군. 저기엔 나무뿌리가 있고… 저쪽은 땅이 젖어 있군. 여기엔 나무둥치, 저기엔 나무뿌리…'였다.

14:43 나무뿌리. 나무뿌리. 발데리. 발데라. 발데라. 하하하.

14:45 문득 우리가 처한 상황은 고요함이나 사색과는 어울리지

않는다는 것을 깨달았다. 대화를 시도해보았다. 동료나 지인과 함께 등산을 즐기는 내 친구들은 자연 속에서 걸을 때 가장 의미 있는 대화를 할 수 있다고 입을 모았다. 일상의 혼잡함에서 멀찍이 떨어져 있으면 세상의 크고 깊은 것들에 눈을 돌릴 수 있기 때문이라고 했다. 우리는 대화를 시작했다. 꽤 만족스러웠다. 우리는 각자의 꿈과 그간 하고 싶었던 일, 또는 가보고 싶었던 곳에 관해 이야기를 나누었다.

14:48 대화를 나누다 보니, 우리가 가보고 싶었던 곳은 백이면 백 모두 소나기나 전나무 숲과는 동떨어진 장소라는 것을 깨달았다. 결과적으로 우리의 대화가 우리의 여정에 파괴적일 정도로 부정적인 영향을 가져온다는 것을 부인할 수 없었다.

14:50 저기 보이는 나무뿌리. 저기 보이는 나무뿌리. 저기엔 젖은 땅. 저기 보이는 건 조금 이상하게 생긴 나무뿌리.

14:55 대화의 주제를 바꾸었다. 읽고 싶었던 책으로. 나는 최근 들어보았던 책 제목을 말했다.

"어떤 내용인데?" 기록 담당자가 내게 물었다.

"오슬로 외곽의 오두막에서 한 가족이 야만적인 방법으로 처참하게 살해된 이야기야."

14:56 나무뿌리. 나무뿌리. 나무뿌리.

15:00 발데리. 발데라.

15:05 우리는 좀 더 실질적인 것들에 집중해보기로 결심했다. 그 중 하나가 바로 〈즐거운 여행자〉의 멜로디를 내 머릿속에서 지우는 것이었다. 널리 알려진 방법은 단 하나뿐. 다른 노래의 멜로디로 대체하는 수밖에 없었다. 기록 담당자는 영화 〈사운드 오브 뮤직〉의 〈도레미 송〉을 추천했다. 그녀가 어떻게 그 노래를 아는지는 나도 모른다. 그녀는 내가 생각지도 못했던 갖가지 이상한 것들에 관해 많이 아는 사람이다. 어쨌든 나는 그녀의 제안을 감사히 받아들이기로 했다.

15:25 이제 우리는 함께 〈사운드 오브 뮤직〉의 〈도레미 송〉을 매우 자연스럽게 부를 수 있다.

15:27 〈사운드 오브 뮤직〉의 〈도레미 송〉은 알고 보니 꽤 짜증나는 노래였다.

15:35 〈즐거운 여행자〉가 그리워지기 시작했다.

15:40 우리는 〈도레미 송〉의 멜로디를 머릿속에서 쫓아내기 위

해 무언가를 해야만 했다. 기록 담당자는 A로 시작하는 밴드나 가수의 이름을 찾아보자고 제안했다. 결국, 고요함 속에서 사색을 즐기거나 의미 깊은 대화를 하는 것은 물 건너간 일이 되어버렸다. 하지만 우리에겐 시간을 보낼 수 있는 무언가가 필요했다.

"아바." 물론!

"애니 레녹스." 그녀가 말했다.

"앤드류 시스터즈."

"아하."

"아비치."

비가 더욱 세차게 내렸다. 목적지까지는 2시간 50분을 더 가야만 했다. 주변에는 나무밖에 보이지 않았다. 오직 나무밖에.

15:55 A로 시작하는 가수의 이름을 대기가 점점 어려워졌다. 이름을 말하기 전 뜸 들이는 시간도 점점 길어졌다. 공기도 더욱 축축해졌다. 우리는 젖은 진흙 더미에 빠지지 않기 위해 거의 땅만 보며 걸었다. 자연인으로 산다는 것은 이런 것이었던가? 고개를 들고 당당하게 걸어야 하지 않을까? 나무 위의 새들과 숲속의 짐승들을 봐야 하지 않을까? 아, 이 숲속에는 짐승이 없을지도 모른다. 짐승과 동물을 찾아볼 수 없는 숲도 자연이라 말할 수 있을까? 우리는 이미 4시간을 걸었지만 생쥐 한 마리도 보지 못했다. 도심에서는 가까운 슈퍼마켓에 가는 길에도 고양이 한두 마리와 꽤 많은 새들을 볼 수 있는데.

“어 플록 오브 시걸즈!” 나는 큰 소리로 외쳤다.

승리를 거머쥐었다고 확신했다.

16:05 오솔길의 팻말과 이정표는 오히려 관광객들을 혼란스럽게 만든다. 특히, A로 시작하는 밴드나 가수 이름을 생각해내느라 바쁠 때는 더더욱 그러하다. 이 숲속에는 빨갛고 파란 팻말들이 나무에 걸려 있었다. 인터넷의 안내 문구처럼 빨간 T 자 팻말이 길 위에 서 있는 경우는 보지 못했다. 나무에 걸린 팻말은 띄엄띄엄 자리하고 있었다. 빨간 표지와 파란 표지가 각각 다른 나무에 걸려 있을 때도 있고, 가끔은 같은 나무에 함께 걸려 있기도 했다. 평소라면 그 이유에 관해 구글 검색을 해보았을 테지만, 숲속에서는 인터넷에 연결할 수가 없었다.

“알파빌레.” 갑자기 기록 담당자가 소리쳤다.

내가 먼저 알파빌레를 생각해내지 못했던 것이 너무나 후회스러워 짜증이 났다.

16:15 숲속의 팻말이 사라졌다. 팻말을 달고 있는 나무를 한 그루도 볼 수 없었다. 비가 더욱 세차게 내렸다. 이젠 이 세상에 A로 시작되는 이름을 가진 밴드나 가수도 더 찾아볼 수 없었다. 우리는 조금 더 걸어보기로 했다. 그러면 팻말을 볼 수 있을지도 모르니까.

16:25 앞으로 계속 나아갔다. 팻말은 더 보이지 않았다. 별안간 눈앞에 매우 가파른 내리막길이 나타났고, 그 밑에는 비교적 커다란 습지가 우리를 기다리고 있었다. 기록 담당자는 이를 경고하는 팻말이 없었다는 점을 두고 매우 화를 내며 욕을 했다. 문득 이 상황에서 긍정적인 역할을 해야 하는 사람은 나밖에 없다는 생각이 스쳤다. 그것이 바로 성공적인 팀워크라 할 수 있을 것이다.

이젠 인터넷에 연결할 수 있지 않을까? 확인해보니 역시 내 예상이 틀리지 않았다.

핸드폰의 내비게이션 기능은 전혀 도움이 되지 않았다. 지도에 따르면 우리는 아무것도 없는 허허벌판의 한가운데에 서 있었다. 구글에서 검색을 해보니, 우리 앞에 펼쳐진 길은 겨울철에는 스키를 탈 수 있고, 여름철에는 하이킹 코스로 이용할 수 있는 길이었다. 문제는 이 길로 나아갈 경우 갑자기 커다란 호수가 나타날 수도 있다는 점이었다. 겨울철이라면 호수가 꽁꽁 얼어 스키를 타고 건널 수 있겠지만, 여름철이라면 더 나아갈 수 없다는 것을 의미한다. 게다가 그 길은 겨울철에 이용할 수 있는 파란색으로 표시되어 있었다. 그렇다. 우리는 그제야 파란색과 빨간색 표지의 차이점을 알게 되었다.

혹자는 여정을 시작하기 전에 이런 것쯤은 미리 알고 왔어야 한다고 우리를 책망할지도 모른다. 그가 현명하고 계획적인 사람이라면 말이다. 나는 바로 그 때문에 현명하고 계획적인 사람을 그리 좋아하지 않는다.

16:30 우리는 내키지 않았지만 현명하고 계획적인 여행을 해보자고 다짐하며 더 늦기 전에 왔던 길로 되돌아가야 한다고 생각했다. 그 길을 다시 찾을 수만 있다면 말이다. 숲속에는 사방팔방에 모두 나무뿐이라 모든 길이 다 비슷비슷하게 보인다. 우리는 발길을 돌리고 재빨리 걷기 시작했다. 나는 〈도레미 송〉을 나직이 흥얼거렸다. 기록 담당자는 진지한 표정으로 〈즐거운 여행자〉를 불렀다.

17:00 마침내 길을 잘못 들었다고 생각한 지점에 도달했다. 우리는 초콜릿을 먹으며 이를 축하했다.

"길을 잘못 들긴 했지만, 숲을 더 많이 둘러볼 수 있어서 좋았어." 기록 담당자가 다시 짜증날 정도로 긍정적인 역할을 되새기기라도 하듯 목소리를 높였다.

"길을 잘못 드는 일은 있을 수 없어. 단지 날씨와 목적에 맞는 옷차림을 한다면…."

우리는 얼마나 시간을 허비했는지 계산해보았다. 한 시간? 아니, 그보다 더 많을지도 모른다. 두 시간? 점심을 먹기 직전에 이미 길을 잘못 들었다고 친다면 얼마나 많은 시간을 허비했을까? 알 수 없는 일이었다. 우리는 실패를 뒤로 하고 긍정적으로 앞만 바라보며 걷기로 했다. 우린 이제 진정한 의미의 자연인에 한 발짝 더 가까워진 셈이다. 이제 올바른 길에 접어든 것이 분명했고, 우리의 배낭 속에는 충분한 에티오피아 커피와 초콜릿이 있었다. 게다가 우린 이제 겨우 A로 시작하는 밴드와 가수 이름만 찾아보았을 뿐이다. 알파벳 B로 넘어가며 우리는 더욱 빨리 걷기 시작했다.

"비욘세." 기록 담당자가 말했다.

"밥 말리."

"보니 엠."

"바나나라마."

"비스티 보이즈."

아직 두 시간이나 더 가야만 했다. 세 시간, 아니, 그보다 더 많은 시간을 걸어야 할지도 모른다. 비는 그치지 않고 계속 왔다.

17:15 속으로만 궁금해했던 것을 마침내 입 밖에 내어보았다.

"그런데 도대체 언제 해가 지는 걸까?"

그것은 평소 저녁 시간에 숲을 산책하지 않는 사람이라면 전혀 모르는 일이었다.

"어제 플라자에 들어갔을 때만 하더라도 꽤 밝았어. 그때라면 아마 저녁 여덟 시쯤 되었을 거야."

"그렇군. 하지만 우리가 바에 앉아 있을 때는 상당히 어둡지 않았어?"

"그랬지."

우리는 저녁 여덟 시 즈음 어두워진다고 결론을 내렸다.

만약 우리가 길을 잘못 들지 않고 등산가의 성경이라 불리는 인터넷 사이트에서 가르쳐준 대로만 했다면, 우리는 6시 30분쯤 목적지에 도달할 수 있을 것이다. 우리는 더욱 빨리 걷기로 결심했다.

17:30 자연을 만끽한다는 것은 이미 포기했다. 주위를 둘러볼 틈도 없이 너무나 빨리 걸었기 때문이다. 땅은 더욱 축축해졌다. 입 밖으로 내어 말하진 않았지만, 우리는 매초, 매분 발을 옮기며 지나온 거리를 머릿속으로 계산했다. 거의 15분 동안, 우리는 아무 말도 하지 않고 걷기만 했다. 하지만 내면의 평온함은 느낄 수 없었다.

"보니 타일러." 기록 담당자가 무덤덤하게 말했다.

17:38 숲속에서 우연히 만난 이정표가 얼마나 반가운 것인지 경험해보지 않은 사람은 모를 것이다. 이미 말했듯이, 팻말과 이정표는 쉽게 찾을 수 있는 것도 아니었고, 찾아도 그것을 이해하기가 쉽지 않을 때가 많았다. 하지만 이정표는 신뢰를 위해 존재하는 것이 아니었던가. 바로 그 때문에, 우리는 이정표를 볼 때마다 신이 나서 "이정표!"라고 큰 소리로 외쳤다. 눈앞에 자리한 이정표는 우리가 길을 제대로 찾아왔다는 것을 말해주고 있었다. 반면, 얼마나 더 가야 하는지는 확신할 수 없었다. 이정표는 우리가 목표로 한 호수까지 가는 길만 말해줄 뿐이었다. 호수에서부터 우리가 묵을 오두막까지 얼마나 더 가야 하는지는 알 수 없었다. 지도를 보니, 조금 더 가면 오르막길이 나온다는 것을 알 수 있었다.

"오르막길을 힘들게 올라야 정상에 이를 수 있어." 기록 담당자가 말했다.

날이 어두워지기 전까지는 약 두 시간밖에 남아 있지 않았다. 물론 그조차도 확신할 수 없었지만 말이다.

17:40 저 앞에 조깅을 하는 사람이 보였다. 언뜻 꽤 젊어 보이는 한 여자가 숲속의 나무 사이를 가볍게 뛰어오고 있었다. 그녀가 어디에서 왔는지는 오직 새들밖에 모를 것이다. 우리가 짐작할 수 있는 사실은, 그녀가 꽤 오랫동안 먼 길을 뛰어왔다는 것이고 앞으로 뛰어갈 길 또한 꽤 멀다는 점뿐이었다.

노르웨이의 자연은 항상 사람들로 바글거린다고 믿는 사람들에게 내가 해주고 싶은 말이 하나 있다. 우리가 이 숲속에 들어와 만난 사람이라곤 딱 한 사람, 그녀뿐이었다. 아니, 살아 있는 존재를 모두 합쳐도 그녀가 처음이었다. 우리는 그녀를 멈춰 세웠다. 그녀는 조금 짜증을 내는 듯했다. 하지만 어쩔 수 없었다. 이 숲속에서 뛰어다니는 일이 세상에서 가장 자연스러운 일처럼 보이는 사람이라면, 분명 이 지역 사람이 분명하니까.

그녀는 예의 바르게 미소를 지으며 발을 멈추었다. 우리는 그녀의 시간을 방해하지 않기 위해 최대한 말을 빨리하며 우리가 어디로 가야 하는지 물어보았다. 그녀는 우리가 말하는 오두막을 한 번도 들어본 적이 없다고 대답했다. 우리는 당황하기 시작했다. 하지만 그녀는 호수 이름을 들어보았다고 하며, 이 길로 쭉 가면 잘 찾을 수 있을 것이라고 말했다. 호수까지 먼가요? 나의 질문에 그녀는 그다지 멀지 않으며 조금만 더 가면 호수를 볼 수 있을 것이라고 했다.

그녀는 다시 조깅을 시작했다. 나는 조만간 그녀를 육상대회의 시상식에서 볼 수 있을 것이라고 생각했다.

18:20 기억해야 할 사항: 숲속에서 당당하게 조깅을 하는 사람이 "멀지 않다"라고 하는 말은 절대 믿으면 안 된다. 그런 사람들은 "멀지 않다"라는 말의 일반적인 의미가 무엇인지 모른다. 집들이 띄엄띄엄 자리한 외딴 시골에 사는 사람들과는 거리에 관해 이야기하면 안 된다는 것과 마찬가지다. 나는 언젠가 한번 노르웨이에서 가장 인구가 적은 북쪽 지방의 외딴 시골 마을에 가본 적이 있다. 매우 친절하고 호의적이었던 마을 주민들은 술집이 문을 닫은 후 내게 2차를 권했다. 내 일행은 그들에게 2차 장소가 그곳에서 먼 곳인지 물어보았다.

"아닙니다. 별로 멀지 않습니다." 자기 집에서 2차를 하자고 권했던 이는 그렇게 대답했다.

"스노우 스쿠터를 타면 30분 만에 갈 수 있어요."

18:25 "이정표!" 기록 담당자가 소리쳤다. 우리는 마침내 호숫가에 이르렀다. 문명의 향기를 느낄 수 있었다. 호숫가의 벤치에는 사람들이 그릴 음식을 만들어 먹은 흔적도 남아 있었다. 벤치 하나가 반쯤 까맣게 타 있었기 때문이다. 그곳에는 우리가 가고자

했던 오두막을 가리키는 이정표도 서 있었다. 남은 길은 우리가 예상했던 것보다 더 멀었으며 심지어 오르막길이었다.

19:05 우리는 일부러 비를 피하지 않고 걸었다. 서서히 날이 어두워지기 시작했다. 하지만 그것은 숲이 더 빽빽해진 데다가 구름이 잔뜩 끼어 있었기 때문에 그렇게 여겨졌는지도 모른다.

19:15 짜증이 나기 시작했다. 아주 많이.

19:25 기록 담당자도 짜증이 나는 것 같았다. 그녀는 긍정적이어야 할 자신의 역할과 의무를 포기한 것 같았다. 심지어는 오슬로의 모든 숲을 갈아 엎어버리고 주택을 지어야 한다고 말하기도 했다. 나는 그녀의 말에도 일리가 있다고 생각했다. 나라 안에서 제일 큰 도시에 있는 숲을 무려 여덟 시간이나 걸어도 사람과 마주칠 일이 없다는 것을 생각한다면, 숲은 충분하지 않을까.

19:35 이정표! 이제 목적지까지 약 1킬로미터 남았다. 날이 어두워지기 시작했다는 것은 단순히 나의 느낌이 아니었다. 실제로 어두워지기 시작했던 것이다. 커다란 배낭을 메고 질척한 오르막길을 약 1킬로미터 걷는 데 시간이 얼마나 걸리는지 계산하는 건 쉽지 않았다. 그 때문에 나는 현명하고 계획적인 사람이라면 했을 듯한 일을 하기 시작했다. 발을 옮기며 거리를 쟀던 것이다. 1미

터, 2미터, 3미터….

이쯤에서 등산에 익숙한 사람들이라면 헤드라이트를 떠올렸을 것이다. 하지만 막상 어둑어둑하고 질척질척한 숲길을 걷던 내겐 그 생각이 얼른 떠오르지 않았다. 게다가 우린 배가 고프기까지 했다. 헤드라이트를 쓴다고 해도 캄캄한 숲길을 100여 미터 걷는 것은 불가능하게 여겨졌다. 화가 날 것 같았다. 미친 사람처럼 숲속을 빙글빙글 돌며 큰 소리로 〈즐거운 여행자〉 노래를 부른다 해도 이상하지 않을 것 같았다.

19:40 기록 담당자는 이정표를 본 후에 기분이 좋아졌는지 대화를 시도했다.

"이처럼 빽빽한 숲속을 걸어본 적이 있어?"

나는 아무 말도 하지 않았다. 발을 옮기며 거리를 계산하는 일을 방해받고 싶지 않았기 때문이었다. 뿐만 아니라, 이런 말로 시작하는 대화는 으레 그녀의 파나마 여행담으로 이어진다는 것을 경험으로 잘 알고 있었기 때문이다.

"내가 파나마에 갔을 때…." 아니나 다를까, 기록 담당자가 이렇게 말문을 열었다.

"여기와 비슷한 숲속을 걸은 적이 있었어. 나무 위에는 원숭이들이 앉아 있었지. 난 그때 눈이 부실 정도로 화려한 푸른색의 나비도 보았어."

정말? 우리는 빗속에서 7시간 30분 동안 숲속을 걸었다. 우리가 보았던 것은 오직 나무, 나무, 또 나무들뿐이었다. 나무뿌리도 보았다. 그것이 전부였다. 우리의 등에는 200리터 용량의 배낭이 있었고, 신발 속에는 모르긴 해도 약 2리터 이상의 물이 차 있었다. 게다가 약 20초 후면 앞을 볼 수 없을 정도로 캄캄해질 것이다. 이 상황에서 굳이 세상 반대편에 자리한 숲속의 화창한 날씨와 흥미로운 짐승에 관해 언급할 필요가 있을까?

물론, 나는 그것을 입 밖에 내어 말하지 않았다.

"500미터 남았어." 물론, 그것은 사실이 아니었다.

"참, 본 조비!"

기록 담당자는 내게 감탄하는 눈치였다.

19:50 이정표! 어둑어둑해서 이정표의 글자를 제대로 알아보기가 쉽지 않았다. '튐테 오두막'. 바로 우리가 갈 곳이었다. 그런데 이정표에는 얼마나 더 가야 하는지 표시되어 있지 않았다. 어쩌면 바로 그곳 어디엔가 오두막이 있을지도 모르는 일이었다. 기록 담당자는 신이 나서 이정표 주변을 폴짝폴짝 뛰며 어딘가에 보일지도 모르는 오두막을 찾았다. 물론 반대 방향이었다.

나는 더 늦기 전에 그녀를 멈춰 세울 수 있었다. 여기까지 와서 길을 잃는다면 그 또한 너무나 바보 같은 일이라는 데 의견을 같이 했다. 우리는 이정표의 화살표가 가리키는 곳으로 발을 옮겼다. 아니나 다를까, 약 4미터 떨어진 곳에 오두막이 한 채 서 있었다.

요약하면, 우리는 한 번의 휴식을 포함하여 정확히 여덟 시간 만에 목적지에 도착했다. 내 핸드폰에 의하면 우리는 27.6킬로미터를 걸었고, 그 길은 ut.no 인터넷 사이트에 따르면 22킬로미터의 거리였다.

마침내, 나는 소위 자연인들이 말하는 그 무언가를 직접 느껴볼 수 있게 되었다. 고된 여정 후에 맛보는 희열은 물론, 음식 맛조차도 평소보다 더 좋아진다는 것, 그리고 걱정 없이 깊은 잠에 빠질 수 있다는 것 등등.

19:55 별안간, 우리가 오두막을 단독으로 사용할 수 없을지도 모른다는 생각이 스쳤다. 그 오두막은 원칙적으로 열쇠를 가지고 있는 사람이라면 누구나 사용할 수 있는 공공건물이었으니까. 또한 원칙적으로 노르웨이 관광협회 회원이라면 모두 열쇠를 가지고 있었다. 회원 수는 약 30만 명을 넘어선다. 나는 오두막에 다른 사람이 없었으면 좋겠다고 바랐다. 그 상황에서 내가 가장 피하고 싶었던 일은 낯선 사람과 대화를 나누는 일이었다. 각자의 여정에 관해 이야기를 하는 것은 물론, 여정을 시작하기 전에 곳곳의 이정표가 의미하는 것을 미리 숙지하는 것이 얼마나 중요한 일인지, 길을 잃지 않기 위해 이정표를 제대로 읽는 것이 얼마나 중요한 일인지, 날씨와 목적에 맞는 신발과 옷을 갖추어 입는 것이 얼마나 중요한 일인지 등에 관해서 말이다.

여덟 시간 동안 숲속에 있다 보니, 사람들이 이유 없이 싫어지기 시작했다.

20:00 굴뚝에서 연기가 피어오르지 않는 것으로 미루어, 오두막 내에는 아무도 없는 것 같았다. 비오는 월요일, 늦은 저녁이기에 그럴 만도 했다. 우리는 하루 종일 살아 움직이는 존재를 딱 한 명 보았을 뿐이다. 더욱이 그녀는 조깅을 하며 숲을 벗어나려는 참이었다.

20:05 내 삶에서 이처럼 짜증나고 무의미한 시간은 처음이었다. 우리는 마침내 목표로 했던 오두막에 도착했다. 온몸은 젖어 있었고, 배는 고프고, 짜증은 머리끝까지 치밀어 올라 있었다. 나는 비 내리는 오두막 밖에 배낭을 내려놓고, 열쇠를 찾기 위해 360개나 되는 주머니를 뒤졌다. 자연인으로 산다는 것은 수없이 많은 주머니에 적응해야 가능한 일이라는 것을 깨달았다.

20:06 열쇠를 찾으며 나는 나름대로의 이론을 정립해보았다. 즉, 주머니를 많이 가지면 가질수록 공감 능력이 떨어지는 것은 아닐까. 둘러보면, 짜증이 날 정도로 현명하고 이성적인 사람일수록 주머니가 많이 달린 가방이나 옷을 입고 있다. 뿐만 아니라 그들은 어떤 상황이 닥치든 무엇을 해야 할지 잘 알고 있으며 항상 준비가 되어 있다. 여러 직업군 중에서 주머니를 가장 많이 가지고 있는 사람들은 사진작가, 전쟁 지역에서 일하는 기자들이다. 이들은 대체적으로 박식한 체하는 사람, 삶에 지친 사람, 스스로에게 만족하는 사람, 수염을 기르고 술을 잘 마시는 사람들이다.

20:08 너무나 배가 고팠다. 무언가를 먹어야만 할 것 같았다. 지금 당장.

20:11 43번째 주머니에서 오두막 열쇠를 찾았다. 문을 열고 들어갔다. 이제 우리는 자연 속 오두막에서의 진정한 삶을 즐길 것이다.

20:15 먼저, 해야 할 일이 너무나도 많았다. 숲속의 오두막에 가 본 사람이라면 잘 알고 있을 것이지만, 여전히 놀랄 만큼 쉽게 잊어버린다. 물이 필요했다. 그러려면 근처 어딘가에 있을 우물부터 찾아야만 했다. 이미 늦은 시간이었다. 불빛 한 점 없는 숲속이었기에 칠흑처럼 캄캄했다. 손전등을 들고 두리번거리다 보니, 작은 팻말이 보였다. 팻말에 그려진 그림은 너무나 작아서 잘 볼 수도 없었고, 무엇을 의미하는지는 더더욱 알 수 없었다. 왜 팻말에 처음부터 간단하게 '우물'이라 쓰지 않았을까. 노르웨이어로 적고 영어로 하나 더 적어넣어도 되었을 텐데, 왜 굳이 그림을 그렸을까. 아! 영어를 잘 못하는 우즈베키스탄 관광객들을 배려해 그림을 그려놓았을지도 모른다.

내겐 팻말의 그림이 무엇을 의미하는지 어둠 속에서 찬찬히 살펴볼 인내심이 없었다. 솔직히 말하자면, 그때는 어떤 일에도 인내심을 발휘할 수가 없었다. 너무나 배가 고팠으니까. 알고 보니, 팻말은 야외 화장실을 의미하는 것이었다. 그림 속에는 노르웨이 왕실 사람들이 볼일을 보고 있었다. 심지어는 노르웨이 국왕 가족들까지도 숲속의 오두막에 묵을 때면 야외 화장실을 이용한다는 뜻이었다. 이 북유럽의 조그마한 나라 국민들이 얼마나 현실적이며 동등한 사회민주주의적 사고방식을 가지고 있는지 보여주는 그림이기도 했다. 그렇다. 이 나라에는 왕과 왕비가 있고, 국민들은 그들의 사진을 야외 화장실 앞에 걸어둔다. 나는 스칸디나비아를 혐오한다. 주머니가 많은 사람과 어둠을 증오한다. 나는….

배가 고팠다. 너무나 배가 고파서 당장 무엇을 먹지 않으면 쓰러질 것만 같았다.

기록 담당자가 걱정스러워지기 시작했다. 그녀는 이 상황을 나보다 더 못 견딜 것이 틀림없다. 그녀는 배가 고플 때 당장 배를 채우지 못하면 이성을 잃어버리는 사람이다. 혈당이 떨어지면 제정신을 못 차리는 사람을 본 적이 있는가? 그녀는 그런 이들 중에서도 차원이 다른 반응을 보이는 사람 중 한 명이다.

등 뒤에서 부스럭거리는 소리가 들렸다. 잔가지 같은 것이 툭툭 끊어지는 것 같기도 했다. 나는 천천히 뒤를 돌아보았다. 희미한 손전등 불빛에 기록 담당자의 모습이 보였다. 그녀의 긴 머리는 흠뻑 젖어 얼굴에 착 달라붙어 있었다. 그녀는 꼼짝도 않고 제자리에 서 있었다. 그녀를 둘러싼 나무들이 바람에 살랑살랑 흔들렸다. 문득, 나무들이 허리를 굽히고 나를 뚫어지게 바라보는 것 같은 느낌이 스쳤다. 나무들이 내게 가까이 다가오고 있는 건 아닐까?

기록 담당자는 손에 무언가를 들고 있었다. 도끼? 장총?

그것은 손전등이었다. 그녀는 손전등 불빛으로 자신의 얼굴을 비추며 미소를 지었다.

"장작은 내가 가져올게." 그녀가 말했다.

내게 필요한 것은 배를 채울 음식이었다.

20:23 어둠을 헤치고 물과 장작을 가져온 후, 오두막 벽에 붙어 있는 안내문을 보니 숲속의 우물물을 마시는 것은 안전하지 않다고 적혀 있었다. 그렇군. 우리의 배낭 속에는 0.3리터의 물밖에 남아 있지 않았다.

어쨌거나 당장 우리에게 필요한 것은 먹을 음식이었다.

먼저, 우리는 장작에 불을 지피기 위해 종이를 끌어모았다. 젖은 종이는 사용할 수 없었고, 내일 우리가 의지해야 할 지도는 더더욱 사용할 수 없었다. 이제 종이에 불을 붙일 도구가 필요했다. 우리는 먼저 묵었던 사람들이 혹시나 잊고 간 성냥이나 라이터가 있는지 오두막 안팎을 샅샅이 뒤졌다. 방금 장작을 가져왔던 야외 헛간에서 작은 양초와 성냥 하나를 찾을 수 있었다. 벽난로에 장작을 넣고 불을 지핀 후, 젖은 옷을 모두 가져와 그 앞에 널어놓았다. 음식을 만들 물을 끓이기 위해 버너를 꺼내 조립했다. 억겁의 시간이 흐른 후에야 우리는 겨우 버너에 불을 붙이고 물을 끓일 수 있었다.

20:55 필요한 일은 대충 다 한 것 같았다. 우리가 먹을 음식은 끓는 물을 붓고 8분을 기다리면 완성되는 스튜였다. 그것은 진정한 자연인이 애용하는 음식이다.

얼마 남지 않은 식수를 잔에 나누어 따르고, 나이프와 포크를 꺼내든 채 음식이 다 되기만 기다렸다.

21:03 스튜는 8분 만에 완성되었다.

거짓말을 하나도 보태지 않고 진심에서 우러나오는 평을 하자면, 나는 세상에 태어나 그처럼 맛없는 스튜는 처음 먹어보았다.

인류는 지난 수십 년 동안 즉석 음식을 개발해왔고, 즐겨 먹어왔다. 비록 세계적으로 유명한 셰프들이 추천하는 음식은 아니지만, 즉석 음식 중에는 맛있게 먹을 수 있는 것들이 꽤 많다. 하지만 우리가 가져온 스튜는 아니었다.

더욱이 길고 힘든 여행을 한 후에 먹는 음식은 특별히 더 맛이 좋다고 하지 않았던가. 그럼에도 우리의 스튜는 그 근처에도 가지 않았다. 그러니 얼마나 맛이 없었는지 짐작할 수 있을 것이다.

"어쩌면 우리의 하루가 그다지 고되지 않았을지도 몰라." 기록 담당자가 말했다.

"얼마나 더 걸어야 이 스튜를 맛있게 먹을 수 있을까?"

"만약 우리가 수년 동안 강제 수용소에서 고문을 당하며 살아왔다면, 지금 이 스튜는 엄청 맛있었을지도 몰라."

"음식을 맛있게 먹을 수 있는 대안치고는 그럴듯하군. 하지만 가능하면 고문은 피했으면 해."

"음, 네 말에도 일리는 있어."

21:15 다시 산장 곳곳을 뒤졌더니 먼저 묵었던 손님들이 남기고 간 즉석 파스타 요리 봉지를 찾을 수 있었다. 맛은 꽤 좋았다.

21:35 기록 담당자가 의미심장한 미소를 짓더니 배낭을 뒤져 휴대용 술병을 꺼냈다.

"술 가져온 거 있어?!" 내가 평소보다 한 옥타브 높은 목소리로 크게 소리쳤다.

"여행에 술이 빠질 수는 없지."

그녀는 잔에 술을 약간 따르고 나머지는 내게 돌려주었다.

"원래 정상에 이르면 술을 조금 마셔줘야 해." 그녀가 말을 이었다.

"하지만 우린 모레 오전이나 되어야 정상에 오를 수 있으니까, 미리 조금…."

"난 너의 등산 경험이 매우 유용하리라는 것을 진작에 알고 있었어."

"이 세상에 나쁜 술이란 건 없어. 위하여!"

21:45 이제 좀 야외에 나왔다는 기분이 들기 시작했다. 오두막에서의 삶도 그럭저럭 만끽할 수 있었다. 얼마 되진 않지만, 여기저기 오두막이나 산장에서 묵었던 기억과, 내 마음에 들었던 산장을 떠올려보았다. 나는 공항이나 호텔을 좋아하는 이유와 마찬가지 이유로 산장을 좋아한다. 그런 곳에 있으면 세상에서 조금 떨어져

있는 듯한 느낌을 가지게 된다. 요일도 상관없고 어느 나라에 있는지도 상관이 없다. 그러한 곳에 가면 또 다른 일상의 규칙이 적용되기 마련이니까. 공항에 가면, 평소 술을 입에도 대지 않던 사람들이 화요일 아침 8시임에도 불구하고 맥주를 주문한다. 호텔에 가면, 평소 법 없이도 살 수 있을 것 같은 사람들이 객실의 붙박이 가구를 제외한 모든 것을 훔친다. 산장에 가면, 사람들은 문명을 잊어버린다. 탁자 위에는 양주병이 있고, 플라스틱 씹는 것 같은 즉석 음식이 즐비하다. 정리를 하지 않아 지저분한 것은 말할 것도 없다. 양초 불빛이 바람에 흔들리는 가운데, 방마다 젖은 옷을 말리느라 퀴퀴한 냄새가 난다. 우리는 소파에 나란히 앉아 벽난로의 불이 꺼질까 봐 안절부절못했다. 우리 등 뒤의 벽에는 줄이 끊어진 기타가 걸려 있었다. 이것이 바로 산장에서의 삶이다.

이제 남은 것은 단 하나. 산장에 묵을 때 빼놓으면 안 되는 일. 그것은 바로 희미한 불빛 아래서 책을 읽는 것이다.

21:55 그곳에 묵었던 사람들은 매우 많을 것이다. 셀 수 없을 정도로. 그들은 백이면 백, 모두 오두막의 방명록에 글을 남겨놓았다. 방명록을 넘겨보니 내가 아는 한 가족의 이름도 보였다. 그들은 짜증날 정도로 긍정적인 글을 써놓았다. "날씨와 목적에 알맞은 옷만 갖추어 입는다면…"으로 시작하는 문장과 거의 비슷할 정도로 긍정적이고 진부했다. 물론 "날씨와 목적에 알맞은 옷…"으로 시작하는 바로 그 문장을 적어놓은 사람들도 꽤 많았다. 모두들

무사히 오두막에 도착해 기쁘다는 말과, 긴 하루를 보낸 후에 먹는 음식이 맛있었다는 말을 적어놓았다. 나는 그들의 글 옆에 내 생각을 주석처럼 적고 싶은 충동을 애써 억눌렀다.

세 쌍의 연인이 함께 오두막을 찾은 경우도 있었다. 그들은 방명록에 이렇게 남겨놓았다. *일상의 번잡함에서 벗어나 잠시나마 현대의 기술 문명과는 동떨어진 삶을 경험하는 것보다 더 좋은 것이 있을까?*

보아하니, 등산가들은 우리 같은 평범한 사람과는 다른 언어를 사용하는 것이 틀림없었다. 이들 세 쌍의 연인이 쓴 글로 유추해보건대, 그들은 삼십 대 초반인 것 같았다. 세상에! 적어도 150세 이하의 사람이라면 '일상의 번잡함'이나 '현대의 기술 문명'이라는 말은 사용하지 않는다! 텔레비전 시트콤에 출연하지 않는 이상.

22:40 우리는 신선한 자연 속에서 양치질을 했다. 안전하지 않다는 경고문을 무시하고 우물물을 사용해 이빨을 닦았던 것이다. 위험하고 아슬아슬한 삶의 대표적인 예이다.

23:00 잠자리에 드는 것이 이처럼 기대되었던 적은 없었다.

23:30 잠을 잘 수가 없었다. 침낭은 차갑고 방 안은 무더웠다. 칠흑같이 캄캄했다. 익숙한 집 안에서의 어둠과는 차원이 달랐다. 내 오른쪽으로 2센티미터 떨어진 곳에 무엇이 있는지 감을 잡을 수

도 없을 정도였다. 그것은 벽일 수도 있고, 엘크일 수도 있었다. 물론 엘크일 리는 없다. 이 숲속에는 짐승이라곤 한 마리도 보이지 않으니까.

그리고 극도의 정적.

"안심하고 잘 수 있을까?" 기록 담당자가 물었다.

나는 도움과 지원을 받기 위해 등산 경험이 풍부한 여자를 데려왔다. 그런 그녀가 도시 문명에서 여덟 시간 떨어진 이곳에 와서 안심하고 잘 수 있냐고 묻고 있다!

우리는 관광객을 위한 이러한 오두막 대여 제도가 따지고 보면 꽤 이상하다며 대화를 나누었다. 우리가 이런 이야기를 나눈 것은 처음이 아니었다. 일반적으로 서로 믿고 신뢰하는 사람들이 많을수록 그 사회는 긍정적으로 발전하기 마련이다. 하지만 가끔은 그 신뢰의 정도가 필요 이상으로 클 경우, 생각지도 않았던 문제가 발생하기도 한다. 예를 들어, 30만 명이 공동으로 열쇠를 소유하고 있는 외딴 곳의 오두막에서 하룻밤을 지내는 것이 정말 좋은 아이디어라 할 수 있을까?

"열쇠를 소유한 사람의 숫자는 상관없어. 어차피 문은 열려 있으니까." 기록 담당자가 말했다.

"그게 도대체 무슨 말이야?!"

"오두막 안쪽에서는 문을 잠글 수 없거든."

그렇다면 누구라도 이곳에 들어올 수 있다는 말이 아닌가. 물론 정신이 똑바로 박힌 사람이라면 비 내리고 안개 낀 한밤중에 이처럼 외진 곳에 오지는 않을 것이다.

다시 말하자면, 지금 이 시간에 이곳에 불쑥 들어오는 사람이라면 정상적인 사람이 아니라고도 볼 수 있는 것이다. 내가 걱정하는 것은 바로 그 점이었다.

기록 담당자는 베개 밑에 칼을 넣어두었다고 했다. 나는 그녀가 농담을 한다고 생각했지만, 장담할 수는 없었다.

"이렇게 먼 외딴 곳까지 와서 나쁜 짓을 할 사람은 없을 거야. 바로 그 때문에 산장을 외진 곳에 지어놓았을지도 몰라." 그녀가 말했다.

"그것도 일리 있는 말이군."

"잘 자."

"좋은 꿈 꿔."

00:10 소름이 끼칠 정도로 적막하고 고요했다. 미국 작가 존 어빙John Irving은 세상에서 가장 무서운 소리에 관해 꽤 긴 소설을 쓴 적이 있다. 소리를 내지 않기 위해 애를 쓸 때 나는 소리. 그 소리는 자연의 소리가 아니었던가. 이곳은 너무나 조용하다. 동시에 쉴 새 없이 여기저기서 작은 소리가 들려온다. 어쩌면 그것은 소리가 아닐지도 모른다. 내 머릿속에서 만들어지는 상상의 소리. 아니, 그것은 빗방울 소리이거나 바람에 흔들리는 나뭇가지 소리일지도 모른다. 또는 공용 열쇠를 가지고 있는 사이코패스의 발소리일지도 모른다.

00:45 나는 조용함에 익숙하지 않은 사람이다. 이런 식의 고요함은 낯설기만 하다. 이것이 바로 자연 애호가들이 말하는 일상의 번잡함에서 벗어난 생활이었던가.

문득, 이 여행을 시작한 후 처음으로 명백한 사실을 깨달았다. 나는 일상의 번잡함에서 벗어나고 싶은 생각이 처음부터 없었다는 것. 나는 일상의 번잡함을 사랑하는 사람이라는 것. 인간과 도심이 만들어내는 소리를 매우 좋아하는 사람이라는 것.

00:55 내가 좋아하는 것들을 떠올려보았다. 양을 세는 것보다는 훨씬 나았다.

그러고 보니, 내가 좋아하는 것들은 모두 소리를 지니고 있다.

우선 명백한 것부터 꼽아보자면 사람을 들 수 있다.

차양에 부딪치는 빗방울 소리를 들을 때. 특히, 그 차양이 웨이터가 서빙을 하는 곳에 설치되어 있다면 더욱 행복하다.

공중 화장실에 서서 벽 너머로 들려오는 친구들의 웃음소리를 들을 때.

내겐 너무나 익숙한 것들을 신기하게 바라보며 관광객들이 감탄하는 소리. 내가 이해할 수 없는 낯선 언어로 대화를 나누는 그들의 소리를 들을 때.

어디에 있는지 알 수 없는 라디오 소리를 들을 때.

맥주병 뚜껑이 열리는 소리를 들을 때.

한여름 밤, 열린 창을 통해 윗집에서 파티하는 소리를 들을 때.

내가 잘 아는 노래의 첫 구절이 시작될 때. 즉, 익숙한 멜로디 같아 잔뜩 기대하는 마음으로 귀를 기울이지만, 정작 무슨 노래인지 가물가물하고, 심지어는 좋아하는 노래인지 싫어하는 노래인지도 몰라 첫 3초가량을 기대감으로 보낼 때.

사실 나는 음악이라면 거의 다 좋아한다. 특정한 한 사람이 만들어내는 소리가 어떻게 음악으로 만들어질 수 있는지 한번 생각해 보라. 예를 들어, 브루스 스프링스틴Bruce Springsteen의 〈더 리버〉는 내 형의 소리라고도 할 수 있다. 그는 나보다 두 살이 더 많다. 우리는 음악과 함께 자랐다고 해도 과언이 아니다. 세상의 모든 형제들이 그러하듯, 형이 내게 어떤 노래를 들어보라고 권하면 나는 절대 그 노래를 좋아할 수가 없었다. 그건 일종의 규칙이기도 했다. 그 때문에 나는 또 다른 노래를 찾아 들어야만 했다. 가능하면 형이 좋아하는 노래와는 반대 성향의 노래로. 브루스 스프링스틴을 먼저 찾아 들었던 것은 형이었다. 나는 그와 반대되는 성향의 노래를 부르는 가수가 누구인지 찾아야만 했고, 그가 바로 크리스 드 버그Chris de Burgh였다. 나는 그때 너무 어렸고 음악에 관해선 아는 것이 거의 없었다. 그 때문에 〈더 리버〉는 형의 소리, 형의 음악이 되었던 것이다. 하지만 끝없는 도입부로 유명한 그 노래의 라이브 버전은 내 친구 알렉스의 소리였다. 그는 아직도 뉴저지 사투리로 노래를 외우고 있다. 나는 알렉스를 보며 좋아하는 아티스트의 노래 한 곡이 한 사람에게 얼마나 큰 영향을 미치는지 확인할 수 있었다. 그 예로, 어느 해 여름 단짝 친구였던 그에게 나와 함께 인터레일을 이용해 전 유럽을 여행하는 것과 브루스 스프링스틴의 오슬로 콘서트 중 하나만 선택하라고 했을 때, 알렉스는 후자를 선택했다. 그렇다고 내가 기분이 나빴던 것은 아니다. 당시에 그는 10여 년 후에 브루스 스프링스틴이 오슬로에 살다시피 하며 거의 보름에 한 번씩 콘서트를 하리라는 것을 알지 못했던 것이다. 지금은 그가 콘서트를 한다 하더라도 다른 일을 다 제쳐두고 가진 않을 것이다. 물론 시간이 나고 마음이 내키면 또 다른 문제이지만 말이다. 하지만 그 당시엔 달랐다. 그에겐 브루스 스프링스틴이 세계에서 가장 유명한 아티스트 중 하나였고, 그의 콘서트에 간다는 것은 평생을 두고 기억할 만큼 큰일이었다. 나는 이처럼 평생을 두고 기억할 만한 일을 경험하는 것을 좋아한다. 또한 그러한 일에는 항상 어떠한 형태로든 소리가 함께 한다는 것은 거부할 수 없는 사실이다.

나는 그처럼 기억할 만한 이벤트의 직후에 들을 수 있는 소리도 좋아한다. 아무 일도 진행되지 않는 자리에 앉아 있다가, 갑자기 분위기가 변할 때의 소리. 예를 들어, 창문이나 문이 열리는 소리, 사람들이 환호하는 소리, 자동차가 경적을 울리는 소리 등. 그런 소리가 들리면 당장 밖으로 뛰쳐나가 확인해봐야 성이 찬다. 축구 경기나 크리켓 경기가 막 끝났을 때, 노래 경연대회가 막 끝나 수상자가 결정될 때, 또는 다음 올림픽 개최지가 막 발표되었을 때 등 그것이 무엇이 되든 상관없다. 하지만 그런 소리를 들을 때면 절로 기분이 좋아지는 것은 어쩔 수 없다.

나는 좋아하는 곳의 문이 열리는 소리도 좋아한다. 그곳은 나의 집이 될 수도 있고, 저녁 식사에 나를 초대해준 내 친구의 집이 될 수도 있다. 이번 여정을 시작하기 직전 오전에 잠깐 들러 마지막 코르타도를 사 마셨던 카페의 문이 열리는 소리도 좋아한다. 이러한 곳의 문이 열리며 동시에 들려오는 음악 소리와 사람들의 목소리도 좋아한다.

나는 무언가 슬픈 일을 경험한 후, 처음으로 들려오는 웃음소리도 좋아한다. 그것은 이 세상에서 들을 수 있는 가장 아름다운 소리 중의 하나이다.

배를 잡고 숨이 넘어갈 듯 웃는 소리도 환상적인 소리가 아닐 수 없다.

나는 영화나 연극, 또는 콘서트가 진행되기 직전에 들을 수 있는 소리도 좋아한다. 수백 명의 사람들이 한꺼번에 웅성거리는 소리. 무슨 말인지는 알아들을 수 없지만, 나는 그 소리를 통해 그곳에 어떤 사람들이 모여 있는지, 그들의 나이는 어느 정도인지, 그들이 얼마나 술에 취해 있는지, 그들이 무엇을 기다리고 있는지, 그리고 그날 저녁이 어떤 시간이 될 것인지 짐작할 수 있다.

나는 카페 옆 테이블에 앉은 사람들이 주고받는 대화 소리도 좋아한다. 각각 다른 테이블에서 들려오는 대화의 일부분만으로도 그들이 어떤 사람인지 짐작할 수 있으니까.

"…시즌 4에서 잠깐 한눈을 팔았지…" (턱수염을 가진 남자)

"…지난밤에 세 시간밖에 못 잤어…" (육아 휴직 중인 부모 중 한 사람)

"…오, 싫어. 이건 아냐…" (데이팅 앱을 둘러보는 젊은이)

"…꽤 유망한 프로젝트를 진행 중이지…" (실제로는 아무런 계획도 없는 백수)

"…이번엔 환급받을 세금 액수가 꽤 된단 말이야…" (결혼반지를 낀 45세 정도의 남자. 머리를 세우고 고급 맥주를 마시며 금방 자리를 뜰 것으로 짐작됨. 왜냐하면 다음 날 아침 일찍 운동하러 가야 하니까.)

01:45 이제 나는 그러한 생각들을 머릿속에서 지울 참이다. 고요함을 즐기기로 했다. 마음의 안정을 찾고, 가능하면 잠을 푹 잘 것이다. 하지만 그 일은 일어나지 않을 것 같다. 나는 자연을 경험하겠다고 집을 나서서 하루 종일 걸었지만, 실제로 경험한 것은 거의 없었다. 일상의 스트레스가 사라지는 것도 느끼지 못했고, 내면의 자유를 느껴보지도 못했으며, 자연 앞에서 내 존재의 미미함도 깨닫지 못했다. 그럴 만한 시간적 여유가 없었기 때문이다. 발을 옮기며 거리를 쟀고, 시간을 분 단위로 쟀으며, 넘어지지 않기 위해 집중해야 했으며, 나무에 걸린 이정표를 찾아 헤맸다. 그러고 보니 오늘은 나무만 원 없이 보았던 것 같다. 정말 엄청난 수의 나무들만.

02:30 나는 오늘 자연을 경험하지 못했다. 내가 보았던 것은 비 내리는 숲이었다. 잠에서 깨면 가장 먼저 자연을 경험하기 위해

오두막을 나설 것이다. 사람들을 종교적으로 만드는 그 위대한 자연을 경험하기 위해서. 나는 걸을 것이다. 길을 잃을까 봐 두려워하지도 않을 것이며, 시간 내에 목적지에 이르지 못할까 봐 조바심을 내지도 않을 것이다. 나는 그저 걷는 것을 즐기려 한다. 그러면 사람들이 말하는 자연의 본질을 이해할 수 있지 않을까. 나는 마음을 열고 말과 행동을 겸손하게 할 것이다. 마음을 열고 겸손하게 행동한다고? 피곤한 하루였던 것이 틀림없다. 내가 그런 생각을 다 하다니.

03:13 곧 잠에 들 수 있을 것 같다.

03:16 기록 담당자가 나를 깨웠다. 무슨 일이라도 생긴 걸까? 무슨 소리를 들었던 걸까? 그녀는 아직도 베개 밑에 칼을 숨겨두고 있을까?

그녀가 심각하게 나를 바라보며 말했다.

"빌리 아이돌."

대중교통이여 안녕

두 번째 단계

룀테 오두막 »» 옌데스헤임. 도보, 기차, 버스.

예상 시간

하루

나는 기차를 좋아한다. 그 이유는 평범하다. 기차는 적당한 속도로 달린다. 그 때문에 창밖의 풍경이 변하는 모습을 볼 수 있다. 가끔은 기찻길 옆에 사는 가족들의 삶을 들여다볼 수도 있다. 물론 그들은 누가 보고 있는지도 모른 채 평소와 다름없이 생활한다. 나는 기차 바퀴가 철로에 닿는 소리도 좋아하고, 기적 소리도 좋아한다. 기적 소리는 기차의 자존심이다. 기차의 좌석은 대부분의 다른 대중교통 수단보다 훨씬 편안하다. 나는 기차역이나 기차 안에서 일하는 사람들도 좋아한다. 그들을 보면 마치 옛날 어린이 TV 프로그램의 한 장면을 보는 것 같다. 그들은 유니폼을 입고 모자를 쓴 채 작은 깃발을 흔들고 호루라기를 불며 컴퓨터 세대에 속하는 승객들 사이를 걷는다. 기차에는 식당칸이 있어 더욱 좋다. 나를 아는 사람들이라면, 내가 자연 속에서 움직이며 레스토랑까지 겸비한 기차를 싫어한다고 말하면 오히려 이상하게 생각할 것이다.

솔직히 말하자면, 나는 기차 안에서 대부분의 승객들보다 내가 더 말끔하게 보인다는 사실도 좋아한다. 특히 몇 날 며칠 동안 등산을 하거나 스키 여행을 다녀온 승객들과 경쟁한다면 내 입지가 유리한 것은 두말할 나위도 없다. 그들은 숲에서 금방 나와서 먼지 묻고 축축한 몸에 커다란 배낭을 메고 억지 미소를 지으며 기차 안으로 뛰어든다. 가끔은 유모차까지 동반한 대가족이 기차를 타기도 한다. 그들의 거대한 배낭과 축축하게 젖은 재킷, 그리고 두꺼운 등산 양말은 어수선함 그 자체다. 겨울이면 여기에 스키 장비까지 더해진다. 뿐만 아니라 거기에선 눈 녹은 물이 뚝뚝 떨어지기까지 한다. 그러한 가족들은 기차에 앉아 몇 시간 동안 가만히 있질 못한다. 처음 한 시간은 짐을 정리하고 젖은 옷을 갈아입는 것으로 소비한다. 젖은 옷을 말리기 위해 여기저기 걸쳐둘 때면 주변 승객들이 눈살을 찌푸리기도 한다. 가끔은 이들의 젖은 옷이 중요한 회의에 참석하려는 옆 승객의 양복에 겹쳐지기도 하고, 냄새나고 축축한 양말이 뒷자리 승객의 맥북 위에서 덜렁거리기도 한다. 하물며 스키 장비는 말할 것도 없다. 나는 지금까지 스키 장비를 들고 기차를 타는 사람들 중, 단 한 켤레의 스키만 가지고 탑승하는 사람은 보지 못했다. 그들은 최소 두 켤레 이상의 스키를 가지고 다니느라 체면과 품위는 포기한 것 같았다. 어른들의 기분은 점점 가라앉는다. 아버지는 아이들에게 이런저런 지시를 하고, 어머니는 간식을 꺼내기 위해 머리 위의 짐칸에서 거대한 배낭을 내리며 아버지에게 받아보라고 소리를 지른다. 검표원이 등장하면 어머니는 통로를 내주기 위해 이 모든 일을 잠시 멈춰야 한다. 그때부터는 기차표 어플을 실행하기 위해 축축하고 얼음처럼 차가워 방전된 핸드폰을 켜느라 다시 30분 정도를 소요한다.

대부분의 기차 승객들은 이러한 사람들을 고운 눈으로 보지 않는다. 특히 출퇴근을 위해 매일 기차를 이용하는 승객들은 더욱 그러하다. 나도 마찬가지다. 그들은 시끄럽고, 자리를 많이 차지하고, 지나가는 곳마다 축축하게 만들고, 심지어는 퀴퀴한 냄새까지 풍긴다. 뿐만 아니라 매시간 그들의 자리에선 아이들이 말다툼하는 소리, 어른들이 아이를 꾸짖는 소리로 잠잠할 날이 없다.

하지만 나는 짜증을 내지 않기로 굳게 결심했다. 왜냐하면, 정작 당사자들은 더더욱 짜증이 날 것이 분명하니까. 만약 내가 그들에게 조용히 다가가 환한 미소를 지으며 "머리 위의 짐칸을 *모자* 선반이라고 부르는 데는 다 이유가 있지 않겠습니까?"라고 말한다면 그들은 어떤 반응을 보일까. 생각만 해도 기분이 좋아져 절로 웃음이 나왔다.

그렇다. 이제 나는 그들과 같은 부류의 사람이 되었다. 우리는 충분한 수면도 취하지 못한 데다 이른 아침부터 일어나 하루를 서둘렀다. 여전히 축축한 옷을 다시 걸치고, 배낭을 다시 정리했다. 문득, 이 일은 앞으로 매일 반복해야 할 일이라는 생각이 스쳤다. 꽤 긴 시간을 들여 물을 끓인 후 인스턴트 커피 두 잔을 마셨다. 무려 30분이라는 시간을 걸어 오슬로 북쪽 숲 한가운데에 자리한 기차역으로 갔다. 기차역 담벼락에는 누군가가 '늑대를 보호하자'라는 글귀를 적어놓았다. 그것을 보니 숲 한가운데에 있긴 하지만 여전히 우리가 도시를 벗어나지 못했다는 것을 느낄 수 있었다. 사람들에게 해를 끼치는 늑대를 싸고도는 사람들은 멍청한 도시인뿐이니까. 기차역에서 만난 여자는 어제 저녁, 비 내리는 숲속에서 텐트 야영을 한 후 출근하기 위해 기차를 타러 왔다고 말했다. 그녀 역시 우리와 마찬가지로 젖은 옷을 입고 있었다. 우리는 아무 말도 하지 않았다.

여전히 비가 내리고 있었기에 30분 만에 옷이 흠뻑 젖었다. 우리는 꾀죄죄한 모습으로 커다란 배낭을 멘 채 기차를 탔다. 우리 옷에서는 물이 뚝뚝 흘러내렸다. 하지만 축축한 옷을 입고 기차를 타는 사람들이 흔히 그러듯, 억지 미소를 짓지는 않았다. 숲속에 충분히 오래 있지 않았기 때문일까. 물론 그날 아침에도 산장을 나서자마자 길을 잘못 드는 바람에 사기가 저하되긴 했지만, 지도를 보며 길을 찾아 걸으며 C로 시작하는 밴드와 가수 이름을 읊었기에 얼른 미소를 되찾을 수 있었다.

이제 나는 경험에 의해, 기차 안에서 젖은 옷을 입고 커다란 배낭을 멘 당사자가 되는 것이 옆 좌석의 방관자가 느끼는 것보다 훨씬 더 짜증나는 일이라는 사실을 확실히 깨닫게 되었다. 짐을 내려놓고 축축한 옷을 대충 정리하고 나니, 내가 좌석을 잘못 찾아 앉았다는 것을 알아차렸다. 나는 자연을 경험해보려는 목적으로 옷을 차려 입었고, 내 신발과 바지 속에는 그 자연의 흔적이 남아 있었으며, 내 짐과 겉옷은 너무나 크고 너무나 꾀죄죄하고 또 너무나 촌스러운 녹색이었다. 심지어 축축하기까지 했다! 나는 객실 통로에 커다란 웅덩이를 만들었다. 그 덕분에 나는 정장 구두에 넥타이를 매고 노트북만 가지고 다니는 사람들을 괴롭히기 위해 커다란 짐과 숲을 기차로 옮겨온 사람이 되어버렸다.

하물며, 우리는 스키 장비도 없고 아이들이 딸린 대가족도 아닌데도 말이다.

단지 읽을 책을 꺼내는 일이나 커피 한 잔 마시는 것도 너무나 번거롭고 쉽지 않았다. 더욱이 우리의 목적지까지는 두 시간밖에 걸리지 않으니 차라리 아무것도 하지 않고 가만히 앉아 있는 것이 상책이었다. 문제는 기차에서 내려 다시 버스를 타야 한다는 것이었다. 그러면 기차에서와 똑같은 일이 반복될 것이다. 짐을 내리고 싣는 일, 겉옷을 입고 벗는 일. 게다가 내 재킷은 여전히 축축했다. 너무나 번거로웠다. 책을 읽다가 다시 배낭 속에 넣는 일, 커피를 마신 후에 종이컵을 버리는 일조차도 너무나 크게만 느껴졌다.

우리는 자리만 넓게 차지한 채 아무것도 하지 않고 가만히 기다렸다. 하지만 우리 몸에서 나는 습기 찬 냄새는 어쩔 수가 없었다.

"지금까지의 여정을 한번 평가해보자." 기록 담당자가 말했다.

"자연이 내 영혼을 구원해줄 것 같진 않아."

“나도 그렇게 생각해. 적어도 빗속에선 불가능하겠지. 더욱이 그 보상이 종이를 씹는 것 같은 스튜라면 사양하겠어.”

“도대체 그 스튜는 어떻게 제조되었기에 그런 맛이 날까?!”

“알아도 도움이 되진 않을 거야.”

“네 말이 맞아.”

“산에 관한 생각은 좀 바뀐 것 같아?”

“응, 그런 것 같아. 일단은 경치가 좋으니까.”

“그건 그렇고, 앞으로는 음식 서빙이 되는 산장에 묵는 게 어때?”

“좋은 생각이야. 난 웨이터들을 좋아하거든. 항상 그래왔어. 누가 그런 직업을 생각해냈는지는 몰라도 천재가 분명해.”

“다 잘될 거야.”

“나도 그렇게 생각해.”

“기념으로 〈즐거운 여행자〉나 한 번 더 부를까?”

“오버하지 마.”

우리는 기차에서 내려 계절별로 운행 시간표가 다른 버스에 올라탔다. 그날은 마침 버스의 시간표가 조정되는 첫날이기도 했다. 우리는 기차에서와 마찬가지로 짐을 짐칸에 정리하고 재킷을 벗어 걸었다. 기차와 비교해 공간이 너무나 비좁았다. 그나마 승객 중에 우리와 비슷한 남녀 한 쌍이 보였던 것이 다행이라면 다행이었다. 이상한 일은 아니었다. 그 버스의 종착지는 요툰헤이멘이었으니까. 나는 오늘 같은 날에는 특히나 더 긍정적인 문명인의 태도를 유지

해야 한다고 생각했다. 왜냐하면, 다음 날부터는 예측 가능한 시간표대로 움직이는 대중교통편을 이용할 수 없을 것이고, 빽빽한 나무로 가득한 산속에는 오직 우리 둘밖에 없을 테니까.

목적지에 도착했다.

요툰헤이멘산맥. 3500제곱킬로미터에 달하는 거대한 지역을 감싸는 산맥으로, 시인 오스문 올라브손 비니에Åsmund Olavson Vinje가 찬양했던 산. 신화 속의 거인들이 살았던 산. 북유럽에서 가장 높은 산과 노르웨이에서 가장 오래된 등산로가 자리한 곳. 자신이 얼마나 미미한 존재인지 자각하게 된다는 곳.

우리의 옆에는 노르웨이에서 가장 잘 알려진 등산로 중의 하나이며, 해마다 6만 명의 등산객들이 찾는다는 베세겐 능선이 보였다. 경험 많은 등산가들도 감탄해 마지않는 곳으로, 줄을 서서 산을 올라야 한다는 소문까지 난 산이었다. 인터넷에서는 모든 이들이 한 번쯤은 올라봐야 한다고 소개했다. 실제로 내 주변인들 중에선 직접 이곳을 찾아본 사람들이 꽤 많다. 바로 그 산이 눈앞에 서 있었던 것이다. 나를 구원해줄 저 가파른 산등성이는 그 옛날 헨리크 입센에게 감명을 줘 「페르 귄트」를 탄생시키기도 했다. 바로 그 산이 눈앞에 절경을 이루며 자리하고 있었던 것이다.

적어도 나는 눈앞에 보이는 그 산이 베세겐이라고 생각했다.

그도 그럴 것이 우리 앞에는 안개가 자욱해서 한 치 앞도 알아보기 어려웠다.

심지어는 비도 내리고 있었다.

기능성 내복 차림의 저녁 식사

마침내 유명 산장들이 호텔과 비슷한 시설을 갖추고 있는지, 또 산장에서의 하룻밤이 정말 방탕할 정도로 유쾌한지 직접 시험해볼 기회가 왔다. 우리는 그날 저녁, 엔데스헤임 산장에 묵을 예정이었다. 그곳은 베세겐을 오르기 전이나 내려온 직후에 묵는 산장으로 유명했다. 거칠고 아름답기로 유명한 노르웨이의 산에서 관광객들이 가장 많이 찾는 산장으로, 하룻밤에 180명 이상이 묵을 수 있는 시설을 갖추고 있으며, 연중 2만 명 이상이 찾는 곳이기도 했다.

실제로 산장에 들어서니 호텔과 비슷한 부분을 꽤 많이 볼 수 있었다. 예를 들어, 방문객들이나 전기시설 같은 것들. 전날 밤의 손바닥만 한 오두막에 비하면 엔데스헤임은 호텔에 가까운 것이 사실이었다. 심지어 로비에는 안내 직원과 식당도 있었다.

호텔과의 유사점은 그뿐이었다.

달리 말하자면, 하룻밤에 약 200여 명의 사람들이 묵을 수 있는 이 숙박 시설은 소박한 오두막과 비슷한 부분이 꽤 많다고도 할 수 있었다. 모든 것은 목재로 만들어져 있었고, 침대는 작고 비좁았으며, 샤워 시설은 그다지 많지 않았다. 복도는 등산화로 발 디딜 틈이 없었으며, 건물 전체가 땀 냄새와 축축하게 젖은 옷이 풍기는 퀴퀴한 냄새로 가득 차 있었다.

로비 안내실에는 오늘과 내일의 일기 예보를 프린트한 종이가 쌓여 있었다. 숙박객들을 위한 것이었다. 그것을 보니 다가올 날이 긍정적으로 보이지 않았다.

직원들의 유니폼은 등산복을 연상시켰다. 그들은 젊고 쾌활하며, 열린 마음을 지닌 긍정적인 사람들이었다. 목재로 지은 산장에서 일하기에는 너무나 현대적이고 근사한 사람들 같았다. 가을이 와서 산장 문을 닫을 때가 되면, 그들이 해변의 펍에서 일하기 위해 단체로 호주에 간다 하더라도 나는 놀라지 않을 것이다.

우리는 4인실에 배정되었다. 방에는 우리뿐이었기에 그다지 나쁘지 않았다. 사실 말이 4인실이지 4명이 묵기엔 좁은 방이었다. 모두들 짐을 침대 위에 올려놓는다면 또 모를까. 우리 방에서 두 층 아래에 있는 지하실에는 공용 화장실과 공용 샤워실이 있었다. 샤워 시설을 이용하려면 4분에 10크로네*를 지불해야만 했다.

호텔과 비슷한 점은 하나 더 있었다. 그것은 바로 가격이었다. 산장의 4인실에 두 명이 묵는 가격은 호텔의 더블룸 하나와 가격이 비슷했다. 다른 점이 있다면, 호텔에서는 돈을 더 내지 않고서도 화장실과 샤워 시설을 원하는 대로 사용할 수 있다는 것이다. 세계 여러 나라에는 '저렴한 가격, 고급 시설'을 슬로건으로 내거는 호텔이 꽤 많다. 우리는 산장 건물 앞에 혹시 '비싼 가격, 저급 시설'이라는 팻말이 붙어 있는지 확인하는 것도 고려해보았다.

우리는 그렇게 농담을 하며 코웃음을 쳤다.

하지만 우리는 서둘러 마음을 가다듬었다. 긍정적인 자연인의 자세를 가져야 한다고 생각했기 때문이다. 우리는 이제 다른 자연인들과 자연스럽게 어울려야 한다. 그곳에 묵는 다른 사람들은 이미 벽난로가 설치된 로비 식당에 앉아 음식을 기다리고 있었다. 물론 여전히 샤워 시설을 이용하는 사람들도 있었다. 하지만 그들은 번개처럼 재빨리 샤워를 하고 나올 것이다.

식탁과 의자, 소파와 책장 등, 식당은 모든 것이 목재로 만들어져 있었다. 책장에는 등산을 하다 무언가 다른 일을 하며 시간을 보내고 싶어 하는 사람들을 위해 등산에 관한 책이 빽빽하게 꽂혀 있었다. 이 식당은 호텔 식당과 다른 점이 꽤 많았다. 일단, 여기에는 음악이 흘러나오지 않았다. 하지만 구석에는 피아노 한 대가 위협적인 모습으로 자리하고 있었다. 또 다른 점은, 사람들이 모두 목소리를 죽여 나직이 대화를 나눈다는 것이었다. 가장 확연한 차이점은,

• 한화로 약 1400원.

이곳에 앉아 있는 사람들은 모두 양말을 신고 있다는 것이었다. 마치 그것이 이 세상에서 가장 자연스러운 일인 것처럼. 게다가 그들의 얼굴은 하나같이 발갛게 상기되어 있었다.

사람들은 와인을 마시며 핸드폰으로 일기 예보를 확인했다. 한 무리의 무뚝뚝한 젊은이들이 말없이 카드놀이를 하고 있었다. 노신사 한 명은 젊은 손님에게 대화를 시도해보았지만, 별다른 반응을 얻지 못했다. 서로 잘 알지 못하는 것처럼 보이는 두 쌍의 연인들이 그날 찍었던 사진을 서로에게 보여주고 있었다. 꽤 많은 핸드폰이 탁자 위를 돌고 돌았다. 뒷짐을 진 한 남자는 직원에게 쉴 새 없이 말을 걸었지만, 직원은 정리를 하느라 바쁜 듯 남자의 말을 한 귀로 듣고 한 귀로 흘렸다. 한 무리의 성인 남자들이 무덤덤한 표정으로 고개를 끄덕이며 외국 관광객들과 대화를 나누었다. 나는 그들이 모두 교사들이라 생각했다. 이전에도 여기 와본 적이 있는 것 같은 몇몇 중년 남자들은 식당에서도 등산용 기능성 내복만 입고 돌아다녔다. 언뜻 몸에 꽉 끼어 불편하게만 보였지만, 그들은 그것이 세상에서 제일 편한 옷인 척했다.

바로 그들이 자연인이었다.

나는 평소와 마찬가지로 여기저기서 들려오는 낯선 사람들의 대화에 귀를 기울였다.

"…예닐곱 시간…"

"…네, 그래요. 거긴 자주 가봤죠…"

"…여섯 시간…"

"…그렇지 않아요. 그리 멀지 않답니다…"

"…힘들지는 않았어요…"

"…두려워할 필요 없어요…"

"…일곱 시간. 하지만 우린 중간에 자주 휴식을 취했거든요…"

"…다른 길로 가볼까 해요. 사람들이 많이 없는…"

"…줄을 서서…"

"…연차를 많이 모아놨어요…"

혹여 궁금해하는 사람들이 있을까 봐 하는 말인데, 마지막 말은 몸에 꼭 끼는 기능성 내복을 입은 중년 남자가 한 말이었다.

식당에서의 대화는 대부분 그날 어디에 다녀왔는지, 내일은 어디로 갈 것인지, 이전에는 어디에 가보았는지, 며칠 후엔 무엇을 할 계획인지, 얼마나 많은 시간을 들였는지, 건강한 사람이라면 이곳의 등산 코스가 얼마나 쉬운지 등에 관한 것이었다. 그것은 자기 자신의 체력이 얼마나 좋은지를 완곡하게 자랑하는 것에 불과했다.

일반적으로 등산가들이 산에서 사람들을 많이 만나고 싶지 않아 한다는 것은 그리 이상한 일이 아니다. 그들은 일상적인 사회적 교류에 익숙지 않은 사람들이니까. 이들 중 한 명이 평범한 저녁 식사 자리에 참석한다고 한번 생각해보라. 일단, 집주인이 먼저 인사를 건넬 것이다.

"안녕하세요, 어서 오십시오!"

"저는 오늘 이 동네에서 하이킹을 했어요."

"아, 그러십니까? 어서 들어오세요."

"8분 30초가 걸렸답니다."

"아, 그렇군요…."

"1킬로미터 정도 되는 것 같더군요. 제가 원래 걸음이 빨라요. 보통 체력이라면 그 정도는 걸을 수 있을 거예요."

"네, 그런가요?"

"그런데, 길이 꽤 울퉁불퉁하더군요. 대부분 자갈길이었어요. 게다가 비까지 내려서 길이 미끄러운 곳도 꽤 많았어요."

"그렇군요."

"하지만 전혀 힘들지 않았습니다."

"다행이군요. 그런데…."

"오늘 많이 걸으셨나요?"

"아닙니다. 저는 오늘 하루 종일 집에서 식사 준비를 했습니다."

"흠… 가끔은 밖에 나가서 몸을 움직이는 것도 좋을 텐데요."

"물론 그렇겠지요. 하지만…."

"집에 되돌아갈 때는 다른 길로 가보려고 해요. 숲길을 걷는 것도 좋을 것 같군요. 숲속에는 사람들이 많이 없으니까요."

"한밤중에는 길에 사람이 별로 없어요. 어쨌든, 들어오시죠. 다른 분들이 거실에서 기다리고 있습니다."

"거실이라고요? 여기서 먼가요?"

"…멀다뇨? 바로 저긴데…."

"대충 8에서 10미터 정도 되는 것 같군요."

"아… 네… 그럴 거예요."

"이곳에 있는 동안 화장실에 몇 번 다녀올지도 몰라요. 제가 각각 다른 길을 이용해봐도 될까요? 이 집에는 일층과 이층에 화장실이 있는 것으로 아는데… 그렇죠?"

"네…."

"두 곳을 모두 사용해봐야겠어요. 몸을 움직이는 건 건강에 좋으니까요."

"네. 어쨌든 음식이 식기 전에 얼른 자리에 앉으시죠."

"물론입니다. 그런데 한 가지 여쭈어봐도 될까요?"

"네."

"제가 기능성 내복을 입고 왔는데, 그 옷차림으로 앉아 있어도 될까요?"

산장 직원들은 등산가들에게 기본적인 사회성이 부족하기에 훈련이 필요하다는 것을 이미 알고 있는 것 같았다. 왜냐하면 이곳에서 식사를 하려면 싫으나 좋으나 한자리에 모여야 하기 때문이다.

언뜻 이곳은 수련회장 같기도 했다. 저녁 식사는 정해진 시간에 해야만 했다. 심지어는 앉을 자리까지 지정되어 있었다. 손님들이 많은 것도 아니지만, 모두들 기다란 식탁을 둘러싸고 함께 앉아서 음식을 먹어야만 했다. 우리는 안개 낀 바깥 풍경이 보이는 창가 자리를 배정받았다. 이미 암묵적인 복장 규정에 관해 잘 알고 있던 나는 몸에 꽉 끼는 기능성 내복 상의와 유행을 타지 않는 고전적인 회색 트레이닝 바지를 입고, 실내화도 신은 채로, 마치 경험 많은 등산가처럼 식탁 앞에 앉아 코스 요리를 기다렸다. 반면, 대부분의 사람들은 양말만 신고 있었다. 솔직히 숲속 산장에 사는 사람이라 하더라도 그렇게까지 망가질 필요는 없지 않은가.

사람들이 하나둘 식탁에 둘러앉으며 인사를 주고받았다. 그들의 대화는 다수의 언어로 진행되었다.

"…세븐 아워즈…"

"…지벤 슈툰덴…"

"…리트 오베르 슈…"

"…슈 오 할 트레스…"

6~7분이 지나자 식사가 시작되었다. 하지만 우리 테이블에는 여전히 다섯 자리가 비어 있었다. 어떤 이가 시계를 보며 혀를 쯧쯧 찼다.

잠시 후, 오십 대 남자를 앞세운 네 명의 남자들이 헐레벌떡 식당에 들어왔다. 그 역시 몸을 꽉 조이는 옷을 입고 있었다. 자세히 보니 그것은 청바지였다. 세상에! 이곳에 도시 문화의 잔재를 가져오다니! 대담하고 뻔뻔하지 않은가.

그는 어떤 이유에서든 사람들의 관심을 받으며 등장했다는 사실에 은근히 만족하는 것 같았다.

"환영합니다! 이제 식사를 시작할까요?" 그가 양팔을 쫙 펼치며 말을 이었다. "모두들 살아남으신 걸 축하드립니다!"

어떤 사람들은 그의 말에 어안이 벙벙해 멋쩍은 웃음을 터뜨렸다. 어떤 이들은 손목시계를 내려다보며 혀를 쯧쯧 찼고 눈동자를 휘휘 굴리기도 했다. 그가 한 말은 호의적인 사람들에 의해 영어와 독일어로 동시통역이 되었다. 문득, 한 사람이 나서서 그곳에 모인 사람들 중에는 다음 날 등산을 할 계획이기에 그날 베세겐 능선에 오르지 않았던 사람도 있다고 귀띔을 해주었다.

나는 지각을 한 남자 다섯 명이 분명 어젯밤에 술을 마셨을 것이라 짐작했다. 괜히 기분이 좋아졌다. 그리고 그들의 빈자리는 바로 내 옆자리, 우리 테이블에 있었다.

보아하니 산장에 묵었던 사람들 중 우리 테이블에 앉았던 이들이 가장 유쾌한 부류인 것 같았다. 지각을 했던 한 무리의 남자들은 석유 회사에 함께 근무하는 친구들로서 매년 함께 등산을 한다고 했다. 작년에는 갈회피겐에 올랐고, 올해는 베세겐 능선에 올랐다. 그것은 친구들 사이의 우정이 매우 끈끈하다는 것과, 잘 알려진 대로 북극해의 석유 회사에서 일하는 사람들은 자유 시간이 많다는 것을 말해주고 있었다. 어쩌면, 그들은 뭍에서 함께 보내는 시간을 그리워했을지도 모른다. 뿐만 아니라, 그들은 매년 그들의 도시에서 열리는 블루스 페스티벌에도 함께 간다고 했다. 그렇게 모일 때면 그중 한 사람의 정원에 미니버스처럼 보이는 텐트를 치고 밤을 샌다고 했다. 여러 이야기를 종합해보니, 그들은 이곳에 등산을 하러 왔다기보다는 놀러 온 것이 분명했다.

우리는 와인을 주문하고 시끌벅적하게 건배를 한 후 경쟁이라도 하듯 잔을 비웠다.

우리는 마치 그곳에서 태어난 사람처럼 친근하게 서로에게 갖가지 질문을 던졌다.

그들은 산장까지 오는 데 일곱 시간을 소비했다고 말했다. 중간에 여러 번 쉬기도 했던 것은 물론이다. 그들은 맥주와 양주를 가져왔다. 일행 중 한 명은 작년에 등산을 함께한 이후로 전혀 운동을 하지 않았다고 했다. 하지만 내가 보기엔 그는 호리호리하고 재빨라 보였기에 일단 등산을 시작하면 첫걸음에 체력을 되찾을 수 있을 것 같았다. 나는 큰 소리로 호탕하게 웃는 그에게 친근감을 느꼈다.

우리는 그들에게 비와 안개 속에서 걷는 것이 힘들지 않았냐고 물어보았다. 그들은 전혀 그렇지 않았다고 대답했다. 여느 다른 등산가들과 다를 것이 없었다. 베세겐을 다녀온 사람들은 하나같이 산길이 비좁고 가팔라 무섭게 보이지만, 일단 발을 디디기만 하면 생각과는 다르다는 것을 알게 될 것이라 의기양양하게 말했다. 그렇다면 내가 들었던 이야기는 무엇일까. 산을 오르다가 겁에 질려 공황상태에 빠진 사람들을 헬리콥터로 구조해야만 했다는 이야기. 물론 그들은 컨버스 운동화를 신은 외국인 관광객들이 대부분이긴 하지만 말이다. 어쨌든, 베세겐 능선을 오르는 것은 그다지 어려운 일은 아닌 것 같았다. 사람들은 아이들을 데리고 산을 오르기도 한다. 사람으로 치면 지팡이를 짚어야 하는 나이의 개들도 함께 데리고 오른다. 심지어는 조깅을 하듯 뛰어서 산을 오르는 사람도 있다.

휠체어를 타고 산을 오르는 사람도 틀림없이 있을 것이다.

연안해에서 일하는 우리의 새로운 친구들은 산을 오르며 찍었던 사진을 몇 장 보여주었다. 보아하니 정상까지 오른 것 같지는 않았지만, 사진에서는 안개 속 저 멀리 정상의 모습을 볼 수 있었다.

우리는 다음 날 베세겐에 오르리라 결심했다. 사실, 우리는 하루쯤 여유를 두고 날씨를 관찰한 후 등산 여부를 결정하기로 했던 것이다. 안개가 자욱해 주변 경관을 전혀 볼 수 없다면 무슨 소용일까. 하지만 이제 우리는 결심했다. 기능성 내복을 입고 식탁에 둘러앉아 매분 매초 핸드폰을 꺼내 확인하는 다른 이들처럼, 우리도 핸드폰을 꺼내 내일의 일기 예보를 한 번 더 확인했다. 각종 일기 예보 사이트에서는 하나같이 내일의 날씨가 좋지 않다고 예고했다. 모레는 날씨가 더 나빠질 것이라 했다. 그렇다면 내일 산을 오르는 게 더 좋을 것이다.

우리는 마침내 결정을 내린 것을 자축하며 와인을 더 주문했다.

석유 회사에서 일하는 우리의 새로운 친구들과 함께 지난 며칠간의 여정에 관해 대화를 나누었다. 우리는 비 내리는 숲을 걸었던 일, 입에도 댈 수 없었던 즉석 스튜 요리에 관해 주절주절 늘어놓았다.

"그렇다면 당신들은 그다지 배가 고프지 않았던 거로군요." 그들 중 한 명이 웃음을 터뜨리며 말했다.

대화의 의무적인 주제를 한 번씩 거론하며 와인을 마시고 디저트까지 먹은 후, 우리는 로비로 자리를 옮겼다. 나는 한순간 그곳을 호텔 바로 착각했다. 그만큼 분위기가 좋았기 때문이다. 우리는 함께 대화를 나누고 웃음을 터뜨렸다. 직장과 여가 시간, 가족과 미래는 물론, 이런저런 농담까지 주고받았다. 앞으로의 여정과 우리가 좋아하는 것들. 밴드 '이글스'까지 거론되었다. 왜 밴드 이야기를 했는지는 기억이 나지 않는다. 심지어는 그런 자리에서는 암묵적으로 피해야 할 대화 주제, 정치와 종교에 관한 이야기도 나누었다. 맥주를 주문했다. 얼마간 시간이 흐르니, 산으로 빽빽한 노르웨이에서 가장 근사한 산장으로 유명한 그곳에 맥주가 떨어졌다고 했다. 하는 수 없이 우리는 맥주 대신 그 지역에서 직접 양조한 독주를 마셨다.

나는 산장에서의 생활이 생각보다 나쁘지 않다는 것을 깨달았다. 지금 내 눈앞에서 벌어지는 일들은 도시의 여느 술집과 다르지 않았기 때문이다. 다른 점이 있다면 내가 트레이닝 복을 입고 있다는 것과 사람들이 양말 차림으로 다닌다는 것뿐이었다. 심지어는 벽난로 옆에서 발톱을 깎고 있는 사람도 있었다.

우리의 테이블은 누가 더 큰 목소리를 내는지 경쟁이라도 하듯 산장 내에서 가장 시끌벅적했다. 다른 테이블에서 보내오는 기분 나쁜 듯한 눈초리는 나만의 상상이었을까. 어느덧, 로비에 남아 있는 무리는 우리밖에 없었다. 가장 마지막으로 로비를 떠났던 사람은 나이가 지긋한 노신사로서 이른 저녁부터 로비에서 수다를 떨던 사람이었다. 보아하니 수다는 그의 천직인 것 같았다. 그는 우리 테이블을 기웃거리더니 옆에 서서 가볍게 대화를 나눈 후 로비를 나섰다. 그는 이곳에 이미 여러 차례 묵은 적이 있다고 했다. 그것도 혼자서. 하지만 그는 베세겐 능선에 오른 적은 단 한 번도 없었고, 앞으로도 산을 오를 계획은 없다고 했다. 그는 단지 근처에서 짧게 하이킹하는 것을 좋아할 뿐이라고 말했다. 나는 그가 산길이 아니라 차도를 어슬렁거리며 걸을 것이라 짐작했다. 그가 내면의 평온함을 찾기는 쉽지 않을 것 같았다. 그렇지 않다면 그는 정신이 좀 이상한 사람일지도 몰랐다. 그는 자신의 하이킹 경험에 관해 한참을 늘어놓더니 자러 가야겠다며 기분 좋게 자리를 떴다. 아직 자정까지는 꽤 시간이 많이 남아 있었고, 우리를 제외한 다른 숙박객들은 이미 잠자리에 든 후였다.

유쾌한 상황이었다.

이곳에서의 하룻밤이 수련회를 연상시키는 또 다른 점은, 사람들이 너무나 쉽게 무례하고 건방지게 변할 수 있다는 것과, 밤 11시 30분에 맥주 한두 병만 마시고도 큰 소리로 웃고 떠들 수 있다는 점이었다.

우리는 이성을 되찾고 일찍 잠자리에 들기로 결심했다. 어쨌거나 우리는 내일 산을 오르기로 결심한 상황이었으니까. 하지만 나는 전혀 이성적인 사람이 되고 싶지 않았다. 전혀! 곰곰이 생각해 보니, 진작 등산에는 관심이 없었던 것은 바로 이러한 나의 성향 때문이 아닌가 싶었다. 어쩌면 나는 내게 조금이나마 남아 있었던 이성을 모두 다 써버렸는지도 모른다.

개개인의 인간은 평생 사용할 수 있는 일정한 양 만큼의 이성만 가지고 태어나는 것이 아닐까? 정말 그런 것 같기도 했다. 어린 시절에는 비이성적인 말과 행동을 하는 것이 꽤 자연스럽다. 남의 집 마당에서 과일 서리를 하고, 부모님께 거짓말을 하고, 몰래 담배를 피거나 물건을 훔치고, 학교에 결석을 하고, 돌멩이를 넣은 눈덩이를 친구들에게 던지고, 미성년의 나이에 술을 마시고, 늦잠을 자고, 머리를 기르고, 자유분방한 연애를 하고, 대사관 건물에 돌을 던지는 일 등등. 그러다가 어느 날 갑자기 이래선 안 되겠다는 생각에 정신을 차리고 이성적인 생활을 하기 시작한다. 가정을 꾸리고, 일자리를 얻고, 자동차를 사고, 규칙적이고 도덕적인 생활을 하며, 학부모 단체나 지역 단체에서 조그만 일에도 열성을 가지고 참가한다. 뿐만 아니라 매일 일정한 시간에 잠자리에 들고, 건강한 식생활을 하려 노력하고, 숲이나 산으로 하이킹을 한다. 하지만 지금까지의 내 삶은 이와는 정반대였다. 나는 어린 시절 꽤 이성적인 아이로 알려져 있었다. 지나칠 정도로 바른 생활을 했던 것이다. 나는 어른들이 시키는 대로 했고, 학교에서도 모범생이었다. 숙제도 빠짐없이 했고, 선생님의 질문에 손을 번쩍 들고 대답을 했다. 그렇다. 나는 어쩌면 내게 부여된 일정한 양의 이성을 이미 어린 시절에 다 써버렸는지도 모른다.

하지만 우리는 이제 이성을 되찾아야 한다. 우리는 기본적으로 이성과는 상관이 없는 사람들이었지만, 지금부터는 이성적으로 행동해야 한다는 것을 너무나 잘 알고 있었다. 그도 그럴 것이 날이 밝으면 우리는 비와 안개 속에서 가파른 산을 올라야 하니까. 얼른 잠자리에 들어야만 했다.

우리는 이성이 시키는 대로 했다.

그 지역에서 제조한 꽤 강한 독주를 한 잔씩 마시고서 말이다.

이글스의 노래도 조금 불렀다. 이유는 기억나지 않는다.

석유 회사 일행들은 각자 미리 주문해놓았던 맥주 세 병씩을 앞에 놓고 있었기에 자리를 뜨려면 한참 있어야 할 것 같았다.

산장에서 잠을 푹 잔다는 것은 쉽지 않은 일이었다. 이젠 이 사항도 직접 경험해보았으니 앞으로는 나만의 의견을 가질 수 있을 것이다. 그곳은 모든 것이 나무로 만들어져 있었다. 어떤 나무인지는 정확히 알 수 없었지만, 최대한의 삐걱거리는 소리가 나도록 세대를 거쳐 내려오며 연구에 연구를 거듭한 것이 틀림없었다. 산장에 오는 대부분의 숙박객들은 침낭을 사용할 텐데도 이불이 마련되어 있는 것은 조금 이상했다. 객실 안의 공기는 더운 것 같기도 하고 추운 것 같기도 해서 종잡을 수가 없었다. 내 침낭은 귀에 거슬릴 정도로 바스락바스락 소리를 냈다. 산장 밖은 너무나 고요했다. 하지만 내 침대가 자리한 손바닥만 한 공간은 너무나 시끄러웠다.

문득 내일 아침의 등산이 내키지 않았다. 그 이유는 나도 알 수 없었다. 잠을 잘 수 없으니 아무 짝에도 쓸모없는 그런 생각들이 머릿속을 채우는 것이리라. 솔직히 나는 내일의 등산을 기대해야만 한다. 여태까지 한껏 기대해오지 않았던가. 대중교통을 이용하지 않아도 되고, 질척한 숲을 걷지 않아도 된다. 오직 나와 그녀, 그리고 산뿐인데도 나는 왜 두려워하는가. 문제될 것은 아무것도 없었다. 게다가 산에서 내려온 후에는 얼마나 기분이 좋을까. 석유 회사 일행을 보라! 너무나 행복해하고 만족스러워 보이지 않는가. 심지어는 유머러스하기까지 하다! 그들도 베세겐을 다녀오지 않았던가. 이제 하루만 지나면, 나도 햇볕에 붉게 그을린 얼굴로 식당에 앉아 큰 소리로 의기양양하게 와인을 주문할 수 있을 것이다.

다 잘될 것이다.

도무지 잠을 잘 수가 없었다. 이곳에서는 도저히 잠을 잘 수가 없을 것 같았다. 오히려 화장실에 가면 잠이 더 잘 올 것 같았다. 화장실은 두 층 아래 지하실에 있었다. 다시 옷을 입고 로비를 가로질렀다. 그곳에는 아직도 왁자지껄 기분 좋게 수다를 떠는 사람들이 앉아 있었다.

객실로 되돌아오니 정신이 더욱 멀쩡해졌다. 나는 베세겐에 다녀온 나의 지인들을 하나하나 떠올려보았다. 도움이 되지 않았다. 시간만 오래 걸릴 뿐이었다.

〈도레미 송〉의 가사를 떠올렸다. 거짓말처럼 금방 잠이 들었다.

정상을 향해

세 번째 단계

옌데스헤임 ››› 메무루부 ››› 옌데스헤임

예상 시간

자료마다 다름. ut.no 인터넷 사이트에서는 6시간에서 8시간이 걸린다고 함. 백과사전 정보에 의하면 7시간. 베세겐 홈페이지에는 6시간에서 8시간으로 표기되어 있음. 어제 만났던 석유 회사 일행들은 7시간이 걸렸다고 했지만, 그들은 맥주와 양주를 가져갔고, 그중에는 체력이 그다지 좋지 않은 동료들도 있었음.

몇 시간 후에 등산을 앞둔 상황에선 중요한 사항들을 잊어버리는 일이 자주 발생한다. 바로 그 때문에 이를 상기시켜주는 글귀를 곳곳에서 만날 수 있다. 옌데스헤임 산장에는 베세겐에 오를 때 꼭 필요한 것들을 적은 커다란 포스터를 볼 수 있다. 물, 음식, 갈아입을 옷, 보온이 잘되는 방풍용 옷, 장갑, 모자, 손전등 등.

전날 밤 함께 술을 마셨던 사람들에 의하면, 등산 전에 가장 쉽게 잊어버리는 것은 이러한 물건들이 아니라 바로 시계를 보는 것이라 했다. 목적지에 당도한 후에 시간이 얼마나 걸렸는지 알 수 없다면 등산의 목적이 사라지기 때문이다. 그럴 경우, 저녁에 기능성 내복 차림으로 벽난로 로비에 앉아 있다 하더라도 이야깃거리를 찾을 수 없어 당황할 것이다.

우리는 당일치기용 소형 배낭에 짐을 꾸렸다. 여기서 당일치기용 배낭의 의미에 관해 먼저 조금 설명할 필요가 있다. 당일치기용 배낭과 커다란 등산용 배낭은, 쇼핑백과 클러치에 비교할 수 있다. 그것은 꼭 필요한 물품만 넣어 가볍게 소지할 수 있는 작은 크기의 가방으로서 그날의 패션과 매치도 가능하다. 단, 파티에 갈 때보다 산을 오를 때 '꼭 필요한 물품'이 훨씬 많다는 점이 다를 뿐이다. 게다가 나의 너무나 밝고 촌스러운 녹색 재킷과 매치할 수 있는 가방은 이 세상 어디에서도 찾아볼 수 없다.

산에 오르기 전에 짐을 다시 꾸리는 것은 번거롭기 그지없다. 우리는 이틀 전에 오슬로플라자에 묵었다. 지난 이틀 동안 나는 모두 합쳐 일곱 시간밖에 자지 못했다. 그리고 짐을 다시 꾸리는 짓은 무려 여섯 번이나 해보았다.

느긋하게 짐을 쌀 시간은 없었다. 보트 시간에 맞춰 나가야 했기 때문이다. 그렇다. 이 산행은 보트를 타는 것도 포함하고 있었다. 비좁은 방의 이층 침대에 누워 앞으로 해야 할 내키지 않는 일들을 시간에 맞춰 해낼 수 있을까 걱정하노라니 다시 군대에 온 것 같은 기분도 들었다. 게다가 방 안은 어두컴컴하기까지 했다. 산장의 어둠이 이토록 짙다는 것은 과히 감탄할 만했다. 심지어는 자연 채광에 전기 시설까지 더했는 데도 말이다. 도저히 이해할 수가 없었다.

일상 생활에서의 끊임없는 번거로움을 피하기 위해서 산으로 간다는 것을 감안하면, 산에서 겪는 번거로움도 그에 못지 않게 많았다.

나는 당일치기용 배낭을 꽉꽉 채우고 난 후에야 도시락을 넣을 공간을 만들지 않았다는 것을 깨달았다. 도시락은 아침 식사 시간에 직접 빵에 버터를 발라 준비해야 했다. 산장에서는 아침 식사를 제공해주었다. 이것은 호텔과 비슷한 점 중의 하나이다. 하지만 산장의 아침 식사는 단순하고 기본적이며, 산장이라는 이름과 어울리는 고단백질 음식이 주를 이루었다. 가장 사치스런 음식이라고 한다면 딱딱한 빵처럼 바짝 마른 오이를 꼽을 수 있었다.

마침내 산장 밖으로 나오니 억수 같은 비가 쏟아지고 있었고, 안개는 전날보다 훨씬 짙었다. 이젠 짜증도 나지 않았다. 어쩌면 그것은 신선한 산 공기 때문일지도 몰랐다. 하지만 나는 그 이유를 정확히 알 수 있을 것 같았다. 그것은 바로 온갖 귀찮은 일들을 더는 하지 않아도 되어서 마음이 놓였기 때문이다. 준비가 되었다. 자신감도 스멀스멀 생겨났다. 잊어버린 것도 없었다. 문제될 것은 아무것도 없었다. 왜냐하면 나는 내가 가져온 것들을 거의 모두 당일치기용 배낭 속에 쑤셔 넣었기 때문이다. 음식, 물, 커피, 갈아입을 옷, 비옷, 모자, 장갑, 헬리콥터.

물론 헬리콥터를 가지고 다닌다는 것은 있을 수 없는 일이다.

하지만 내겐 손전등도 있었다. 초콜릿과 지도와 나침반과 카메라와 신용카드도 있었다. 이것들은 당일치기용 배낭 속에 넣을 수 없었기에 목에 걸거나, 방수가 잘되는 재킷 주머니 속에 넣었다. 이제 나는 촌스러운 녹색 재킷을 입은 초보 등산가가 아니라, 촌스러운 녹색 재킷을 입은 임산부처럼 보였다.

하지만 이 촌스러운 녹색 재킷은 쏟아지는 비로부터 나를 보호해줄 것이다. 가게 점원도 그것만큼은 약속할 수 있다고 장담했다. 게다가 내겐 좋은 등산화도 있지 않은가. 만반의 준비가 되었다. 기대감마저 생겨나기 시작했다. 심지어는 일종의 해방감마저 느낄 수 있었다.

우리는 안개로 뒤덮인 산꼭대기를 올려다보았다.

"곧 걷히겠지?" 기록 담당자가 말했다.

"곧 걷힐 거야!" 그녀가 질문에 대답하기라도 하듯 다시 혼잣말로 중얼거렸다.

그것은 시야가 좋지 않을 때 이곳 사람들이 자주 하는 말이었다. 옌데스헤임에 머무르며 채 10시간도 안 되는 시간 동안 무려 150번 이상을 들었던 말이기도 하다. 숙박객은 물론 직원까지 시도 때도 없이 했던 말이었다. 아마도 그런 말을 자주 하면 할수록 실제로 그런 일이 일어날 확률도 더 크다고 생각하는 모양이었다.

물론, 그런 일은 얼마든지 일어날 수 있다. 기록 담당자와 처음으로 함께 산행을 했을 때(그렇다, 딱 한 번 있었다. 진작 밝히는 것을 잊어버렸다) 그런 일이 실제로 있었다. 그때는 내가 자랐던 마을에서 산에 올랐고, 그 산은 내게 너무나 익숙한 산이었다. 우리는 주도로를 따라 걷다가 케이블카를 타고 레스토랑으로 갔다. 나는 그곳의 환상적인 풍경을 그녀에게 보여주고 싶었다. 평소에는 환상적인 풍경을 자랑하는 곳이지만, 마침 그날은 7월인데도 불구하고 눈이 내렸다. 한 치 앞도 볼 수 없었다. 커다란 카메라를 목에 건 관광객들은 레스토랑에 앉아 스스로를 위로라도 하듯 연거푸 음료수를 들이켰다. 우리는 개의치 않고 기분 좋게 음식을 주문했다. 기록 담당자가 잠깐 화장실에 들렀을 때 바로 그 일이 일어났다.

구름과 안개가 걷혔던 것이다.

레스토랑 안은 갑자기 시끌벅적해졌다. 나는 여자 화장실로 뛰어가 문을 열고 소리쳤다. 관광객들은 재빨리 카메라를 들고 밖으로 뛰쳐나갔다. 그 바람에 맥주가 쏟아지고 의자가 넘어졌다.

사람들은 한데 모여 서서 환해진 시야를 만끽했다.

그 일은 약 15초 동안 지속되었다. 그 후엔 다시 구름이 모여들어 어둑어둑해졌다.

주문했던 음식은 그새 다 식어버렸다.

마법과도 같은 일이었다.

"그런 일은 다시 일어날 거야." 기록 담당자가 말했다. 그렇다. 우린 이제 그런 부류의 사람이 된 것이다. 짜증날 정도로 긍정적인 사람.

우리는 동시에 웃음을 터뜨렸다.

웃는 것을 자제해야겠다고 생각했다. 이제 우리는 등산을 즐기는 자연인이니까.

나는 마치 그새 경험을 축적한 등산가가 되기라도 한 듯이, 어제 저녁 눈인사만 나누었던 한 캐나다 관광객의 옷차림을 보고 어이없다는 듯 눈을 휘휘 굴렸다.

"세상에! 평범한 운동화를 신고 왔어." 나는 혀를 차며 말했다.

"저 비닐 망토는 음악 페스티벌에 가면 공짜로 나눠주는 거잖아. 게다가 저 재킷은 방수복이 아니라 일반 재킷이야."

"통기도 안 될 거야."

우리는 충격을 받았다.

"안녕하세요!" 나는 캐나다인에게 먼저 인사를 건네며, 이미 산장에서 유명해진 나의 환한 미소를 지어 보였다.

"벌써 흠뻑 젖었어요." 그녀가 말했다.

보트는 거의 텅 비어 있었다. 나는 유명한 산에선 줄을 지어 걸어야 한다고 주장하는 사람들에게 이렇게 말해줘야겠다고 생각했다. "그러한 상황을 피하는 건 매우 쉬운 일이에요. 날씨가 좋지 않은 평일에 등산을 하면 줄을 서서 걷는 건 얼마든지 피할 수 있다고요." 나는 그날 하루 종일 사람 열 명과 개 한 마리밖에 보지 못했다. 그중 여섯 명은 보트에서 만났다. 방수가 되지 않는 재킷을 입은 캐나다인 부부, 쉴 새 없이 사진을 찍어대는 여자 두 명, 미국 유타에서 온 몸집이 큰 중년 여자 두 명. 그중 한 명은 "안녕하세요"라는 인사말 대신 "당신 나라는 정말 아름답군요!"라고 내게 말을 걸었다. 나는 그녀에게 이 나라는 내가 만든 것이 아니라는 말을 해주고 싶었지만, 나도 사회적 체면과 위신이 있었기에 예의 바르게 응답해주었다. "날씨가 좋지 않아 유감이군요." 그들은 노르웨이의 날씨가 자주 이러한지 물었다. 우리는 거짓말을 섞어 대답해주었다.

보트는 메무루부 산장으로 향했다. 삶에서 경험하는 대부분의 일이 그러하듯, 거기서 내려 몇 시간을 걸으면 우리가 처음 산행을 시작했던 곳으로 되돌아올 수 있었다. 캐나다인 부부는 보트에서 내리자마자 뛰다시피 걷기 시작했다.

"곧 건힐 거야." 기록 담당자가 중얼거렸다.

유타의 중년 여자들은 여유롭게 느릿느릿 걸었다. 꽤 수줍음이 많으며 비사교적으로 보이는 젊은 여자 두 명은 서로의 사진을 지겨울 정도로 찍은 후에야 발을 옮겼다.

남은 사람은 우리 둘뿐이었다. 세차게 내리던 비는 어느새 한풀 죽었고, 안개도 그다지 짙지 않았다. 적어도 산 아래에선 그랬다. 오르막길은 완만했고, 길을 찾기도 그다지 어렵지 않았다. 우리는 농담을 주고받으며 걷다가 잠시 길가에 앉아 휴식을 취하며 초콜릿을 먹었다. 다시 발을 옮겼다. 나는 〈도레미 송〉을 흥얼거렸다.

나는 이쯤에서 경험에 의한 조언을 하나 남기려 한다. 술이 덜 깬 상태에서 비와 안개로 자욱한 산을 걸으며 옛날 노래를 흥얼거리는 것은 그다지 나쁘지 않다는 것을.

시간은 생각보다 빨리 흘렀다. 그 이유는 숲속을 걸을 때와는 달리 눈앞의 풍경이 다양했기 때문이며, 지형도 높낮이가 있어 지루하지 않았기 때문이다. 문득, 저 멀리 매우 아름다운 녹색 호수가 보였다. 기록 담당자는 다른 무언가를 보며 혼자서 즐거워하고 있었다. 그녀는 저 앞에 걷는 캐나다인 부부를 따라잡을 생각을 하고 있었던 것이다.

바로 이 점에서 나와 기록 담당자의 서로 다른 성향을 볼 수 있다. 나는 캐나다인들의 뒤를 따르며 느긋하게 걷는 것을 선호했고, 그녀는 그들을 따라잡는 데 더 큰 즐거움을 느끼는 사람이었다. 물론 그들은 누군가가 말없이 자신들을 상대로 경쟁하고 있다는 것을 전혀 모르고 있었다. 어쩌면 바로 이런 이유 때문에 그녀가 나보다 산행을 더 많이 했는지도 모른다. 솔직히 나는 야망도 없고 경쟁심도 없는 사람이다. 혹자는 이런 내 말을 은근한 자기자랑이라 여길지도 모른다. 하지만 나는 일전에 해보았던 심리 테스트를 통해 이러한 나의 성향을 재확인했다. 야망과 경쟁심이 낮은 사람. 이것은 기록으로도 남아 있기에 얼마든지 증명할 수 있다.

나는 내 능력을 확인받기 위해 큰 노력을 하지 않아도 되는 직장에 다니는 것을 매우 감사하게 생각하고 있다.

우리는 캐나다인 부부를 따라잡았다. 기록 담당자는 너무나 밝고 호의적인 미소를 지으며 인사를 건넸다.

"당신 나라는 정말 아름다워요." 남자가 말했다. 보아하니, 노르웨이를 찾는 관광객들은 평범한 인사말 대신 이런 말을 해야 한다고 배운 모양이다. 우리는 가볍게 대화를 나누었다. 그들도 조금 전보다 훨씬 자연스럽게 말하기 시작했다. 어쩌면 그들은 우리가 자기들을 따라잡았기 때문에 우리를 더 존중하기 시작했는지도 모른다. 그게 아니라면 기록 담당자의 호의적인 태도 때문에 자신감을 얻었는지도 모른다. 그들은 기록 담당자가 그들 몰래 누가 더 빨리 걷나 경쟁을 하고 있었다는 사실을 알지 못했다.

대화를 나누다 보니 그들이 이전에도 자주 여기저기 유명한 산을 올랐던 것을 알 수 있었다. (하긴, 그런 주제 외에 무슨 이야기를 나눌 수 있을까? 짐바브웨의 불안정한 정치 상황?) 그들은 세계 곳곳의 산을 올라보았으며, 그중에서도 특히 로키산맥을 자주 가보았다고 했다. 보아하니 그들은 주로 등산을 하며 소일하는 것 같았다. 나는 기록 담당자가 무슨 생각을 하는지 알 것 같았다. '그런데도 우린 당신들보다 훨씬 더 빨리 걸을 수 있거든요.'

어쨌든 그녀는 목표를 달성한 셈이었다.

우리는 손을 흔들며 작별 인사를 건네고, 경험 많은 등산가들을 뒤로 한 채 발을 옮겼다.

"이제 우리가 선두로 가고 있어." 기록 담당자가 말했다.

"등산의 목적은 경쟁이 아냐. 자연을 경험하고 만끽하는 것이지. 가장 중요하고 의미 있는 경쟁은 바로 자기 자신과의 경쟁이야."

우리는 여전히 이처럼 뻔한 말을 하고서도 웃지 않는 연습을 해야 한다는 것을 다시 한번 서로에게 상기시켜주었다.

어느새 관광객들이 가장 사진을 많이 찍는 유명한 지점에 이르렀다. 마치 인스타그램의 한 페이지 속에 서 있는 것 같았다. 다른 점이 있다면 대부분의 사진들보다 안개가 더 자욱하다는 것뿐이었다. 하지만 아름답긴 매한가지였다. 적어도 우리는 그렇게 생각했다. 저 멀리 산등성이 옆에 자리한 두 개의 호수 중 하나가 유난히 아름다운 녹색을 띠고 있었다. 우리는 그 호수의 사진을 찍었다. 이 삶도 그다지 나쁘지 않다는 것을 느꼈다. 숙취와 수면 부족 때문에 그렇게 느꼈을지도 모른다. 문득 내가 무덤덤하고 멍청한 사람처럼 여겨졌다.

20~30미터 정도 더 가니 등산로가 사라졌다. 눈앞에 보이는 산꼭대기는 하늘을 찌를 듯 높고 가파르기 그지없었다. 자욱한 안개 때문에 약 4미터 전방에는 무엇이 있는지 알아볼 수 없었다. 저 가파른 돌산 왼쪽에 무엇이 있는지도 알 수 없었다. 그곳도 안개가 자욱하긴 마찬가지였으니까. 오른쪽도 마찬가지였다.

"더 올라가야 하는 걸까?" 기록 담당자가 말했다. 매우 좋은 질문이었다. 눈앞에 보이는 광경을 바탕으로 말하자면, 더 올라가야 하는 것은 확실했다. 하지만 그건 암벽 등반가 또는 정신이 나간 사람이 아니라면 불가능한 일이었다.

"여기가 흔히 말하는 정상이 아닐까?" 나는 우물쭈물 말을 맺었다. 거기서부터는 사진에서 보았던 것과는 전혀 다른 풍경이 펼쳐져 있었다. 왜냐하면 그 어떤 안내 책자나 블로그, 또는 인터넷 사이트나 소셜미디어에서도 이처럼 안개 자욱한 사진은 본 적이 없었기 때문이다. 단 한 장도! 나는 기회가 된다면 관광협회 임원들에게 꼭 이 사실을 알려주리라 마음먹었다.

원칙적으로 우리는 빨간 T 자 팻말만 따라가면 되었지만, 그 어디에서도 팻말은 볼 수 없었다. 저 멀리 안개 사이로 무언가 빨간 것이 보이는 것 같기도 했다. 하지만 그것은 바위의 불그스름한 부분일 수도 있었고, 축축하게 젖은 자국일 수도 있었다. 비가 와서 여기저기 미끌거리는 곳이 너무나 많았다.

만약, 사람들이 흔히 말하듯 베세겐에선 줄을 지어 산을 올라야 한다는 말이 사실이라면, 이 같은 상황은 아무런 문제도 되지 않을 것이다. 앞사람을 따라가기만 하면 되니까. 꼭 나란히 줄을 지어 산을 오를 필요도 없을 것이다. 어쨌든, 사람만 보이면 길을 찾을 수 있을 텐데. 바로 그것이 사람이 가지고 있는 장점이 아닐까. 사람들은 서로 대화를 나누고, 조언을 주고받는다. 서로를 도와주기도 하며 문제를 해결하기 위해 함께 머리를 맞대기도 한다.

그것은 매우 긍정적인 일이다. 산 위에서나 도시에서나. 나는 단지 이쯤에서 그 말을 하고 싶은 필요성을 느꼈다.

하지만 그곳에는 아무도 없었다! *사람의 그림자도 볼 수 없었다!*

별안간 안개와 구름이 걷히기 시작했다. 단 몇 초 동안 푸른 하늘이 보이는가 싶었다. 하지만 그것만으로도 우리 오른쪽에 자리한 내리막길을 보기에는 충분한 시간이었다. 매우 긴 내리막길이었다. 그러고는 아무것도 볼 수 없었다.

마치, 푸른 하늘이 우리를 약 올리는 것만 같았다. 까꿍!

우리는 평소 무모하게 행동할 때도 있지만, 막상 중요한 순간이 오면 꽤 이성적인 결정을 내리는 사람들이다. 그 예로 우리는 숲속에서 길을 잃었을 때 바로 발길을 돌렸고, 안개 낀 산 위에서는 캐나다인 부부를 위해 기다려주기까지 했다. 이제 우리 일행은 네 명으로 늘어났고, 모두들 안개 속에서 우왕좌왕 발을 옮기며 녹색 호수로 향했다. 만약 호수 앞에 커다란 바위가 없었더라면 호수 속에 그대로 빠졌을지도 모른다.

캐나다인 남자는 아내보다 몇 미터 앞장서서 걸으며 산꼭대기를 힐끗 올려다보았다. 물론 그의 눈에는 자욱한 안개밖에 보이지 않았다. 갑자기 그가 축축하고 미끌미끌한 돌산을 기어오르기 시작했다. 등산화도 아닌 평범한 운동화를 신은 채 아무 말도 없이. 그는 안개 속으로 사라졌다. 우리는 그의 아내를 돌아보았다. 그녀는 어깨를 으쓱 치켜올릴 뿐이었다. 보아하니 그녀는 이미 수년 전에 남편을 포기한 사람 같았다. 산에서뿐만이 아니라 집에서도.

우리는 앞만 바라보며 그곳에 한참 서 있었다. 침묵이 흘렀다.

마침내 저 위에서 남자의 목소리가 들렸다.

"T 자 팻말을 찾았어요!"

우리는 일제히 고개를 들어 소리 나는 쪽을 보았다.

아무도 우리에게 말해 주지 않았다. 우리는 친구와 지인, 경험 많은 등산가들, 산 아래에 개인 산장을 소유한 사람들, 그리고 등산 계획을 세워주는 전문가들과도 베세겐 능선에 관해 이야기를 나누어보았지만, 그 어느 누구도 베세겐 능선에 오르려면 암벽 등반을 해야 한다고 말해주지 않았다.

훗날 그들과 만났을 때, 가파른 암벽을 등반한 후에야 T 자 푯말을 볼 수 있었다고 말하니, 그들은 암벽 등반이 아니라 기어오르는 것이라 내 말을 정정해주었다. 나는 바로 그 지점에서 내 언어 능력의 한계를 느꼈다. 두 팔과 두 다리를 사용해 바위를 오르는 것이 암벽 등반이 아니라면 또 무엇일까. 모두들 그 산행은 식은 죽 먹기라고 말했다. 아이들과 반려견은 물론, 150살의 조부모까지 함께 할 수 있는 산행이라고 했었다.

어떤 면에서는 이해할 수 있다. 왜냐하면 내가 이야기를 나누었던 사람들은 이미 오래전에 이 산을 올랐으니까. 그렇다. 이 산은 등산가들의 고전이라 해도 과언이 아니다. 등산가의 꿈을 키우기 위해선 가장 먼저 올라야 하는 산이기도 했다. 그토록 오래전의 일이니 잊을 수도 있는 일이라 생각했다. 아니, 잊고 싶었는지도 모른다. 게다가 그들이 산을 올랐을 때는 햇볕이 화창하게 내리쬐는 날이었을 것이다. 어쩐 일인지 그 옛날에는 이 산에서 항상 푸른 하늘과 햇빛을 볼 수 있었던 것 같다.

그렇다면 어젯밤에 만나 몇 시간 동안이나 함께 술을 마시고 대화를 나누었던 다섯 명의 석유 회사 일행들은 어땠을까? 그들도 이런 날씨 속에서 산을 올랐을 텐데.

그들은 별다른 말을 하지 않았다. 심지어 우리가 직접적으로 질문을 던졌음에도 불구하고 말이다. 그들은 단지 식은 죽 먹기였다고 말할 뿐이었다.

우리는 그들에 관해 대화를 나누었다. 개인정보 보호를 위해 자세한 이야기는 할 수 없지만, 기록 담당자는 다섯 명 중 특정인의 이름까지 거론하며, 베세겐을 등반하며 신체적으로나 정신적으로 아무런 어려움도 느끼지 않았다는 그의 말을 믿을 수 없다고 말했다. 나는 이미 말했듯이 그의 이름을 밝힐 수가 없다.

우리는 캐나다인들이 운동화를 신고 고국으로 돌아가기 전에 우리도 바위산을 올라가봐야겠다는 생각에 서두르기 시작했다.

그것은 말 그대로 암벽 등반이었다. 바위는 축축하게 젖어 미끌거렸다. 눈앞에 보이는 것은 아무것도 없었다. 왼쪽 오른쪽의 개념도 없었다. 단지 어영부영 방향을 짐작할 뿐이었다. 도저히 좋아할 수가 없었다. 갑자기 눈앞에 축축한 바위 하나가 나타났다. 나로 말할 것 같으면 전생으로 여겨질 만큼 까마득한 옛날에 친구들과 함께 술을 먹고 춤을 추다가 무릎을 심하게 다친 적이 있다. 바로 그 때문에, 나는 아직도 무릎을 제대로 굽히거나 펼 수가 없다. 더욱이 어젯밤에 마셨던 술이 덜 깬 상태에서 안개 자욱한 산속의 미끌미끌한 바위를 기어오르니 나의 신체적 장애가 더욱 확연히 다가왔다.

반면에 기록 담당자는 이러한 상황에서 절대 두려움을 느끼지 않는 여자였다. 그녀에겐 수많은 산을 정복했던 과거가 있었다. 그녀가 당당하게 앞장섰다. 나는 그녀의 뒤를 따랐고, 공짜 비옷 망토를 입은 캐나다인 여자는 투덜거리며 내 뒤를 따랐다.

시간이 가면 갈수록 베세겐 능선에 관해 몰랐던 것이 너무나 많다는 것을 깨달았다. 예를 들어, 능선 정상은 스누스*로 발 디딜 틈이 없다는 것. 스누스는 유럽 연합에서는 판매 및 사용이 금지된 물품이지만, 스웨덴이 끝까지 고집을 부리고 싸워서 허가를 얻어낸 북유럽 특유의 향정신성 제품이다. 자그맣게 일회 사용에 알맞도록 포장된 스누스. 우리는 어렸을 때 그것을 기저귀 담배라고 불렀다. 니코틴을 입 안에 넣는 것과 같은 얼빠진 일을 경멸했기에 그랬던 것 같다. 그런 스누스가 산 정상을 빽빽하게 뒤덮고 있었다. 산 정상에 이르는 길도 마찬가지였다. 한편으로는 마음이 편안해졌다. 그것은 거기에 사람들이 다녀갔다는 표시임과 동시에, 우리가 길을 잘못 들지 않았다는 의미였으니까. 만약 베세겐 능선에서 길을 잃었다는 생각이 들면 T 자 팻말을 찾기보다 스누스 조각들을 찾는 것이 훨씬 좋을 것이다.

문득, 에베레스트산에서는 사람들의 시체를 볼 수 있다면, 베세겐 능선에서는 스누스를 볼 수 있다는 엉뚱한 생각이 스쳤다.

사람들은 입 안에 있던 스누스를 뱉었던 것일까? 니코틴으로 어

* 담배 대신 잇몸에 붙여두는 작은 니코틴 덩어리.

질어질했기 때문에? 아니, 사람들의 입 속에 있던 스누스가 저절로 튀어나왔던 건 아닐까? 두려움 때문에 비명을 지르는 사이에?

우리는 이런 생각을 하며 스누스로 빽빽하게 뒤덮인 바위산을 등반했다. 아니, 기어올랐다. 우리 뒤로는 체념한 캐나다 여자가 따랐다. 그녀의 남편은 이미 정상에서 내려가 산장으로 되돌아갔을지도 모른다.

문득, 이곳에서 죽는다면 얼마나 의미 없을까 하는 생각이 스쳤다. 의미 없다기보다는 자존심 상하고 부끄러운 일이라 할 수 있을 것이다. 나의 장례식에 온 친구들은 코웃음을 칠 것이다. 검은 양복을 입고 온 내 친구는 안주머니에서 종이 한 장을 꺼내 펼친 후, 헛기침을 하며 목을 가다듬고 이렇게 말할 것이다. "그는 사람들을 놀래는 일을 좋아했습니다." 한참 뜸을 들인 후에 이처럼 말을 이을 것이다. "하지만 우리는 그가 고도 1600미터의 베세겐 능선에 올랐다가 스누스 더미에 발이 미끄러져 녹색 호수에 빠졌을 때보다 더 놀랐던 적은 없습니다. 마침, 그가 입었던 녹색 재킷 때문에 구조대원들이 호수의 색과 그의 옷 색깔을 구별할 수 없었던 것이 바로 이 비극을 초래했습니다." 사람들의 웃음 소리가 들려올 것이다.

"도대체 무슨 생각을 했기에 혼자 실실 웃는 거야?" 기록 담당자가 내게 말했다.

아, 집중해야 한다. 집중!

오르막길은 끝이 보이지 않았다. 앞을 볼 수 없으니 정상까지 얼마나 더 가야 하는지도 알 수 없었다. 가끔씩 저 앞에서 T 자 팻말을 찾았다는 함성이 간간이 들려오기도 했다.

"길은 어디에 있나요?" 안개 속에서 캐나다 여자가 소리쳤다.

"직접 찾아보세요." 안개가 대답했다.

"직접 길을 찾기는 싫어요." 캐나다 여자가 중얼거렸다. 그녀의 말에는 삶의 지혜가 들어 있었다.

기분이 슬슬 가라앉기 시작했다. 긍정적인 마음은 온데간데없었다. 하지만 우리는 포기하지 않고 발을 옮겼다.

그 순간, 사람의 그림자가 보였다! 반대편 산등성이에서 올라온 남녀 한 쌍이 캐나다 남자와 함께 서서 우리를 기다리고 있었다. 그 모습은 마치 소풍 길에 느릿느릿 걷는 학생들을 기다리는 선생님 같기도 했다.

이미 말했듯이 산중에서 사람들을 만나는 일은 지금껏 매우 과소평가되어왔다. 사람들은 서로에게 무언가를 물어볼 수도 있고, 무언가를 설명해줄 수 있다. 그들은 우리에게 조금만 더 가면 가파른 길이 끝나고 완만한 경사가 끝없이 이어질 것이라 말해주며, 자기들은 이제 내려가는 길이라고 말했다. 여자는 미국인이었고, 남자는 덴마크인이었다.

"행운을 빌게요." 기록 담당자는 덴마크 남자를 향해 말했다. 그녀는 정상이 가까워졌다는 말을 들으니 갑자기 기분이 좋아진 모양이었다.

우리는 그들이 등산 경험이 별로 없는 사람이라 짐작했다. 적어도 둘 중 하나는 얼굴이 창백하기 그지없었고, 생기도 찾아볼 수 없었다. 그들은 산 아래쪽을 내려다보았다. 아무것도 보이지 않았다. 그들은 다시 우리를 돌아보았다. 우리는 고개를 끄덕여주었다. 그들에게 조금 남아 있던 생기는 완전히 사라져버렸고 절망적으로 변했다. 나는 그들에게 용기를 주고 싶었지만, 그 어떤 말도 신뢰를 주기엔 부족할 것 같았다.

그들은 조심조심 산을 하강하기 시작했다. 기어내려간다고 해야 할까? 아, 이 세상에서 어감과 문법을 두고 까다롭게 구는 사람보다 더 짜증나는 부류는 없다.

나는 그들도 저녁 시간이 되면 산장에서 기능성 내복 차림으로 와인을 마시며 그날의 산행이 식은 죽 먹기였다고 말할지 궁금해졌다. "안개는 문제도 되지 않았어요! 단지 길이 좀 미끄러웠을 뿐이죠. 하지만 바로 그 때문에 더 흥미롭게 산행을 즐길 수 있었답니다."

거짓말쟁이들.

우리도 저녁이 되면 거짓말쟁이가 될지도 모른다. 어쩌면 이 현상은 모두에게 일어나는 것일 수도 있다.

적어도 대부분의 사람들에게 일어나는 현상임은 분명했다. 산에 올라갔다 오면 누구나 원시인이 되는 모양이다. 더 강해진 것 같은 느낌은 물론이고, 이전에는 자기 안에 있는 줄도 몰랐던 허세를 내

보이게 되니까.

나는 이 여정을 시작하기 전 코미디언으로 일하는 지인과 대화를 나눈 적이 있다. 그는 직업 때문에 유머에 관해선 꽤 까다로운 사람이기도 했다. 좀 더 자세히 밝히자면, 등산을 통해 항아리 몸매에서 탈출한 사람이 바로 그였다. 그는 여러 등산 코스에 관해 잘 알고 있었기에 나는 이곳에 오기 전 그에게도 조언을 구했다. 그는 베세겐 능선을 오르는 것은 식은 죽 먹기라며 호언장담했다. 일상에서의 그는 풍부한 감성과, 건강한 문화적 관심을 지닌 사람이며, 여자 친구도 많고, 유머 감각도 뛰어난 사람이다. 하지만 그는 등산화를 신기만 하면 페테르 노르투그•가 되어버린다.

우리는 어젯밤에도 석유 회사 일행에게서 같은 말을 들었다. 그들은 친구 및 직장 동료로 이루어진 평범한 무리였고, 매우 호의적이고 유쾌했으며, 페미니즘에 거부감을 느끼지 않고 가족에게 책임감을 느끼는 현대인의 전형적인 모습을 보여주었다. 하지만 기능성 내복을 입고 산장에 앉아 있을 때면 세상의 그 어떤 것도 두렵거나 어렵지 않다는 가식적인 태도를 보이며, 즉석 음식이 맛없다고 불평하는 옆 사람에게 제대로 배가 고파보지 않았다고 허세를 부린다.

어제 산장에 있던 사람들은 어떤 이야기를 했던가? 모두들 하나같이 베세겐 능선을 오르는 것이 식은 죽 먹기라 하지 않았던가?

• 노르웨이의 스키선수로 각종 선수권 대회와 올림픽에서 수많은 메달을 획득했다.

게다가 모두 경쟁하듯 얼마나 빨리 걸었는지 늘어놓기에 바빴다. 뿐만 아니라, 다른 험한 산에서도 아무 문제 없었다고 덧붙였다.

그렇다. 문명에서 멀리 떨어진 외딴 곳에서 마주치는 사람들은 항상 자기들이 이보다 더 외딴 곳에 가보았다고 허세를 부리기에 바쁘다. 예를 들어, 아프리카 오지의 외딴 시골 마을에서 전기도 들어오지 않는 임시 숙박 시설에 들러 이상한 염소고기 메뉴를 앞에 두고 있을 때, 우연히 유럽에서 온 관광객들과 마주쳤다고 치자. 그들은 백이면 백 그보다 더 누추하고 외딴 곳에 가보았다고 자랑하듯 이야기를 늘어놓을 것이다. 전기도 들어오지 않았던 것은 물론이며, 염소의 몸에 있는지도 몰랐던 창조적인 부위로 만든 음식이나 아프리카 영양의 고환을 먹어보았다고 떠들어댈 것이다.

만약, 그들에게 죽은 영양의 고환으로 만든 음식을 못 먹겠다고 말하면 제대로 배가 고파보지 않아서 그렇다는 말도 들을 수 있을 것이다.

오늘 저녁, 산장에 되돌아가면 우리는 허세 부리지 않고 정직하게 있는 그대로를 이야기하리라 결심했다. 나는 스누스 조각들로 빽빽한 미끌미끌한 바위산을 기어오르며, 앞서 만났던 커플 한 쌍이 말했던 것보다 정상까지 가는 길이 훨씬 더 멀다는 것을 깨달았을 때 그렇게 결심했다. 등산가들의 허세는 산에서 내려오는 것과 동시에 시작된다는 것을 알았기에 적어도 나는 그러지 않겠다고 마음먹었던 것이다.

나는 여행을 시작하기 전에 인터넷에서 몇몇 등산 포럼도 찬찬히 읽어보았다. 그곳은 인터넷에서 가장 어두운 곳 중의 하나라 해도 과언이 아니었다. 그곳은 아무것도 모르는 사람들에게 허세로 가득한 조언이 쏟아지는 곳이었다. 예상 시간은 총 몇 시간인가요? 길이 험한가요? 길이 위험한가요? 길이 가파른가요? 아이들과 반려견 또는 조부모와 함께 가도 될까요?

그러한 질문에 돌아오는 대답은 모두 같았다: *"아무 문제 없습니다. 식은 죽 먹기입니다."*

고소공포증에 시달리는 한 여자는 베세겐 능선에 오르는 것이 두렵다고 말했다. 정상에 오르면 400미터나 되는 낭떠러지가 보인다면서요? 그 질문에 돌아왔던 대답은 다음과 같았다.

"저도 고소공포증이 있답니다. 하지만 베세겐 능선에 세 번이나 올랐습니다. 아무런 문제도 없었습니다."

"베세겐 능선은 관광객들의 고속도로라는 말도 있습니다. 물론 저는 열 살 때 가보고 그 이후엔 오르지 않았지만, 아무 문제 없을 것이라 확신합니다. 당시에 제 동생도 함께 올랐는데, 동생의 나이는 여덟 살에 불과했습니다."

"걱정하지 않아도 됩니다. 저와 제 여동생은 거의 정상까지 달려갔답니다. 건강이 그리 좋지 않은 제 어머니도 전혀 힘들이지 않고 정상에 오를 수 있었습니다. 400미터 낭떠러지는 극히 과장된 말입니다."

나는 이제 베세겐의 산길을 직접 확인해보았다. 400미터에 이르는 가파른 절벽은 결코 과장된 말이 아니었다. 엠파이어스테이트 빌딩보다 더 높은 절벽이었던 것이다.

또 다른 사람은 등산 경험이라곤 전혀 없는 나이 많은 아버지와 함께 베세겐 능선을 올라도 되는지 물어보았다. 솔직히, 나는 다음과 같은 대답을 예상했었다. 예를 들어:

"안 됩니다."

"아버지와 사이가 좋지 않다면 함께 가시는 것을 추천합니다."

"차라리 남유럽 여행을 하시는 게 좋을 듯."

하지만 내 예상은 빗나갔다: "아무 문제 없습니다!" "걱정하지 않으셔도 됩니다."

어떤 이는 베세겐 능선을 오르는 것이 특별히 힘들다거나 가파른 건 아니라고도 했다. 물론 베세겐의 등산로가 힘들다는 것은 개인의 체력이나 취향에 따라 다를 것이다. 하지만 건강이 좋지 않은 나이 많은 사람에게는 산길이 힘들 수도 있다고 말해줘야 되지 않을까.

또한 베세겐 능선이 전혀 가파르지 않다는 것은 명확한 거짓말이다. 그것은 동그라미가 특별히 둥글지 않다고 말하는 것과 마찬가지다.

그렇다. 등산가들은 이처럼 얼토당토않은 말을 고집스럽게 하고 있다.

사실 사람들이 이런 질문을 하는 데는 다 이유가 있다. 내가 찾아본 자료에 의하면, 해마다 15~20명의 사람들이 베세겐 능선에서 내려올 때 구조 요원의 도움을 받는다고 했다.

나는 인터넷 토론자들이 주장하는 말들의 확실한 근거를 찾아보고 싶었다. 그들이 진정으로 두렵다고 느껴 피하고 싶은 일들은 도대체 무엇인지 궁금해졌다.

나는 그 사이트에 이렇게 적어보고 싶은 충동을 느꼈다: "안녕하세요, 제 할머니는 아랫입술부터 그 아래 부분의 모든 신체 부위가 마비된 분입니다. 할머니의 100세 생신을 축하하는 의미에서 베세겐 능선을 함께 오르고 싶습니다. 오전에는 베세겐 능선, 오후에는 갈회피겐산을 오를 생각인데 가능할까요? 지인들에게 물어보니, 더 흥미로운 산행을 즐기기 위해 눈이 가장 많이 내리는 달에 산에 올라보라고 하던데 그래도 될까요?"

이처럼 인터넷을 아무리 뒤져도 사실에 근거한 대답은 어디에서도 찾아볼 수 없었다. 시간이 된다면 직접 한번 시도해보는 것도 좋을 것이다. 베세겐 능선을 오르며 스누스로 가득한 길을 홀로 걸어야 할 때도 있는지 물어본다면, 아무도 실질적이고 솔직한 대답을 해주지 않을 것이다.

나는 여행을 시작하기 전에 등산에 관한 일반적인 조언이 실린 여행 책자를 구입했다. 서점에 진열된 수천 권의 책들 중에서 그 책을 선택했던 까닭은, 바로 이 문장이 눈에 띄었기 때문이다. "얼마 전까지만 하더라도 나는 등산과는 거리가 먼 사람이었다. 하지만….”

나는 마침내 나와 비슷한 사람이 쓴 책을 찾았다는 생각에 바로 그것을 구입했다. 하지만 등산 계획을 세우고 난 후에야 다음 문장을 읽을 수 있었고, 이미 때는 늦었다는 것을 깨달았다. “나는 헬리콥터 구조대에 의해 산을 내려왔다. 북쪽 스피츠베르겐에서 폭풍이 몰아치는 와중에 스키를 타던 날이었다.”

뭐라고?!

두 줄도 채 되지 않는 짧은 문장. 작가는 자랑과 허세로 가득 찬 글을 시작하기 전에 이러한 문장으로 책을 시작했던 것이다. 두 줄도 채 되지 않는 짧은 문장! 그것은 내게 등산과 관련된 그 어떤 책보다도 더 큰 충격을 가져다주었다. 사람들은 자신의 등산 경험을 활자화시킬 때, 두려움과 귀찮음에 관해 피력하지 않는다. 그들은 삶을 사랑하는 사람들이라면 거의 아무도 해보지 않았을 일들을 허세 부리며 자랑스럽게 늘어놓고 추천하기를 주저하지 않는다.

등산가들의 허세는 긴 역사를 지니고 있다. 1800년대, 영국인 산악가 윌리엄 세실 슬링스비는 노르웨이 역사상 처음으로 스카가스퇼스틴드산의 정상에 올랐다. 허세가 시작된 것은 바로 두 번째 산악가부터였다. 요한네스 헤프티Johannes Hefty는 1880년에 그 산을 올랐고, 저서에서 그 등반이 얼마나 쉬웠는지 허세를 떨었다. 게다가 평범한 사람이라면 모두 그 산을 문제없이 오를 수 있을 것이라 덧붙이기도 했다. 그 이후로 시작된 슬링스비와 헤프티의 열정적인 논쟁에서는 심지어 그 산이 “동네 아줌마 산”이라는 말로 표현되기도 했다.

하지만 그것은 이미 오래전 일이다.

아니, 과연 그럴까?

내 친구들 중 한 명은 누가 보더라도 성평등을 지향하는 사람이다. 그는 어느 날 술자리에서 내게 이에 관한 말을 한 적이 있다. 그렇다. 책을 쓰는 사람들은 자주 친구와 지인들과의 술자리에서 집필 계획이나 그 내용에 관해 주절댄다. 우리는 그것을 '리서치 작업'이라 부른다.

어쨌든, 그는 생각이 비슷한 또 다른 친구들과 함께 산장 여행을 다녀왔다고 했다. 그들은 숙박을 마친 후, 사용한 야외 화장실의 오물을 버리고 깨끗이 청소해야 된다는 말을 들었을 때 기겁했다고 한다. 일행 중 그 어느 누구도 야외 화장실을 청소해본 적이 없었기 때문이다. 어떻게 청소하는지도 전혀 몰랐고, 마음이 내키지도 않았다. 그 자리에서 그들은 이런 일은 남자들이 해야 하는 일이라고 의견을 모았다고 한다.

그와 함께 대화를 나누며 우리는 성평등에 관한 사항은 산장에서는 소리 없이 사라지기 마련이라는 데 의견을 같이했다. 산장에만 가면 아무런 설명이나 토론도 거치지 않은 채 여자와 남자가 하는 일이 구분되기 때문이다.

나는 그녀와의 대화를 떠올렸다. 이 또한 그와 다르지 않다는 생각이 스쳤다. 자연 속에선 남자가 남자로 살았을 때의 과거로 시간이 되돌려진다는 것을 깨달았다. 나약하고 무기력하며 겁이 많은 남자는 제구실을 못 하던 과거의 시간 말이다. 나는 현대 스칸디나비아 국가의 고학력 남성들조차도 거리낌 없이 편안한 상황에서는 구세대의 남성우월주의 의식을 억누르지 못하고 허세를 부리기 마련이라는 것을 깨달았다. 이들은 평소엔 집에서 연어로 스시를 만드는 일보다 더 허세 가득한 일을 해보지 않았던 사람들이다.

성에 따른 사회적 역할뿐 아니라, 언어 또한 옛날로 되돌아간다. 산장에 배치된 방명록을 기억하는가? 산에 오르면 젊은이들조차 그들의 할아버지처럼 "일상의 번잡함"이라든가 "신기술 문명"이라는 말을 읊조린다.

노르웨이의 자연을 찾는다는 것은, 이제 더는 노르웨이 본연의 모습이 남아 있지 않는 곳을 찾는다는 말과도 같다. 즉, 남자들은 구시대에 남자들의 일로 치부되었던 일을 하고, 배가 터지도록 음식을 먹으며, 마주치는 사람마다 인사를 건넨다. 빵이나 시리얼로 대신하던 아침 식사는 산에 오르면 구운 고기나 뜨거운 수프로 대치된다. 점심과 저녁은 말할 것도 없다. 퀴노아나 치폴레는 찾아볼 수도 없다. 모두들 생기발랄하고 힘이 넘치며, 힘든 표시를 내지 않고 산을 오르고 험한 길을 걷는다. 날씨가 나쁜 것을 탓하는 사람은 아무도 없다. 어쩌다가 마주치는 관광객들은 하나같이 예의 바르고 겸손하게 당신의 나라가 너무나 아름답다는 말로 인사말을 대신한다. 그런 관광객들은 우리가 치장한 값비싼 등산복이나 등산 장비를 갖추지 못했기에, 그들을 향해 코웃음을 쳐도 뭐라 하는 사람은 없다. 이처럼 산 위에서는 모두들 단순하게 변해버린다. 우리는 산 위에서 자연스럽고 진실한 인간의 본성을 내보이기 마련이니까.

'단순함, 자연스러움, 그리고 진실함'은 다시 말하자면 구식이라는 말과도 일치한다. 현대 스칸디나비아의 고학력자와 연어로 스시를 만드는 가정적인 남자 중에서, 구식으로 되돌아가기 위해 산장에서 주말을 보낸다고 직접적으로 말하는 사람은 아무도 없다. 반면, 산장에서 진실하고 자연스러운 삶을 경험했다거나 자연 속에서 단순한 기쁨과 삶의 의미를 찾았다는 말을 주저 없이 늘어놓는 사람은 너무나 많다.

또 다른 옛 이야기를 꺼내볼까 한다. 1800년대, 노르웨이를 자주 찾았던 영국인 성직자 리처드 카터 스미스Richard Carter Smith는 순수하고 때 묻지 않은 것들을 향한 동경에 관해 꽤 정확히 표현했다. "노르웨이의 도시에는 덴마크를 비롯한 외국식의 태도와 사고를 지닌 사람들을 많이 볼 수 있다. 긍정적이라고는 생각지 않는다. 시골길에도 서서히 부유함의 잔재가 스며들고, 평균 생활 수준은 급격히 향상 중이며, 교육 수준 또한 점점 높아지고 있다. 모든 것이 변하고 있다. 그 결과로 노르웨이 사회는 전통적인 소박함과 순수함을 잃어가고 있다. 그 가치를 대신할 만한 것은 아직 찾지 못한 것으로 보인다. … 나는 단순하고 소박한 농부의 가치가 평범한 교육을 받고 평범한 매너를 지닌 도시인보다 훨씬 높다고 생각한다."

나는 이 글을 읽으며 몇몇 지인들을 떠올렸다. 그들은 스미스의 어법과 말투를 조금만 수정한다면 백 퍼센트 동의할 수 있는 사람들이며, 그들이 어떤 정당을 지지하는지는 불을 보듯 뻔한 일이다.

그는 우리가 속한 자연이 실질적으로 어떠한지, 또 어떻게 유지되어야 하는지에 관해 이야기했다. 만약 일상적 요구나 부와 교육, 기술이나 사회적 삶 등 갖가지 조건을 고려하지 않은 상태에서 우리에게 자유로운 선택권이 주어진다면, 우리는 단 한 사람도 예외 없이 자연 속에서 홀로 바위 위에 앉아 있는 것을 택할 것이다.

노르웨이 관광협회에서 발행했던 연감 중 최근 호를 살펴보면, 협회의 존재 목적은 바로 과거로 돌아가는 것이라 했다. 그것은 우리가 더 많은 시간을 자연 속에서 보내야 한다는 것을 의미한다. 현대 사회에서 우리가 일반적으로 하는 일에 소비하는 시간은 실질적으로 우리의 시간이 아니라는 말로 해석할 수도 있다. 즉, 직장에서 일하는 시간, 친척들을 저녁 식사에 초대하는 시간, 동료들과 함께 볼링을 치는 시간, 사람들을 만나 친목을 다지고 콘서트에 가거나 외국 여행을 가는 시간, 노래방에서 노래를 부르는 시간, 애인과 함께 밤새 술을 마시고 대화를 나누는 시간 등. 이러한 시간들은, 만약 우리에게 진정으로 자유롭게 선택할 권한이 있다면, 숲속의 바위 위에 홀로 앉아 있는 시간으로 대체될 것이다. 산 정상에 올라 하늘을 향해 양팔을 번쩍 치켜들거나, 기능성 내복을 입고 벽난로 앞에 앉아 갖가지 현대적 기계로 우리의 생활이 얼마나 편리해졌는지 수다를 떠는 시간으로도 대체될 수 있을 것이다.

많은 철학자들은 자연 속에서는 삶과 존재의 본질을 더욱 선명하게 볼 수 있다고 말했다. 니체는 "우리가 자연 속에서의 삶을 갈구하는 이유는, 자연이 우리를 평가하지 않기 때문이다"라고 말했다.

바로 그 때문에 정치인들이 자연을 자주 찾는 것은 아닐까. 자연은 불평하는 사람들을 만나지 않아도 되는 단 하나뿐인 장소니까. 어쩌면 스칸디나비아 국가들이 정치적 선진국으로 발전할 수 있었던 이유는 바로 그것일지도 모른다. 문제가 생기면 그로부터 도피할 자연이 곳곳에 있으니 말이다.

니체는 나치가 가장 선호했던 철학자라고 한다. 물론 그것이 그리 중요한 것은 아니지만 말이다.

전쟁 후, 사람들은 넉넉한 여가 시간과 자동차 등 부유한 삶을 좇아 하나둘 도시로 나갔다. 시간이 갈수록 도시의 수는 점점 늘어났고, 그 크기도 점점 더 커졌다. 노르웨이의 산장이 차지하는 면적도 50년 전에 비해 두 배로 넓어졌다. 그중 전기와 식수가 둘 다 설치된 곳은 반도 채 되지 않는다. 전체 산장의 4분의 1은 전기와 식수 시설이 둘 다 없다. 또한 노르웨이 인구의 네 사람 중 한 사람은 바로 이러한 산장이 본연의 개념을 유지하는 산장이라 입을 모으며, 많은 이들이 산장에서 몸을 움직여 일을 하는 것을 좋아한다고 말한다. 그 일은 장작 패기, 울타리 만들기 등 도시에서 일상적으로 하는 일과는 너무나 거리가 멀다.

혹자는 이러한 노동의 순수성에 이의를 제기하기도 한다. 옛날 사람들은 살기 위해 필수적으로 해야 하는 일이었지만, 현대 사회에서는 꼭 하지 않아도 되는 이런 일들에 얼마만큼의 순수성이 내

재하는지 의문이라고 말한다.

어쩌면 이런 이의는 쓸모없는 것인지도 모른다. 왜냐하면 자연은 우리에게 이의를 제기하지 않으니까. 자연은 우리를 평가하지 않는다. 질문도 던지지 않는다. 그 때문에 우리는 자연 속에서 있는 그대로 자연스럽게 행동하는 것이 가능하다. 자연 속에서는 회사 임원이나 부서장들이 웃통을 벗고 땀을 흘리며, 도끼를 어깨에 메고 단순 노동을 해도 아무도 뭐라 하지 않는다. 자연 속에서는 왜곡된 애국심에 도취되어 허세를 부려도 뭐라 하는 사람이 없다. 산 위에서나 산장에서는, 심지어 고등교육을 잘 받은 사람들일지라도, 주변의 풍경을 둘러보며 "우린 세상에서 가장 아름다운 나라에 살고 있어. 아무도 반대하진 못할 거야"라고 뻔뻔스럽게 말할 수 있다. 아무도 이의를 제기하지 않으니까. 뿐만 아니라 그들은 노르웨이의 법으로 명기된 사유지 접근권을 언급하며 자랑스러워하기도 한다. 이 법은 노르웨이 국민이라면 누구나 제한받지 않고 자연에 접근할 수 있다는 것으로, 평원이나 강이나 호수, 심지어 개인이 소유하고 있는 땅도 예외가 될 수 없다. 어떤 이들은 영어의 trespassing, 즉 '무단침입'이라는 단어가 노르웨이어에 존재하지 않다는 점을 들어 자랑을 이어가기도 한다. 그것은 우리가 자유롭게 원하는 곳에 갈 수 있는 자연인이라는 것을 의미하기 때문이다.

자연은 우리를 평가하지 않는다. 그 때문에 자연 속에서는 아무도 우리의 말에 이의를 제기하지 않는다.

그래서 우리는 노르웨이가 세상에서 가장 살기 좋은 나라라며 허세를 떨 수 있다.

삶을 사랑하는 세계 각국의 관광객들은 노르웨이에 와서 겸손하고 예의 바르게 자연 경관을 칭찬한다. 그들은 만약 “많이 아름답긴 하지만 알프스산맥과는 비교할 수 없죠”라고 말할 경우 살해당할지도 모른다는 것을 잘 알고 있다.

노르웨이어에서는 ‘무단침입’을 뜻하는 단어를 찾아볼 수 없다. 하지만 낯선 사람들의 정원에 허락받지 않고 들어가는 것이 그다지 환영받지 못한다는 것쯤은 알고 있다.

비록 대부분의 노르웨이인들이 사유지 접근권은 노르웨이에서만 볼 수 있는 특별한 법이라 믿고 있지만, 사실은 그렇지 않다. 이와 유사한 법은 스웨덴, 핀란드, 아이슬란드, 덴마크, 독일, 오스트리아, 스위스, 영국에서도 찾아볼 수 있다. 노르웨이를 포함한 북유럽 국가들이 이 법을 앞장서서 만든 것도 아니다. 이미 1907년에 스위스가 이러한 법을 제정했고, 그로부터 50년이나 지난 후 북유럽에서는 아이슬란드가 최초로 그 법을 실행했다.

단순하고 자연스러운 삶이 한때의 유행이라는 것은 잊기 쉽다. 이러한 삶의 형태는 이전에도 널리 퍼진 적이 있다. 즉, 왔다가 사라지는 유행에 불과하다는 것이다. 불과 30여 년 전만 하더라도, 노르웨이에서는 유리 엘리베이터가 설치된 북유럽에서 가장 높은 호텔을 짓는다며 야단법석을 떨었다. 1985년에는 노르웨이에서 가장 산이 많아 관광 명소로 알려진 오플란 주州에서 대대적으로 관광객 유치 사업을 실시했다. 그 사업에 산장 건축은 포함되어 있지 않았다. 당시에는 미래의 관광 산업을 위해 산장이 아니라 크고 화려한 호텔을 짓는 것이 최선이라고 믿었다. 그렇다. 그때만 하더라도 여유로움과 고요함이 유행하는 시대가 올 줄 몰랐으며, 화려한 호텔이 지루한 일상의 한 연장선이 될 것이라는 사실도 예상치 못했던 것이다. 직접 작물을 재배해 끼니를 만들어 먹는 것이 가장 현대적이라는 것은 더더욱 생각지도 못했다.

자연을 향한 낭만주의적 성향과 자연을 동경하는 것은 그다지 특별하지 않다. 시대별로 항상 존재해왔던 것이니까. 1789년, 요한 크리스티안 파브리시우스Johann Christian Fabricius•는 노르웨이의 자연 속에서는 "동시대의 무절제함과 방종, 부담과 근심에서 벗어나 행복한 외로움"을 맛볼 수 있다고 했다. 핸드폰이라든가 각종 현대적 기기의 이름을 볼 수 없다는 것만 제외하면, 그의 글은 2017년의 산장 방명록에서 볼 수 있는 글과 그리 다르지 않다.

1918년에 발행된 노르웨이 관광협회 연감에는 요툰헤이멘산맥에 대해 내가 앞서 했던 말이 똑같이 언급되어 있다. "사람들은 여전히 문명의 자취를 느낄 수 있는 산장과, 사람들로 빽빽한 계곡과, 밧줄이 쳐진 빙하와, 모두가 올라가려고 하는 산 정상을 회의적인 시선으로 바라볼 것이다."

다음과 같은 글이 언제 발표되었는지 짐작할 수 있겠는가?

"가끔은 삶 속에서 심호흡을 하며, 우리의 내면에 존재하는 잔잔

• 덴마크의 동물학자.

한 호수를 동경하지 않는 사람도 있는가?"

"아무런 방해도 받지 않고 홀로 앉아 하는 이 명상의 시간은 하루 중 나 자신을 오롯이 느낄 수 있는 유일한 시간이다. 나는 이 시간을 통해 자연과 한몸이라는 것을 느낄 수 있다."

"자연 속에서는 새로운 감각이 눈을 뜬다. 나는 자연 속에서 주변은 물론 나 자신과의 새로운 관계를 정립하게 된다."

이들 중 하나는 1700년대에 철학자 루소가 했던 말이고, 나머지 두 개는 2016년에 발행된 요가와 명상에 관한 어떤 글에서 발췌한 것이다.

근본적인 것을 동경하는 것은 그다지 어려운 일이 아니다. 우리는 농부로 살지 않아도 될 때 농사일을 더 쉽게 동경할 수 있다. 노르웨이에서 살지 않아도 될 때, 스칸디나비아의 추운 날씨, 사회민주주의적 사회, 그리고 느긋한 삶을 더 쉽게 동경할 수 있다. 자연 속에서 힘들여 일하지 않아도 될 때 전원생활을 더 쉽게 동경할 수 있다.

그렇다면 산을 오르는 일이 시간을 여행하는 것처럼 느껴질 수도 있을 것이다. 숙달하거나 정복하지 않아도 되는 일들을 하고, 더는 일상에 필요 없는 일들을 할 때는 자연 속에서 시간을 보내는 것이 더 쉽게 느껴지기 마련이다. 더욱이 입주 가정부에게 지불할 6~7개월가량의 월급을 사용하면, 자연 속의 원시적 환경에서도 비나 땀에 젖는 일 없이 쉽고 편안하게 시간을 보낼 수 있다. 심지어는 인터넷이 연결되는 곳에 묵으며 코스 요리로 저녁을 먹을 수도 있다.

하지만 신발 대신 양말 차림으로 돌아다니는 것은 잊지 말아야 한다. 우린 어쨌든 자연인이니까.

이런 이야기는 이제 충분히 한 것 같다.

우리는 정상에 올랐다. 당연히 그랬다. 어쨌든 이 책을 썼으니 말이다. 그렇지 않은가?

즐겁다고만은 할 수 없는 길이었지만, 어쨌든 꼭대기에 올라 최고도 지점에 이르렀다. 그걸 어떻게 알았냐고? 우리 눈앞에는 최고도 지점이라고 적힌 팻말이 있었기 때문이다. 그 팻말이 없었다면 그곳이 최고도 지점이라는 것을 몰랐을 것이다. 아니, 그곳이 어떤 지점이라는 것도 몰랐을 것이다. 주변은 평평하기만 했다. 아, 어쩌면 그 팻말 자체가 베세겐 능선에서 가장 높은 물체인지도 몰랐다.

우리는 캐나다인 부부에게 산 정상까지 함께 오르면 초콜릿과 커피를 대접하겠다고 약속했다. 우리는 약속을 지키는 사람이다. 커피 잔과 초콜릿이 도는 가운데, 우리는 산 정상에 이른 것을 자축했다. 캐나다 남자는 우리가 참 아름다운 나라에 산다고 말했고, 그의 아내는 자잘한 돌멩이와 자욱한 안개를 내려다보며 경치가 참으로 아름답다고 말했다.

모르긴 해도 그녀는 비꼬는 데 재능이 있는 것 같았다.

1분도 채 지나지 않아, 그들은 자리에서 일어나 작별 인사를 고하고 다음 T 자 팻말을 찾아 뛰다시피 자리를 떴다. 우리는 그 경쟁에선 질 수밖에 없었다.

도대체 뭐가 그리 급했을까? 혹시, 오후에 또 다른 산을 오르기로 계획했던 것은 아닐까?

우리의 점심 휴식은 꽤 짧았다. 날씨는 춥고 비가 내렸다. 눈앞에는 아무것도 보이지 않았다. 우리는 산을 내려가기 시작했다.

하산길은 그럭저럭 괜찮았다. 아니, 꽤 괜찮은 편이었다. 다른 말로 바꾸자면, 하산길은 지루하기 짝이 없었다. 하산길이라 하면 이 등산에서 반이나 차지한다고도 볼 수 있다. 물론 여기저기 아름다운 풍경이 안개 뒤에 자리하고 있을지도 몰랐다. 하지만 나는 의심할 수밖에 없었다. 내 눈에 보이는 것은 돌멩이뿐이었고, 그런 길은 끝없이 계속되었다.

하산길에 관해선 아무도 내게 말해주지 않았다.

우리가 할 수 있는 일은 단 하나뿐이었다. D로 시작하는 밴드와 가수 이름.

"돌리 파튼."

"이제 D로 넘어간 거야?"

"응."

"데이비드 보위."

"다나 인터내셔널."

"다나 인터내셔널?!"

"1998년 유로비전 송 콘테스트의 우승자야."

"흠… 갈 길이 멀군."

갈 길은 멀었다. 산행은 드라마로 치면 3류 드라마라고 볼 수 있다. 항상 시작은 좋다. 클라이맥스를 향해 치닫는 과정도 나쁘지 않다. 가끔은 진실로 흥미진진한 부분도 경험할 수 있다. 앞으로는 어떻게 될까? 클라이맥스에 이르면 이제 드라마의 반은 본 셈이다. 그 뒤엔 길고 고되고 지루한 나머지 부분이 기다리고 있다. 끝이 나기만을 기다릴 뿐이다. 그것은 저녁 시간에 방영하는 추리극에 비교할 수 있다. 시작된 지 약 40분 만에 범인이 잡히고, 그 뒤의 약 1시간 동안은 우리의 영웅이 책상 앞에 앉아 서류작업을 하는 모습을 봐야 하는 드라마. 그나마 긍정적인 것은 우리의 영웅이 적어도 따뜻한 실내에 앉아 있을 수 있다는 점이다. 다른 점이 있다면, 일반적인 등산에 걸리는 시간은 드라마 방영 시간의 최소 다섯 배라는 것이다.

내 무릎은 내리막길을 좋아하지 않았다. 이미 예상했던 일이었다. 사실, 하산길은 그다지 가파르지도 않았다. 이틀 후면 우리는 갈회피겐산에 오를 것이다. 역시 안개가 자욱해 한 치 앞도 볼 수 없는 산길을 4시간 동안 올라갔다가, 다시 이 무릎으로 4시간 동안 내려와야 할 것이다. 그런데, 안개는 도대체 언제 걷힐까? 이 산행에서 안개 외에 다른 것을 볼 수 있는 기회는 정녕 오지 않는단 말인가?

"위질 자파."

간신히 생각해낸 기타리스트의 이름을 입 밖에 내뱉는 순간, 나는 이 산행에서 처음으로 하늘을 향해 양팔을 쭉 뻗어보고 싶은 희열을 느꼈다.

내가 희열을 느꼈던 이유는 사실, 저 밑에 산장이 보였기 때문일지도 모른다. 약 두 시간 정도면 이를 수 있는 거리 같았다. 우리의 산장. 그때까지만 해도 우리는 약 다섯 시간밖에 걷지 않았다. 석유회사 일행은 일곱 시간이 걸렸다고 했다. ut.no에서는 6~8시간이 걸린다고 했다. 그런데, 우리는 다섯 시간도 지나기 전에 저 밑에 보이는 산장을 발견한 것이다.

"저기까진 두 시간도 안 걸릴 것 같은데?" 사실, 이 말은 매우 위험한 말이다.

어쨌든 우리는 산장을 볼 수 있었다. 그런데 산장 부근에 조그만 점 두 개가 재빠르게 움직이고 있었다. 자세히 보니 그들은 캐나다인 부부였다.

별안간 경쟁이 시작되었다. 무엇을 상대로 한 경쟁이었을까? ut.no? 석유 회사 일행? 그건 나도 확실히 알 수 없었다. 캐나다인 부부를 따라잡기는 불가능했다. 그렇다고 해서 경쟁을 포기할 수는 없었다. 기록 담당자는 위협적인 미소를 지으며 걷는 속도를 높였다.

나도 그녀의 뒤를 따랐다. 나는 이 산행을 가급적이면 빨리 끝내고 싶다는 동기 의식으로 충만해 있었으니까. 안개 밑으로 내려오니 주변 풍경도 아름다워지기 시작했다.

사람들은 이런 날씨에 무엇을 보려고 산 위로 올라가는 것일까? 산 아래쪽이 훨씬 아름다운데.

누군가를 따라잡는 것도 지루한 내리막길에 생기를 불어넣어주었다. 그들을 추월하는 것이 그다지 큰 성취욕을 가져다주는 것은 아니었지만 말이다. 그들은 반려견과 함께 걷던 독일인 커플 한 쌍이었다. 보아하니 산장 부근에서 가벼운 하이킹을 하는 것 같았다. 그들의 표정은 어쩐 일인지 불만과 후회로 가득했다. 반려견은 겁에 질린 채 피곤한 기색으로 제자리에 서서 바위 위에 혀를 축 늘어뜨리고 움직이려 하지 않았다. 독일인 커플은 마치 어린아이를 다루듯, 5센티미터 옆에 있는 바위를 가리키며 반려견을 재촉했다. 반려견은 그런 주인을 본체만체했다. 나는 그들을 추월하며 인사를 건넸다. 산에서는 낯선 사람과 마주쳐도 인사를 건네는 법이니까. 그들은 무뚝뚝한 표정으로 고개만 끄덕이며 인사를 되돌려주었다. 반려견은 집에 다시 돌아가고 싶다는 표정으로 나를 물끄러미 쳐다보았다.

나는 그들이 다시 산장으로 되돌아오는 데는 최소 두 시간 이상이 걸릴 것이라 짐작했다.

반면, 우리는 폭포수처럼 힘차게 산장을 향해 걸었다. 산장에 도착한 기록 담당자는 시계를 보며 5시간 30분이 걸렸다고 말했다. 그 시간은 ut.no와 베세겐 홈페이지에서 예상한 최소 시간보다 무려 30분이나 빨랐고, 석유 회사 일행보다 1시간 30분이나 빨랐으며, ut.no와 베세겐 홈페이지에서 예상한 최대 시간보다 무려 2시간 30분이나 빨랐다. 우리는 11시간이 걸렸다고 말하는 사람들도 만나보았다. 그들보다는 두 배나 빨리 산을 오르내렸던 것이다.

기록 담당자는 극도로 만족한 표정을 지었다.

기능성 내복 차림과 성취감에 대하여

기록 담당자는 벽난로 앞에 앉아 맥주를 마시자고 제안했다.

그녀의 의견에 반대할 이유는 하나도 없었다.

심지어 너무나 만족스럽고 기분이 좋았기에, 길고 고된 산행 뒤에 마시는 맥주 맛이 평소보다 더 좋아지는 것도 느낄 수 있을 것 같았다.

문제는 우리가 전날 석유 회사 일행과 함께 산장에서 파는 맥주를 모두 마셔버렸다는 것이다. 남은 것은 저칼로리 맥주뿐이었다. 단 한 번도 맛이 좋다고 생각해본 적이 없는 맥주였다. 하지만 막상 벽난로 앞에 앉아 등산화를 벗고 다리를 쭉 뻗으니 저칼로리 맥주의 맛조차도 꽤 그럴 듯하다는 것을 인정할 수밖에 없었다.

기록 담당자는 우리가 산 정상에서 양주 마시는 것을 잊어버렸다고 말했다. 그렇다. 우리는 아마추어에 불과했던 것이다. 우리는 늦긴 했지만, 벽난로 앞에서 양주를 마시기로 했다. 문득 내가 처한 상황이 그리 나쁘지 않다는 생각이 스쳤다.

하지만 해결되지 않은 궁금증은 여전히 남아 있었다. 저칼로리 맥주를 맛있게 마시기 위해 무려 5시간 30분 동안 비와 안개 속에서 힘들여 걷고 미끌미끌한 바위를 기어오르는 것이 과연 가치 있다고 할 수 있을까? 이 세상에는 10분만 걸어도 환상적인 맥주 맛을 즐길 수 있는 펍이 곳곳에 있는데도?

등산가들은 자주 자연이 주는 단순하고 순수한 즐거움에 관해 말한다. 나는 자연이 주는 즐거움은 몰라도, 그것을 단순하게 얻을 수 있다는 데는 절대 동의할 수 없다.

진정한 자연인이 되기 위해선 바로 이러한 사고방식에서 벗어나야 한다. 산에서는 복잡한 생각을 많이 할 필요가 없다. 그저 단순하고 자연스럽고 본질적인 것을 느끼기만 하면 된다. 여유로운 마음으로 생각을 더 적게 하면 할수록 자연에 더 가까워질 수 있다는 것이다. 과거나 미래는 생각지도 말 것이며, 오직 지금 이 순간에 집중하면 된다.

참으로 아름답지 않은가?

산장 직원 중 한 명이 우리에게 말을 걸었다.

"이렇게 일찍 돌아오시다니, 놀랍군요!"

기록 담당자는 그 말에 삶의 의미라도 깨달은 듯 행복한 미소를 지어 보였다.

보아하니 직원들은 저녁 식사 서빙을 앞두고 잠시 휴식을 취하는 것 같았다. 그중 몇 명은 우리와 함께 벽난로 앞에 앉아 있었다. 그들은 젊고 생기발랄했으며, 등산으로 잘 단련된 몸을 가지고 있었다. 대화는 자연스럽게 그날의 산행에 관한 이야기로 이어졌다. 5시간 30분이라는 시간은 꽤 좋은 기록이긴 하지만 감탄할 만큼 좋은 기록은 아니라고 했다. 3시간 만에 베세겐 능선을 올랐다가 내려온 사람도 있다고 했다. 심지어 매년 베세겐 능선에서 등반 대회가 열리는데, 1시간을 조금 넘기는 기록을 세운 사람도 있다고 덧붙였다.

하지만 모두 알다시피 등산은 경쟁이 아니지 않은가.

더욱 흥미로웠던 일은 우리의 산행에 관해 설명을 하고 난 후에 시작되었다. 사람들은 그제서야 산행이 꽤 지루하다는 우리의 말에 동의했던 것이다. 정상까지 가는 길은 거의 네발로 기어가듯 해야 가능하다는 말도 했다. 그 때문에 이처럼 비가 내리고 안개 때문에 시야가 좋지 않은 날에는 결코 유쾌한 산행을 할 수 없다고도 했다.

세상에! 그런 말을 이제야 하다니!

우리에겐 서서히 은밀한 비밀을 공유한 사람들처럼 끈끈한 동지애가 생겨나기 시작했다. 이제 우리는 다른 이들에겐 할 수 없는 말을 우리끼리 터놓고 할 수 있게 된 것이다.

우리는 벽난로 앞에 앉아 맹맹한 저칼로리 맥주를 마시며, 불 냄새와 축축하게 젖은 양말 냄새를 코로 들이켰다. 젊고 생기발랄한 젊은이들은 대화를 계속했다.

"처음 30분은 거의 지옥이나 다름없었어."

"처음 1시간이라 해야 더 정확할 것 같은데?"

"거기에 산에 오르기 직전 불안해하고 걱정하는 시간까지 더한다면…."

"맞아. 특히 오늘처럼 날씨가 나쁜 날은 더 그렇지."

"문제는 날씨가 좋은 날이 별로 없다는 거야."

"그렇지. 그다지 유쾌하진 않아."

"난 어렸을 때 하이킹이나 등산을 매우 싫어했어."

"난 부모님에게 등을 떠밀려 산에 올라야만 했다고."

"하이킹이나 등산을 하며 즐거웠던 건 아주 일부분에 불과해."

"맞아. 대부분은 지루하기 짝이 없는 길을 억지로 걸어야만 했지."

"그래, 지루한 길이 대부분이었어."

나는 그들의 대화에 끼어들었다.

"그런데도 등산을 했던 이유는 뭔가요?"

별안간 로비에 정적이 감돌았다. 사람들은 손에 들고 있던 것을 떨어뜨리고 경악하며 나를 돌아보았다. 벽난로의 불꽃이 꺼졌다. 모두들 자리를 떴다. 옌데스헤임 산장은 문을 닫았고, 사람들은 자연인으로서의 삶을 마감했다.

정말 그랬다는 것은 아니다. 나는 조금 과장했을 뿐이다. 하지만 내가 던졌던 질문은 이곳 벽난로 로비에서 매일 들을 수 있는 질문이 아닌 것만큼은 확실했다.

물론 그들에게도 대답은 있었다. 그들은 하이킹이나 등산의 목표는 목적지에 도달하는 것으로서, 진정한 대가는 그 이후에 얻을 수 있다고 말했다. 몸을 움직여 숙련과 정복의 느낌을 얻는 것이라 했던가.

"당신은 정상에 올랐을 때 정복의 희열감을 느끼지 않았나요?" 누군가가 내게 물었다.

나는 그 대답을 곰곰이 되새겨 보았다. 내 머릿속에 가장 먼저 스쳤던 생각은 내 주변에 "정복의 희열감"이라는 말을 이처럼 일상적이고 평범하게 사용하는 사람이 있었던가 하는 것이었다. 나는 심리학자나 아동 교육가 또는 운동 코치나 직원들의 동기 의식을 고취시키기 위해 고용된 은퇴한 체육 선수를 제외한 평범한 사람들이 그러한 말을 하는 것을 한 번도 들어본 적이 없었다. 나 스스로도 이런 말을 사용해본 기억이 없었다. 나는 평소 내 말이 강연처럼 들리는 것을 너무나 싫어하기 때문이다. 하지만 이곳에서는 그 말이 너무나 자주 사용되었다. 실제로 그날 오후 벽난로 로비에서 가장 많이 들렸던 말은, "시간", "분", "충전"과 같은 단어와 함께 "정복", "희열감"이었다. 그렇다. 산속에 있자니 충전이라는 말을 특히 더 자주 들을 수 있었다. 보아하니 등산가들은 에너지가 방전되는 것을 매우 두려워하는 것 같았다.

나는 베세겐 능선 정상에 올랐을 때 정복의 희열감을 느꼈던가?

그런 것 같지는 않았다. 나는 단지 불필요하고 불쾌한 일을 해냈기에 만족했을 뿐이다. 정복의 희열이라니? 말도 안 되는 소리다.

어쩌면 자연인이 되기 위해 내게 필요한 것은 바로 이것일지도 모른다. 나는 단지 무엇을 하기 위해 그 일을 하는 행위에 큰 의미를 둘 수가 없다. 그것이 또 다른 일로 이어지거나, 타인에게 영향을 줄 수 있을 때는 예외지만 말이다. 나의 행위가 꼭 사람들을 행복하게 만들고, 세상을 아름답게 만들어야 한다는 말은 아니다. 물론 그렇게 된다면 그보다 더 좋은 일은 없을 것이다. 적어도 정상에서의 경치가 매우 아름다웠다거나 작은 편의점 하나라도 볼 수 있었다면 상황이 달라졌을 것이다. 갈회피겐 정상에는 편의점이 있다고 한다. 그 말을 듣는 순간 기분이 좋아졌다. 하지만 단지 정상에 오르기 위해 정상까지 가는 것은 내게 아무런 의미가 없다. 자연을 정복하기 위해 몸을 얼마나 많이 움직이든 간에 말이다.

이제 내 저렴한 야망에 관해선 충분히 이야기한 것 같다. 나는 내가 해야 하는 일은 제대로 하고 싶어 하는 사람이다. 내가 잘한다고 생각하는 일은 더 잘하고 싶기도 하다. 왜냐하면 그것은 내 이미지 향상에 도움이 되거나, 내가 생계를 유지하기 위해 하는 일이기 때문이다.

그렇다고 해서 내가 그것에 목을 매는 것도 아니다.

다른 예를 들어 설명해볼까. 한 사람이 최고의 육상 선수가 되기 위해 친구와 가족, 애인을 포기했다고 치자. 뿐만 아니라 그는 주말이면 참석하던 술자리와 여행도 포기하고, 운동으로 몸을 단련했다. 그 길은 고되고 지루하고 축축하고 구름이 끼어 어둑어둑한 절망뿐이었다. 그러던 어느 날, 그는 2등과 단 0.02초 차이로 앞서 들어와 1등을 거머쥐었다. 그는 결승점을 통과한 후 온몸의 근육을 동원해 있는 힘껏 환호를 했다.

나는 그런 사람과는 거리가 멀다. 그런 일은 평생 경험해보지도 못할 것이다. 하지만 솔직히 조금 부럽기는 하다. 결승점에서의 그 느낌은 그 어느 것과도 비교할 수 없을 테니까.

반면, 나는 어떤 목표 하나 때문에 내 친구와 가족과 애인과 술자리와 파티를 모두 포기하진 않는다. 왜냐하면, 나는 내가 잘하고 싶은 단 한 가지 일을 찾을 수 없기 때문이다.

냉혹하긴 하지만 현실을 직시해보자면, 한 가지 목표만을 정해놓고 모든 것을 포기한 채 평생 그 목표만을 향해 고되고 지루하고 축축하고 절망뿐인 길을 달려온 대부분의 사람들은 2등과 0.03초 차이로 결승점에 들어오지 않는다. 그들은 매우 운이 좋을 때 아주 가끔 7등으로 결승점에 도달하는 것이 고작이다.

내가 숙련을 통한 희열감을 회의적으로 생각하는 이유는 하나 더 있다. 유튜브에 들어가 'cykelsvensken(자전거를 타는 스웨덴인)'나 'mtb rage(mtb 분노)', 또는 'skogssvensken(숲속의 스웨덴인)'을 검색해보라. 'sykkel(자전거)', 'terreng(지형)', 'skog(숲)', 'svenske(스웨덴인)' 그리고 'sinne(분노)' 등의 단어를 통합 검색해보라. 그 결과로 숙련을 통한 정복의 희열감에 관한 짧은 영상을 볼 수 있을 것이다. 이 영상은 자막의 유무를 막론하고 여러 가지 버전으로 재생산되기도 했다. 영상 속의 주인공이 낙담하면 할수록 더욱 엉뚱한 장면이 연출되고 웃음을 자아낸다. 영상의 내용은 두 명의 스웨덴 남자가 숲에서 자전거를 타는 것이다. 그들의 장비는 매우 값비싸 보이고, 그들의 바지 또한 전문가의 복장과 마찬가지로 몸에 꽉 끼고 매우 짧다. 그들은 연습에 연습을 거듭해 목표를 달성하고자 한다. 이미 오르막길을 올라 정상에 이른 한 명은, 아직도 저 밑에서 자전거를 타고 힘겹게 올라오는 동료의 비디오를 찍고 있다. 동료는 오르막길을 오르기 위해 갖은 노력을 다 해보지만 쉽지 않다는 것을 깨닫는다.

결국, 실패에 실패를 거듭하던 그는 불같이 화를 낸다. 그는 자전거를 숲속에 던져버린다. 헬멧이 부서질 때까지 땅에 내려치기도 한다. 그는 큰 소리로 욕설을 내뱉으며 자신의 무능함에 화를 낸다.

마음을 가라앉힌 그는 자전거를 끌고 와 다시 도전해본다. 몇 번을 더 시도해보지만, 어쩐 일인지 횟수를 더할수록 결과는 더 나빠지기만 한다. 그는 더 화를 내고, 그가 욕을 내뱉는 소리는 점점 더 커진다. 마침내, 그는 자전거뿐만이 아니라 자신의 삶과 존재 그 자체를 향해 화를 낸다. 그의 장황한 말은 점점 그 강도가 심해지고 결국은 'ㅈ'으로 시작되는 욕설이 쉴 새 없이 흘러나온다.

엄밀히 따지면 꼭 하지 않아도 되는 일을 억지로 하며 정복의 희열감을 맛보고자 한다면, 자주 이러한 결과에 부딪칠 수 있다.

가끔은 그 영상을 떠올리는 것도 도움이 될 것이다. 우리는 햇볕에 멋있게 그을린 구릿빛 피부와 잘 단련된 몸을 지닌 사람이 산 정상에서 하늘을 향해 두 팔을 활짝 벌릴 때마다, 그 반대편에는 불같이 화를 내며 자전거를 집어던지고 자신의 삶을 성기의 일부분에 빗대어 욕하는 사람이 있다는 것을 잊지 말아야 할 것이다.

이 스웨덴인은 내가 왜 정복의 희열감과는 관계없는 사람이 되었는지 상기시켜주는 예이기도 하다. 나는 소위 남성적이라 일컫는 모든 것들이 기본적으로 우스꽝스럽고 멍청하다고 생각한다. 자전거를 타는 스웨덴인은 우스꽝스러우며, 그가 하는 행위에는 관심이 가지 않는다. 나는 엔진과 관련된 것에도 흥미를 느낄 수 없다. 물론 엔진이 존재한다는 사실에는 매우 만족한다. 하지만 그 이상은 아니다. 나는 물건을 고치거나 수선하는 일에도 관심이 없다. 자동차나 익스트림 스포츠는 물론, 갖가지 무기 또는 목공일에도 관심이 없다. 하지만 나는 앞서도 말했듯이 축구에는 관심이 많다. 그것은 내가 사람이 많이 모이는 큰 행사를 좋아하기 때문이다. 하지만 여느 남성 축구 팬들이 허세를 부리는 것을 보면 코웃음이 나오는 것을 참을 수 없다. 바꾸어 말하자면, 내가 "애인을 바꿀 수는 있어도, 내가 좋아하는 축구팀을 바꿀 수는 없어"라고 말하는 일은 죽을 때까지 없을 것이다.

나는 그날 오후 산장의 벽난로 앞에 앉아 양주를 홀짝거리며 그런 생각을 했다. 저녁 식사 시간이 가까워지자, 직원들의 휴식 시간도 끝이 났다. 그들 중 한 명은 일을 하러 돌아가던 중, 내가 쥐고 있던 휴대용 술병을 가리키며 말했다.

"이곳에서는 외부에서 가져온 술을 마시는 것이 금지되어 있습니다."

나는 잠깐이나마 그곳이 수련회 캠프나 다름없다는 것을 잊고 있었던 것이다.

우리는 식사 자리에서 과장 없이 있는 그대로 말하기로 신중한 결정을 내렸다. 석유 회사 일행이나 대부분의 숙박객들과 똑같은 사람이 되고 싶지 않았기 때문이었다. 우리의 산행을 두고 식은 죽 먹기였다거나 하는 식으로 허세를 부리지 않기로 했던 것이다. 그렇다. 우리는 진실을 말함으로써 암묵적인 비밀을 공유한 이 클럽을 배신하기로 마음먹었다.

그 전에 먼저, 우리는 산장에서 저녁을 먹기 전에 꼭 해야 할 일을 했다. 그것은 서둘러 샤워를 하고 기능성 내복이나 트레이닝 복으로 갈아입는 일이었다.

산장에 도착한 후 처음으로 하는 샤워였다. 나는 여러 날 동안 샤워를 제대로 하지 못했던 데다가 등산까지 했으니 짧은 샤워는 말도 안 되는 일이었다.

이 책에서 나의 샤워 과정에 관해 굳이 자세히 말하고 싶지는 않다. 대충 요약하자면, 기대감이 있었고, 알몸이 있었으며, 매우 빨리 끝났다.

그 산장에서는 샤워를 할 때 동전이 필요했다. 이 시대에 현금을 이용하는 사람이라면 범죄자, 또는 지금이 1982년이라 믿는 사람뿐일 것이다. 우리에겐 충분한 동전이 없었다. 주머니 바닥까지 탈탈 털어 동전을 넣었더니 비누칠한 몸을 번개처럼 재빨리 헹구고 나올 만한 시간을 겨우 얻을 수 있었다.

저녁 시간에는 꽤 많은 양의 육류가 식탁에 올려졌다. 예상대로였다.

우리는 사교성이 없고 수줍음이 많은 여자 두 명이 서로의 사진을 찍는 동안 옆에서 기다렸다. 그들은 서로에게조차도 말을 많이 하지 않았지만, 이런 산장에 묵을 때면 옆 사람과 예의상으로라도 대화를 나누어야 한다는 것쯤은 알고 있는 것 같았다.

우리는 대화를 나누며 그들이 각각 영국과 프랑스에서 왔으며 현재 같은 학교를 다니고 있다는 것을 알아냈다. 그들은 베세겐 능선을 다녀오는 데 6시간이 걸렸다고 말했다. 그 말을 듣는 순간, 결코 허세를 부리지 않고 사실만 있는 그대로 말하기로 했던 내 결심이 흔들리기 시작했다. 옆을 흘낏 돌아보니 기록 담당자도 그들의 말을 믿지 못하는 눈치였다. 산장의 숙박객 중, 특히 다른 누구도 아닌 바로 그들이 6시간 만에 베세겐 능선을 올랐다가 내려왔다는 것은 더더욱 믿기 힘들었다.

그런 그들이 아무렇지도 않게 자랑을 한다면….

우리는 문제를 피하기 위해 대화의 주제를 돌렸다.

노르웨이의 경치가 좋긴 하지만 물가가 너무 비싸다는 것, 브렉

시트가 너무나 갑자기 실행되었다는 것, 비록 국적은 다르지만 두 사람은 매우 가까운 사이라는 것 등을 주제로 얼마나 오랫동안 이야기를 할 수 있느냐는 점에선 한계가 있었다. 그들이 박사과정에 있다는 것은 더더욱 믿기 어려웠다. 게다가 그들은 말도 많지 않고 수줍음을 꽤 많이 타는 것 같았다.

반면, 그들의 옆자리에 앉아 있던 여자는 조금 달랐다. 그녀 때문에 나직하게 대화를 나누는 것이 거의 불가능했으니까. 그녀는 캐나다 출신의 중년 여자였으며, 헤어스타일로 보아 교사가 분명했다. 나는 그곳에 특히 캐나다인이 많다는 사실 때문에, 캐나다는 지금 휴가 기간이라고 짐작했다. 그녀는 식탁에 둘러앉은 모든 이들을 대화에 참여시키려는 듯한 의무감에 시달리는 것 같았다. 아마도 교사라는 직업 때문에 그럴 것이다. 그녀는 사람들을 하나하나 둘러보며 큰 소리로 말을 했으며, 혹여 누군가가 우연히 상처를 받을까 봐 항상 웃음소리로 말을 맺었다. 그녀를 싫어하기는 쉽지 않을 것 같았지만, 그녀가 조금 두려웠던 것도 사실이었다.

"전 사실 채식주의자랍니다! 하하하!" 그녀는 미소를 지으며 식탁에 둘러앉은 사람들을 하나하나 둘러보았다. 그녀는 자신이 채식주의자라는 것을 목청 높여 알리는 게 조금 이상하게 여겨질 수도 있겠지만, 그 이유까지 자세히 설명하지는 않겠다고 덧붙였다.

"전 채소만 먹을 거예요! 하하하!"

그녀는 육식주의자들에게 반감을 가지고 있지 않다는 것을 증명하기 위해 옆자리 사람의 접시에 담긴 거대한 고깃덩어리를 바라보며 큰 소리로 외쳤다.

"흠… 아주 먹음직스럽군요! 하하하!"

하지만 나는 보았다. 그녀의 눈초리에 메스꺼움과 혐오감이 깃들어 있는 것을.

또한 그녀는 그곳에 모인 사람들에게 베세겐 산행이 시작되는 한 지점의 지명을 발음해보라고 돌아가며 시키기도 했다.

"메무루부인가요? 아니면, 메무루부인가요? 메무루부? *메*무루부? 하하하!"

수줍음을 타는 두 명의 박사과정 학생들은 휴가 장소를 잘못 정해 후회하는 것 같았다.

벽난로 로비의 분위기는 어제와는 달랐다. 이틀 후에 있을 영화축제 때문이었다. 그렇다. 이 산중에서는 산속에서의 삶이 도시의 삶과 다를 바 없으며, 다른 점이라곤 단지 도시보다 조금 더 비실용적인 곳에 위치해 있다는 점을 알리기 위해 해마다 산과 관련된 영화축제를 개최했다는 것이다. 사실, 산속에서 열리는 야외 영화축제는 꽤 그럴듯하다. 예를 들어, 어둠과 안개 속에서 상영되는 공포 영화는 그 효과를 극대화시킬 수 있다. 하지만 이 산에서는 공포 영화를 상영하지 않는다. 오직 산과 관련된 영화만 상영될 뿐이다. 사람들은 산속에 앉아 산에 관한 영화를 본다. 그것은 산을 진심으로 사랑하는 사람만이 할 수 있는 일일 것이다.

무언가에 관한 글을 읽으며, 그 무언가를 동시에 듣고 보고자 하는 욕구는 참으로 이상하기 그지없다. 산장의 책장에는 오직 산과 산장에 관한 책뿐이다. 일반적으로 이러한 경향은 음악 애호가들 사이에서도 볼 수 있다. 그들은 어떤 일을 하며 그 일에 관련된 음악을 듣는 것을 좋아한다. 즉, 우리는 파티에 가면 파티에 관한 음악을 틀어놓고, 성탄절이 되어 집 안을 장식할 때는 크리스마스 캐럴을 듣는다. 여름이 되어 해변의 바위 위에 앉아 있을 때면 해변에 관한 노래를 듣는다.

사람들은 이 산속에 앉아 산에 관한 영화를 본다. 벽난로 로비에는 영화축제 관련자들이 속속 모여들기 시작했다. 그곳에 모인 사람들은 영화 제작사에서 일하는 사람들이었다. 그들은 하나같이 쉰 목소리로 말을 빨리했다.

기록 담당자가 말문을 열었다.

"사람들이 얼마나 많이 거짓말을 하고 허세를 떠는지 알고 나니 치가 떨려."

"그래. 여기선 진실을 말하는 사람이 아예 없는 것 같아."

"특히, 산 정상을 오르내리는 데 불과 여섯 시간밖에 걸리지 않았다고 말했던 저 여자 두 명!"

"아마 보트 옆에서 셀피를 찍는 데만 여섯 시간이 걸렸을걸?"

기록 담당자가 절망적인 눈초리로 안개 낀 창밖을 내다보았다.

"어떻게 생각해?"

"뭘?"

"다음 일정 말이야."

"다음 일정?"

"우린 나쁜 날씨 속에서 숲속을 걸었고 산을 올랐어. 계획대로라면 우린 내일도 나쁜 날씨를 무릅쓰고 여덟 시간 동안 가파른 산을 올라야 해. 모레도 마찬가지야. 노르웨이에서 가장 높은 산을 올라도 안개 때문에 경치를 만끽할 수 없을 거야."

"무슨 말을 하려는 거지?"

"난 네가 자연인으로서의 즐거움을 맛볼 수 있도록 도와줄 책임이 있어."

"음… 그래서?"

"그러니까… 날씨와 산속의 상황에 적응하는 것은 매우 중요하다는 것이지."

"그런 말은 나도 자주 들어봤어."

"어쩌면 넌 스스로의 능력을 과대평가하고 있는지도 몰라."

"난 그렇게 생각하지 않는데? 난 오히려 내가 하고 싶어 하는 일들을 과대평가했던 것 같아."

"바로 그거야. 넌 등산을 좋아해보려고 여기 온 거잖아."

"그렇지."

"그런데, 네 무릎은 정상이 아니잖아."

기록 담당자는 나의 무릎 상태를 변명으로 이용하려는 것 같았다. 그녀의 말에도 일리는 있었다. 나의 주치의도 이런 무릎으로 등산하는 것을 그다지 권하고 싶지 않다고 말했다. 나는 무릎에 부목을 대고 베세겐 능선을 5시간 30분 동안 올랐다. 최악의 날씨 속에서 말이다.

물론 내가 이런 일로 자랑을 하려는 것은 아니다. 단지 그러한 일이 있었다고 말하려는 것뿐이다.

나는 그녀가 무슨 말을 하려는지 잘 알고 있었다. 나 또한 이런 무릎으로 가파른 산길을 몇 시간이나 걷고 싶진 않았다. 특히 안개와 구름이 가득해 한 치 앞도 보기 어려운 날씨 속에선 더더욱 산행을 하고 싶지 않았다.

우리는 일기 예보를 확인했다. 갈회피겐산의 날씨는 내일도, 모레도, 그다음 날도, 심지어는 2043년 연말까지도 최악일 것으로 예측되고 있었다.

갈회피겐산 정상으로 오르는 길은 하나 더 있었다. 그 길을 오르면 처음에 예정했던 산장이 아닌 다른 산장에 묵을 수 있었다. 그 길은 원래 우리가 가려던 길보다 훨씬 짧기까지 했고, 몸에 밧줄을 묶고 가이드를 따라 함께 빙하를 건너야만 했다. 기록 담당자는 이미 그것을 확인했고 내게 대안을 제안했던 것이다.

그것도 나쁘지 않다는 생각이 스쳤다. 적어도 또 다른 경험을 할 수 있지 않겠는가. 빙하! 또한 가이드가 있다면 우리는 사람들과 함께 무리를 지어 갈 수 있을 것이다. 적어도 그중 한 명은 길을 알고 있을 테니 안전하게 갈 수 있을 것이다. 나는 이것이 꽤 그럴듯한 대안이라 생각했다.

문제는 그 길을 가기 위해선 이곳이 아닌 다른 산장에서 출발을 해야 한다는 것이었고, 그 산장까지 걸어간다는 것은 있을 수 없는 일이었다.

어떻게 하지?

물론 차를 타면 문제없이 그곳에 갈 수 있을 것이다. 우리는 근처에 사는 지인에게 부탁해 차를 빌리기로 결심했다. 사교성이 좋은 사람들의 장점은 바로 이런 것이다. 필요할 때 도움을 요청할 수 있는 사람들을 곳곳에서 찾아볼 수 있다는 것. 아름다운 일이 아닐 수 없다.

우리는 결심을 했고, 차를 빌렸다.

우리는 건배를 하며 자축을 했다. 열여섯 시간의 산행은 자동차와 빙하, 그리고 예정보다 훨씬 짧은 산행으로 대체되었다.

문득 지금 우리에게 무슨 일이 일어나고 있는지 궁금해졌다. 이렇게 된 것은 기록 담당자의 의도였던가? 그녀는 나를 보호하고 싶은 것일까? 아니면 그녀 스스로 비와 안개 속의 등산을 피하고 싶었던 것일까? 상관없다는 생각이 스쳤다. 내일이면 우리는 차를 타고 이곳을 떠날 테니까. 그리고 빙하를 건너 노르웨이에서 가장 높은 산에 오를 것이다.

"아, 저길 보세요! 피아노가 있군요! 하하하!"

캐나다인 교사는 벽난로 로비에서 역시 교사로 보이는 독일인 커플과 함께 앉아 있었다. 그녀는 나와 기록 담당자를 비롯한 모든 사람들에게 로비에 피아노가 있다는 것을 알려주고 싶어 했다. 그리고 그녀는 덧붙였다. "메무루부, 하하하."

5분 후, 그녀는 독일인 커플과 함께 노래를 부르기 시작했다. "그리운 내 사랑 보니, 저 머나먼 바다 속에 누워 있는 보니…" 나는 그 모습을 보며, 그들의 직업이 교사라는 것을 확신했다.

"오, 미안해요! 하하하!" 사람들이 박수를 치니 그녀가 민망한 듯 큰 소리로 외쳤다.

"자, 이제 그만 자러 갑시다! 하하하!"

산장에서는 사람들이 놀랄 만큼 이른 시간에 잠자리에 든다. 하긴, 더 깨어 있어도 로비에선 할 일이 없다. 방에서도 할 일이 없는 것은 마찬가지다.

내일을 위해 짐을 싼다면 모를까. 다음 날 새벽같이 일어나 짐을 다시 싸기 싫다면 말이다.

우리는 와인 잔을 비우고 영화 관계자들에게 인사를 했다.

다시 앞날이 환하게 다가왔다. 내일은 이번 여정에서 처음으로 시간표에 따르지 않고 우리 마음대로 움직여도 되는 날이다. 기차나 보트를 타기 위해 서두르지 않아도 되고, 한 치 앞도 볼 수 없는 숲속에서 길을 잃을 걱정도 없었다. 심지어는 아침 식사 시간에 맞춰 일어나지 않아도 된다. 내일은 차를 타고 나가 우리가 원하는 곳에 멈춰 음식을 사 먹어도 되니까.

새벽 4시쯤 잠이 들었다. 스누스 껍데기로 가득한 미끌미끌한 바윗돌처럼 꼼짝도 않고 푹 잤다.

등산 무경험자의 조언을 들어라

누군가가 노르웨이에서 자랐으면서 '등산 규칙'에 관해 들어본 적이 없다고 말한다면, 그는 비교적 오랜 세월을 혼수상태에 있었던 사람이 분명하다. 이 등산 규칙은 안전한 등산을 위한 아홉 가지 사항으로 이루어져 있다. 1950년대에 노르웨이 적십자사와 관광협회에서 제정한 것으로, 나는 라디오와 텔레비전을 통해 광고되는 이 규칙과 함께 자랐다고 해도 과언이 아니다. 사람들은 겨울이 되면 이지 리스닝 장르의 개척자라고도 할 수 있는 프랑크 푸르셀Franck Pourcel의 〈데이드림Daydream〉 멜로디를 바탕으로 번안된 등산 규칙을 흥얼거렸다. 덕분에 노르웨이 사람들이라면 이 등산 규칙에 관해 너무나도 잘 알고 있었다. 이 규칙은 2016년에 개정되었다. 이전의 규칙 중 하나였던 "등산 경험자의 조언을 들어라"는 개

정된 규칙에서 삭제되었다. 나는 그 이유를 이해할 수 있을 것 같았다. 등산을 하려면 나처럼 오히려 경험이 없는 사람들의 말에 더 귀를 기울여야 한다. 다음은 등산에 관해 내가 줄 수 있는 조언들이다.

1 경험자들의 조언에 귀를 기울이지 말라. 등산 경험자들은 대부분 "멀지 않다", "쉽다", "위험하지 않다", "아무 문제 없다", "줄을 서서 가야 한다"라는 말을 하거나, "만약 평균적인 체력이라면"이라는 말로 조언을 시작한다. 심지어는 혀를 쯧쯧 차기도 한다.

2 등산 경험자들은 "일단 밖으로 나가야 한다"라고 사람들을 부추긴다. 그러한 조언을 따르기는 쉽지 않다. 물론 산중에 사는 사람이나, 어떠한 날씨에도 등산을 할 수 있는 갖가지 장비들을 이미 구비하고 있는 사람들이라면 문제없을 것이다. 하지만 그러한 사람들이라도 미리 날씨와 산길을 점검하고, 그에 맞춰 옷을 입고 짐을 싸야 한다. 산마을에 살지 않는 사람들 중에서 그러한 장비와 옷가지를 구비한 이들은 그리 많지 않다. 그런 이들은 등산을 하기 위해 먼저 4만 크로네를 들여 필요한 것들을 구입하고, 등산 계획을 세워야 하며, 일기 예보를 확인하고, 짐을 열여덟 번 이상 다시 싸야 할 것이다. 뿐만 아니라 환경과 자연을 위해 가능한 한 대중교통을 이용해야 하기 때문에 버스와 기차 시간을 미리 확인해야 한다. 이 일은 그리 쉽지 않다. 버스 시간과 운행 루트는 계절에 따라 다르기 때문이다. 성수기에서 조금만 벗어나면 아예 버스가 다

니지 않을 때도 있고, 산장도 문을 열지 않는다.

3 성수기가 아닌 평일, 게다가날씨도 그다지 좋지 않을 때라면 사람이 코빼기도 보이지 않는 외로운 산행을 해야 할지도 모른다. 길을 물을 사람도 없고 도움을 청할 사람도 만날 수 없다. 이 점은 꼭 유념해야 한다.

4 약간의 숙취와 옛날 노래의 멜로디를 머릿속에 집어넣는 것은 그다지 나쁘지 않다. 간혹 도움이 될 때도 있다.

5 만약 베세겐 능선에 오를 예정이라면, 산행의 절반만 흥미롭다는 것을 기억해야 한다. 나머지 반은 자갈로 가득한 완만한 내리막길을 끝없이 걷는 것으로 채워질 테니 말이다.

6 거짓이나 부정행위라는 것은 존재하지 않는다. 가끔은 불필요하고 무의미한 상황에서 불필요하고 무의미한 일을 해야 할 때도 있다.

7 산을 "정복"한다는 등의 허세 가득한 말은 절대 하지 말라. 그것은 너무나 멍청하고 우스꽝스럽게 들릴 뿐이다.

산행에서 먹는 음식 평가

1 저칼로리 맥주

그럭저럭 기분 좋게 마실 수 있는 방법

적어도 다섯 시간 이상 등산을 해야 함. 특히 아픈 무릎으로 안개와 빗속에서 거의 암벽 등반에 가깝게 네발로 기어서 산을 오르면 더욱 도움이 됨.

매우 맛있게 마실 수 있는 방법

질척거리고 미끌거리는 산길을 적어도 열 시간 이상 걸어야 함. 도중에 발목을 삐어 마지막 여섯 시간 정도는 절룩거리며 걷는다면 더욱 도움이 됨.

다시 마시고 싶을 정도로 고대하게 만드는 방법

하루 온종일 거의 죽음에 이를 만큼 고된 산행을 하면 됨.

2 진공 포장된 여행용 즉석 스튜

그럭저럭 기분 좋게 먹을 수 있는 방법

영하의 날씨에 사흘 연속 아무것도 먹지 않고 걸으면 됨.

매우 맛있게 먹을 수 있는 방법

영하의 날씨에 사흘 연속 아무것도 먹지 않고 걷는 동시에
반 년 동안 정기적으로 고문을 당하면 됨.

다시 먹고 싶을 정도로 고대하게 만드는 방법

영하의 날씨에 사흘 연속 아무것도 먹지 않고 걷는 동시에,
반 년 동안 정기적으로 고문을 당하는 것에 더하여, 14년 동안 아무 이유 없이
컴컴한 방에 갇혀 냉랭한 말을 듣고 식은 죽으로만 끼니를 때워야 함.

〈즐거운 여행자〉의 복귀

네 번째 단계

엔데스헤임 ››› 유바스. 자동차. 무릎 부상.

그날 아침 우리가 아침 식사로 무엇을 먹었는지는 기억할 수 없다. 모르긴 해도 아마 육류 음식을 먹었음이 분명하다. 안개 속에서 베세겐 능선을 오르기 위해 우리보다 먼저 서둘러 산장을 떠났던 불쌍한 이들에게 무슨 말을 건넸는지도 기억할 수 없다. 아마 그들이 이해할 수 없는 말로 빈정댔을 것이 틀림없다. 브런치를 먹을 시간에 느지막이 자동차를 타고 산장을 떠나기 전, 우리가 무엇을 했는지도 기억할 수 없다. 아마도 짐을 다시 쌌을 것이 분명하다.

그날 내가 기억하는 것은, 날씨가 얼마나 좋지 않았는지 새삼 확인했던 것뿐이다.

전날 일기 예보를 확인했을 때와 마찬가지였다. 한 치 앞도 볼 수 없을 정도로 안개와 구름이 자욱한 날씨라고 했던가.

나는 그런 날씨를 실제로 경험해본 적이 있었다. 정말 코앞에 무엇이 있는지도 볼 수 없을 정도의 날씨 말이다. 가장 가깝게는, 바로 어제였다.

차를 타고 약 한 시간쯤 가니, 유바스 산장으로 향하는 오르막길이 펼쳐졌다. 그 산장은 갈회피겐산 정상으로 오르기 위한 출발점이라고도 할 수 있었다. 오르막길이 시작되기 전, 우리는 정상으로 향하는 산길을 안개 속에서 살짝 엿볼 수 있었다. 그 길은 양쪽에 보호대도 설치되지 않은 지그재그 길이었고, 비좁기 그지없었다. 그 외에는 안개 때문에 아무것도 볼 수 없었다.

우리는 느릿느릿 차를 몰았다.

매우 느릿느릿하게.

여정을 시작한 후 처음으로 시간표에 따라 움직이지 않아도 되는 느긋한 날이었다. 빙하 가이드는 다음 날 오전 9시경 출발할 예정이었다. 나는 벌써부터 그 시간에 맞춰 일어날 수 있을지 걱정이 되기 시작했다.

그럼에도 우리는 웃음을 잃지 않았다. 웃지 않을 일도 없지 않은가? 이 여행의 목적은 내가 자연과 산, 그리고 산장에서의 삶과 아름다운 경치를 긍정적으로 경험하는 것이니까. 우리는 여정의 네 번째 날에 이 산장에서 저 산장으로, 나쁜 날씨를 피해 더욱 나쁜 날씨 속으로 자동차를 타고 움직였다.

별안간 눈앞에 산장이 보였다. 우리는 산장 건물에 충돌하기 직전에서야 그곳에 산장이 있다는 것을 발견할 수 있었다.

언뜻 보기엔 꽤 규모가 큰 산장 같았다. 노르웨이의 산중에 있는 대부분의 산장과 마찬가지로 갈색 페인트칠을 한 목제 건물이었다. 언제부터인가 노르웨이의 산장에는 버블 마사지 욕조와 주차장, 심지어는 헬리콥터 이착륙장까지 구비되기 시작했다. 그럼에도 건물 외벽의 어두침침한 갈색 페인트는 그대로였다.

건물 밖에는 자동차라곤 한 대도 보이지 않았다. 사람도 찾아볼 수 없었다. 주변의 경관은 베세겐 등산로에서 보았던 것처럼 달 표면을 연상시키는 자갈 마당뿐이었다. 텅 빈 공간에는 안개만 자욱했다. 산장 옆에는 여름 스키 센터도 운영된다는 것을 어디선가 읽었지만, 그조차도 보이지 않았다.

"날을 잘못 잡은 것 같아." 기록 담당자가 말했다.

"그렇지도 않아. 우리가 매일 휴가를 얻을 수 있는 것도 아니잖아. 그리고 이 나라에선 일 년 열두 달 중 화창한 날씨를 경험할 수 있는 날이 별로 없어."

"바로 그 때문에 등산가들은 날씨가 좋으면 바로 집 밖으로 나갈 수 있도록 항상 만반의 준비를 하고 있지."

"맞아. 그들은 심지어 가게에서 일할 때도 등산복과 방수 재킷을 입고 있어."

"바로 그거야. 갑자기 날씨가 좋아질 때를 대비해서지."

"그러면 그들은 손에 들고 있던 것을 내팽개치고 바로 산을 오른다고."

"그건 그렇고, 안개가 걷힐 것 같진 않은걸?"

"안개는 걷히지 않을 거야."

우리는 산장이 운영되는 중인지 궁금했다. 그도 그럴 것이 근처에는 사람의 그림자라곤 보이지 않았으니까. 어쩌면 산장을 운영하는 사람들은 매일 아침 창밖을 내다보며 날씨를 확인하다가 연이어 닷새 동안 한 치 앞도 보이지 않는 안개 낀 날씨만 지속되니 문을 여는 것을 포기했는지도 모른다. 마당에 나가 등산복을 태우고 문을 걸어 잠근 후, 바닷가로 휴가를 떠났을지도 모른다. 정말 그렇다면, 그들은 지금쯤 수평선을 바라보며 왜 산에서 좀 더 일찍 내려오지 않았을까 후회하고 있을 것이다.

"우리가 산장에서 도망쳤다는 것을 알아차린 사람이 있을까?" 그들 중 한 명이 파도 소리를 벗 삼아 말문을 열 것이다.

"설마… 그처럼 자욱한 안개를 헤치고 해발 2000미터의 산을 오르는 사람은 아무도 없을 거야."

"산장까지 올라갈 수 있는 사람도 없을걸? 그 길은 날씨가 좋을 때도 위험하긴 매한가지니까."

"찻길도 마찬가지야."

"제정신이라면 그 길에서 차를 몰 생각도 하지 않을 거야. 그건 한마디로 미친 짓이거든."

"맞아, 그건 부상을 입은 무릎으로 한 치 앞도 보이지 않은 안개 속에서 베세겐 능선을 암벽 등반하는 것과 마찬가지야."

"기어오르는 거겠지."

“아, 맞아. 그렇겠지.”

산장 문이 열렸다. 요리사 옷을 입은 한 남자가 모습을 드러냈다. 그는 벽에 몸을 기대고 담배에 불을 붙인 후, 안개 속으로 시선을 던지며 왜 이런 곳에서 삶을 허비하고 있는지 후회하고 있는 것 같았다.

“점심시간이 끝난 걸까?”

“우린 점심을 먹어야 해. 벌써 몇 시간 째 고깃덩어리는 구경도 못 했잖아.”

나는 “안녕하세요”라고 기분 좋게 외치며 산장 문을 열고, 내 목소리의 메아리가 귓전을 스쳐가길 기다렸다. 안내 데스크 뒤편에서 한 여자가 나타났다. 등산복 차림의 그녀가 고개를 끄덕이며 인사를 건넸다. 우리가 이미 방을 예약했다고 하자, 그녀는 보일 듯 말 듯 미소를 지었다. 그 미소를 보니 왠지 불안해졌다. 우리는 점심 식사가 가능한지 물었다. 그녀는 시계를 보더니 문 안으로 사라졌다. 잠시 후, 다시 모습을 드러낸 그녀는 우리를 향해 고개를 끄덕였다. 마치 오후 2시 30분임에도 불구하고 점심 식사를 할 수 있으니 감사하게 생각하라고 말하는 것 같았다. 그녀는 건물 밖에서 담배를 피던 요리사의 백일몽을 방해했을 것이 틀림없었다.

그 산장은 이전 산장과는 다른 형태의 건물이었다. 우리는 첫날, 숲속의 외딴 오두막에서 베개 밑에 칼을 넣어두고 잠을 잤다. 그곳에는 마실 수 없는 물과 먹을 수 없는 즉석요리밖에 없었다. 우리는 그 오두막에서 수련회장을 연상시키는 베세겐의 산장으로 이동했다. 가격에 비해 엉성하기 짝이 없는 그곳을 거쳐 우리는 이제 호텔에 견줄 수 있을 만큼 화려한 산장에 도착했다. 심지어는 방마다 샤워 시설도 갖추어져 있었고, 침대 위에는 이불도 마련되어 있었다. 지난 며칠 침낭에서 자다 보니 이불은 인류가 발명한 물건 중에서 가장 과소평가된 물건이라는 생각도 들었다. 물론 숙박객들이 자연 속에 있다는 것을 깨우쳐주기 위해, 침대 머리맡의 벽에는 산짐승의 두개골이 걸려 있었고, 그 옆에는 북극곰의 사진이 걸려 있었다. 또한 그곳이 일종의 수련회장이라는 것을 상기시켜주기라도 하듯, 문 옆에는 공동 구역에서는 인터넷 사용이 금지되어 있다는 안내문도 걸려 있었다. 우리는 음식을 기다리며 건물 곳곳에 보이는 안내문을 차례차례 둘러보았다. "실내에서는 모자를 벗어주세요." "건전하지 않은 잡지는 집에서만 봅시다." "자기 할 일은 자기 스스로. 이곳 직원은 당신 어머니가 아닙니다."

식당 또한 이전의 산장과는 규모가 달랐다. 이곳에서는 긴 식탁을 사이에 두고 기능성 내복을 입은 사람과 마주 앉아 베세겐 능선을 오르는 데 6시간 30분이 걸렸다는 둥, 노르웨이가 매우 아름다운 나라라는 둥의 말을 들으며 식사를 할 필요가 없었다. 이곳에서는 오직 창밖의 경치를 보며 식사를 하게 되어 있었다. 식당 사방의 벽은 바닥에서 천장에 이르는 거대한 창으로 이루어져 있었으며, 각각의 식탁은 모두 창밖을 향하고 있었다. 여기서 웃지 않을 수 없는 것은, 창밖으로 보이는 경치가 몇 미터 높이의 바위들뿐이며, 그조차도 안개에 가려져 잘 볼 수 없다는 사실이었다.

한 무리의 나이 지긋한 사람들이 우리에게 말을 걸었다. 그들은 곧 남쪽 지방의 유명한 관광지들을 방문하기 위해 일주일 동안 버스를 탈 예정이라고 했다. 그리고 지금까지는 자욱한 안개 때문에 경치를 제대로 볼 수 없었다고 말하며 웃음을 터뜨렸다. 나는 문득 그들과 함께 길을 떠나고 싶은 충동을 느꼈다.

여자 두 명이 커피 잔을 비우고 우리 뒤를 지나쳐갔다. 이제 식당 안에 남은 사람은 우리뿐이었다.

음식이 나왔다. 예상했던 대로 처음부터 끝까지 고기뿐이었다. 심지어는 푸딩과 소스까지도 육류로 만든 것이었다.

우리는 커다란 식당에 홀로 앉아 고기를 먹으며, 아무것도 보이지 않는 창밖을 응시했다.

갑자기 누가 먼저라고도 할 것 없이 웃음을 터뜨렸다. 한참을 웃고 난 후에야 겨우 마음을 가다듬을 수 있었다. 등산복 차림의 직원이 우리에게 다가와 꾸짖을 것 같아 조금 두려웠기 때문이다. 나는 식당에 걸어둘 만한 안내문을 생각해보았다. "이곳에서는 바깥 경치를 보며 웃으면 안 됩니다"는 어떨까?

직원이 다가왔다. 우리는 얼른 정색을 하고 날씨가 좋은 날이면 창밖으로 어떤 경치를 볼 수 있는지 물어보았다.

"평소엔 모두 다 볼 수 있어요. 노르웨이에서 가장 높은 두 산도 볼 수 있지요."

노르웨이에서 가장 높은 두 산이 우리 눈앞에 있다는 사실이 믿어지지 않았다. 정작 우리 눈에는 아무것도 보이지 않는데 말이다. 여기서 말하는 것은 바닥에 떨어뜨린 조그마한 동전이 아니라 거대한 산이다. 그것도 노르웨이에서 가장 높은 산.

"커피 드시겠습니까?"

"네, 고맙습니다."

"커피에는 무엇을 넣어드릴까요?"

"고기를 조금 넣는 것도 가능한가요?"

물론, 나는 그런 말을 하지 않았다. 내게도 사회적 체면과 위신이 있으니까.

식당을 나서니, 방금 식사를 마치고 나간 두 여자가 보였다. 그중 한 사람의 얼굴에는 반창고가 붙어 있었다. 축축하게 젖은 옷과 발갛게 상기된 얼굴로 미루어 보아 그들은 이미 산행을 하고 돌아온 것 같았다.

우리는 준비 없이 산을 오르지는 않겠다고 이미 결심을 한 후였다. 우리가 알고 있는 사실은 이 산장에선 무리를 지어 함께 갈회피겐산에 오른다는 것이었다. 그들이 이처럼 이른 시간에 산장에 돌아올 것 같지는 않았다.

그들은 갈회피겐산에 오르기 위해 아침 일찍 산장을 나섰지만, 도중에 길을 잃었다고 말했다.

"잠깐만요. 길을 잃었다고요? 어떻게…?!"

"빙하로 가는 길이었죠."

"아니, 빙하로 가는 길에 일행을 놓쳐버렸던가요?! 그렇다면 본격적으로 산행이 시작되기도 전에 말입니까? 산장을 나서자마자…?"

"네, 그렇답니다. 이 근처에서 길을 잃어버렸어요."

"잠깐만요! 산행을 위한 가이드가 있다고 하지 않았습니까?"

"물론이죠!"

두 여자는 다른 두 명의 친구와 함께 이곳에 왔다고 했다. 그들은 산장에 묵고 있던 다른 사람들과 함께 그날 아침 일찍 빙하 가이드와 산에 오를 예정이었다. 얼마쯤 걷던 두 사람은 잠시 휴식을 취했다. 다른 이들은 그새 이미 저만큼 앞에 가버린 후였다. 두 사람은 서둘러 발을 옮겼지만, 앞서가던 일행을 찾을 수가 없었다. 하는 수 없이, 그들은 산장으로 되돌아가는 것이 최선이라고 생각해 발을 돌렸다. 하지만 길을 잘못 드는 바람에 한참 후에야 산장에 되돌아올 수 있었다. 그들의 말을 듣고 보니 전혀 이상한 일이 아니라는 생각이 스쳤다. 산장 근처엔 안개가 자욱해 한 치 앞도 보이지 않았으니까. 코앞에 보이는 것이라곤 길과 바위뿐이었다. 하지만 그마저도 길인지 바위인지 구별하기가 쉽지 않았다.

"당신 일행은 지금 어디에 있나요?"

"아마 갈회피겐산에 있겠죠."

그들은 함께 갔던 일행에겐 화가 나지 않지만, 빙하 가이드에겐 조금 섭섭한 마음이 든다고 털어놓았다.

분위기는 나쁘지 않았다. 이미 모두들 점심 식사를 배불리 먹은 후였기 때문이다.

우리는 그들 두 사람과 함께 정년퇴직한 일행에 묻혀 버스 여행을 갔어야 했다. 그게 우리가 했어야 할 일이다.

우리는 산장 주인에게 다음 날 날씨가 어떨지 물어보았다. 그녀는 날씨가 더 나빠질 것 같다고 말했다. 비는 그다지 많이 오지 않을 것 같지만, 안개는 더욱 짙어질 것이라 했다.

안개가 더욱 짙어진다고? 이보다 더 짙은 안개가 낄 수도 있단 말인가?

"그럼에도 기분 좋은 산행이 될 것은 틀림없어요."

그 말은 이렇게도 해석할 수 있었다. "주변 경치를 둘러보기는 불가능할 것 같군요."

이미 말했듯이 내게도 교양이라는 것이 있다. 하지만 더는 참을 수 없었다. 금방이라도 속에 담아두었던 말이 입 밖으로 튀어나올 것만 같았다. 도대체 등산가들은 어떤 사람들일까? 그들은 어떤 일이든 사실 그대로 받아들이는 것을 거부한다. 내게서 불과 2미터도 떨어지지 않은 곳에 서 있는 저 여자는 내 눈을 똑바로 바라보면서 거짓말을 하고 있다. 그녀 스스로도 그것이 진실이 아니라는 것을 분명히 알고 있으며, 내가 그 말을 믿지 않으리라는 것도 잘 알고 있다. 그럼에도 그녀는 천연덕스럽게 거짓말을 하고 있다. 그녀는 등산복을 입은 도널드 트럼프다.

물론, 그것이 기분 좋은 산행이 될 리는 만무하다. 그냥 산행이라면 또 모를까. 그 정도는 나도 양보해줄 수 있다. 날씨가 나쁘다는 것은 누가 봐도 부인할 수 없는 사실이다. 화창한 햇볕 아래, 산 정상에서 유럽 대륙의 반을 볼 수 있다면 그야말로 기분 좋은 산행이라 할 수 있을 것이다. 반면에 안개가 너무나 짙어 가이드가 있는데도 불구하고 산장을 나서자마자 길을 잃는다면, 그것은 결코 만족스런 산행이라 할 수 없다. 이 점에는 모두들 동의할 것이다.

나는 이미 창문을 통해 얼마나 안개가 짙게 끼었는지 확인했다. 주변 경치를 즐기기는커녕 눈앞에 보이는 것은 아무것도 없을 텐데 발을 옮길 수는 있을까?

나는 그녀에게 짙은 안개 속에서 축축하게 젖어 미끌거리는 길을 걸으면 위험하지 않냐고 물어보고 싶었다. 산 위에 오르는 것보다 차라리 하루 더 기다렸다가 아래쪽 계곡으로 하이킹을 나가는 것이 더 좋지 않을까?

기록 담당자도 나와 같은 생각이었다.

"모두들 앵무새처럼 같은 말만 하고 있어." 그녀는 인터넷이 금지된 벽난로 로비에 앉아 나직이 속삭였다. 나는 그녀가 평소 같지 않게 나직이 중얼거리는데도 전혀 이상하게 생각하지 않았다. 그렇다. 훈계의 글귀가 적힌 안내문이 곳곳에 붙어 있는 장소에선 소리를 죽여 나직이 말하는 것이 일반적이다.

“이 사람들은 스스로 무슨 말을 하는지도 모르는 것 같아. 자기가 한 말의 의미는 알고 있을까? 어떤 상황에서도 즐거운 여행이라며 반복해서 말하잖아.”

“일단 몸을 움직여야 한다잖아. 시작이 반이라면서.”

“옷만 입고 나가면 된대.”

“위험하지도 않다잖아.”

“마침내 정상에 올랐을 때의 기분은 어디에도 비할 수가 없고….”

“산에 다녀오면 음식 맛도 더 좋고….”

“몸을 움직이고 나면 기분이 상쾌하고….”

“그런데, 오늘은 그런 말을 들어본 적이 없는 것 같은데?”

“조금만 더 기다려봐. 해가 저물기 전엔 누군가가 분명히 그 말을 할 테니까.”

“맞아, 나도 그렇게 생각해.”

바로 이러한 점에서 등산 애호가들은 종교인들과 비슷하다. 문자 그대로 종교에 열성인 사람들 말이다. 그들은 질문을 하지 않는다. 주변의 변화하는 환경에도 영향을 받지 않는다. 그들은 이미 말해진 것들을 반복해서 말할 뿐이다. 왜냐하면, 그것은 영원하고 유일한 진실이니까.

그들은 자신들이 전적으로 옳다고 믿는다. 그들에게 다른 말을 해주는 사람은 없다. 자연 속에서 걷는 행위에 반발하거나 비판하는 사람은 아무도 없다. 그러한 행위는 건강하고, 자연스러우며, 진실하고, 노르웨이적인 것이니까. 우리는 학교에서도 그렇게 하라고 배웠다. 공공 캠페인에서도, 소셜미디어에서도 그런 행위를 장려한다. 정부 관료와 회사 임원, 부모님과 주변인들도 지지한다. 산을 오르고 자연을 경험하는 일은 다른 취미 생활과는 달리 타인에게 굳이 설명하지 않아도 된다. 그것은 유로비전 송 콘테스트에 관심이 있다거나, 술을 좋아한다거나, 롤플레잉 게임을 자주 한다거나, 어렸을 때 크리스 드 버그를 즐겨 들었다는 것과는 차원이 다르다. 등산을 좋아한다고 말하면 조금의 수치심도 느낄 필요가 없다.

나는 사람들이 평생 적어도 한 번쯤은 남들에게 털어놓기에 부끄러운 일에 전념해보는 것이 좋다고 확신한다.

등산이라는 행위에 반발하는 사람은 없다. 즉, 등산가들은 그들의 행위에 대한 충분한 반대 의견을 듣지 못한다. 오히려 그들에겐 끝없는 칭찬과 격려만 돌아올 뿐이다.

몸을 움직이는 것은 좋은 일이지.

어쨌거나 기분 좋은 산행을 했잖아.

날씨가 나쁜 것은 아무런 문제도 되지 않아.

산을 정복했을 때의 느낌은 그 어디에도 비할 수 없어.

내키지 않더라도 일단 밖으로 나가면 저절로 몸이 움직여져.

〈트루먼 쇼〉를 본 적이 있는가? 주인공 역의 짐 캐리는 자신의 삶이 리얼리티 쇼의 일부라는 것을 깨닫지 못했다. 그가 일상에서 만났던 성공한 사람들과 이웃들조차도 배우들이었던 것이다. 그들은 주인공에게 항상 같은 말로 칭찬과 격려를 아끼지 않았다.

〈사랑의 블랙홀Groundhog Day〉이라는 영화를 본 적이 있는가? 주인공을 연기한 빌 머리는 매일 눈을 뜰 때마다 어제와 같은 날이 반복된다는 것을 깨닫는다. 그는 매일 아침 라디오에서 들려오는 〈아이 갓 유 베이비〉라는 노래와 함께 눈을 뜨고, 그가 만나는 사람들은 어제와 같은 말로 인사를 건네며, 이러한 일은 계속 반복된다.

만약, 당신이 〈트루먼 쇼〉와 〈사랑의 블랙홀〉을 섞어놓은 영화의 주인공이라면, 게다가 매일 안개 끼고 비오는 날씨가 반복된다면, 지금 내가 처한 상황을 조금이나마 이해할 수 있을 것이다.

짙은 안개 속에서 갈회피겐산을 오를, 아니, 정복할 정당한 이유를 찾기 위해선 리서치가 필요했다. 그러려면 인터넷이 필요했다. 하지만 산장에서는 인터넷 사용이 금지되어 있었다. 예외라면 로비의 안내 데스크뿐이었다. 그곳에는 모든 이들이 다 볼 수 있는 곳에 작은 탁자 하나가 덩그러니 자리하고 있었다. 그 탁자 앞에 앉아 있으면, 직원들뿐 아니라 발갛게 상기된 얼굴로 방금 산행에서 돌아온 숙박객들의 찌푸린 눈살을 받아내야만 했다. 그들의 눈에 나는 산중에서도 인터넷의 노예가 되어 '좋아요'를 확인하는 사람으로 비추어질 것이 틀림없었다. 탁자 위에 "바보"라고 적힌 커다란 화살표가 나를 가리키고 있다 하더라도 그보다 더 수치스러울까. 날씨를 확인하려 구글 검색을 하다 보니, 그 옛날 이 산 위에 길을 닦아 산장을 짓고 정상에 편의점을 세웠던 사람들의 이야기를 읽을 수 있었다. 그들은 사계절 내내 궂은 날씨에도 불구하고 수 톤이나 되는 건축 자재를 매일 이 산 위로 옮겨왔다. 그런데도 '좋아요'를 하나도 받지 못했다.

그리고 나는 지금 의자에 편하게 앉아 산에 오를지 말지 결정을 내리기 위해 내일 날씨를 인터넷으로 검색하는 중이다.

산장 직원이 말했던 그대로였다. 갖가지 일기 예보 사이트는 하나같이 내일 날씨가 화창함과는 거리가 멀다고 했다. 하지만 등산을 하기엔 나쁘지 않다고 했던가. 등산과 관련된 실질적인 정보는 단 하나도 찾을 수 없었다. 인터넷에 산과 관련된 글을 올리는 사람들은 모두 등산가들이며, 등산가들은 모두 거짓말쟁이들이다.

저녁 식사를 하기 위해 모인 사람은 모두 여덟 명이었다. 산행에서 돌아온 여자 두 명은 오전에 길을 잃었던 여자 두 명과 친구 사이였다. 방금 산장에 도착한 커플 한 쌍은 우리와 마찬가지로 내일의 산행 여부를 고심하고 있었다. 우리는 고기를 먹으며 나직이 대화를 나누었고, 간간이 아무것도 보이지 않는 창밖의 경치를 음미했다.

식사를 마친 우리는 모두 벽난로 로비에 모였다. 로비의 안내 데스크 옆에 앉아 페이스북을 확인할 것이 아니라면, 그곳 외에는 따로 갈 만한 곳이 없었기 때문이다.

친구 사이라는 네 명의 여자들은 연극에 관한 대화를 나누었다. 보아하니 그곳에 앉아 있는 사람들은 모두 문화에 관심이 많은 고학력 중산층인 것 같았다. 내가 하는 일도 바로 그러한 것이었기에 나는 그들의 대화에 쉽게 끼어들 수 있었다. 대화가 무르익기 시작하자 주제도 다양해졌다. 농담을 하고 크게 웃음을 터뜨리기도 했다. 분위기는 더할 나위 없이 좋았다. 도심의 호텔 바에서 대여섯 시간 동안 함께 시간을 보냈던 사람들과 다를 바가 없었다.

하지만 나는 어느 순간이 오면 등산에 관해 이야기를 해야 할 것이라고 짐작했다.

등산 이야기가 나오면 그 어떤 일도 일어날 수 있을 것이다.

"오늘 정상에 오르셨나요?" 나는 슬쩍 그들에게 물어보았다.

"네."

"경치는 어땠나요?"

그들은 웃음을 터뜨리며 사진을 보여주었다. 사진 속에는 저 멀리 산 아래를 내려다보듯 포즈를 취한 여자들이 서 있었다. 물론 그들이 바라보는 곳은 자욱한 안개로 둘러싸여 아무것도 보이지 않았다. 나는 그들에게 걷는 데 불편하진 않았냐고 물어보았다.

"그럭저럭 괜찮았어요."

"가파른 곳을 오를 때는 조금 불편하긴 했어요. 거의 암벽 등반을 하다시피 했거든요."

"암벽 등반…? 글쎄… 그걸 암벽 등반이라고 해야 하나?"

"그 정도까지는 아니었어."

"사실 좀 미끄럽긴 했죠."

"매우 미끄러웠어요."

"맞아요."

"안개 때문에 어디에 발을 디뎌야 할지 볼 수 없을 때도 간혹 있었답니다."

"눈앞에 보이는 건 아무것도 없었어요."

"정상에서도 마찬가지였어요. 정말 아무것도 보이지 않았어요."

짧은 침묵.

"하지만 정말 기분 좋은 산행이었어요."

"맞아요. 정상에 올랐을 때의 기분은 어디에도 비할 수 없었죠."

"날씨에 맞는 복장과 장비를 미리 준비해놓았다면 더 좋았을 텐데. 사실, 이런 날씨는 아무것도 아니에요. 물론 어느 정도 체력이 받쳐줘야 하겠지만…."

"내려올 때의 홀가분한 기분만으로도 충분한 대가를 받았다고 생각해요."

"아주 좋은 경험이었죠."

"맞아요. 오랜만에 제대로 몸을 움직일 수 있어서 좋았답니다."

그때 산장 주인이 벽난로 로비에 들어왔다. 아마도 안내실 옆에서 인터넷을 사용하는 사람이 아무도 없었기에 눈살을 찌푸리며 쏘아볼 필요가 없어 심심했던 것은 아닐까. 나는 그녀에게 산장의 역사에 관해 물어보았다. 그렇다. 나는 바로 그런 사람이다. 뿐만 아니라 그녀에게 갈회피겐산 정상에 직접 오른 적이 있냐고도 물어보았다.

"대충 500번은 올라가보았던 것 같아요."

500번이라고?!?

나는 그제야 그녀 앞에서 산 정상에서의 경치를 운운하는 것은 무의미한 일이라는 것을 깨달았다. 그녀에겐 그러한 것들이 이미 오래전에 아무 상관 없는 일로 자리 잡았을 것이 뻔했기 때문이다. 그녀에겐 등산은 그저 등산일 뿐이었다. 일주일에 두세 번씩 갈회피겐 정상에 오르는 일을 몇 년 동안 계속해왔다면, 정상의 웅대한 경치는 물론이고, 처음 정상에 올랐을 때의 그 희열감을 잊어버렸을 것이다. 만약 매일 정상에 오르내렸다면, 노르웨이의 가장 높은 산에 오르기 위해 돈을 주고 거기까지 왔던 두 여자가 뒤에 잘 따라오는지 확인하는 일마저 잊어버릴 수도 있을 것이다.

"저는 날씨가 어떻든 상관하지 않아요." 그녀가 말을 이었다.

"어쨌거나 등산을 하는 것은 매우 기분 좋은 일이거든요."

"그렇죠? 저도 그렇게 생각해요." 소파에 앉아 있던 여자들 중 한 명이 맞장구를 쳤다.

"몸을 움직여 운동을 하고 난 후의 기분은 그 무엇에도 비교할 수 없어요."

"등산을 한 후의 기분도 마찬가지예요."

여자들이 소파에서 몸을 일으켜 산장 주인에게 다가갔다.

"날씨를 이유로 변명을 하는 건 있을 수 없는 일이죠." 그들이 웃음을 터뜨렸다.

갑자기 산장 주인이 노래를 하기 시작했다.

"저 넓은 들과 높은 산…"

그녀가 몸을 앞으로 쓰윽 내밀자 여자들도 함께 노래를 하기 시작했다.

"흐르는 시냇물
떠오르는 햇빛 안고
즐거이 노래해."

급기야는 요리사와 방금 도착한 두 명의 숙박객들도 함께 노래에 동참했다.

"발데리 발데라 발데라 하하하
발데리 발데라! 즐거이 노래해."

그것도 모자랐는지 사람들이 하나둘 춤을 추기 시작했다. 그들은 등에 배낭을 메고서 몸을 앞뒤로 흔들었다.

"따스한 햇볕은 나의 친구
빗방울은 나의 형제"

사람들이 나를 똑바로 쳐다보며 더욱 크게 노래를 불렀다.

"나는 자연을 사랑해요.
세상은 나의 형제!"

이제 짐 캐리가 등장할 차례였다. 그는 〈트루먼 쇼〉의 트루먼 복장을 하고 그들과 함께 후렴구를 불렀다.

"발데리 발데라 발데라 하하하
발데리 발데라! 즐거이 노래해."

우리는 대신 그곳에 있던 커플 한 쌍과 대화를 나누었다. 따지고 보면 우리는 같은 상황에 처해 있었다. 우리 넷은 내일 산에 오를 것인지를 두고 고민하기 시작했다.

기록 담당자는 예전에 갈회피겐 정상에 오른 적이 있다고 그들에게 말했다. 하지만 그때는 이곳이 아니라 스피테르스툴렌에서부터 산행을 시작했다고 덧붙였다. 그 길은 이 길보다 훨씬 더 길고 험하다는 말도 잊지 않았다. 뿐만 아니라 이와 비슷한 날씨에 베세겐을 오르기도 했다고 말했다. 꽤 빠른 속도로.

자리에서 일어날 무렵, 기록 담당자의 표정은 설명할 수 없을 만큼 일그러져 있었다.

"내가 무슨 말을 했는지 들었어?" 그녀가 내게 나직이 속삭였다.

"나도 모르게 허세를 떨기 시작한 것 같아."

"허세를 떨기 시작했다고? 무슨 뜻이지?"

"쳇, 내가 말하는 걸 못 들었어? 내가 여기 이 길보다 훨씬 멀고 험한 길로 정상에 올랐다고 했잖아!"

"응, 그건 나도 들었어."

"게다가 우린 베세겐 능선을 매우 빨리 올랐다고까지 했어."

"그것도 들었어."

"하지 않았어도 될 말이었다고."

"음…."

"아무 상관 없는 말이었어."

"음…."

"내 말 뜻을 이해할 수 있겠어?"

"아니…."

"우리도 어느새 다른 등산가들처럼 허세를 부리기 시작했다고!"

아! 그렇다. 우리는 허세를 부릴 때면 스스로 깨닫지 못할 때가 자주 있다. 처음에는 순수한 마음으로 살짝 자랑하다가 어느새 거짓말이 보태어지기 마련이다. 다음 날이 되면 정작 베세겐에서의 산행이 어떠했는지는 잊어버리고, 식은 죽 먹기라는 등, 꼬맹이와 반려견, 거동이 불편한 노모와 함께 가도 된다는 등의 말을 늘어놓게 된다.

"여기 더 있을 수 없어." 기록 담당자가 심각하게 말했다.

"하지만 우리는…."

"여기 더 있을 수 없다고 말했잖아!"

"이 여정에서 너의 역할을 잊어버렸니? 짜증날 정도로 긍정적인 역할을 하겠다고 했잖아."

"그 따위 말은 잊어버려. 여긴 나 말고도 짜증날 정도로 긍정적인 사람들뿐이야. 난 그런 사람이 되고 싶지 않아. 너도 마찬가지지, 그렇지?"

"하지만 원래 의도는…."

"우린 절대 그들과 같은 사람이 되어선 안 돼. 여길 빠져나가야 해. 지금 당장."

그것은 계획에도 없던 너무나 갑작스런 일이었다. 하지만 내 구미에는 딱 들어맞았다.

"네 말도 일리가 있어. 우린 당장 여길 벗어나야 해."

"맞아."

"노르웨이에서 가장 높은 산에 올라 아무것도 볼 수 없다면 그게 무슨 소용이겠니! 그건 단지 산에 오르기 위해 산에 오르는 것이나 마찬가지야."

"바로 그거야. 만약 우리가 이런 날씨에 산을 오른다면 여기 있는 다른 사람들과 똑같은 사람이 될 뿐이야. 그렇다면 우리도 얼마 가지 않아 허세로 똘똘 뭉친 사람으로 변해버릴 거야."

"만약 내일 어디론가 가려 한다면, 환상적인 경치를 볼 수 있는 다른 곳으로 가는 게 훨씬 낫지 않겠어?"

"맞아. 지난 일요일에 집을 나선 후 경치라고 할 만한 것을 보았던 건 오슬로플라자 꼭대기뿐이었어."

"그래. 거기서 내려다보는 도심의 경치는 꽤 멋있었어."

"아주 멋있었어. 하지만 이번 여정의 목표는 우리가 자연에 호감을 느끼기 위한 것이잖아."

"바로 그 때문에 우리가 여기 있어선 안 된다는 거야."

"그렇군."

"우리에겐 차도 있어. 언제든 원하기만 하면 이곳을 떠날 수 있다고. 좀 더 날씨가 좋은 다른 곳으로 가는 건 어때?"

"그래. 경치가 좋은 곳으로. 사람들이 많이 모인 곳으로. 같은 말을 하루 종일 듣지 않아도 되는 곳으로."

"예스!!"

우리는 화창한 햇빛과 아름다운 경치와 많은 사람들이 모인 곳을 찾아야만 했다. 그러려면 인터넷이 필요했다. 우리는 핸드폰을 꺼내 인터넷을 연결했다. 우리가 앉아 있던 곳은 인터넷이 금지된 벽난로 로비였다.

때로는 위험을 감수해야 할 때도 있다.

그것은 다른 사람들에게 해를 끼치는 일이 아니었다. 더욱이 그곳에는 아무도 없었다. 다른 사람들은 이미 잠자리에 든 후였으니까. 밤 9시가 넘었으니 그럴 만도 했다.

기록 담당자는 소셜미디어에서 친구 한 명이 포스팅한 사진을 발견했다. 프레이케스톨렌 바위 위에서의 사진이었다. 그 거대한 바위 고원은 로갈란주州의 대표적인 관광명소로서, '성직자의 설교단'이라는 의미를 지니고 있기에, 자연 속에서 종교적 사색을 하기엔 안성맞춤인 곳이었다. 해발 600미터의 그 바위 고원 위에 서면 피오르를 한눈에 볼 수 있어서, 전 세계 관광객들이 꼭 한 번씩 사진을 찍고 가는 곳이기도 했다. 한마디로, 그곳은 해마다 약 25만 명의 사람들이 찾는 노르웨이에서 가장 유명한 관광명소인 것이다. 물론 관광객의 대부분은 평생 등산화를 한 번도 신어보지 않은 외국인이다.

일기 예보를 통해 확인한 남부 지방의 날씨는 그보다 더 좋을 수 없었다. ut.no에서는 바위 고원 정상까지 왕복하는 데 걸리는 시간이 4시간 정도라 했다. 기록 담당자는 2시간 만에 왕복할 수 있을 것이라고 말했다. 이보다 더 좋은 대안이 있을까?

"그런데 거기까지 가려면 꽤 멀잖아."

"어쨌든 한 번쯤은 가볼 만한 곳이잖아."

"게다가 우리에겐 자동차도 있으니까 도중에 비가 온다 하더라도 문제없어. 음악도 들을 수 있고."

갑자기 세상이 긍정적으로 보였다. 우리는 잠자리에 들었다. 침낭이 아닌 매트리스와 이불 속에서 8시간을 잔 후 일어났다. 창밖에는 안개 때문에 여전히 아무것도 보이지 않았다. 우리는 누가 먼저라고도 할 것 없이 한바탕 시원하게 웃음을 터뜨린 후, 짐을 싸고 아침 식사를 했다. 어제 만났던 커플 한 쌍에게는 산장을 떠날 것이라고 말했다. 우리는 그들의 표정에서 부러움과 질투를 엿볼 수 있었다. 그들은 창밖을 보며 안개가 곧 걷힐 것이라 말했다.

안개가 곧 걷힌다고? 그런 일은 일어나지 않을 것이다!

우리는 차에 올라타고 음악을 튼 후 밝은 내일을 향해 차를 몰았다.

안녕, 멍청이들이여!

등산 무경험자의 조언을 들어라 2

1 안개가 자욱해 앞을 볼 수 없거나, 날씨가 좋지 않은 날에는 산 정상에 오르지 말라. 그 이유는 스스로 충분히 알 수 있을 것이다. 대신 무언가 기분 좋게 할 수 있는 일을 하라.

2 만약 몸을 움직이고 운동을 하는 것이 목적이라면, 굳이 내키지 않는 불쾌한 등산을 할 필요는 없다. 운동은 공원이나 거리, 실내 등 산 아래의 장소에서도 얼마든지 할 수 있다.

3 절대 나쁜 날씨를 과소평가하지 말라. 만약 갑자기 나쁜 날씨와 마주쳤다면, 이를 피하는 것은 얼마든지 가능하다.

4 빙하를 건너거나 높은 산에 오를 예정이라면, 산장 앞 3미터 지점에서부터 길을 잃도록 방관하는 가이드를 피하는 것이 좋다.

5 침대와 이불은 과소평가된 물건이라는 것을 잊지 말자.

밝은 내일을 향해!

마지막 단계

유바스 ››› 프레이케스톨렌, 자동차. 프레이케스톨렌 바위 고원, 도보.

예상 시간

상관없음.

그렇다. 우리는 밝은 내일과 아름다운 경치와 사람들을 향해 발을 내디뎠다.

먼저 시속 2.5킬로미터의 속도로 긴 내리막길을 내려가야만 했다. 가시거리는 약 3센티미터였고, 낭떠러지 위의 갓길에 보호막도 없이 180도로 꺾어지는 길을 가는 동안 갑자기 맞은편에서 버스가 나타날까 봐 조마조마한 마음으로 차를 몰아야만 했다. 대시보드에는 "가시거리 차단으로 인한 일시적 기능 장애"라는 메시지가 보였다.

하지만 그것은 일시적인 장애일 뿐이었다. 우리는 천천히 산을 내려갔다. 산 중턱에 이르자 안개가 조금씩 걷히기 시작했다. 우리는 서쪽으로 차머리를 돌렸다. 거기서부터는 이번 여정을 시작한 이래 가장 아름다운 경치가 펼쳐졌다. 심지어는 오슬로플라자 꼭대기에서 보았던 경치보다 훨씬 아름다웠다.

이미 여러 번 말했지만, 나는 그다지 성숙한 인간이라고는 할 수 없기에 매번 등산가들을 짜증나게 하는 말을 입 밖에 내지 않고는 못 견디는 사람이다. 마지막으로 한마디만 덧붙이자면, 산은 위에서 보는 것보다 아래에서 올려다보는 것이 훨씬 아름답다.

그것은 사실이다. 나는 산 아래쪽에 가까워질수록 기분이 점점 더 좋아졌다. 사방팔방으로 보이는 높은 산과 계곡의 장관은 그 어디에도 비할 수 없었다. 문득 저 아래쪽에 조그마한 마을이 보였다. 그곳에 이르면 레스토랑에 들러 점심도 먹을 수 있을 것이다. 식탁과 의자, 포크와 나이프를 이용해, 등산복이 아닌 평상복을 입은 사람들 사이에서 말이다.

어떤 일을 하든 사전에 만반의 준비를 하는 것은 매우 중요하다. 우리는 차를 타고 가며 프레이케스톨렌고원에 관해 검색을 해보았다. 벌써부터 마음이 들뜨고 긍정적으로 변해가는 나 자신을 느낄 수 있었다. 검색 결과를 보니 허풍이나 허세와는 거리가 멀었기 때문이었다. 오히려 그 반대였다. 대부분은 바위 고원에 오르는 길을 과소평가하면 안 된다고 경고하고 있었다. 생각보다 더 험하고 힘든 길일 수 있기에, 시간을 넉넉히 잡고 복장도 잘 갖추어야 한다고 조언을 하고 있었다. 아마도 그 이유는 프레이케스톨렌이 스타방게르* 도시 한 중앙에 자리하고 있으며 심지어는 케이블카까지 설치되어 있기에 국내외 관광객들의 접근성이 매우 용이하기 때문일 것이다. ut.no 사이트에서 밝힌 접근 난이도에 의하면 프레이케스톨렌은 노르웨이어 페이지에선 '중급'으로, 영어 페이지에선 '고급'으로 표시되어 있었다.

나는 프레이케스톨렌 근처의 산장에 전화를 했다. 방이 없다는 대답을 들었다. 그 말을 듣는 순간, 이상하게도 기분이 좋아졌다. 그것은 그곳에 사람들이 매우 많다는 증거였으니까. 주말인 데다 날씨까지 좋으니 그럴 만도 했다.

몇 군데 전화를 더 해본 결과, 우리는 조그마한 호스텔에 방을 예약할 수 있었다. 호텔을 방불케 했던 고급 산장을 벗어나 다시 딱딱한 이층침대와 공동 화장실을 사용해야 하는 자그마한 호스텔에 묵으려니 그다지 마음이 내키지 않았다. 하지만 그 정도는 감수해야 한다는 생각이 스쳤다. 이제 우리는 그 어떤 일도 이겨낼 수 있을 것 같았다. 하루만 더 있으면 화창한 햇빛과 아름다운 경치와 사람들을 볼 수 있을 것이다. 그날 밤 딱딱한 나무 침대에 누워 있으려니, 이 여정을 시작한 이래 처음으로 다음 날의 산행을 기대하는 나 자신을 발견할 수 있었다.

다음 날 새벽 5시부터 시끌벅적한 숙박객들의 소리에 잠이 깨어도 아무렇지 않았다. 모르긴 해도, 그들은 사람들이 많이 몰리는 시간을 피해 춥고 어둑어둑한 새벽부터 프레이케스톨렌에 오를 채비

• 노르웨이에서 네 번째로 큰 도시로 남부 해안 지방에 위치함.

를 하는 것 같았다.

마침내 나는 줄을 지어 산을 오르는 일을 경험해볼 수 있었다. 프레이케스톨렌에서는 사람들이 줄을 지어 발을 옮겼다.

처음 10미터를 지나기도 전에 7개의 서로 다른 언어를 들을 수 있었다. 등산복을 입은 사람들은 거의 없었다. 그들 사이에 있으니 우리의 옷차림이 더욱 눈에 띄었다. 나의 녹색 재킷은 어딜 가나 눈에 띄긴 하지만, 지금까지 우리가 발을 들였던 곳에선 큰 문제가 없었다. 왜냐하면 그곳에는 사람들이 거의 없었으니까. 약 20미터를 더 걸으니 중국인 관광객 한 명이 포기하고 발길을 돌리는 모습을 볼 수 있었다. 그는 갓길의 바위 위에 앉아 숨을 헉헉 몰아쉬고 있었다. 조금 더 가니 팔짱을 낀 하산길의 커플 한 쌍을 만날 수 있었다. 남자의 어깨 위에 보이는 스피커에서는 방글라데시라고 짐작되는 동남아 음악이 큰 소리로 흘러나오고 있었다.

사람들의 나이대도 가지각색이었다. 나는 평소와 마찬가지로 그들의 대화에 귀를 기울였다. 이곳에서는 거리와 시간을 두고 허세를 떠는 사람은 물론, 어느 산에 올랐었는지 경험담을 늘어놓는 사람도 없었다. 이곳에 오는 사람들은 정치와 뉴스, 가정과 자식, 직장 내에서의 구조 조정, 음악과 책, 학업과 친구에 관해 대화를 나누고 있었다. 한 소녀는 어머니로 보이는 여자에게 "난 등산보다 헬스 스튜디오에서 하는 운동이 더 재미있다고 생각해"라고 말하는가 하면, 또 다른 소녀는 "엄마, 이건 경쟁이 아냐. 같이 가자고!"

라고 말하기도 했다.

우리는 힘들이지 않고서도 인터넷에서 예상하는 시간의 반밖에 안 되는 시간에 바위 고원의 정상에 이를 수 있었다. 그곳의 경치는 말 그대로 장관이었다. 그것은 실제로 경험해보지 않고서는 표현이 불가능한 경치였다. 물론 사람들도 엄청나게 많았다. 그들은 여느 다른 관광지에서와 마찬가지로 서로서로 사진을 찍어주기도 하고, 하늘을 향해 두 팔을 활짝 펼치기도 했다. 어떤 이들은 낭떠러지 끝에 위험할 정도로 바짝 다가가 앉기도 했고, 또 어떤 이들은 도시락을 먹으며 미소와 함께 대화를 나누기도 했다. 학교 동창끼리 놀러왔다는 한 무리의 사람들이 우리에게 사진을 찍어달라고 부탁했다. 그들은 모두 바닥에 누워 날개 달린 천사처럼 포즈를 취하며 두 팔을 버둥거렸다. 그들은 정기적으로 만나 유명 관광지를 방문해, 눈이 있으나 없으나 상관하지 않고 매번 똑같은 포즈를 취하며 사진을 찍는다고 했다. 너무나 멍청하고 우스꽝스러운 일이 아닌가. 그들을 보면 아무리 화가 나 있더라도 웃지 않을 수 없을 것이다.

정상에서는 한 남자가 카메라를 들고 낭떠러지 끝에 서 있는 동료에게 큰 소리로 외쳤다.

"톰 크루즈! 미션 임파서블!"

아마도 그는 〈미션 임파서블〉 영화의 한 장면이 이곳에서 촬영되었다는 뉴스를 접했던 것 같다. 그가 카메라를 치켜들었다. 낭떠러지 끝에 서 있던 그의 동료는 톰 크루즈 흉내를 냈다. 성공적으로 보이진 않았다. 셔터 소리가 났다. 주위에 모여 구경하던 사람들이 손뼉을 치며 웃음을 터뜨렸다.

문득 이번 주에 내가 경험했던 일 중에서 그 순간이 가장 즐거웠다는 생각이 스쳤다.

그도 그럴 것이, 우리는 첫날에 나무둥치와 나무뿌리밖에 보지 못했다.

그다음에는 스누스와 안개로 뒤덮인 산길을 걸었다.

양말 차림으로 나누었던 정복과 희열감에 관한 대화?

메무루부 산장?

이처럼 하나하나 언급하고 보니 삼류 시를 읊는 것 같기도 하다.

홀로 있는 외로운 삶에 대한 아름다운 이야기를 들어본 적이 있는가?

나는 사람들과 함께하는 단순한 삶에 대해 이야기하고 싶다. 나의 지인 한 명은 친구들과 함께 산에 오른 적이 있다. 산중에서 며칠을 보낸 그들은 다음 날 오전 비행기로 돌아갈 예정이었다. 그들은 마지막 날 저녁에 호텔에 돌아왔다. 그다지 늦은 시간이라고는 할 수 없었기에, 모두들 지인의 방에 모여 술 한 잔씩 더 하기로 했다. 그들은 즐겁게 대화를 나누며 기분 좋은 시간을 보냈다. 밤이 깊어지자 모두들 공항에서 만나기로 약속하고 하나둘 자리를 떴다. 나의 지인은 알람을 맞춰놓고 잠에 들었다. 다음 날 아침, 알람 소리에 잠을 깬 그는 서둘러 샤워를 하고, 옷을 입고, 짐을 싸고, 신발을 신은 후 호텔 객실을 나섰다.

문득 무언가 이상한 느낌이 스쳤다. 그는 이유를 알 수 없었지만, 무언가 잘못되었다는 느낌은 확실했다.

아침 식사를 한 후에도 그 이상한 느낌을 떨칠 수가 없었다. 그는 공항으로 갔다. 여전히 무언가 잘못되었다는 느낌이 그를 사로잡고 있었다. 얼마 후, 그는 이유를 깨달을 수 있었다. 그 이상한 느낌은 바로 발밑에서 시작된 것이었다. 더 정확히 말하자면, 그것은 그의 신발 때문이었다.

그의 신발은 방금 벗어놓은 것처럼 온기를 머금고 있었다. 아침에 호텔 방을 나설 때도 마찬가지였다.

그는 전날 밤 너무 늦지 않은 시간에 잠자리에 들었고, 잠을 충분히 잤다고 생각했다. 하지만 실제로는 베개에 머리를 대자마자 알람 소리 때문에 일어나야 했던 것이다. 그는 친구들과 웃고 떠들며 즐기느라 시간 가는 줄 몰랐다. 바로 그 때문에, 아침에 신발을 신었을 때 여전히 온기를 느낄 수 있었던 것이다. 신발을 벗어놓은 지 얼마 되지 않은 시간이었으니까.

나는 사람들이 아침에 일어나 온기 어린 신발을 신는 일을 정기적으로 자주 경험해야 한다고 생각한다. 이 일을 삶의 한 목적으로 삼아도 좋을 것이다. 그런 일을 자주 경험한다는 것은, 전날 밤 생각보다 훨씬 더 즐거운 시간을 보냈다는 말이니까. 가장 신나는 저녁은 예상치 않은 날 우연히 찾아오기 마련이다. 예를 들어, 친구들과 함께 산책을 갔다가 즉흥적으로 친구 집에 들렀을 때. 길에서 우연히 옛 친구를 만났을 때. 또는 함께 사는 사람들과 평범한 저녁 시간을 보낼 때도 가능한 일이다. 그럴 때면 시간이 그다지 많이 흐른 것 같지도 않은데 어느새 창밖이 환하게 밝아온다거나, 아침에 지저귀는 새소리를 듣는다거나, 또는 교회의 아침 예배를 알리는 종소리나 출근 시간의 자동차 소리를 듣기도 하고, 온기가 채 사라지지 않은 신발을 신기도 한다.

저녁 내내 홀로 있다가 온기 어린 신발을 신을 경우도 있을 것이다. 그때는 불면증을 의심해야 할 것이다.

우리가 프레이케스톨렌에서 누구를 만났는지 짐작이라도 할 수 있는가? 베세겐에서 만났던 우리의 캐나다인 친구! 기억하는가? T 자 팻말을 찾아 안개 속을 이리저리 뛰어다녔던 남자와, 축축하게 젖은 몸으로 우리 뒤를 졸졸 따라왔던 그의 아내.

반가운 재회였다. 그들은 플롬에서 오는 길이라 했다. 노르웨이의 지리를 아는 사람이라면 베세겐, 플롬, 프레이케스톨렌이 결코 가깝지 않다는 것도 알고 있을 것이다. 그들 부부의 여행은 전문가의 경로를 방불케 했다. 그들은 노르웨이의 바위산을 오르기 위해 동에 번쩍 서에 번쩍한 셈이었다.

그는 우리를 보자마자 "이곳은 참으로 경치가 좋군요!"라고 말했다. 예상했던 대로였다.

그녀는 "사람들이 너무 많아요"라고 말했다. 그 또한 예상했던 대로였다.

사실, 그곳을 한 번이라도 둘러본 사람들이라면 사람이 많다고 불평할 수는 없을 것이다. 그곳의 경치를 보았는가? 바위 고원 위에 서보았는가? 수백 미터 발아래 자리한 피오르의 절경을 보았는가?

그것은 장관 중의 장관이다. 배 속이 간질간질할 정도의 고소공포증과 함께 입을 다물 수 없을 정도로 아름다운 경치. 세상 어디에 가도 그러한 장관은 잘 볼 수 없다. 더욱이, 그곳에 이르는 길은 그다지 험하지 않다. 값비싼 장비와 등산복이 필요하지도 않으며, 그 주변에는 꽤 큰 도시가 두 개나 자리하고 있다. 그러니 이곳에 사람들이 바글바글하지 않을 이유도 없는 것이다.

솔직히 따지고 보면 그곳에 사람들이 그렇게 많은 것도 아니다. 길을 가다 어깨를 부딪칠 만큼 많지는 않다는 말이다. 주말 한낮, 게다가 화창한 햇빛이 내리쬐는 날인데도 불구하고, 사람들은 느릿느릿 발을 옮기며 여기저기서 경치를 감상할 수 있었다. 바위 위에 앉아 피크닉을 하는 것도 가능하며, 땅바닥에 드러누워 두 팔을 버둥거리면서 날개 달린 천사 흉내를 내는 것도 가능하다.

이러한 경험을 한 사람들이라면 분명 주변의 지인들에게도 추천해주고 싶은 마음이 굴뚝같을 것이다. 그렇지 않고서야 왜 소셜미디어에 #자연속에서라는 해시태그와 함께 사진을 올리겠는가?

나는 바위 고원 정상에 긴 줄이 늘어서 있다는 것을 그제야 발견했다. 가만히 보니, 사람들은 줄을 서 있다가 한 명씩 낭떠러지 끝에 가서 포즈를 취하고 있었다. 그러면 뒤에 있던 친구나 지인이 사진을 찍어주는 것이었다. 나중에 사진을 보면 프레이케스톨렌고원 위에 홀로 있는 것처럼 보일 것이 분명했다. 등산가들은 길게 늘어선 줄을 좋아하지 않는다. 하지만 혼자 있기 위해서 줄을 서는 것은 쉽게 받아들일 수 있는 것 같았다.

캐나다인 남자는 자신의 아내와는 달리 경치를 감상하며 연신 감탄사를 뱉어냈다. 그는 사진을 찍는 데도 꽤 큰 관심을 보였다. 실제로 그는 우리의 사진을 찍어주기 위해 줄을 서는 것도 감내했다. 나는 그가 좋아지기 시작했다. 그는 큰 소리로 웃음을 터뜨리며, 사진을 찍기 위해 기괴한 포즈를 취하는 다른 관광객들을 향해 손뼉을 쳐주기도 했다. 우리 차례가 되자 그가 카메라를 들고 이런 저런 지시를 내렸다.

고원에서 내려갈 시간이 되었다. 그들은 이번에도 여지없이 뛰다시피 산을 내려갔다. 그들은 스타방게르의 한 호텔에서 묵을 예정이라고 했다. 나는 그들이 분위기 좋은 레스토랑에서 호의적인 사람들을 만나 좋은 시간을 보낼 수 있으면 좋겠다고 바랐다. 새벽 세 시에 천사 흉내를 냈던 동창 일행과 만나 함께 술잔을 들어올리고 목청 높여 노래를 부른 후에, 날이 밝으면 채 온기가 사라지지 않은 신발을 신을 수 있기를 진심으로 바랐던 것이다.

캐나다인 남자가 찍은 사진을 우리에게 보여주었다. 사진 속의 기록 담당자는 하늘을 향해 두 팔을 뻗은 모습이었다. 나는 달랐다.

하지만 거의 그녀와 비슷한 포즈였다고 고백해야겠다.

어떻게 생각해?

산 아래로 내려왔다. 우리는 비교적 현대적인 산장 앞에 앉아 숨을 돌렸다. 눈앞에는 주차장과 사람들과 녹색 자연의 일부가 자리하고 있었다. 우리는 곧 평상복으로 갈아입고 비행기를 탈 것이다. 햇살 아래서 맥주를 마시자니, 옆 테이블에 천사 흉내를 냈던 동창 일행이 앉아 있는 것을 발견했다. 그들도 햇살에 살짝 눈살을 찌푸리며 맥주를 마시면서 웃고 있었다.

"자, 이제 평가를 해볼까?" 기록 담당자가 말했다.

"등산가들에 대한 너의 생각은 어때?"

"등산가들은 대략적인 계획 아래 움직이는 사람들 같아. 몸을 자주 씻지도 않고, 옷을 자주 갈아입지도 않아. 외모도 전혀 꾸미지 않고, 커다란 배낭을 메고 이리저리 다니지. 배낭을 멘 다른 사람들을 만나면 어디에 다녀왔는지, 또 거기에 다녀오는 데 얼마만큼의 시간이 걸렸는지 늘어놓기에 바빠."

"한마디로 정의하면, 등산가들은 산장에서 산장으로 움직이면서 일찍 잠자리에 드는 사람들이라는 말이군."

당연히 우리는 이런 말을 하지 않았다. 그런 말을 하는 사람은 아무도 없다. 그것은 한참이나 지난 후에 나 혼자 생각해낸 말이었다. 조금 잘난 척하고 싶은 바람도 있었던 것 같다. 물론 일주일 동안 등산가들과 함께 시간을 보낸 후에 배운 것도 없지 않았다.

그때 우리가 실제로 나누었던 대화는 다음과 같다.

그녀: 이제 산과 자연에 좀 호감이 생기기 시작했어?

나: 그런 것 같진 않아.

그녀: 나도 그렇게 생각했어.

나: 넌 나와 함께 여행을 다니며 짜증날 정도로 긍정적인 사람의 역할을 했던 것에 관해 어떻게 생각해?

그녀: 그럭저럭….

나: 좋은 날도 있었잖아?

그녀: 물론이지. 내 생각엔 아마 오늘이 최고였던 것 같아.

나: 응. 나도 그렇게 생각해.

잠시 침묵이 흘렀다.

나: 우리가 오슬로플라자에 묵었던 날이 불과 일주일 전이라니….

그녀: 그래. 참 좋았어.

나: 음… 아주 좋았어. 다시 플라자에 묵는 건 어때?

그녀: 좋은 생각이야.

첫 번째 시도

요툰헤이멘에서의 경험 및 평가

여행 계획

1일 차

오슬로 도심 → 노르마르카 숲

길을 잘못 든 관계로 계획과 살짝 어긋남. 안개와 비.

2일 차

노르마르카 숲 → 요툰헤이멘 지역

계획대로 행함. 안개와 비.

3일 차

베세겐 능선

계획대로 행함. 안개와 비.

4일 차

옌데스헤임 산장 → 스피테르스툴렌 산장

옌데스헤임 산장 → 유바스 산장으로 대체됨. 자동차 이용.
안개와 비.

5일 차

갈회피겐산

유바스 산장 → 프레이케스톨렌고원으로 대체됨. 자동차 이용.
약간의 보슬비와 햇볕. 기분 좋은 하루를 보냄

6일 차

마무리 하이킹 및 평가

프레이케스톨렌 정상. 도보. 야외에서 맥주를 마심.

여행의 목적

내면의 안정 찾기

달성하지 못했으나, 6일째 되는 날 햇볕을 받으며
야외에서 맥주를 마셨을 때 조금 안정을 찾은 것 같음.

내가 얼마나 미미한 존재인지 깨닫기

달성하지 못했음.

말로 설명할 수 없는 무언가를 경험하기

사람들이 왜 기를 쓰며 산에 오르는지 아직도 이해할 수 없음.
그 외에는 깨달은 것이 없음.

하늘을 향해 두 팔을 쭉 뻗고 싶은 충동을 느껴보기

프레이케스톨렌에서 거의 달성할 뻔했음.
하지만 그조차도 약간의 비꼼을 담았기에 가능했던 것임.

오랜 하이킹 후에 느끼는 음식의 맛과 자연 경관이
평소보다 더 나은지 확인하기

물론 가능한 일이라고 생각함. 하지만 하루 종일 매우 많이
걸은 후에야 가능한 것이라고 생각함.

이상한 이름의 산장에서 마주친 사람들과 대화를 나누고,
그들을 이해하고, 심지어는 그들에게 호감을 느껴보기

나름대로 최선을 다했음.
간혹 호의적인 사람들을 만난 적도 있음.
하지만 이 목표를 달성하기엔 만났던 사람들의 수가 너무나 적음.

결론

첫 번째 시도: 실패

다섯 달 후

나는 홀로 걷는다, 도시에서

죽음에 관한 두려움은 대체로 평판이 좋지 않다. 나는 이것이 매우 부당하다고 생각한다. 허세와 소심함을 모두 가지고 있는 사람들에게선 이러한 두려움이 종종 우스꽝스럽게 표출되기도 한다. 소셜미디어의 사진을 예로 들어보자. 우리는 산꼭대기에서 자랑스레 미소를 짓는 50대 남자의 모습 이면에서 그가 무릎이 좋지 않다는 것을 엿볼 수 있다. 드러난 하얀 이빨과 햇볕에 그을린 갈색 피부 뒤에는 '내겐 머리카락도 없고 유머 감각도 없음. 게다가 언제 죽을지 몰라서 두려움. 그러니 제발 나의 포스팅에 좋아요를 눌러주길 바람'이라고 외치는 소심한 인간성을 엿볼 수도 있다.

하지만 죽음에 관한 두려움은 더 살고 싶다는 바람을 표현하는 다른 방법이기도 하다. 그만큼 삶을 향한 애착이 크다고 말할 수도 있으니 결코 부정적이라고 할 수 없다. 바꾸어 말하자면, 언젠가는 행복한 날이 올 수도 있으니 가능한 한 오래 살고 싶다는 이야기이기도 하다.

그리고 만약 우리가 살고 있는 현 사회에 관해—좋았던 옛 시절에 관한 이야기는 이미 차고 넘친다—긍정적인 면을 찾으려고 한다면, 한 가지 사실을 염두에 두자. 우리가 현재 하는 말과 행위는 대부분 머지않은 앞날이 지금보다는 밝아질 것이라는 가정을 바탕으로 한다.

예를 들어, 우리가 집을 수리하고 청소하는 이유도 바로 그 때문이다. 다시 말하면, 멋있는 집에서 일찍 죽음을 맞기 위해 집을 수리하고 청소하지는 않는다는 것이다. 즉, 머지않은 미래, 혹은 은퇴 후에 근사하고 멋있는 집에서 살고 싶다는 바람 때문일 것이다. 은퇴를 하고 여유 시간이 많아지면, 바람대로 완벽하게 꾸민 집에서 삶을 즐기고 싶은 것이다.

우리가 은퇴 후를 생각해 저축을 하거나, 훗날을 위해 산이나 바닷가 또는 따뜻한 남유럽 국가에 개인 산장을 구입하는 것도 바로 그 때문일 것이다. 환갑이 되었을 때, 사용하지도 않는 집이나 오두막을 여기저기 늘어놓는 것을 삶의 목표로 삼는 사람은 없을 것이다. 우리는 노년에 사용하기 위해 산장과 오두막을 구입해둔다. 그 때가 되면 수중에 가지고 있는 것이라곤 여유로운 시간뿐이다. 또한, 경제적으로도 여유가 있을 테니 삶을 즐기는 것은 그다지 어렵지 않을 것이다.

그러한 날들을 건강하게 또 오래 즐기기 위해 우리는 지금 운동을 하는 것이다. 제자리에 서서 움직이지 않는 자전거를 타고, 저절로 바닥이 움직이는 기계 위에서 조깅을 하고, 숲이나 산에 가서 걷거나 기어오르고, 집에서 직접 재배한 유기농 음식이나 건강 음식을 먹기도 한다. 그 이유는 바로 나이가 들었을 때 근사하게 수리된 집과 오두막, 여유로운 시간과 경제력을 제대로 즐기기 위해서다. 그때가 되어서도 건강하고 근사한 몸을 가질 수 있다면 금상첨화가 아니겠는가. 나이가 들어서도 하늘하늘한 여름 원피스나 반바지를 입고 건강한 모습으로 해변을 거닐면 얼마나 뿌듯할까.

그렇다. 우리는 그러한 시간이 온다고 믿고 있다. 현대인의 대부분은 동시대의 정치적 또는 사회적 분위기를 탐탁지 않게 생각한다. 심지어는 사회가 옳지 않은 방향으로 나아가고 있다고 걱정하는 사람도 많다. 하지만 가까운 미래에 우리 사회가 붕괴될 것이라곤 믿지 않는다. 어쨌든 그럭저럭 유지될 것이라 생각하는 것이다.

우리는 사회 속에서 적개심을 찾아볼 수 있다. 사회가 나아가는 방향이 옳지 않다고 여기며, 적개심을 품고 목청을 높이는 사람도 있다. 하지만 다수의 사람들은 그렇지 않다. 적개심을 품고 목청을 높이는 사람들조차도 따지고 보면 기본적인 바탕에는 놀랄 만큼 의견을 같이한다. 극우주의자든, 극좌주의자든, 또는 이러저러한 종교주의자든 마찬가지다. 사실 오늘날의 서구 사회는 바닥으로 추락하기 일보 직전이다. 왜냐하면, 모든 것이 변하고 있고, 그 어느 누구도 옛것의 가치를 지키려 하지 않으니까. 하지만 대부분의 사람들은 여전히 다 잘될 것이라 믿고 있다. 기다려보면 그 답을 알 수 있을 것이다. 인간은 항상 그래왔으니까. 미래는 언제든 오고야 말 것이다. 그리고 그 미래는 아름다울 것이 틀림없다. 우리는 바로 그 미래를 즐겨보고 싶은 것이다. 이제 나는 그 미래를 위해 밖으로 나가 운동을 할 것이다. 안녕!

"오케이!" 내 말을 한참 듣고 있던 기록 담당자가 말했다. 모르긴 하지만 나는 이런 말을 약 두 시간 동안 주절거렸던 것 같다. 우리는 단골 펍에 함께 앉아 있었다. 밖은 오싹할 정도로 추웠고, 펍 안은 벽난로와 사람들의 온기로 따스했다. 이곳에 오면 다섯 시간을 걷지 않아도 맛이 좋은 맥주를 마실 수 있다. 우리가 가면 항상 반겨주는 단골 웨이터는, 노르웨이에서 30년을 살았지만 여전히 강한 프랑스어 억양을 버리지 못하는 사람이다. 그가 우리를 보더니 "한 병 더?"라고 물었다. 그것은 질문이 아니었다. 우리는 다음 여행의 계획을 세우기 위해 그곳에 들렀다. 프레이케스톨렌에 다녀온 직후에 얻었던 조그마한 희망 때문에 한 번 더 시도해보자고 마음먹었던 것이다. 다음번 여행에선 이전의 실수를 바탕으로 좀 더 나은 결과를 얻을 수 있으리라 기대했다.

첫 번째 시도 이후로 시간이 꽤 많이 흘렀다. 여행과 등산 외에도 할 일이 너무나 많았기 때문이다. 사람들도 만나야 했고, 펍에도 들러야 했으며, 농담도 주고받아야만 했다. 음악도 들어야 했고, 책도 읽어야 했다. 드라마 시리즈도 봐야 했고, 사람들과 만나 내가 보았던 시리즈와 보지 않았던 시리즈에 관해 이야기를 나누어야만 했다. 술을 마시고 춤도 춰야 했으며, 커피도 마셔야 했다. 그러다 보니, 어느새 가을이 되었고, 겨울이 왔으며, 해가 바뀌었다. 사람들은 끊임없이 우리 집에 찾아왔다. 그 수는 적지 않았다. 때문에 시간을 낼 수가 없었던 것이다. 이젠 더 늦기 전에 계획을 세우고 실행에 옮겨야만 했다. 바로 그 때문에 우리는 함께 펍을 찾았던 것이고, 거의 두 시간 동안이나 죽음에 대한 불안감과 미래와 운동에 관해 이야기를 늘어놓았던 것이다.

"오케이." 기록 담당자가 말을 이었다.

"네가 등산가들에 관해 긍정적으로 생각하는 단 한 가지는 바로 그들이 죽기 싫어한다는 것뿐이잖아."

두 시간 동안 늘어놓았던 말을 그녀가 단 4초 만에 요약하니 조금 짜증이 났다. 하지만….

"응, 바로 그거야."

기록 담당자가 고개를 끄덕였다.

"그러는 넌 어때? 죽는 게 두려워?"

"글쎄, 두렵다기보다는 거기에 관해 그다지 깊이 생각해본 적이 없어. 물론 난 죽고 싶진 않아."

"그렇다면, 너와 등산가들 사이에도 공통점이 하나 있다고 할 수 있겠군."

그녀는 짜증날 정도로 긍정적인 역할을 해야 하는 자신의 역할을 잊지 않은 것 같았다.

나는 등산가들이 “난 머리카락도 없고 유머 감각도 없는데다 죽는 게 너무나 두려워요”라고 솔직하게 말한다면 그들을 더 좋아할 수 있을 것 같다.

하지만 그들은 절대 그런 식으로 말하지 않는다. 그들은 등산과 하이킹을 하나의 철학적 선택으로 간주하고, 거의 종교적인 태도로 대하며, 매우 가치 있고 고귀한 행위로서 사회를 위한 일종의 봉사활동이라 생각한다. 동시에 그들은 등산을 함으로써 분주한 일상에서 잠시 벗어날 수 있고, 신선한 공기와 고요함과 여유를 즐길 수 있다고 생각한다. 자연 속에 있으면 말로 표현하기 어려운 벅찬 감정을 느끼는 것은 물론 내면의 안정을 찾을 수 있기에, 존재의 이유, 더 나아가서는 복잡하게 돌아가는 사회에 일조할 수 있는 힘도 얻을 수 있다고 생각한다.

이러한 것들은 내가 등산이라는 행위에 호감과 관심을 느끼기 위해선 스스로 깨달아야 하는 것이기도 하다. 하지만 내겐 종교적인 면은 찾아볼 수 없다. 곰곰이 생각해보니 그 필요성을 느끼지 못했기 때문인 것 같기도 하다.

스스로 미약한 존재임을 깨닫는 것? 형언할 수 없는 무언가 거대한 것?

시간을 멈추고 세상과 거리를 두는 것? 내면의 안정?

아니다. 절대 아니다. 이것은 내가 받아들이기엔 거의 불가능한 다른 차원의 일이다.

고요함?

나는 삶에서 충분히 고요함을 느끼고 있다. 내가 하는 일은 거의 홀로 해야 하는 일이니까. 더욱 고요한 상태를 원한다면 음악을 꺼 버리거나 창문을 닫으면 된다. 하지만 내가 원하는 것은 그게 아니다. 나는 시끌벅적한 소리를 좋아하는 사람이다.

시간을 멈추고 좀 더 느릿느릿 사는 것?

나는 시간을 멈추고 싶은 생각이 없다. 나는 시간이 딱 적당하게 흐른다고 생각한다. 사람들은 자주 시간이 너무나 빨리 간다고 느낀다. 대부분의 사람들이 그렇게 느낄 것이다. 그것은 이 세상과 우리의 삶이 일정한 방향으로 전개되기 때문이다. 그 때문에 가면 갈수록 시간이 더 빨리 흐른다고 느끼는 것은 당연한 일이다.

하지만 정말 그럴까?

불과 30~40년 전만 하더라도 유럽에서 미국 대륙으로 갈 때 비행기를 타면 세 시간 내외가 소비되었다. 지금은 그것이 불가능하다. 세 시간 만에 대서양을 가로지르는 비행기는 더 이상 운영되지 않기 때문이다. 그 이유는, 비행기의 굉음 때문에 창이 부서지고 사람과 가축들이 겁에 질렸던 일이 있었고, 비행기 가격 또한 매우 비쌌기 때문이다. 그보다 더 큰 이유는 대서양을 가로지르는 여객기 한 대가 추락 사고를 낸 적이 있기 때문이다. 물론 목적지에 빨리 가는 것은 꽤 중요한 일이지만, 타인에게 해를 끼치는 것은 물론, 엄청난 가격과 위험을 무릅쓰면서까지 그렇게 할 필요는 없다는 사회적 합의가 있었기 때문이다. 요즘은 유럽에서 미국까지 가는 데 최소 일곱 시간이 걸린다. 항공사에 따라 간혹 56시간까지 걸릴 때도 있다.

최근 들어, 사람들은 환경을 생각해 가급적이면 비행기 타는 일을 줄여야 한다고 주장한다. 물론 비행기 여행 횟수가 실질적으로 줄어들었다는 말은 아니다. 하지만 이러한 관념은 또 다른 긍정적인 일의 시작이 될 수도 있다. 나는 몇 년 전부터 담배를 끊어야겠다고 생각해왔고, 또 실제로 담배를 끊은 사람을 꽤 많이 알고 있다. 비행기는 담배와 그리 다르지 않다. 비행기는 한때 매우 근사하고 현대적인 것으로 여겨졌으나, 지금은 많은 사람들이 이를 회의적으로 보고 있다.

어쩌면, 우리는 몇 년 후에 미국으로 가기 위해 돛단배를 타고 대서양을 건너게 될지도 모른다. 아니, 아예 미국에 가지 않을지도 모른다.

터무니없는 말은 아니다!

전화기도 마찬가지다. 과거에는 집집마다 유선 전화기를 볼 수 있었다. 벽에 전선을 늘어뜨린 커다란 전화기는 집 안에서 가장 눈에 잘 띄는 자리, 예를 들어 제단을 연상시키는 탁자 위에 위치하기 마련이었다. 그 후 핸드폰이 소개되었다. 하지만 그것은 전선과 커다란 배터리를 포함한 것이었기에 핸드폰이라기보다는 소포나 짐에 가까웠다. 시간이 갈수록 핸드폰의 크기와 무게는 점점 줄어들어 핸드폰이라는 이름에 걸맞은 모습을 갖추게 되었다. 그때까지만 하더라도 우리는 핸드폰이 그러한 방향으로 계속 발전될 것으로 예상했다. 하지만 그 뒤에 소개된 것은 소위 스마트폰이었고, 어찌된 일인지 그 크기와 무게는 점점 늘어났다. 기능도 많아지니 당연히 배터리 지속 시간도 줄어들게 되었다. 그렇다면 머지않아 다시 과거의 유선 전화기처럼 전선이 필요하게 되지 않을까. 요즘의 스마트폰을 보면 배터리 충전을 너무나 자주해야 하기 때문에 실질적으로는 과거 집 안에서 고정된 자리를 차지하고 있던 유선 전화기와 다름 없다고 해도 과언이 아니다. 어쩌면 몇 년 뒤에는 사람들의 집에 스마트폰이 전선을 벽에 늘어뜨린 채 제단을 연상시키는 탁자 위에 고정되어 자리하게 될지도 모른다.

터무니없는 말은 아니다!

전자레인지가 처음 출시되었을 때를 기억하는가? 우리는 그때 부엌의 모든 것이 변할 것이라 생각했다. 조그마한 상자 속에 음식을 넣어 조리를 하는 데 불과 1분밖에 걸리지 않으니, 커다란 오븐이 설 자리는 없다고 생각했던 사람도 많았을 것이다.

하지만 그런 일은 일어나지 않았다. 왜냐하면, 전자레인지로 조리한 음식은 대부분 종이를 씹는 맛이 났으니까. 여행용 즉석 스튜 요리처럼. 최근에는 요리를 할 때 더 많은 시간을 사용할수록 훨씬 고급스럽고 현대적이라 생각하는 사람이 늘고 있다. 친구와 지인들을 식사에 초대할 때면, 직접 씨를 뿌리고 물과 비료를 주어 재배한 음식을, 역시 직접 디자인해서 구워냈을 뿐 아니라 심지어는 디저트로 먹을 수도 있는 접시에 담아내는 것이 유행이다.

과거에는 즉석 식품이 미래라고 생각했다. 이제는 레스토랑에서 음식이 너무 빨리 나오면 의심을 하는 경향이 있다.

최근에는 필요도 없는데 갑자기 구식 LP 음반을 구입하는 사람도 늘고 있다.

이러한 추세를 한마디로 요약하자면, 사람들은 진보된 문명 속에서 더는 자연에 의지하지 않아도 되니, 이제야 자연으로 되돌아가려고 기를 쓰고 있다. 그것도 *자발적으로*.

그렇다. 이러한 일은 역사를 통해 지속적으로 일어나고 있다.

세상은 사람들이 예견했던 대로 돌아가지 않는다. 만약 시간을 멈추고 세상과 단절된 삶을 산다면 이러한 흥미로운 변화는 직접 겪어보지 못할 것이다.

나는 솔직히 말해 매일 수시로 내가 얼마나 미약한 존재인지 깨닫고 있다. 심지어는 내가 설명할 수 없는 일도 겪을 때가 많다. 소위 말하는 기적이라는 것을 말이다.

그 예를 들어볼까 한다.

집 근처에서 산책하다가 담벼락에 구멍이 난 것을 발견했다고 치자. 만약 당신이 나처럼 의식 있는 시민이라면 그것을 누군가가 고쳐야 할 것이라 생각할 것이다. 그리고 다시 발을 옮길 것이다.

그러던 어느 날 갑자기, 그 구멍이 수리되어 있는 것을 발견할 것이다. 물론 매번 있는 일도 아니고, 금방 일어나는 일도 아니다. 하지만 언젠가는 그 구멍이 수리되어 있는 것을 발견하게 될 것이다. 다른 누군가에 의해서 말이다. 물론 우리는 그가 누구인지 알지 못할 때가 대부분이다. 그가 어떻게 이 구멍을 발견했는지, 또는 누가 그에게 말을 전했는지도 알 수 없을 때가 많다. 대부분은 나처럼 담벼락의 구멍을 보고서 '아, 저기 구멍이 나 있구나. 저렇게 놔두면 안 될 텐데…'라고 생각만 하며 지나칠 것이다.

그럼에도 어느 날 갑자기 그 구멍이 수리되어 있는 것을 발견하게 된다는 것이다.

이해하기 어려운 일이 아닌가. 이것은 이 세상에 내가 이해할 수 없고 설명할 수 없는 일이 자주 일어난다는 것으로 해석해도 될 것이다. 이것이 기적이 아니고 무엇이란 말인가!

물론, 이것이 기적이 아니라고 주장하는 사람들도 있을 것이다. 하지만 다시 한번 생각해보라. 마을이나 도시, 또는 국가처럼 어떤 면에서든 서로 연결되어 있는 사회는 숙련과 통달을 위한 부산스러운 일상적 소동으로 채워져 있다. 현대의 우리가 목표로 하는 것은 백여 년 전의 사람들이 목표로 했던 것과는 사뭇 다르다. 물론 과거의 사람들이 지금의 우리보다 장작을 패는 일만큼은 더 잘했을 것이 틀림없지만 말이다. 우리는 선진 체제 속에서 법과 규칙을 만들었다. 그리해야만 대다수의 사람들에게 최선이라는 것을 잘 알고 있기 때문이다. 만약 어느 날 갑자기 우리 모두가 법과 규칙, 또는 상호 배려를 포기해버린다면 우리 사회는 단숨에 붕괴될 것이 틀림없다. 가장 선진적인 체제 속의 사회조차도 그 구성원이 상식적인 태도를 지니고 있다는 사실에 근간을 두고 있다. 하지만 전적으로 모두가 그렇지는 않다. 상식적인 삶을 사는 사람들도 가끔은 이를 벗어날 때가 있다. 그럼에도 대부분의 사람들은 상식적인 태도로 다른 구성원을 대하는 삶을 살기에, 우리 사회는 유지될 수 있다. 사람들은 실패에서 성공의 뿌리를 찾기 마련이다. 바로 이것이 우리 개개인보다 더 큰 것이 아니고서 무엇이겠는가.

"그런 말을 하는 너를 보면 종교인이나 다름없다는 생각이 들어. 스스로도 잘 알고 있겠지?" 기록 담당자가 내게 말했다.

"앗, 미안해. 앞으로는 자제할게."

"사회 속에서의 일상적 기적이라고? 너무 나간 것 같은데?"

"그럴지도 모르지. 하지만 그게 바로 내가 말하고 싶은 거였어."

"그렇겠지."

"신호등! 신호등이 얼마나 근사한 것인지 생각해본 적 있어?"

"신호등이라니?"

"신호등 그 자체는 그다지 근사할 것이 없겠지. 그런데 보행인을 위해 삐 소리가 나는 신호등 있잖아. 맹인을 위한 신호등 말이야. 그 신호등을 만든 취지를 생각해봤어? 참으로 근사하지 않아?"

"글쎄."

우리는 함께 술을 마시며 생각에 잠겼다. 기록 담당자는 다시 우리의 일정을 언급했다.

"어쨌든, 이번 여행에선 자연 속에서 우리 자신보다 더 큰 무언가를 찾는 일은 하지 않기로 한 거야?"

"응."

"산 정상을 정복하는 일도 물론 포함되지 않겠군."

물론이다. 나는 요즘 등산이 유행이라는 것을 잘 알고 있다. 하지만 경쟁 의식이라곤 거의 없는 나는 정복이라든가 희열감과 관련된 마초적 행위를 보면 코웃음밖에 나오지 않는다. 물론 나도 산을 정복해본 적이 있다. 하지만 나는 그 행위에서 어떠한 의미도 찾지 못했다. 심지어는 비와 안개 속에서 미끌미끌한 바위산의 정상에 올랐지만, 내겐 무의미할 뿐이었다.

결국, 우리는 나의 고향에 가서 그곳의 산을 정복하는 일을 고려해보았다. 그곳에서 유년 시절을 함께 보냈던 친구와 지인들을 만나 대화를 하다 보면 어느새 어린 시절이 그리워지는 나 자신을 발견할 수 있었기 때문이다. 초등학교를 다닐 때 학급 전체가 스키 여행을 가기라도 하면, 담임 선생님이 반 아이들의 스키에 모두 왁스를 칠해주던 것도 기억이 났다. 그렇다. 나는 학창 시절을 그렇게 보냈다. 학창 시절을 함께 보냈던 친구들이나 옌데스헤임에서 만났던 사람들의 이야기를 들어보면, 그들은 모두 어렸을 때 부모님의 손에 이끌려 억지로 산에 오르거나 하이킹을 했다고 말했다. 하지만 성인이 되고 보니 그 일을 자발적으로 할 만큼 좋아졌다고 입을 모았다. 그렇다면, 내게도 그런 일이 일어날 가능성은 충분히 있을 것이다. 만약 어린 시절 추억의 장소로 되돌아가 헛간 앞의 돌계단에 앉아 그곳에서 가장 높고 거대한 슬로겐산 꼭대기를 바라본다면 충분히 가능할 것 같았다.

나는 인터넷에서 슬로겐산을 검색해보았다. 네티즌들의 말을 빌리면, 슬로겐산은 베세겐 능선만큼이나 위험한 것 같았다. 심지어는 슬로겐산의 정상으로 가는 길이 조금 문젯거리로 여겨질 수도 있다고 표현한 사람도 있었다. 내가 이해한 바로, 그 표현은 등산가들의 언어로 해석했을 때 '매우 험하고 두려운 길'이라는 의미다. 여기에 더해, 불과 며칠 전에 포스팅되었던 댓글 중에는 관광협회 홈페이지에서 이 산을 두고 아이들과 함께 등산을 해도 된다고 밝힌 것은 매우 무책임한 처사라 비판하는 것도 있었다. 그는 아이를 데리고 이 산을 오르는 것은 아동 유기라 해야 정확하다고 덧붙였다. 등산가들의 언어를 익히 잘 알고 있는 나로선, 그 댓글을 보고 나니 이 산에 오르면 죽음을 맞이할 가능성이 60퍼센트 정도 된다는 말로 해석할 수밖에 없었다.

고향의 산을 오르고 싶다는 생각이 단숨에 사라졌다.

솔직히 어린 시절에 강요받았던 행위가 어른이 되었다 해서 갑자기 좋아질 리는 없지 않은가? 도대체 무슨 근거로? 곧 쉰이 되는 나이지만, 나는 아직도 리코더를 연주하는 것과, 원둘레를 구하는 것과, 뜀틀 넘는 것을 싫어한다.

"그렇다면 마초적인 것도 싫고 종교적인 것도 싫단 말이지?" 기록 담당자는 매우 체계적으로 내 말을 분석하는 중이었다.

"그렇다면 남은 것은 뭐가 있을까?"

"죽음에 대한 두려움."

우리는 잠시 아무 말도 하지 않고 침묵을 지켰다.

"네가 꼭 등산을 좋아해야 할 필요는 없어. 난 이쯤에서 포기하는 것도 좋다고 생각해." 그녀가 말했다.

정녕 그럴 수 있을까? 나는 머지않은 미래엔 사람들이 오직 직장과 산만 왔다 갔다 할 것이라 생각했다.

그리 터무니없는 말도 아니지 않은가.

우리는 머지않은 미래에 로봇이 인간의 일을 대신할 것이라는 사실을 잘 알고 있다. 최근에 읽었던 기사에는, 앞으로 20년 이내에 지금 우리가 하는 일의 3분의 1은 로봇이 대신할 것이라 전망하고 있었다. 로봇은 창의적인 일을 잘 해내지 못한다. 따라서 초기에는 판에 박힌 일상적인 일만 로봇이 대신할 것이다. 하지만 또 다른 기사에서는 이미 로봇이 교사나 요리사의 임무를 대신하고 있다고 말했다. 물론 로봇 요리사는 창의적인 음식을 만들지는 못하겠지만, 고든 램지와 함께 일하는 것보다는 훨씬 기분 좋게 일을 할 수 있을 것이다. 심지어는 로봇 기자도 있다고 했다. 하지만 특별히 첨단 기능을 지닌 로봇은 아닐 것이라 짐작한다. 예를 들어, "정당 대표가 고려해야 할 사항은 적지 않다", "그것은 비판의 여지를 남긴다", "여러모로 해결 방법을 모색했다" 등의 문장만 로봇에게 주입시키면, 여러 해를 반복해 사용할 수 있을 것이다. 실제로 규모가 큰 미디어 기관에서는 이미 정치 비평가로 일하는 로봇을 찾아볼 수 있다.

그렇다면 문제는 미래에 우리가 할 수 있는 일은 무엇인가 하는 것이다. 지금도 주변을 둘러보면 로봇과 각종 어플과 소프트웨어들이 우리의 일을 대신하고 있지 않은가?

먼저 가장 명백한 사항부터 짚어보자. 미래에는 여전히 많은 사람들이 이러한 어플과 소프트웨어의 개발과 유지를 위한 일을 할 것이다.

그렇다면 그 외의 사람들은 무엇을 해야 하는가?

우리는 현재 직업이라 생각하지 않는 일들이 미래에는 어엿한 직업으로 대두될 것이라는 것을 역사와 경험을 통해 잘 알고 있다.

불과 30~40년 전만 하더라도 사람들은 서로의 머리를 잘라주는 일로 생계를 꾸리기는 힘들다며 코웃음을 쳤다. 하지만 지금은 많은 사람들이 미용을 직업으로 삼는다. 나는 노르웨이를 구석구석 다녀보았다. 그중에는 그곳에 사는 사람들보다 미용사의 수가 더 많은 작은 마을도 있었다. 요즘은 사람들의 머리를 잘라주고, 피부와 손톱을 손질해주고, 속눈썹을 연장시키거나 바리스타의 수염을 손질해주는 일로 먹고 사는 사람들이 꽤 많다. 이런 일들은 40년 전만 하더라도 직업이라 할 수 없었다. 당시의 사람들은 "내가 마실 커피는 내가 직접 만들 수 있어"라고 말했다.

어떤 직업군은 사회가 자동화됨에 따라 함께 성장하기도 했다. 수의과 간호사가 바로 그 예이다. 40년 전의 사람들은 "내 고양이의 털은 내가 직접 깎을 수 있어"라고 말했다.

급작스런 성장을 겪은 또 다른 직업군은 스포츠 및 트레이닝과 관련된 일이다. 즉, 팔굽혀펴기를 하는 사람들의 옆에 서서 "자,

이제 팔굽혀펴기를 하세요"라고 말하는 직업인 것이다. 사람들은 40년 전에 이런 직업을 두고 코웃음을 쳤다.

이러한 직업들은 바로 미용이나 커피, 운동과 고양이를 쓰다듬는 일 등 사람들의 여가 시간과 관련된 일이다.

반면, 과거에는 노동과 일로 간주되었던 직업이 현대에 들어와서는 여가를 즐기는 행위로 변했다. 산장을 예로 들 수 있다. 산장은 과거에 인부들의 일자리였다. 그들은 평소 산과 계곡, 해안 지방에서 일을 했으며, 휴가 기간에 산장을 찾는 사람들을 위해 눈을 치우고 장작을 패서 벽난로에 불을 때는 일을 했다. 즉, 그들은 산장을 운영하거나 도시 사람들의 가이드 역할을 했던 것이다.

이제 이해할 수 있는가? 과거에는 직업으로 생각했던 일들이 현재는 여가 시간에 하는 행위로 변한 것이다. 점점 더 많은 사람들이 타인의 여가 시간을 이용해 돈을 벌고 생계를 유지하기 시작했다. 어쩌면 머지않은 미래에는 모든 사람들이 하나도 빠짐없이 자연과 관련된 일을 할지도 모른다. 그중 반은 등산이나 낚시와 관련된 어플을 개발하고 판매해서 엄청난 부자가 되어 직업이 필요하지 않을지도 모른다. 나머지 반은 등산을 하는 사람들을 위해 가이드 일을 하거나, 산꼭대기까지 음식을 배달해주거나, 등산 후에 사람들의 발을 마사지하는 일을 하게 될지도 모른다. 나는 몇 년 이내로 개인 등산 가이드가 어엿한 직업으로 등장할 것이라 확신한다.

도시에 남아 있는 사람들은 없을 것이다. 로봇들은 밤낮으로 일을 하고, 펍은 텅 비어 있을 것이다. 우리의 친절한 프랑스인 웨이터는 창을 통해 텅 빈 거리를 바라보며 도대체 무슨 일이 일어났는지 의아해할 것이다. 이 모든 일의 원인은 바로 사람들이 더 쉽게 살고자 하기 때문이다. 쉽게 사는 것이 바로 책임 있고 불가피한 일이라 생각하며, 스스로 그럴 만한 권리가 있다고 생각하기 때문이다. 이러한 추세에 관한 책은 수도 없이 많다. 만약 이들 책을 모두 구입한다면 책을 둘 자리가 없어 더 큰 집을 지어야 할지도 모른다. 사람들은 인스타그램을 보면서도 단순하게 사는 삶이 가능하다는 것을 깨닫는다. 다른 선택을 할 수도 있다. 만약 세상에서 가장 소득이 높은 나라에서 태어나고 자라서 수년간 일을 했던 사람이라면, 물가가 낮은 지구 반대편 남쪽의 섬에서 일도 하지 않고 면도도 하지 않으며 살 수 있는 경제적 여건을 마련할 수 있을 것이다. 여기서 그치지 않고, 소비와 성공에 연연하는 부유한 국가 국민들을 향해 일종의 반발도 할 수 있을 것이다.

세상일은 항상 우리가 생각한 대로 흘러가지 않는다. 어쩌면, 우리 모두는 머지않아 산이나 숲이나 해변으로 나가 살지도 모른다.

터무니없는 말은 아니다!

기록 담당자는 나의 분석을 진지하게 받아들이지 않았다. 오히려, 내가 등산에 관심을 가지기 위해 한 번 더 시도해보려 한다고 오해를 하는 것 같았다. 나는 등산에 관심을 가지기 위해선 죽음에 대한 불안감보다 더 적절한 이유를 찾아야 한다고 생각했다.

"우리가 잊지 말아야 하는 게 있어. 그건 바로 네가 걷는 것을 매우 좋아한다는 거야."

그녀의 말은 사실이다. 바로 전날만 하더라도 나는 한 시간여 동안 시내를 산책했다. 나는 시내를 걸으며 다음과 같은 것들을 보고 경험했다:

야외의 한 공원에는 '행복한 여름 보내세요!'라는 문구와 둥근 해를 그린 팻말이 걸려 있었다. 때는 눈 내리는 1월의 겨울이었는데도 말이다.

이혼을 한 이후 오랫동안 연락이 되지 않았던 지인을 만났다. 매우 기분 좋은 만남이었다. 그는 턱수염을 기르는 중이었다.

가득 채운 슈퍼마켓 비닐봉지 두 개를 양손에 하나씩 들고 내리막길을 조심조심 걸어 내려가는 한 남자를 보았다. 아마도 그 길은 집으로 가는 지름길인 것 같았다. 이미 말했듯이 때는 눈 내리는 1월의 겨울이었다. 길이 미끄러운 것은 두말할 나위도 없었다. 그는 두 발자국을 뗀 후 미끄러져 길에 납작하게 널브러졌다. 그의 주변에는 우유통과 과일, 빵과 고양이 사료가 흩어졌다. 그는 미끄러지면서도 큰 소리로 웃음을 터뜨렸다.

유치원 아이들이 선생님과 함께 산책하는 모습을 보았다. 아이들은 두터운 겨울옷을 입고 강변길을 줄지어 걸었다. 그들의 뒤에는 한 무리의 오리들이 역시 일렬로 줄지어 걷고 있었다.

겨울 복장과는 거리가 먼 근사한 구두와 옷을 입은 한 남자가 오전 11시 45분에 빵집 문을 열고 맥주를 파는지 묻는 것을 보았다.

관광객처럼 보이는 한 가족이 지도를 들고 서성이기에 그들에게 다가가 도움이 필요한지 물어보았다. 1월에 노르웨이에서 휴가를 보내려는 사람들, 특히 다 큰 십대 소년이 부모님과 함께 여행 중인 것을 보니 도와주고 싶은 충동이 생겼기 때문이다. 그들은 어디선가 들어본 적이 있는 채식주의자 전용 레스토랑의 위치를 내게 물었다. 나는 채식주의자 레스토랑 대신 더욱 기분 좋게 즐길 수 있는 패밀리 레스토랑을 추천해주었다. 십대 소년이 미소와 함께 환한 표정을 지었다.

공원 벤치에 앉아 있기에는 너무나도 추운 날씨였지만, 나는 한 쌍의 연인이 벤치에 앉아 말다툼하는 모습을 보았다.

집에 돌아오는 길에 수년 전 같은 직장에서 일했던 노신사와 마주쳤다. 그는 내가 묻지도 않았는데, 아이슬란드에서 휴가를 보냈을 때 경험했던 더럽고 추잡한 이야기를 해주었다.

"그러니까 넌 등산을 하는 것보다 시내를 산책하는 것을 더 좋아한다는 말이지?" 기록 담당자가 내게 물었다.

"응, 그런 것 같아."

"그렇다면 거기서 출발하는 게 좋겠군. 넌 날씨에 관계없이 일년 내내 매일 시내를 산책하잖아."

"세상에 나쁜 날씨란 건 없어."

"왜 없어? 사실, 오늘 날씨는 매우 좋지 않아. 비도 오고 추워. 게다가 길은 위험할 정도로 미끄러워. 그럼에도 넌 시내를 산책했어. 다른 사람들은 이런 날씨에 가까운 슈퍼마켓은 물론, 직장에 일하러 가는 것도 싫어해. 심지어는 차에 가는 것도 내키지 않아 한단 말이야. 이쯤에서 우리 스스로에게 할 수 있는 질문은 요툰헤이멘에서 산에 오르거나 숲속의 오두막에 가는 것과, 시내를 산책하는 것이 어떻게 다르냐는 것이지."

"아스팔트의 유무가 아닐까?"

"그런 뻔한 것 말고…."

"일단 거리가 짧아."

"그건 아냐. 넌 먼 길도 잘 걷잖아."

"빨리 걷기도 하지."

"맞아. 우린 베세겐 능선에서 엄청 빨리 걸었어."

"ut.no에서 예상했던 최단 시간보다 30분이나 일찍 목적지에 도착했어."

"심지어는 무릎이 좋지 않은데도 말이야."

"빨리 걷기 경쟁을 하는 것도 아니었는데…."

우리는 코웃음을 쳤다.

"우린 둘 다 차이점이 뭔지 너무나 잘 알고 있어." 그녀가 말을 이었다.

"우린 요툰헤이멘에서 사람들을 거의 볼 수 없었어. 우리가 만났던 소수의 사람들은 대부분 짜증을 유발했지. 그리고 우리를 자기들 기준에 맞춰 판단하려고 했어. 게다가 같은 말을 수십 번이나 반복하기까지 했어."

"너도 나처럼 그런 사람들을 별로 좋아하지 않는 모양이군?"

"나는 그런 사람들을 만나면 짜증날 정도로 긍정적인 역할을 해낼 수가 없어."

"난 네가 가끔 그 역할에서 살짝 벗어난 적은 있지만 대체적으로 매우 잘 해냈다고 생각해."

"고마워."

"문제는 사람들을 만나는 것만이 아니야." 내가 말을 이었다. "예상 불가능한 어떤 일에 관한 거지. 그 예를 들어볼까?"

"온기가 남아 있는 신발에 관한 이야기라면 전에도 들어본 적이 있으니까 하지 않아도 돼."

"그 이야긴 아냐."

"만약, 월드컵과 아이슬란드 국가대표팀 이야기라면 그것도 생략해도 돼. 난 그때 너와 함께 있었으니까."

"그것도 아냐."

"그렇다면 오렌지색 장갑을 낀 사람 이야기야?"

그렇다. 바로 그 이야기다. 사랑하는 독자들은 그 이야기를 들어보지 못했을 테니 여기서 그 이야기를 풀어놓는 것도 좋을 것이다.

오렌지색 장갑!

그것은 축구와 관련된 이야기다. 이 이야기를 마지막으로 더는 축구 이야기를 하지 않겠다고 약속한다. 사실, 엄밀히 따지면 이것은 축구 이야기라고는 할 수 없다.

그 일은 어느 토요일 오후에 일어났다. 다음 날엔 매우 중요한 축구 경기가 있을 예정이었다. 아마도 리그 결승전이었을 게다. 결승전에 진출한 팀 중 하나는 올레순 팀이었다. 그 팀은, 앞서도 언급했지만, 1983년에 조그마한 스트란다 팀에게 패했다. 하지만 올레순 팀은 시간이 흐를수록 더욱 강력해졌고, 2000년 이후 두 번이나 리그 결승전에 진출했다.

바로 그 때문에 그날 노르웨이의 수도에는 올레순에서 온 사람들로 가득했다. 그들은 모두 오렌지색 복장을 하고 있었다. 오렌지색은 올레순 팀을 상징하는 색이었다.

도시는 올레순과 그 주변 지역에서 온 사람들과 토박이들이 어울려 축제 분위기를 자아냈다.

토요일 오후, 나는 여느 날과 마찬가지로 집을 나섰다. 집 앞 가게에 무엇을 사러 나갔는지, 아니면 일상적인 산책길이었는지는 기억할 수 없다. 길을 걷고 있으려니, 누군가가 내 어깨에 손을 얹었다. 얼른 고개를 홱 돌려보니, 거대한 오렌지색 스티로폼 장갑이 눈에 띄었다.

장갑의 주인공은 한 번도 본 적이 없는 낯선 사람이었다. 그는 약 50세 정도로 보였으며, 키는 2미터 가까이 되는 것 같았다. 몸집도 크고 뚱뚱했으며 약간 술에 취해 있었다.

그는 한 손에 거대한 오렌지색 장갑을 끼고 있었고, 머리에는 높이가 50센티미터는 족히 될 것 같은 오렌지색 모자를 쓰고 있었다. 게다가 그는 상의와 하의가 연결된 오렌지색의 꽉 끼는 옷을 입고 있었다.

그가 나를 머리부터 발끝까지 찬찬히 훑어보더니 내 눈을 똑바로 바라보며 말했다.

"좆같은 게… 옷차림이 그게 뭐야?"

언어 사용에 있어 독자들에게 사과를 하는 바이다. 하지만 바로 그것이 그가 했던 말이다.

나는 그날 평범한 청바지에 평범한 회색 스웨터를 입고 있었다. 그는 한 손에 거대한 오렌지색 스티로폼 장갑을 끼고, 높이가 50센티미터는 족히 될 듯한 오렌지색 모자를 쓰고, 낡아 색이 바랜 꽉 끼는 오렌지색 콘돔 드레스를 입고 있었다.

그런 그가 나의 옷차림을 비판했고, 나를 인간의 신체 부위에 빗대어 말했다.

그 순간! 술에 조금 취한 2미터 장신의 남자가 스티로폼 장갑을 끼고 상의와 하의가 붙은 원피스를 입은 채 내 복장을 비판하고 나를 성기에 빗대어 부르는 그런 순간이야말로 인간의 본성이 자연스레 나올 수 있는 순간이 아니겠는가.

사람들은 갑작스레 그러한 상황에 처하면 어떻게 대처할까?

대부분은 이렇게 대답할 것이다: "사실, 저는 신체 부위가 아니라 멀쩡한 사람입니다."

매우 불쾌해하는 사람도 있을 것이다.

또는 그와 함께 술을 마시러 갈 수도 있을 것이다. 바로 그것이 나의 반응이었다. 나는 그날 저녁 매우 기분 좋은 시간을 보냈다. 그가 원했던 것도 바로 그것이었다. 나를 파티에 초대하는 것. 물론 그가 나를 초대했던 방식은 조금 이상하게 보일 수도 있다. 하지만 만약 50대로 보이는 2미터 장신의 뚱뚱한 남자가 평범한 옷을 입고, 어느 평범한 토요일 오후에 내게 다가와 내 어깨에 손을 얹고 두 눈을 똑바로 바라보며 함께 파티에 가자고 제안했다면, 나는 일언지하에 거절했을 것이다.

많은 사람들이 모여 왁자지껄 떠들고 기분 좋은 분위기를 자아낼 때의 장점은 바로 이것이다. 이처럼 예상하지 못했던 일들이 일어날 수 있다는 것이다. 사람들은 그러한 분위기 속에서 평소에는 하지 않던 일들을 한다. 하고 싶은 말을 하고, 원하는 일을 할 때면 절대 지루할 수가 없다.

"산에서는 그런 일을 절대 경험할 수 없어." 나는 요점을 강조하기 위해 한마디를 덧붙였다.

"그건 네 말이 맞아. 하지만 내게 그런 일이 닥쳤다면 난 너무 무서웠을 것 같아."

그녀가 잠시 생각에 잠기더니 말을 이었다.

"우리가 등산을 했던 때는 시기도 안 좋았고 날씨도 나빴어. 여러 사람들을 만나고 예상치 못했던 기분 좋은 일을 경험하기 위해선 성수기에 집을 나서야 해. 사람들이 많이 몰리는 시기 말이야."

그녀의 말에 나도 모르게 미소가 나왔다.

"그러니까 우리는 등산가들이 추천하는 것과는 정반대로 해야 한다는 말이지?"

“내 말이 바로 그거야. 바로 그 때문에 우리는 프레이케스톨렌에서 좋은 시간을 보낼 수 있었잖아.”

그녀의 말에 좋아하지 않을 수 없었다. 마음 같아선 지금 당장이라도 관광협회 사무실 직원에게 가서 환한 미소를 지으며 이렇게 말하고 싶었다: “안녕하세요! 산 위에서 사람들을 최대한 많이 만나려면 언제 등산을 하는 것이 좋은가요? 줄을 서야 한다고요? 물론이죠! 우리는 줄 서는 일을 좋아하거든요!”

직원은 내 말에 기절하지 않을까? 어쩌면 사무실 문을 닫을지도 모른다.

우리가 해야 할 일은 바로 그것이었다.

“사람들을 만나기 위해 산으로 가자!” 기록 담당자가 말했다.

“엉뚱한 일도 해보자고!”

“맞아. 송년 파티에서처럼.”

아직 언급하진 않았지만, 사실 나는 지난번의 등산 이후 한 번 더 자연 속에서 시간을 보낸 적이 있다. 내 생일은 한 해의 마지막 날이다. 이렇게 밝히면 아마 다음번에는 기억하는 사람이 있으리라. 작년에는 바다에서 수영을 하는 것으로 생일을 자축했다. 그날은 영하의 날씨였다. 나는 친구 몇 명과 함께 술을 몇 잔 마신 후, 수영장에서 워밍업을 했다. 그곳은 사람들로 바글바글했고 분위기도 매우 좋았다. 레스토랑에서 즐기다가 기분이 내키면 수영장에 몸을 담글 수도 있었다. 조금 더 용기가 있는 사람이라면 몇 미터 더 가서 바닷물에 뛰어들 수도 있었다. 물론 우리도 바닷물에 뛰어들었다. 북유럽에서, 12월의 영하의 날씨에. 이것을 보더라도 내가 추위에 몸을 사리거나 모험을 두려워하지 않는 사람이라는 것을 알 수 있지 않은가. 그곳에 있던 관광객들은 바닷물에 뛰어드는 우리의 사진을 찍었다.

"음… 송년 파티처럼? 그렇다면 등산을 하며 송년 파티 기분을 낼 수 있는 일을 해보는 건 어떨까?"

우리의 친절한 프랑스인 웨이터가 테이블 옆을 지나쳤다.

"또 산에 오를 계획인가요?" 그가 웃음을 터뜨리며 말을 걸었다. 그는 전에도 같은 질문을 한 적이 있었다. 그때도 큰 소리로 웃음을 터뜨렸다. 아마도 지난번 우리의 등산과 관련된 이야기를 어디에선가 들었던 것이 틀림없다.

"네, 그렇습니다. 앞으로는 당분간 여기 자주 오지 못할 것 같군요. 스키 여행을 할 생각이거든요."

"아, 그렇군요." 그가 고개를 끄덕이며 말을 이었다.

"내일 다시 봅시다!"

두 번째 시도

사람들을 만나기 위해 하르당에르고원을 오르다

여행 계획

- 1일 차 오슬로 » 핀세 산장
- 2일 차 핀세 산장 » 크렉챠 산장
- 3일 차 크렉챠 산장 » 헤인세테르 산장
- 4일 차 헤인세테르 산장 » 예일로
- 5일 차 평가

여행의 목적

- 사람들과 만나 어울리기
- 농담도 하고 재미있는 경험하기
- 산 위에서 송년 파티와 비슷한 분위기로 즐기기
- 이상한 이름의 산장에서 만난 사람들과 대화를 나누고, 그들을 이해하고, 심지어는 그들에게 호감을 느껴보기

복잡하고 위험한 여정

첫 번째 단계

오슬로 ⋙ 핀세. 기차.

과거의 나였다면 절망하고 수치스러워했을 것이다.

우리는 산으로 가는 기차를 타기 위해 시내를 가로질러 기차역으로 갔다. 우리는 스키복을 입고, 커다란 배낭을 멘 채 스키와 스키 폴을 운반했다. 때는 3월 말이었고, 부활절 휴가 직전이었다. 평일의 마지막 날이었기에 이미 휴가를 떠난 사람들도 있었다. 그해 겨울은 유난히 날씨가 좋지 않았다. 예년보다 눈도 더 많이 왔고, 기온도 훨씬 낮았으며, 길은 매우 미끄러웠다. 너무나 긴 겨울이었기에 봄이 오지 않을 것만 같았다. 하지만 그날은 달랐다. 마치 봄이 바로 그날 시작된 것 같았다. 도시는 햇빛으로 반짝였고, 눈은 서서히 녹기 시작했다. 창을 열고 봄기운을 맞이하는 사람들도 많았다. 사람들은 두터운 외투를 벗어던지고 목적도 없이 거리를 거닐었다.

우리의 단골 펍 앞에는 야외용 테이블과 의자가 설치되었으며, 웨이터는 햇볕 아래에서 담배를 피우며 잠깐의 휴식을 즐겼다.

과거의 나였다면 어쩔 줄 몰랐을 것이다. 머릿속에는 이미 장례식에서 사용할 추모사가 맴돌았을지도 모른다.

사랑하는 도시여.

가장 아름다운 날이 오자마자 우리는 당신을 떠나야만 했습니다. 꽃이 피기 시작하고 따스해져 생기로 가득 차기 직전에 우리는 떠나야만 했습니다. 우리는 우정과 사랑, 웃음과 새로운 가능성을 뒤로 하고 아쉬운 발길을 옮겨야만 했습니다. 왜냐하면 우리는 당신에게서 너무나 멀리 떨어진 곳, 눈이 잔뜩 쌓인 곳으로 가기 위해 기차를 타야만 했으니까요.

우리의 친절한 웨이터는 고개를 비스듬히 한 채 스키복으로 무장한 우리를 바라보았다. 과거의 나였다면 그의 시선에 부끄럽고 수치스러워 몸 둘 바를 몰랐을 것이다.

하지만 우리는 그의 앞을 당당하게 지나쳤다. 심지어 미소도 지어 보였다.

나는 이번 여행을 위해 최선의 계획을 세웠다고 자부했다. 만약 이 여행을 통해서도 자연과 산에 관심을 느끼지 못한다면, 나는 그 일을 포기해야 할 것이다.

나는 여행을 시작하기도 전에 네 개의 목표 중 적어도 세 개는 쉽게 달성할 수 있다고 자신했다.

1: 사람들과 만나 어울리기

2: 농담도 하고 재미있는 경험하기

3: 산 위에서 송년 파티와 비슷한 분위기로 즐기기

4: 이상한 이름의 산장에서 만난 사람들과 대화를 나누고, 그들을 이해하고, 심지어는 그들에게 호감을 느껴보기.

마지막 사항은 확신할 수 없지만, 나머지 세 가지 사항은 달성할 자신이 있었다. 농담을 하는 건 언제든 가능한 일이다. 그것은 내가 잘하는 일 중의 하나이기도 하다. 사람들과 만나는 것도 어렵지 않을 것이다. 오히려 너무 많이 만날까 봐 걱정이 되기도 했다. 나는 이미 검색을 해보았다. 통계와 댓글도 읽어보았고, 경험자들을 만나 대화도 나누어보았다.

하르당에르 지역은 노르웨이에서 가장 많은 사람들이 찾는 곳이다. 산장도 매우 많다.

우리는 바로 이 하르당에르고원을 오를 예정이었다.

그뿐만이 아니다.

부활절 휴가는 전통적으로 산에서 스키를 타고 산장에서 묵는 시기이다.

우리는 바로 이 부활절 휴가 중에 하르당에르고원을 오를 예정이었다.

그뿐만이 아니다.

우리는 노르웨이에서 가장 관광객이 많이 찾으며, 고급 산장으로 즐비한 핀세에서 이 여행을 시작할 예정이었다.

그뿐만이 아니다.

그해 부활절은 그보다 더 좋을 수가 없었다. 이 세상의 서로 다른 온갖 일기 예보 프로그램들은 부활절 기간 동안의 하르당에르 지역 날씨를 커다랗고 둥그런 태양만으로 표시했다. 게다가 그해는 여느 해보다 부활절이 훨씬 일찍 시작되었고, 예년보다 훨씬 눈이 많이 내렸다. 그것은 바로 산 위에서 스키를 타기에 그보다 더 적합한 환경이 있을 수 없다는 얘기였다. 그해 부활절은 텔레비전 광고에서나 볼 수 있는 건강하고 아름다운 날을 보내기에 부족함이 없었다.

그렇다면 하르당에르고원에도 사람들이 많이 몰려들 것은 뻔했다.

이미 오래전에 등산에 미쳐버린 나의 동료 한 명은 하르당에르고원에 매우 자주 올랐다고 말했다. 나는 그에게 이번 부활절에 하르당에르에 갈 계획이라고 말했다.

"부활절 휴가가 시작되기 이틀 전쯤에 출발하는 게 좋을걸? 사람들이 많이 몰리는 날을 피하려면 그렇게 해야 될 거야."

물론 그의 말에도 일리는 있었다. 하지만 이번 여행의 목표는 사람들을 가능한 한 많이 만나는 것이 아니었던가. 우리는 지난번 베세겐 능선을 오를 때, 사람들이 몰리는 시기를 최대한 피했다. 나는 다시 그런 실수를 저지르고 싶지 않았다.

부활절의 하르당에르가 얼마나 많은 사람들로 바글거리는지 강조했던 이는 나의 동료뿐만이 아니었다. 특히, 날씨가 좋고 스키 타기에 최적의 환경이라면 더더욱 사람이 많다고 했다. 산장은 미어터질 것이고, 방을 잡지 못한 사람들은 벽난로 로비나 복도에서 잠을 잘 것이라고 했다. 이것은 부활절에 직접 하르당에르에 다녀왔던 지인들이 증명해주었다. 나 또한 사전에 두어 개의 산장에 예약을 하려고 전화를 해보았지만, 방을 잡는 것은 아예 포기하는 것이 좋을 것 같았다. 하는 수 없이, 우리는 일단 가보기로 했다. 첩첩 산중 영하의 날씨에 손님을 쫓아내는 산장은 없을 테니까. 물론 침대 딸린 방을 얻진 못할 것이다. 최악의 경우엔 복도나 로비 바닥에 매트리스나 침낭을 펴고 자면 될 것이다. 문제는 산중에서 산장과 산장을 스키로 이동하는 사람들은 새벽같이 일어나 움직인다는 것이다. 방을 잡기 위해서일 것이다. 그런 이들의 뒤를 이어 몇 시간 후면 아마추어들이 몰려든다. 얼굴에 선글라스 자국을 만든 채 추위와 피곤에 지친 기색으로 들어서는 그들은 식당이나 야외 화장실에서 침낭을 깔고 자야 할 것이다.

나는 솔직히 기대가 되었다. 이런 내 모습에 적잖이 놀라기도 했지만, 내가 잔뜩 기대하고 있었던 것은 사실이었다.

그렇다면 이번 등산을 송년 파티처럼 즐기기 위해선 무엇을 해야 할까? 우리는 매년 함께 새해를 맞이하는 지인들을 초대했다.

너무나 좋은 아이디어가 아닌가?

물론, 대부분은 사전에 약속이 있다면서 우리의 초대를 거절했다. 어떤 이들은 외국 여행을 간다고도 했다.

우리의 초대에 응한 사람은 두 명이었다. 그들은 펍이나 페스티벌, 또는 지인들의 발코니나 테라스에서 자주 우리와 함께 앉아 밤새 대화를 나누며 술잔을 기울이는 사람들 중의 하나였다. 그들은 나보다 아주 조금 더 등산 경험이 많은 사람들이었다. 이 말은 그들이 스키를 가지고 있지만 자주 사용하지는 않았다는 뜻이다. 그는 근사한 음식과 와인에 관심이 많고, 조금이라도 위험한 일이라면 아예 처음부터 돌아보지도 않는 사람이었다. 그녀는 매우 긍정적이고 사교적인 사람이지만, 그 어떤 일에도 먼저 나서서 주도하는 법이 없었다. 우리 네 사람의 공통점이라면 등산 경험이 별로 없고, 왁자지껄한 술자리를 좋아하며, 그해 부활절에는 하르당에르 고원 위에서 마음껏 취해보기로 마음먹었다는 점이다. 이러니 내가 기대에 들뜨지 않을 수 있겠는가.

반면, 나는 기록 담당자가 조금 걱정되었다.

얼마 전 그녀와 함께 시험 삼아 함께 스키를 타러 갔을 때, 그녀의 새로운 면을 본 것 같아서였다. 우리는 함께 스키를 타본 적이 없었기에 하르당에르에 오르기 전 한 번쯤은 함께 스키를 타보는 것도 좋다고 생각했다. 게다가 나는 새로 구입한 스키화를 시험해 보아야 했다. 앞서도 말했듯이 좋은 신발은 알파요 오메가라 하지 않았던가. 솔직히, 나는 내가 아직도 스키를 탈 수 있는지 시험해보고 싶었다. 가장 최근 내가 스키를 타보았던 것은 약 30년 전, 주차장에서 산장까지 약 100여 미터의 거리뿐이었다. 그때로 말하자면, 미국에선 로널드 레이건이 대통령직을 맡고 있을 때였고, 현재의 러시아는 소비에트 연방 공화국이라는 이름으로 불릴 때였으며, 릭 애스틀리Rick Astley•가 한창 이름을 떨칠 때였다. 지금은 로널드 레이건 대통령은 물론, 소비에트 연방 공화국도 사라진 지 오래다. 반면 릭 애스틀리는 여전히 살아 있고, 믿거나 말거나 여전히 왕성하게 활동 중이다. 그는 2016년, 고국인 영국의 앨범 차트에서 1위를 차지하기도 했다. 문제는 나의 스키 실력이 소비에트 연방 공화국인지, 릭 애스틀리인지였다. 나는 바로 그 궁금증을 해소하기 위해 오슬로 시내 중심에서 전철을 타면 갈 수 있는 산 위로 가보았다. 그곳은 오슬로 시민들이 시내에서 이처럼 가까운 곳에서도 스키를 탈 수 있다며 외국인들은 물론, 다른 지역의 주민들에게까지 자랑하는 장소였다. 나는 그런 오슬로 사람들을 이해할 수가 없다. 왜냐하면 노르웨이의 다른 지역에서는 대부분 대문만 나서면 스키를 탈 수 있으니 말이다.

모든 것이 새롭기만 했다. 과거 스키를 탔을 때와 가장 많이 달라진 것이라면 바로 스키폴이었다. 최신 스키폴은 체감 무게가 0.2그램이라 해도 과언이 아닐 정도로 가볍다. 게다가 손잡이를 쥐는 방식도 과거와는 많이 달라졌다. 동네 스키선수로 활동했던 어린 시절에는 스키폴은 단지 스키폴일 뿐이었다. 하지만 지금은 손

• 영국 가수로 본명은 리처드 폴 애스틀리이다.

잡이 부분에 찍찍이라 불리는 벨크로 시스템이 장착되어 있으며, 심지어 오른쪽과 왼쪽 폴이 다르다. 내가 가장 적응하기 힘들었던 것은, 한쪽 폴을 잡고 손잡이를 손목에 둘러 찍찍이를 붙인 후에 같은 방식으로 다른 쪽 폴을 쥐기가 어렵다는 점이었다.

하지만 나는 긍정적인 사람이다. 스키폴을 제대로 쥐는 데만 약 30여 분을 소비했던 나는, 그 시간을 워밍업으로 생각하고 받아들였다. 이제 준비가 다 되었다. 무려 30여 년 만에 처음으로 타보는 스키였다. 스키는 더 갸름했고, 가벼운 스키폴은 결코 손에서 떼어내기가 쉽지 않을 것 같았다 .

이젠, 소비에트 연방 공화국인지 릭 애스틀리인지 알아볼 중대한 시간이 되었다.

처음 수십 미터는 릭 애스틀리였다. 균형을 잡기도 힘들었고, 몸을 움직이는 일정한 리듬도 찾기 어려웠다. 릭 애스틀리가 춤추는 모습을 기억하는 사람도 있을 것이다. 비틀거리던 그때의 내 모습은 릭 애스틀리와 비슷했다.

하지만 나는 앞으로 나아갈수록 과거의 실력을 되찾을 수 있었다. 몸이 움직임을 기억하고 있기 때문이리라. 어렸을 때 손에 넣었던 적지 않은 수의 은메달과 조그만 트로피 하나의 실력이 발을 옮길 때마다 묻어나왔다. 리듬감을 찾을 수 있었다. 나는 오래전 팀 코치가 말했듯 스키에 몸을 맡겼다. 하지만 다른 사람들의 눈에 비치는 내 모습은 하르당에르고원 위에서 멋지게 스키를 타는 잘 단련된 몸의 사나이가 아니라, 지그재그로 오르막길을 힘겹게 오르는 과거의 한 잔재로 보였을 것이 분명했다. 하지만 우리는 대회를 나가는 것이 아니라 야외 활동을 하고 있었다. 그럴 때면 대부분은 클래식 스타일로 간주되는 크로스컨트리 스타일로 스키를 탄다. 나는 크로스컨트리 스타일은 자신 있었다. 몸도 가볍기 그지없었다. 적어도 처음 15분 동안은. 하지만 그 이후엔 단조롭고 지루해서 앞서 가는 기록 담당자에게 앞으로 얼마나 더 가야 되냐고 묻기를 몇 번이나 되풀이했다.

나는 그제야 볼 수 있었다. 그녀는 스키 트랙을 조금 벗어난 곳에 서서 나무 꼭대기를 올려다보며 미소를 짓고 있었다. 그녀가 미소를 짓는 것이 이상했던 것은 아니다. 그녀는 사실 꽤 자주 미소를 짓는 편이다. 하지만 그때처럼 미소를 짓는 것은 처음 보았다. 그것은 평소 자주 보는 부드러운 미소가 아니라, 너무나 평온하고 순수한 미소였다. 그녀는 몇 미터 더 가더니 발을 멈추고 나무 꼭대기를 향해 카메라의 셔터를 눌렀다.

"너무 아름답지 않아?" 그녀가 내게 소리를 치더니 다시 스키를 움직여 앞으로 나아갔다. 그녀의 스키 실력은 그다지 감탄할 만한 것은 아니었지만, 매우 만족스럽고 행복해 보였다.

도대체 그 미소는 무엇이었을까?

혹시… 내가 생각했던 바로 그것 때문일까?

그녀 또한 자연에 빠져든 것은 아닐까?

나는 그녀마저도 자연에 빼앗기고 싶은 생각은 추호도 없었다.

나는 이미 수많은 친구와 지인들을 자연 때문에 잃어버렸다. 나는 그녀의 이런 모습을 지금껏 단 한 번도 본 적이 없었다. 그날은 그녀와 함께 처음으로 스키를 탔던 날이다. 그녀는 어쩌면 겨울에만 저렇게 변하는지도 몰랐다. 만약 그녀가 오슬로 외곽의 한 나무 꼭대기를 보며 그토록 행복하고 평온한 미소를 지을 수 있는 사람이라면, 하르당에르고원에 올라 화창한 날씨와 완벽한 스키 트랙을 경험했을 때 어떤 일이 벌어질까?

나는 그녀보다 스키 실력이 훨씬 좋았지만 전혀 기뻐할 수가 없었다. 괜히 불안하기만 했다.

바로 그 때문에 그 여행에 다른 사람들이 함께 간다는 사실이 감사하기까지 했다. 혹여 그녀가 다시 저런 미소를 짓고 인스타그램에 관한 이야기를 시작하면, 일행은 그녀가 정신을 차릴 수 있도록 도와줄 수 있을 것이다. 가장 가까운 산장까지 수십 마일이나 되는 첩첩산중에서 함께 간 여행자가 내 눈을 똑바로 바라보며 너무나도 진지하게 "역시 자연이 최고야!"라고 말한다면 나는 절망에 빠질 것이 틀림없다. 그것은 절대 내가 원하는 것이 아니다.

다행히도 우리 일행은 그녀가 원래 어떤 사람인지 상기시켜줄 수 있는 사람들이다. 우리는 펍과 페스티벌과 레스토랑과 아스팔트 위에서의 삶을 함께 나누어왔던 사람들이니까.

이 여행의 목적은 전적으로 자연을 즐기는 것이다. 나는 여전히 그 목적을 잊지 않았다. 하지만 나의 동반자이며 내 여정의 기록 담당자가 자연에 빠져들고 허세를 부리는 등산가들처럼 변해버릴 뿐 아니라, 더 좋은 침대를 차지하기 위해 새벽부터 올림픽에 나가듯 허겁지겁 스키를 신고 달린다면 나는 어떻게 해야 할까. 그녀의 경쟁 의식을 익히 알고 있는 터이기에 그런 일이 생긴다면 내가 그녀를 따라잡을 가능성은 희박하다. 아예 그녀를 따라잡을 생각도 하지 않을 것이다. 나는 자연에 관심을 가지기 위해 밖으로 나왔다. 이런 나의 노력을 가상히 여긴다면, 자연도 어느 정도 내게 양보를 해서 딱 중간 지점에서 만나는 것이 최선일 것이다. 자연과 나는 중도점을 찾아야 한다. 둘의 공통점이 조금이라도 존재하는 지점이 있다면, 우리는 그제야 삶을 즐길 수 있을 것이다.

나는 그렇게 하기 위해 친구들의 도움이 필요했다.

그들에게는 이런 말을 하지 않았지만, 나는 내심 그들이 나보다 실력이 떨어지길 바랐다. 앞서가는 기록 담당자와 새로 합류하는 두 명의 친구 사이에 위치해서 이쪽저쪽을 아우르는 역할을 하고 싶었기 때문이다. 가장 앞서 나가는 사람을 세워 기다리게 하고 가장 뒤처지는 사람을 독려하는 역할, 무리의 분위기가 가라앉을 때 농담으로 활력을 주는 역할을 하며 스스로 자연에 한 걸음 더 가까워지는 방법을 터득하고 싶었던 것이다.

물론, 내 친구들의 실력이 나보다 떨어질 이유는 없다. 그들은 최근 몇 년 동안 나보다 훨씬 자주 스키를 타러 다녔다. 하지만 그렇게 따지자면 전국에서 나보다 스키를 못 타는 사람은 하나도 없을 것이다. 내 몸은 여전히 스키 탈 때의 리듬감을 기억하고 있었고, 내 체력도 꽤 괜찮은 편이다. 트로피도 받은 적이 있다. 게다가 나는 남들을 웃기는 코미디언인 데다가 누가 봐도 호감을 가질 수 있는 환한 미소의 소유자이다. 이번 여행을 앞두고 내가 그들보다 준비를 더 많이 했던 것도 사실이다. 이 여행을 처음부터 계획했던 사람도 바로 나니까.

내가 최신식 스키 장비로 무장한 반면, 그들은 그렇지 않았다. 나는 이번 여행을 위해 왁스프리 스키를 구입했다. 왁스프리 스키는 왁스를 칠할 필요가 없다. 바로 이 점에서 나는 그들보다 한발 앞선 셈이다. 뿐만 아니라, 나는 스키 여행을 떠나는 사람이라면 구비해야 할 갖가지 장비들을 모두 손에 넣었다. 물론 스키 장비도 등산 장비와 다르지 않아서, 집에서 찾을 수 있는 물건들 앞에 '스키용'이라는 말만 가져다 붙인 것이다. 스키용 장갑, 스키용 신발, 스키용 바지, 스키용 모자, 스키용 선글라스. 그리고 스키. 하지만 스키라고 해서 다 같은 스키는 아니다. 크로스컨트리 스타일로 갈 것인지, 텔레마크 스타일•로 갈 것인지, 체력 단련을 목적으로 할 것인지, 야외 활동을 목적으로 할 것인지, 오르막길을 오를 것인지, 푸석푸석한 새 눈 위에서 스키를 탈 것인지, 영하의 날씨에서 스키를 탈 것인지, 해가 화창한 날에 스키를 탈 것인지, 비 오는 날에 스키를 탈 것인지에 따라 적합한 스키의 종류가 다르며, 왁스의 종류도 달라진다.

선택하기가 쉽지 않았다.

• 스키 회전 기술의 하나로, 노르웨이 텔레마크 지방에서 개발됐다.

스키복은 또 어떤가. 평소에 입던 옷과는 다르지만, 운동을 할 때의 옷과는 그리 다르지 않다. 다른 점이 있다면 그 색깔이 너무나 화려하다는 것뿐이다. 샛노란색, 강렬한 녹색, 선명한 분홍색이 한데 어우러진 복장. 스포츠 용품 가게에서 스키복을 고르려고 서 있자니, 90년대의 파티장에 온 것만 같았다. 물론 분위기는 정반대였다. 컴퓨터 장비의 변천과도 비슷하다는 생각이 스쳤다. 단지 그 방향이 반대로 흘러갔을 뿐. 과거 컴퓨터 용품은 크고 각이 져 있었으며 대부분 베이지색이었다. 보아하니 그 어느 누구도 스포츠 용품 제조 회사의 사무실에 들어가서 "이제 좀 그럴듯하고 예쁜 상품을 만들어보는 건 어때?"라고 제안한 적이 없는 것 같았다. 그리고 스포츠 용품 가게에 들어서면 어느덧 단순한 베이지색 물건을 찾는 나를 발견할 수 있다.

물론, 나는 가게 직원에게 내 바람을 입 밖에 내어 말할 수는 없었다. 그들이 스타일과 유행에 관해 무지하다는 것은 확실하다. 실내에서 스키용 모자를 쓰고 스키용 선글라스를 쓰고 있는 사람들이니 말이다.

나는 이미 전 유럽에서 가장 촌스러운 녹색 재킷의 소유자다. 이번 스키 여행에서도 그 녹색 재킷을 입을 것이다. 하지만 여기에 더해 노란색 스키, 분홍색 스키화, 수영모를 연상시키는 보라색 모자, 서너 가지 색이 어우러진 알록달록한 장갑, 누군가가 내 얼굴에 스프레이 페인트를 칠한 것으로 착각할 수 있는 조그마한 오렌지색 선글라스를 끼고 나서면 틀림없이 따돌림을 당할 것이다.

고르고 고른 끝에 검정색과 빨간색이 어우러진 스키를 살 수 있었다. 스키화는 눈에 잘 띄지 않는 무난한 색으로 골랐다. 어렵진 않았다. 가게엔 무난한 색이라곤 회색밖에 없었으니까.

나는 최상의 용품들을 구입했다. 최상의 스키 여행을 하기 위해선 그렇게 해야 한다는 말을 들었기 때문이다. 물론 그 말을 했던 사람은 실내에서도 선글라스를 끼고 있는 가게 직원이었다. 이처럼 스키 용품과 장비에 관해서라면 나는 내 친구들보다 한발 앞서 있었다. 그들은 오랫동안 창고에서 잠자고 있던 장비들을 긁어모아 올 테니까. 한마디로 그들은 준비가 되어 있지 않았다.

나는 그들이 여행 중에 장비와 관련된 크고 작은 어려움을 겪길 바랐다. 그들이 경쟁 의식의 제물이 되지 않았으면 좋겠다는 생각 때문이었다. 우리는 그러한 어려움을 함께 해결하며, 엉뚱한 농담을 주고받고, 크게 웃음을 터뜨리며, 느릿느릿 산책하듯 스키를 탈 것이다.

기차역에서 그들을 보는 순간 기분이 좋아졌다. 그는 몸에 꽉 끼는 검정색 청바지, 도시풍의 스웨터와 재킷, 야외에 앉아 맥주를 마셔도 얼굴에 그을린 구분선이 생기지 않는 레이밴 선글라스를 끼고 있었다. 그녀는 커다란 도시풍 선글라스를 끼고 나왔지만, 그것만 제외하면 1983년에서 타임머신을 타고 온 전문 등산가처럼 보였다. 그녀는 구세대 사람들이 스키를 탈 때 입었던 아노락*을 입고 있었다. 그녀의 스키는 조부모가 사용하던 것이었고, 스키폴은 어머니에게서 물려받은 것이었다. 나는 입 밖에 내진 않았지만, 마음 속으로 그녀를 이번 여행의 '부적절한 장비 담당자' 역할로 임명했다.

"준비는 잘했어?" 나는 그들에게 열정이 가득한 말을 건넸다.

그녀 역시 열정이 가득한 표정으로 힘차게 고개를 끄덕였다.

"난 어젯밤 내내 눈사태가 날까 봐 걱정하느라 한숨도 못 잤어." 그가 말했다.

나는 그를 이번 여행의 '걱정 담당자'로 임명했다.

그가 걱정하는 것도 무리는 아니었다. 최근 며칠 동안 신문은 눈사태에 관한 뉴스로 가득했기 때문이다.

"걱정스러운 부활절"

"눈사태 염려가 큰 부활절의 산"

"샴페인 눈 때문에 위험한 부활절"

"올해 부활절 태양은 예년보다 훨씬 위험"

이러한 기사 제목들은 해마다 부활절이 되면 볼 수 있는 것이다. 물론 나는 부활절에 산에 가는 일이 거의 없었기 때문에 그리 신경을 써본 적이 없다. 사실, 부활절의 햇볕을 염려하는 것은 연중행사라 해도 과언이 아니다. 그다지 강렬한 것 같지 않지만 산 위에 있다 보면 자기도 모르는 새 불에 탄 것처럼 그을리기 때문이다. 이

• 후드가 달린 방한용 상의.

역시 스포츠 용품 가게 안에서 선글라스를 끼고 있던 직원이 알려준 정보였다. 부활절 햇볕은 선글라스의 위아래, 심지어는 옆으로도 스멀스멀 새어 들어온다. 그 때문에 스키를 탈 때는 누가 얼굴에 스프레이 페인트를 칠한 것처럼 조그맣게 딱 달라붙는 선글라스를 착용해야 한다. 심지어는 햇볕을 등지고 얼굴 전체를 가리고 걷는다 하더라도, 햇볕은 얼굴을 공격한다. 부활절 산 위에서의 햇볕은 위험하기 그지없다. 어디를 가도 따라온다. 만약 불행 중 다행으로 얼굴을 그을리지 않는다 하더라도 시력이 저하될 수 있다.

뉴스는 이런 부활절 햇볕이 올해는 유난히 더 강렬하고 위험하다고 했다.

만약 평소에도 걱정이 많은 사람이라면, 이러한 신문 기사들을 미리 다 읽어볼 필요는 없을 것이다.

신문에서는 올해 특히 눈사태 위험이 크다고 했다. 이것은 해마다 볼 수 있는 일이라곤 할 수 없다. 부활절에 산을 오르는 사람들은 올해 특히 눈이 많이 내렸다거나, 올해 부활절은 예년보다 일찍 시작된다는 말만 하기 때문이다.

나는 솔직히 샴페인 눈이 무엇인지 잘 모른다. 하지만 만약 기상학자들이 상징체계에 관해 조금의 지식을 가지고 있다면, 그들 나름의 비유를 한 것일지도 모른다. 즉, 언뜻 매우 매혹적인 것처럼 보이지만, 과할 경우에는 비틀거리고 넘어질 가능성이 있는 그런 눈 말이다.

그뿐만이 아니다. 여행 며칠 전부터 뉴스는 하르당에르에서 발생한 정체 모를 바이러스에 관해 대서특필했다. 얼마나 뉴스거리가 없었기에 그럴까. 기사에서는 하르당에르에서 발생한 바이러스 때문에 산장을 찾았던 사람들이 배앓이를 했고, 심한 경우 응급실에 실려 가기도 했다고 말했다. 산장은 비워졌고, 바이러스 때문에 부활절 기간 동안 문을 닫아야 할지도 모른다고도 했다.

우리는 바로 그곳으로 갈 예정이었다. 화창한 햇볕을 받으며 스키를 타고 이 산장에서 저 산장으로 가는 것이 우리의 목표였다.

걱정을 하는 것도 이해할 수 있었다. 하지만 나는 대부분의 등산가들이 이런 상황을 좋아한다는 인상을 받았던 것도 사실이다. 실제로 최근에 만나서 대화를 나누어보았던 친구들은 하나같이 부활절 스키가 얼마나 환상적인지 입을 모으는 동시에 매우 위험하다는 말을 빼지 않고 했다. "그것이 바로 자연이다." "자연을 상대로 속임수를 쓸 수는 없다." "자연은 존중해야 하는 것이다." 그들은 평소 아늑하고 따스한 사무실에서 일을 하지만, 궂은 날씨도 마다않고 활발히 움직이는 현명하고 강인한 사람으로 보이고 싶어 한다. 그들은 산에 오르면 어떤 일도 발생할 수 있다는 가정하에 만반의 준비를 해야 한다고 조언했다. "안전하다고 생각하는 찰나, 돌풍이 몰아치거나 어디선가 나타난 엘크의 뒷발에 치일 수도 있어." 우리는 핀세에서 여행을 시작할 예정이었다. 그곳은 바로 영화 〈스타워즈〉 촬영 장소이기도 했다. 어쩌면 우리는 그곳에서 스키용 선글라스를 끼고 또 다른 은하계에서 온 낯선 존재를 만날지도 모른다. 자연 속에서는 어떤 일도 일어날 수 있으니까.

극도로 현대적이고 기술적이며 모든 것에 대해 규칙이 있는 사회에 살고 있는 우리 같은 사람들은, 우리가 완전히 통제할 수 없지만 어쨌든 사회의 어떠한 도움도 없이 맞서야 하는 어떠한 것이 있다고 스스로와 타인을 합리화하려는 특별한 경향이 있다.

자연.

날씨.

바로 그 때문에, 우리가 사는 도시가 한파 기록을 경신했다거나, 역사상 가장 많은 강우량을 기록했다는 사실에 자랑스러워한다. "괜찮아." "우린 준비가 되어 있어." "우린 자연을 잘 알고 있잖아." 타 도시의 사람들은 이런 말로 허세를 떠는 우리를 조금도 이해할 수 없다.

수년 전, 한 라디오 방송국에서 역사상 최고의 한파를 기록했던 마을의 남자를 인터뷰한 적이 있다. 그 인터뷰는 아직까지도 전설로 남아 있다.

"오늘 그곳의 기온을 말씀해주시겠습니까?"

"아… 네…." 주민은 느릿느릿 말을 이었다.

"대충 3~4도 정도 되는 것 같군요."

라디오 스튜디오에는 잠깐의 정적이 흘렀다.

"영하 3~4도를 말씀하시는 건가요?"

"영상입니다."

"하지만… 저희는 현재 그곳의 기온이 영하 40도라고 알고 있는데요?"

전화기 너머의 마을 주민은 한숨을 길게 쉬더니 짧게 대답했다.

"네, 그건 바깥 기온이고요."

신문 지면에서 바이러스와 식중독, 강한 자외선과 눈사태의 위험에 관해 아무리 떠들어도 사람들은 휴가 계획을 취소하지 않았다. 기차는 꽉 차 있었다. 기차의 좌석뿐만이 아니라 통로까지도 콩나물시루처럼 발 디딜 틈이 없었다.

부활절 기간의 평일에 노르웨이를 방문하는 외국인 관광객들은 주말이 아님에도 불구하고 노르웨이의 가장 큰 두 도시를 잇는 기차 안에 트레이닝 복장을 한 사람들로 가득 찬 모습을 보고 이상하게 여길 것이다. 바꾸어 말하자면, 나처럼 눈이 아플 정도로 알록달록한 옷을 입고 기차를 타도 눈에 잘 띄지 않다는 것이다. 반면, 검정색 청바지를 입고 레이밴 선글라스를 낀 채 스키를 들고 탄 걱정 담당자를 흘낏흘낏 쳐다보는 사람들은 꽤 많았다.

우리는 식당칸에 자리를 잡으려면 기차를 타자마자 그곳으로 달려가야 한다고 결론을 내렸다. 물론 식당칸은 우리가 올랐던 객차의 반대쪽 끝에 있었고, 기차는 너무나 길었다. 부활절을 맞아 객차 수를 증가시켜 운행했기 때문이다. 우리는 산을 넘듯 힘들게 객차와 객차 사이를 이동했다. 좌석 사이의 복도에는 여기저기 배낭이 널브러져 있었고, 뾰족한 스키폴에 상처를 입지 않기 위해선 매우 조심해서 발을 옮겨야만 했다. 얼마 후, 우리는 다행스럽게도 아무런 피해 없이 기차의 한 중앙에 위치한 가족칸에 도달했다.

기차가 달리기 시작한 지 불과 15분도 채 되지 않았지만, 가족칸은 이미 집합적 멘탈 붕괴가 발생한 곳 같았다. 부모들의 엄한 눈빛은 이미 체념의 빛으로 바뀌어 있었다. 나는 거기서도 그들의 대화를 엿듣기 위해 귀를 열었다.

"…우린 이 기차에 앞으로 네 시간 반이나 앉아 있을 거야. 그러니까…."

"안 된다고 말했잖아!"

"…당장 이리 가져와…."

"안 돼!"

"…그래, 하지만 그건 네 물건이 아니잖아."

"응, 아직 한참 더 가야 해."

"안 돼!"

마침내 식당칸에 이른 우리는, 이번 여행에서 가장 격렬한 고비를 넘겼다는 생각에 안도의 한숨을 내쉬었다. 마치 집에 온 것만 같았다. 식당칸에는 주머니가 셀 수 없이 많이 달린 옷을 입고 핸드폰으로 일기 예보를 확인하는 남자 몇 명이 보였다. 창가 테이블에는 평상복을 입은 여자 두 명이 앉아 와인을 마시며 대화를 나누고 있었다. 보아하니, 그들은 기차가 종착역에 도착해 등을 떠밀려 자리를 벗어나기 전까지 그 자리에 앉아 있을 것 같았다. 그들은 걱정 담당자가 지나칠 때 살짝 고개를 돌려 미소를 짓기까지 했다. 평상복을 입고 있다는 공통점 때문이었을까. 우리는 마지막으로 하나 비어 있는 4인용 테이블에 자리를 잡았다. 우리가 의자에 앉자마자 식당칸에 사람들이 몰려들기 시작했다. 그들은 한발 늦은 셈이었다. 우리는 그곳에 앉아 핀세까지 갈 생각이었기에 맥주와 음식을 주문했다. 걱정 담당자는 맥주 대신 와인을 주문했다.

여행은 예상했던 것과 마찬가지로 기분 좋게 시작되었다. 우리는 함께 만날 때면 으레 그렇듯 농담을 하며 소리 내어 웃었다. 대부분의 농담은 등산과 관련된 것이었다. 마침내 극과 극의 서로 다른 두 세상이 조우를 한 셈이었다.

"만약 내가 범죄를 저지를 생각이었다면 부활절 휴가 기간에 도시의 비어 있는 집을 털진 않을 거야." 기록 담당자가 말을 이었다.

"난 차라리 산으로 갈 거야. 도둑질을 하기가 훨씬 쉽거든. 산에 가면 값비싼 스키복과 스키 장비가 산장 밖에 즐비하게 널려 있어. 관광객용 산장은 대부분 문을 잠그지 않아. 산악용 스쿠터를 빌려서 산을 한 번만 훑으면 돼."

우리는 만약 앞으로의 삶이 우리를 배신한다면 스쿠터 범죄단을 조직하자는 데 의견 일치를 보았다. 돈도 벌 수 있고 신선한 공기도 마실 수 있으니 일석이조가 아닌가.

"스쿠터 범죄단이라…." 장비 담당자가 맥주 한 모금을 마시며 혼잣말을 했다.

"우린 범죄자가 될 거야." 내가 그녀의 말을 맺어주었다.

휴가 기간에 만난 좋은 친구들이라면 편안하게 그런 농담도 할 수 있다.

나는 그 기차를 타고 온종일 갔으면 좋겠다고 생각했다. 그러면 내일 아침에는 나도 온기 어린 신발을 신을 수 있지 않을까.

하지만 그런 일은 일어나지 않을 것이다. 왁자지껄 웃고 떠든 후엔 항상 심각함이 뒤를 잇기 마련이다. 1시간 30분 후에는 핀세에 도착할 것이고, 우리는 그곳에서 내려 산을 오를 것이다. 대화의 주제가 바뀌었다.

"만약 눈사태가 난다면…." 걱정 담당자가 와인 메뉴판을 들여다보며 말을 이었다.

"침을 뱉어서 침이 어느 방향으로 흐르는지 확인해야 돼. 그렇지 않으면, 눈 속에 파묻혀 잘못된 방향으로 눈을 파헤칠 수도 있거든. 이건 꼭 기억해야 되는 사항이지."

그는 통찰력과 아이러니를 겸비한 유머러스한 사람이다. 그는 자신의 두려움을 웃음으로 승화시킬 수 있는 사람이다. 물론 그의 말에는 진심도 담겨 있다. 그는 부활절 산의 강렬한 햇볕 때문에 눈이 아프다고 말했다.

"우린 아직 산에 오르지도 않았잖아."

"그냥 그렇다는 얘기야…."

"우린 지금 기차에 앉아 있어."

"그렇지."

"게다가 넌 선글라스도 끼고 있잖아."

"난 벌써 햇볕에 그을린 것 같아."

기록 담당자가 그의 말에 웃음을 터뜨렸다. 우리는 함께 건배를 했다.

"난 벌써부터 기대가 돼. 아주 멋진 여행이 될 것 같아." 기록 담당자는 마치 사이비 종교 신자처럼 위협적으로 눈을 반짝이며 말했다. 장비 담당자는 미소를 지으며 잔을 들어 올렸다.

"나도 같은 생각이야. 솔직히, 우리에게 나쁜 일이 일어날 리는 없다고 생각해."

내 말에 걱정 담당자가 곰곰이 생각에 잠겼다.

"우린 햇볕 때문에 시력을 잃을 수도 있고, 등 뒤에서 일어난 눈사태를 미처 피하지 못해 눈 속에 파묻힐 수도 있어. 바이러스에 중독되어서 식중독을 일으킬 수도 있고…."

일본인 관광객을 잃어버리는 기술

두 번째 단계

핀세 기차역 ››› 핀세 산장. 200미터. 스키 사용.

대부분의 관광객들은 여행지의 본질이 생각과 다를 때 허둥대기 마련이다. 예를 들어, 해변과 이글거리는 태양으로 알려진 장소에 비가 내리는 것으로도 족하다. 관광객들은 반바지를 입고 샌들을 신은 채 당황한 표정으로 멍하니 서 있다. 케냐로 가는 관광객들은 백이면 백 사파리를 방문한다. 하지만 그들은 사파리에 가기 전 국제적 대도시에 잠시 머무르리라는 것은 생각지도 않는다. 바로 그 때문에, 그들은 금방이라도 야생 동물과 마주치기라도 하듯, 에어컨 바람이 시원하게 나오는 나이로비의 고급 레스토랑에 카키색 모자를 쓰고 앉아 있다.

노르웨이를 찾는 관광객들은 대개 자연 경치를 즐기기 위해서 온다. 그들은 북유럽의 바람과 궂은 날씨를 대비해 만반의 준비를 하지만, 노르웨이에서 즐길 것은 자연 외에도 많이 있다는 것을 잊고 있다. 바로 그 때문에 노르웨이를 찾는 외국 관광객들은 대부분 27도의 기온에 바람 한 점 없는 한여름에도 등산화를 신고, 두꺼운 양말에 방풍 재킷을 입은 채 도심의 거리를 걷는다.

내가 보았던 관광객 중 가장 난감한 상황에 처했던 이는 바로 얇은 여름옷을 입은 채 고급 레스토랑에서 식사를 한 후, 도심을 거닐다가 갑자기 해발 1200미터의 눈 쌓인 고지 위에 홀로 서 있게 된 사람이었다.

핀세는 오슬로와 베르겐을 잇는 철로 중에서 가장 고도가 높은 지역이다. 기차역은 해발 1222.2미터 지점에 자리하고 있다. 나는 기차역을 짓기 전부터 해발 고도 표시가 된 팻말을 자랑스레 세워 놓기 위해 그 자리를 선점한 것이 아닐까 의심했다. 노르웨이에서 가장 큰 도시를 잇는 철로, 한여름에도 눈이 쌓여 있는 산 위. 관광객들이 좋아하는 것은 바로 이런 것이다. 바로 그 이유 때문에 기차는 핀세역에서 조금 더 오래 정차한다. 사람들에게 기차에서 내려 산중의 경치를 음미하고 '해발 1222.2미터' 팻말 사진을 찍을 수 있도록 시간을 주는 것이다. 물론 담배를 피우고 싶은 사람은 기차에서 내려 담배를 피워도 된다. 유럽에서도 야외에서 담배를 피우기엔 너무나도 추운 몇 안 되는 곳이니까 흡연자들에겐 나름 의미가 있다고 봐도 될 것이다.

나는 이 기차를 타고 자주 여행을 했다. 왜냐하면, 내 친구들은 정확히 두 그룹으로 나뉘어져 있기 때문이다. 그중 반은 베르겐에 살고, 반은 오슬로에 살고 있다. 그 때문에 우리는 정기적으로 이 기차를 이용해 서로를 방문하곤 했다.

기차가 움직이기 시작했을 때, 나는 창밖에서 기차를 향해 등을 돌린 채 서 있는 한 남자를 보았다. 손에는 카메라를 들고 얇은 여름옷을 입은 그는 해발 1222.2미터의 눈 쌓인 핀세 기차역에 홀로 서 있다가 천천히 기차를 향해 몸을 돌렸다. 하지만 때는 이미 늦었다. 기차는 이미 베르겐을 향해 움직이기 시작했기 때문이다.

그의 일행으로 보이는 한 무리의 사람들은 허둥지둥 기차 안에 들어와 자리를 잡고 앉았다. 별안간 일행 중 한 명이 보이지 않는다는 것을 깨달은 그들은 창밖을 두리번거리다가 눈을 의심하기 시작했다. 헛것을 본 건 아닐까. 그들은 내가 알아들을 수 없는 말로 심각하게 토론을 하기 시작했다. 잠시 후, 모두들 서로를 멍하니 바라보다가 누가 먼저라고 할 것도 없이 갑자기 웃음을 터뜨렸다. 그들의 웃음소리는 한참 동안이나 멈추지 않았다. 얼마 후, 정신을 가다듬은 그들은 역무원에게 다가가 방금 무슨 일이 있었는지 설명했다. 여기저기 전화를 하고 여러 대안을 견주어본 후, 그들은 기차를 놓친 남자가 다음 기차를 타는 것이 가장 좋겠다는 결론을 내렸다. 다음 기차가 오기까지는 3시간 반이나 기다려야 했기에, 그들은 남자에게 전화를 해 근처 호텔에 가서 몸을 녹이라고 제안했다. 물론 호텔에서 3시간 이상이나 기다리는 일은 지루할 것이다. 나는 근처에서 하이킹이라도 하라고 말해주고 싶었지만, 그가 얇은 여름옷을 입었던 것을 보았기에 차마 그 말은 하지 못했다.

나는 그들 일행에게 다가가 말을 걸어보았다. 그들은 일본에서 온 관광객으로, 그날 오후 베르겐의 한 레스토랑에서 함께 식사를 한 후, 버스를 타고 이동할 예정이었다. 그들이 버스라고 했는지 배라고 했는지는 지금 확실히 기억할 수 없다. 어쨌든, 그들은 노르웨이 서쪽 지방을 모두 둘러볼 계획으로 여행을 하던 중이었고 일정 또한 꽤 바쁜 것 같았다. 그들은 기차를 놓친 남자 때문에 앞으로 어떻게 모든 일정을 채울 수 있을지 내심 걱정하는 것 같았다. 그도 그럴 것이, 기차든 버스든 배든 레스토랑이든 장소를 옮길 때마다 항상 목을 쭉 빼고 그가 잘 따라오는지 살피는 것도 쉬운 일이 아니기 때문이다. 그럼에도 그들은 웃음을 참지 못했다.

기차를 놓친 일행을 두고 웃음을 터뜨리는 것이 그리 보기 좋지 않다고 생각하는 사람들도 있을 것이다. 하지만 그들이 절대 악한 마음으로 웃었던 것은 아니다. 그들은 단지 자신들이 처한 상황이 너무나 우스웠던 것이다. 나는 그날 저녁 베르겐에서 그들을 다시 만났다. 내 얼굴을 알아본 그들은 너무나 반가워했다. 그들은 기차를 놓친 남자 때문에 다음 일정을 미루어야만 했다고 말했다. 그러면서도 그들은 웃음을 멈추지 않았다.

우리가 스키를 탈 장소는 바로 몇 년 전 그 남자가 기차를 놓쳤던 곳이다. 우리는 그곳을 '일본인을 잃어버린 장소'라고 명명했다. 핀세 기차역과 동일한 지점이다. 본격적인 스키 여행을 시작하기 전, 발 디딜 틈도 없는 기차의 시끌벅적한 식당칸 안에서 몇 시간이나마 가벼운 농담을 나누는 것도 나쁘지 않았다.

어느덧 기차에서 내릴 시간이 다가오니 가벼운 소동이 생겼다. 머리 위의 작은 선반에서 외투와 배낭을 내리고, 복도 짐칸에서 스키와 스키폴을 찾아야 하는 때가 오자, 기차가 정차하기 전에 과연 소지품을 제대로 찾아 내릴 수 있을까 하는 두려움이 엄습했다. 짐칸에는 스키와 스키폴로 가득했고, 그 모양과 색도 대부분 비슷비슷했다. 몇 시간 전에 우리가 스키를 내려놓았던 자리는 완전히 다른 모습으로 바뀌어 있었다. 사람들이 빈 공간을 만들기 위해 물건을 이리저리 옮겼기 때문이다. 아마도 기차에서 내릴 때 자신의 스키를 쉽게 찾으려 그랬던 것 같았다.

그런 혼란 속에서도 내 스키는 꽤 쉽게 눈에 띄었다. 왜냐하면, 노란색과 분홍색이 어우러진 알록달록한 대부분의 스키와는 달리 내 스키는 무난한 색이었기 때문이다. 게다가 내 스키는 새것이었기 때문에 반짝반짝 빛이 났다. 기차가 역에 정차했다. 문제는 내 스키폴을 찾을 수 없다는 것이었다. 솔직히, 내 스키폴이 정확히 무슨 색이었는지도 기억이 나지 않았다. 노란색이었던가? 녹색이었던가? 동그란 원이 점점이 박혀 있었던가? 작은 요정 스티커로 장식한 것이었던가? 가물가물했다. 스키폴을 사고 난 후에도 거의 들여다보지 않았으니까.

우리 일행도 마찬가지였다. 그들은 짐칸을 헤집으며 자신들의 스키와 스키폴을 찾느라 허둥거렸다. 스키를 찾는다 하더라도, 다른 스키들과 함께 벨크로 고리로 연결되어 있어 재빨리 분리하기가 쉽지 않았다.

"빨리 좀 합시다! 기차가 정차했어요!" 누군가가 말했다. 나는 새 것처럼 보이는 스키폴 한 쌍을 홱 낚아채 거의 굴러떨어질 듯 기차에서 내렸다. 몇 년 전, 기차를 놓쳤던 일본인 관광객과 반대 상황에 처하긴 싫었기 때문이다.

기차가 서서히 출발했다. 우리는 산더미 같은 스키 장비와 함께 플랫폼에 서서 숨을 돌렸다. 나는 내 물건을 제대로 찾아 내렸는지 확신할 수 없었다.

다시 말하건대, 자연 속에서 내면의 평온함을 얻기 위해서는 먼저 복잡하기 짝이 없는 대중교통 수단과 약간의 공황 상태를 극복해야만 한다.

다행히 우리 일행 중 사라진 사람도 없었고, 잃어버린 물건도 없었다. 시작은 좋았다. 맥주 한 잔 생각이 간절했다.

멀리 갈 필요는 없었다. 기차역 근처는 핀세 마을에서 가장 번잡한 곳이었으니까. 핀세 기차역에 서 있으면 호텔의 로비도 한눈에 볼 수 있었다. '핀세1222' 호텔은 여느 평범한 호텔과는 달랐다. 이 호텔에 묵기 위해서 이용할 수 있는 교통수단은 기차뿐이었다. 차도 들어가지 못하는 산중에 자리하고 있었으니까. 물론 스키나 자전거를 이용할 수는 있다. 호텔 로비를 둘러보니 역시나 평상복을 입은 사람은 찾아볼 수 없었다. 예외가 있다면 나와 함께 있던 걱정 담당자뿐이었다. 그는 오슬로에서 헬리콥터를 타고 방금 그곳에 내린 사람처럼 보였다. 그를 제외하면 모두들 발갛게 상기된 얼굴에 부스스한 머리로 스키복을 입고 있었다. 모두들 그날의 스키 여행을 마치고 호텔에 막 돌아온 것 같았다.

놀랍게도 그곳에는 야외 카페도 있었다. 걱정 담당자와 기록 담당자는 단지 걱정하는 일과 기록하는 일에만 재능이 있는 것은 아니었다. 그들은 사람들로 가득 찬 펍이나 카페에서 용케도 빈자리를 찾아내는 재주도 가지고 있었다. 우리는 호텔에 들어서자마자 그들을 야외 카페로 보냈고, 그들은 사람들로 빽빽한 테라스 구석에서 빈자리를 찾아냈다. 테라스에서는 햇볕을 향해 고개를 쭉 빼든 채 느릿느릿 스키를 타는 사람들을 볼 수 있었고, 그 뒤로는 눈 쌓인 호수가 보였다. 화창한 날씨에 눈 쌓인 산꼭대기에 앉아 맥주를 마시는 그 기분은 어디에도 비할 수 없었다.

아름답기까지 했다.

우리는 베르겐에서 온 유쾌한 커플 한 쌍과 테이블을 함께 썼다. 어쩐 일인지 베르겐에서 온 사람들은 모두 큰 소리로 웃고 떠들며 유쾌하기 그지없었다. 우리 테이블에 앉아 있던 커플은 부활절이 되면 핀세와 하르당에르를 찾는 전통을 대대로 이어오고 있다고 말했다. 그들은 어렸을 때 부모님과 함께 이곳에 왔던 기억을 쏟아냈다. 그는 막 성인이 되었던 나이에 근처 도시의 파티에 갔다가 늦은 밤에 기차를 타고 핀세 호텔로 돌아왔던 이야기도 해주었다. 물론 그때 그는 반짝이는 구두를 신고 있었다고 말하며 재미있는 기억이라고 웃음을 터뜨렸다.

우리는 건배를 하며 올해 부활절 휴가는 날씨가 좋아 멋지게 즐길 수 있을 것이라며 입을 모았다. 게다가 예년보다 이른 부활절이기에 눈도 많이 쌓여 있어 금상첨화라고 했다. 베르겐에서 온 커플은 이런 부활절은 자주 경험할 수 없다고 말했다.

"꿈의 부활절이라고도 할 수 있죠."

그들은 다음 날 위외켄으로 갈 계획이라고 말했다. 우리는 말없이 고개만 끄덕였다. 그들이 던진 말은 여러 가지 방식으로 해석할 수 있기 때문이었다. 위외켄은 하르당에뢰큘렌이라는 지명을 줄인 것으로, 그 지역 사람들이 이곳을 지칭하는 애칭으로 자주 사용한다고 했다. 듣고 보니, 그곳은 빙하 위에 눈이 쌓여 있는 거대한 지역인 것 같았다.

우리는 빙하에도 애칭이 있다는 사실에 웃지 않을 수 없었다. 하지만 다른 한편으로는 노르웨이의 자연에 애칭이 있다는 것을 이해하기는 어렵지 않았다. 노르웨이에서는 산장만 이상한 이름을 가지고 있는 게 아니다. 노르웨이의 산, 계곡, 언덕, 평원, 호수, 강 등의 이름을 보라. 로카르팔케팅스누텐, 브렉샤벨스타블락센. 심지어는 트롤이나 현실에서는 찾아볼 수 없는 갖가지 이상한 존재들의 이름도 지명에서 찾아볼 수 있다. 가끔은 신체 부위나 마을 이름을 조합한 지명도 보인다. 트롤헤이멘(트롤의 집), 요툰헤이멘(요툰족이 사는 곳), 디에벨포르텐(악마의 문), 트롤베겐(트롤의 길), 트롤퉁가(트롤의 혀), 트롤피켄(트롤의 성기) 등. 나는 2017년 유명한 명소 중 하나가 관광객들에 의해 파손되었다는 뉴스를 전하던 앵

커의 심각한 표정을 아직도 기억한다. 카메라를 똑바로 쳐다보며 너무나도 진지한 표정으로 비현실적인 존재의 성기를 입에 올리던 그의 모습을.

왁자지껄하게 떠들며 웃던 우리는 어느새 야외 카페의 유명 인사가 되어버렸고, 분위기에 들뜬 우리는 앞으로의 여행 계획도 늘어놓기 시작했다. 맥주잔을 비운 후에 핀세 산장으로 갈 예정이라고 했더니, 베르겐 커플은 큰 소리로 웃음을 터뜨리며 약 100미터 앞에 자리한 건물 하나를 손으로 가리켰다. 그것이 바로 핀세 산장이었다. 다음 날은 스키인들에게 전통적으로 유명한 크렉챠 산장에 가기로 했다고 말하니, 그들은 이미 그곳에 수십 번이나 가보았다고 말했다. 약 25킬로미터 떨어진 곳이었다. 남자는 어렸을 때 아버지와 함께 핀세에서 크렉챠까지 스키로 하루 만에 왕복해본 적도 있다고 했다. 나는 우리의 대화가 자랑과 허세로 이어질까 봐 내심 걱정이 되기 시작했다. 어쩌면 그의 아내는 남편의 말에 이어, 어렸을 때 부모님의 등쌀을 이기지 못해 아침 식사를 하기도 전에 물구나무서서 하르당에르고원에 올랐다고 말할지도 몰랐다. 하지만 그것은 기우였다. 남자는 미소 띤 얼굴로 고개를 절레절레 흔들며, 자신의 아버지는 느릿느릿 즐기는 하이킹의 묘미와 가치를 몰랐던 사람이라고 덧붙였다.

그들과 말이 통할 것 같아서 안심이 되었다. 나는 베르겐 사람들을 좋아한다. 우리는 건배를 했다. 눈 쌓인 산중이라는 것을 생각한다면 우리는 그날 꽤 많이 건배를 한 셈이다.

"크렉챠까지는 시간이 어느 정도 걸릴까요?"

나의 질문에 남자는 하늘과 쌓인 눈을 번갈아 바라보더니, 약 6시간 정도 걸릴 것 같다고 말했다. 내가 예상했던 시간보다 좀 더 긴 시간이었다. 어쩌면 그는 우리를 자연에 대해선 아무것도 모르는 도시인이라 생각했을지도 모른다. 그럴 만도 했다. 나는 지난 30년 동안 스키를 타본 적이 없으며, 이번 여행을 위해 스키 장비를 새로 구입했기 때문에 얼마 가지 않아 여기저기 물집이 생길 것이라 말했다. 장비 담당자는 부모님으로부터 물려받은 자신의 스키가 얼마나 오래되었는지 자랑스레 떠벌렸다. 걱정 담당자는 농담처럼 기차 안에서부터 선글라스를 끼고 있었지만 햇볕에 그을리는 것을 피할 수 없었다고 말했다. 기록 담당자는 벌써부터 손이 시리다고 말했다. 베르겐 커플은 마치 지식인이라도 되는 듯 우리에게 너무 얇은 장갑을 끼고 왔다며 걱정스레 말했다.

하지만 문제될 것은 아무것도 없었다. 그러한 대화는 사람과 사람 사이의 교감을 형성하는 다리 역할을 하기 때문이다. 우리는 그들이 우리를 보며 혀를 차고 웃음을 터뜨리는 것을 너그러운 마음으로 받아들였다. 그들 또한 우리가 혀를 차고 웃음을 터뜨리는 것을 받아주었다. 우리는 같은 인간이기에 내면 또한 다르지 않으리라. 이런 식으로 사람들은 서로 가까워질 수 있다. 이번 여행의 목적도 바로 그것이었다. 파티 같은 분위기. 억지로 자연에 젖어들기 위해 노력하지 않아도 되고, 더 큰 의미를 찾지 않아도 된다. 단지 도시에서와 마찬가지로 산꼭대기 위에서도 서로 기분 좋게 잘 지낼 수 있다면 그것으로 충분하지 않는가. 우리는 말 그대로 제3의 지대를 찾은 셈이었다. 양 극점에 자리한 도시와 자연이 서로 만나는 그 지점. 우리는 함께 살아갈 것이다. 손에 손을 잡고. 더 나은 세상을 위해!

산꼭대기의 옅은 공기 때문인지 평소보다 빨리 술에 취하는 것 같았다.

기온도 그리 높지 않았다. 특히, 우리는 얇은 장갑을 끼고 있었기에 더욱 빨리 한기를 느꼈다. 자리에서 일어날 시간이 되었다. 우리가 햇볕을 받으며 야외 카페에서 맥주를 마시는 동안, 산장에는 더 많은 사람들이 몰려들었다. 어느새 늦은 오후가 되었다. 스키를 타고 온 사람들은 이미 산장에 체크인을 했을 것이고, 기차를 타고 온 사람들은 기차역에 내리자마자 바로 체크인을 했을 것이다. 산장에는 빈 객실이 있을 리가 만무했다. 복도에는 벌써 침낭을 펼치는 사람들도 있을 것이다.

기록 담당자는 호텔 로비로 들어가 두꺼운 장갑 한 켤레를 구입했다. 경험 많은 등산가들의 조언을 받아들였던 것이다.

나는 그사이에 로갈란 지역에서 온 커플 한 쌍과 대화를 나누었다. 이 산에는 특히 베르겐을 비롯한 남서쪽 지역 출신의 유쾌한 사람들이 많이 찾는 것 같았다. 나 또한 남서쪽 출신의 유쾌한 부류에 속한다. 마치 고향에 온 것 같은 느낌이 스쳤다. 로갈란에서 온 커플 한 쌍과 나는 올해 부활절은 시기도 좋고 날씨도 좋아 금상첨화라고 의견 일치를 보았다. 꿈의 부활절이라 해도 과언이 아니었다. 그는 바이러스 때문에 식중독에 걸리지만 않으면 좋겠다고 말하며 웃음을 터뜨렸다.

그들은 산중의 지리를 잘 알고 있는 것 같았다. 나는 우리가 크렉챠에 갈 예정이라고 말하며 시간이 어느 정도 걸릴지 물어보았다. 그들은 우리를 찬찬히 살펴보더니 약 4시간이 걸릴 것 같다고 말했다. 나는 그의 말에 대단히 만족했다.

그때, 군대가 행진하는 듯한 소리가 들렸다. 시끄러운 신발을 신은 비슷한 외모의 남자들이었다. 듣자 하니 그들은 스노우카이트•를 하는 이들이었다. 그들이 스노우카이터라는 것을 알려준 사람은 기록 담당자였다.

그들이 바람 한 점 불지 않는 이런 날에 무엇을 하고 돌아왔는지는 알 수 없었다. 하지만 야외에 다녀온 것은 분명해 보였다. 그들은 대충 62세 정도의 나이였고, 모두들 얼굴에 판다 곰을 연상시키는 선글라스 자국이 있었으며, 면도를 하지 않은 것처럼 자연스럽게 수염을 손질한 사람들로서, 죽는 것을 매우 두려워하는 것 같았다. 경제적으로는 부족한 것이 없어 보였고, 모두들 드레스만•• 모델처럼 보였으며, 조만간 심장 보조 장치를 달고 운동을 해야 할 것처럼 보이기도 했다.

그들이 나타나자 카페의 분위기가 순식간에 변했다. 그들은 우

• 스키 또는 스노우보드를 신고 연을 사용하여 설원이나 얼음 위를 이동하는 스포츠.
•• 노르웨이의 남성용 의복 메이커.

리 부류의 사람들이 아니었다. 우리는 전통적인 방식인 크로스컨트리 스타일로 스키를 타고 산장과 산장을 왕복하는 자연인이 아니었던가.

장갑을 사서 돌아온 기록 담당자와 나는 의미심장한 눈빛을 주고받으며 킥킥 웃었다.

어쨌든, 지금까지는 지난번 여행보다 훨씬 만족스러웠던 것은 사실이다.

여행의 첫 번째 사고는 호텔 바로 앞, 막 발걸음을 떼었던 평지에서 일어났다. 스키를 제대로 신기도 전이었다. 개인의 사생활을 보호하기 위해 사고를 당한 주인공이 누구인지는 여기서 밝히지 않겠다.

사고를 대충 무마한 후, 우리는 첫발을 떼었다. 일본인 관광객이 기차를 놓쳤던 곳에서부터 핀세 산장까지는 약 200미터의 거리였다. 핀세 산장은 바글바글한 숙박객들 때문에 굴뚝에서도 사람들이 새어나올 정도였다.

약 12미터 정도를 걸었을까. 우리의 장비 담당자가 들고 있던 스키폴이 망가졌다. 스키폴의 손잡이를 고정시키는 고리가 부러졌던 것이다. 손잡이는 떨어져나가 사용할 수 없었고, 폴은 휘어져버렸다. 그녀가 넘어졌을 때 생긴 일 같았다.

80년대에 제조된 대부분의 물건들은 사용 기간이 꽤 길다. 그중의 하나가 바로 릭 애스틀리이다. 80년대에 만들어졌던 소형 맥 컴퓨터도 쓸 만했고, 1986년에 '월 오브 부두Wall of Voodoo*'의 스탠 리지웨이Stan Ridgway가 발표한 첫 솔로 앨범도 여전히 들을 만하다. 하지만 그 시대에 제조된 스키폴의 최대 사용 기한은 약 30년 정도가 분명했다.

우리는 술에 조금 취해 있었고, 걱정 담당자는 햇볕에 그을렸을 뿐 아니라 햇빛을 반사시키는 하얀 눈 때문에 시력이 저하된 상태였다. 장비 담당자는 벌써 스키폴을 망가뜨렸다.

뒤를 돌아보니 우리가 걸어온 길은 약 30미터도 채 되지 않았다. 우리가 갈 곳은 약 200미터 떨어진 곳에 자리한 산장이었다. 이번 여행에서 앞으로 우리가 가야 할 길은 약 75킬로미터였다.

---

* 1977년에 결성된 미국의 락 밴드.

퀴즈!

다음 중에서 노르웨이에 실제로 존재하는 지명은 무엇이며,
내가 지어낸 지명은 무엇인지 구분해보시오.

(정답은 461쪽에 있다.)

- ☐ 핀네보트네기
- ☐ 윙글레느뇌세
- ☐ 스코르파
- ☐ 뮐리요스틸렌
- ☐ 스토레크벨리
- ☐ 푸케루드
- ☐ 발레할레
- ☐ 두떼다
- ☐ 블레이케헤
- ☐ 레인스호른투바
- ☐ 그렉챠헤
- ☐ 쇠를레그레트
- ☐ 듑퇴른호브다
- ☐ 사우르플로티
- ☐ 그룬네최른스부
- ☐ 우르데노시
- ☐ 피야레피트
- ☐ 누프세가
- ☐ 노르드크빙고
- ☐ 트레스회그디
- ☐ 스캄메스테인
- ☐ 얌메르달스부
- ☐ 스부트세스카프테
- ☐ 퉁가
- ☐ 뢴네센부아
- ☐ 스카이회이
- ☐ 호룽겐
- ☐ 베슬레메덴
- ☐ 스카프소
- ☐ 뇌르드레 고포피겐
- ☐ 마우르방겐
- ☐ 힌드클루프틴
- ☐ 노르드레 칼베회로틴덴
- ☐ 팔케팡가르회그다
- ☐ 플레
- ☐ 스튀게만
- ☐ 노르드레 글룹틴덴
- ☐ 췬홀속슬레
- ☐ 루스피옐레
- ☐ 리체스코르챠
- ☐ 스투트공캄펜
- ☐ 베스트레 헤스트레게르회
- ☐ 콥플뤼에
- ☐ 메르플뤼에
- ☐ 차터플뤼에
- ☐ 마라뵈트회드네
- ☐ 예르스네그노시
- ☐ 스쿠르베노시
- ☐ 플레스케달렌
- ☐ 훌데르트뢰에
- ☐ 롤스봇츠코르챠
- ☐ 소바르하우겐
- ☐ 히르크벨비
- ☐ 크리스텐누텐
- ☐ 왹스레누텐
- ☐ 플레인
- ☐ 에이메헤
- ☐ 우퓌샤
- ☐ 뢰체회그디
- ☐ 비우바스호브둔
- ☐ 함페로켄
- ☐ 싯텐틴덴
- ☐ 위트레 피스케라우스바트네
- ☐ 헬베테스포스

오랜 전통 음식의 운명

"아쉽지만 방이 없어요. 빈방이 하나도 없네요."

"네, 저희도 그렇게 예상했답니다."

"아시다시피 부활절이잖아요. 산을 찾는 사람들이 굉장히 많아요."

"네, 그렇겠죠. 부활절에는 특히 산간 지역이 붐빈다는 것은 잘 알고 있어요."

"요즘처럼 날씨가 화창할 때는 더욱 그렇답니다."

"네, 날씨가 좋을 때는 그보다 더 좋을 수가 없죠."

"꿈의 부활절이라고도 할 수 있죠."

"네, 모두들 그렇게 말하더군요."

"올해는 특히 부활절이 일찍 시작되었어요."

"네, 저도 잘 알고 있어요. 눈이 많이 녹지 않아서 더욱 좋다고 하더군요."

"고원에 나가기 정말 좋은 시기죠."

"맞아요. 고원에 나가기 좋은 시기예요."

"바이러스 때문에 식중독에 걸리지 않기만 바랄 뿐이죠. 하하하."

"하하하."

"그건 그렇고, 다른 방을 한번 찾아볼까요? 우리 산장을 찾는 손님들을 밖으로 내쫓을 수는 없으니까요. 모두 몇 분이시죠?"

"네 명이에요."

"아, 그렇군요. 어디 한번 볼까요…. 이를 어쩌죠. 복도까지 꽉 찼네요."

"그런가요?"

"벽난로 로비 바닥과 책장까지도 빈자리가 없어요."

"세상에나…."

"창고도 꽉 찼답니다."

"창고도요?"

"굴뚝도 사정이 다르진 않아요."

"어머나."

"혹시 서서 자는 것도 가능하신가요?"

위의 대화를 실제로 나누었던 것은 아니다. 우리가 핀세 산장의 로비에서 직원과 나누었던 대화는 다음과 같다.

“안녕하세요. 모두 네 명이에요.”

“네, 18번 객실로 가시면 됩니다. 4인실이에요.”

“감사합니다.”

나는 실망하지 않을 수 없었다. 이것이 사람들로 바글바글하다던 부활절의 산이던가? 여기가 나라 안에서 가장 사람들이 많이 찾는다는 유명한 산장이던가? 우리는 살짝 술기운을 머금고 망가진 스키폴을 옆에 낀 채 오후 대여섯 시쯤 들어섰는데도 직원과 실랑이를 벌이지 않고 4인용 객실을 바로 얻을 수 있었다. 지난번의 여행 경험으로 미루어보아 이 시간이라면 산장의 숙박객들은 거의 잘 시간이라 해도 과언이 아니다.

나는 등산과 산에 관해 아는 척 떠벌리는 사람들의 말을 좀체 믿을 수 없었다. 그들은 부활절 산중에는 사람들로 바글바글해 발 디딜 틈이 없다고 했다. 하지만 예년과는 다른 황금 부활절 휴가 기간에, 세상에서 가장 유명한 노르웨이 산에 자리한, 세상에서 가장 유명한 노르웨이의 산장조차도 북적거림과는 거리가 멀었다. 나는 산과 자연에는 허세와 허풍이 함께 존재한다는 것을 배웠다. 내게 부활절 산에 관해 가장 많은 정보를 주었던 이는 나의 가장 가까운 친구였다. 그는 등산에 미쳐 광신도처럼 변해버린 사람 중 하나다. 그럼에도 나는 적어도 그의 말은 믿을 수 있다고 확신했다. 적어도 그는 매우 현명한 사람이었기에 금방 탄로 날 거짓말은 하지 않을 것이라 믿었던 것이다. 그는 내게 핀세에서 크렉샤까지 약 4시간 정도 걸린다고 했다. 이젠 그 말조차도 믿을 수가 없다. 유쾌한 베르겐 커플은 우리에게 6시간이 걸린다고 했다. 나는 안내실 앞에서 지도를 보고 있는 한 남자에게 물어보았다.

"7시간 정도… 어쩌면 그보다 더 걸릴지도 몰라요. 상황에 따라 다르겠죠."

산장의 안내실에는 한 젊은 여자가 앉아 있었다. 그녀는 가능한 한 단답형으로 말하는 것을 삶의 유일한 목표로 정한 사람 같았다. 심지어 그녀는 말을 할 때 고개를 들고 나를 쳐다보지도 않았다.

"회원?"

"네." (나는 그녀가 내게 관광협회의 회원인지 물었다고 짐작했다. 그녀가 내게 조류협회 회원이냐고 물을 이유는 없다고 생각했기 때문이다.)

"4명?"

"네." (나는 그녀가 우리 일행이 몇 명인지 물었다고 생각했다. 하지만 전적으로 확신할 수는 없었다.)

"저녁 식사?"

"네."

"6시 반."

"…." (그것은 질문이 아니었기에 나는 아무런 대답도 하지 않았다.)

"아침 식사?"

"네."

“도시락?”

“어… 지금요?”

“내일 먹을 도시락 말입니다.” (그녀는 조금 더 길게 말한 것이 속상했는지 못마땅하다는 듯 눈동자를 휘휘 굴렸다. 하지만 나는 그녀가 말을 길게 해준 것을 감사하게 생각했다.)

“네… 감사합니다.”

“빵은 몇 조각을 넣을까요?” (이제 그녀는 말이 많아지기 시작했다.)

“어….” (내 말의 의미는 내일 아침 도시락에 빵을 몇 조각 넣을지를 지금 그 자리에서 당장 결정해야 하는지 되묻는 것이었다.)

“네?” (아무래도 당장 결정해야 하는 것 같았다.)

“어… 한 사람당… 네 조각이요.”

“보온병?”

“어….” (보온병이라니?! 산장 안내실에서는 보온병을 팔고 있었다. 그런데 그녀의 말은 무슨 의미일까? 혹시, 산장에 있는 모든 물건들을 하나하나 가리키며 호객 행위를 하고 있는 건 아닐까? 보온병? 내복? 기념품? 선글라스? 선크림? 스노우 스쿠터? 강아지?)

곁에서 보다 못한 한 노신사가 다가와 안내실 직원의 말을 내게 통역해주었다. 즉, 그녀는 우리가 내일 아침 산장을 나서기 전에 각자의 보온병을 채우길 원하냐고 물었던 것이다. 아! 물론 그렇겠지. 하지만 만약 다른 숙박업소의 안내실에서 직원이 내게 “커피?”라고 물었다면, 나는 그 자리에서 커피를 권한다고 생각하고 “네, 감사합니다" 또는 "괜찮습니다"라는 말로 대답했을 것이다. 즉, 열세 시간 후에 커피를 마시겠냐는 말로 받아들이지는 않을 것이라는 말이다.

"아, 네. 보온병 두 개요."

나는 그녀의 질문에 모두 올바르게 대답을 돌려주고 18호 객실로 갔다. 다른 산장과 마찬가지로 열쇠는 없었다. 만약 한밤중에 누군가가 우리 방에 들어와 소란을 피운다면 어쩔 수 없이 받아들여야 할 것이다. 우리는 자유로운 자연 속에서 사는 자유로운 사람들이니까.

비좁은 객실은 감옥을 연상시켰다. 다른 점이라면 가구들이 목재라는 것뿐이었다. 누가 이층 침대의 위쪽에서 잘 것인지 정하기 위한 토론은 방문을 열자마자 시작되었다. 우리는 수련회에 온 것이나 마찬가지였고, 모두들 들떠 있었다. 코웃음을 치기도 했다. 술기운으로 수련회를 시작하는 것은 젊음의 정석이라 할 수 있다. 기억하라, 젊은이들이여.

저녁 식사를 하기 위해 옷을 갈아입는 동안, 우리의 대화 주제는 밤에 코를 고는 것으로 바뀌었다. 걱정 담당자는 반팔 티셔츠 위에 주름으로 구겨진 스웨터를 걸치고, 여전히 꽉 끼는 청바지를 입고 있었다. 산장에 묵는 관광객들에게 저녁 식사 자리는 파티나 다름없다. 그를 제외한 우리 일행은 트레이닝 면바지로 갈아입었다.

식당에 들어서니 기다란 식탁 위에 번호가 매겨져 있었다. 모두들 지정된 자리에 앉아야 하는 것 같았다. 때문에 줄을 설 필요도 없었다. 우리는 기다란 목제 테이블 앞에 자리를 잡고 앉았다. 테이블 위에는 이미 따끈한 수프가 마련되어 있었다. 갑자기 배가 고파졌다.

보아하니 식사 전에 누군가가 일장연설을 하기로 되어 있는 것 같았다.

산장 주인은 식사를 하러 온 손님들에게 환영의 말을 전했다. 자연에서 태어나 자연에서 자란 것 같은 그녀는 그날의 메뉴를 간단하게 설명했다. 우리는 라자냐를 먹을 예정이었다. 그녀는 다행히도 이 산장에선 바이러스가 검출되지 않았다고 자랑스레 덧붙였다. 하지만 하르당에르고원에 있는 다른 산장에선 바이러스가 검출된 곳이 꽤 많다고 코웃음을 쳤다. 그녀는 항상 손을 깨끗하게 씻는 것이 중요하다고 강조했다. 그녀가 말을 하는 동안, 우리들의 수프는 차갑게 식어갔다. 문제는 그녀가 이런 말을 모두 노르웨이어로 했다는 것이다. 네덜란드에서 온 한 가족은 멋쩍은 미소를 지으며 이 나라에서는 언제 음식을 먹는지 궁금해했다. 그들은 산장 주인이 무슨 말을 하는지 조금도 이해할 수 없었던 것이다.

나의 왼쪽에 앉아 있던 여자가 내게 살짝 몸을 기대며 나직이 말을 걸었다.

"마치 수련회에 온 것 같아요."

나는 우리 테이블에 우리와 같은 생각을 하는 사람이 있다는 사실에 기뻤다.

산장 주인은 그날 저녁과 다음 날 아침에 어린이를 위한 프로그램도 마련되어 있다고 말했다. 말을 마친 그녀는 우리를 향해 고개를 돌리고선 "어른들은 입장이 금지되어 있습니다!"라고 엄한 목소리로 덧붙였다. 다른 이들의 눈엔 킥킥거리는 우리가 철부지 아이처럼 보였던 것이 틀림없다.

마침내 식사가 시작되었다!

먼저 줄을 서야만 했다. 등산가들은 산을 오를 때 줄을 서서 걷는 것을 너무나도 싫어하지만 식당에서 음식을 먹기 위해 줄을 서는 것은 꽤 좋아하는 것 같았다. 첫 번째 테이블에 앉아 있던 사람들이 먼저 음식을 가져오면 두 번째 테이블의 사람들이 일어나 줄을 서는 식이었다. 이쯤 되면 다음 차례를 충분히 예상할 수 있겠지만, 좀 더 정확히 하기 위해 한마디를 덧붙이자면, 두 번째 테이블 손님들이 음식을 가져오면 그다음엔 세 번째 테이블 차례였다.

우리 일행은 차갑게 식은 수프를 마저 먹으며, 수련회 이야기를 나누었고 코웃음을 쳤다. 나의 왼쪽에 있던 여자도 우리의 대화에 동참했다. 그녀는 노르웨이인이지만 현재 호주에 살고 있으며, 자신의 40세 생일을 자축하기 위해 이곳에 왔다고 말했다.

보아하니 그녀는 이곳에 홀로 온 것 같았다.

그녀에게 궁금한 것을 물어보고 싶은 마음이 굴뚝같았다. '정말 하르당에르고원 위에서 낯선 사람들과 함께 40세 생일을 축하하기 위해 지구를 반 바퀴나 돌아 오셨단 말인가요?!'

물론, 그 질문을 던지고 싶었던 사람이 나뿐만은 아니었을 것이다.

그곳에 모인 사람들 중에는 자신의 테이블이 마음에 들지 않아 자리를 바꾸고 싶은 사람도 있었을 것이다.

하지만 자리를 바꾸는 것은 엄격히 금지되어 있었다!

대화를 나누다 보니, 그녀가 이곳에 혼자 온 것은 아니라는 사실을 알게 되었다. 그녀는 친구들이 다음 날 오기로 했다고 말했다. 나는 그녀가 완전히 정신 나간 사람은 아니라는 사실에 안도했다.

그녀는 호주 서쪽의 퍼스Perth라는 곳에 산다고 했다. 자랑하고 싶은 마음은 없지만, 나는 퍼스에 가본 적이 있다. 그곳은 핀세와는 정반대의 장소였다. 퍼스는 비교적 현대적인 도시로, 약 200만의 인구가 살고 있으며, 연중 평균 기온은 약 20도이다. 도시 외곽으로 차를 몰고 나가면 사막이 펼쳐지는 곳이기도 하다. 핀세와 같은 장소를 그리워하기 위해선 일단 먼저 퍼스로 가보는 것이 좋지 않을까?

걱정 담당자는 식사 중에 음료수가 부족할까 봐 미리 걱정하기 시작했다. 기능성 내복 차림의 한 노신사는 식사에 곁들여 물이 아닌 다른 음료수를 마시고 싶다면 바에 가서 직접 구입해야 한다고 말했다.

식사 전의 정보 나눔 시간은 약 30분이나 지속되었다. 우리에게 그 사실을 미리 알려준 사람은 아무도 없었다.

우리는 물을 마시고 코웃음을 치면서 수련회를 연상시키는 그곳에 대해 계속 대화를 나누었다. 장비 담당자는 스키를 타고 10미터도 가기 전에 폴이 부러졌다는 이야기를 했다. 그렇다. 우리는 스스로를 깎아내리며 흥을 돋우는 데 꽤 재능이 있는 팀이었다.

마침내 제대로 된 음식을 먹을 시간이 왔다. 그와 동시에 우리는 질책을 들어야만 했다. 정확히 말해서 질책이라 할 수는 없을 것이다. 우리는 시키는 대로 줄을 섰다. 그때, 낡은 기능성 내복 차림의 한 여자가 우리에게 다가와 지나가는 투로 말을 던졌다. 물론 그녀의 의도가 단지 지나가는 투로 말을 한게 아니라는 것은 모두가 다 알아볼 수 있을 정도로 명백했다.

"먼저 가시죠. 제 앞에 서셔도 돼요."

우리는 그 이유를 알 수 없었기에 정중히 사양했다. 우리는 예의 바른 사람들이니까.

"아, 아닙니다. 괜찮습니다. 그러실 필요는 없습니다."

"아니, 원래 당신들 차례예요. 우린 단지 당신들이 언제 음식을 가져갈지 몰라서…."

알고 보니, 시간을 끌었던 것은 바로 우리였다. 우리는 두 번째 테이블에 앉아 있었고, 퍼스에 관한 이야기를 하다가 우리 차례를 잊어버렸던 것이다. 그 때문에 세 번째 테이블 손님들은 우리가 자리에서 일어나기만을 기다리다가 결국 포기하고 먼저 일어났던 것이다. 바로 그 순간, 두 번째 테이블에 앉아 있던 우리가 의자에서 일어났다.

수련회에선 갖가지 혼동이 생기기 마련이다.

여자는 우리에게 먼저 가라며 등을 떠밀었다. 우리는 그녀의 말을 거절할 수 없다는 것을 직감하고 미소를 지으며 정중하게 양해를 구한 후 그녀의 앞에 섰다.

그날 저녁의 기억할 만한 일은 바로 그다음에 일어났다.

노르웨이에서 자연을 경험한다는 것은 더 이상 노르웨이의 모습을 찾아볼 수 없는 곳으로 떠나는 것과 마찬가지라고 말한 적이 있다. 그곳은 농업이나 어업을 바탕으로 하는 조화로운 사회로서 자연과 일심동체가 되어 삶을 영위할 수 있는 곳이다. 노르웨이의 산장을 살펴보면 북유럽의 전통적 육류 이름을 간판으로 내건 곳도 적지 않다. 그런 산장에서 저녁 식사로 라자냐를 대접한다는 것은 매우 놀랄 만한 일이었다.

더욱 놀랄 만한 것은, 라자냐에 곁들여 감자가 테이블에 올랐다는 것이다!

시간 여행을 하는 것만 같았다. 말로만 들어보았던 일을 실제로 경험할 줄은 꿈에도 생각지 못했다. 역사적으로 볼 때 노르웨이가 외국의 새로운 식문화를 받아들였던 것은 꽤 최근의 일이다. 60년대만 하더라도 외국 음식이라곤 거의 찾아볼 수 없었다. 노르웨이에서 처음으로 파스타가 유행하기 시작했을 때만 하더라도 대부분의 사람들은 그것을 한 끼 식사로 충분하지 않다고 생각했다. 감자가 상에 오르지 않으면 끼니가 아니라 간식으로 여겼던 시절이니까. 바로 그 때문에 파스타가 처음 소개되었을 때는 삶은 감자와 함께 먹는 사람들이 적지 않았다.

나는 그런 일이 있었다고 들어보기만 했지, 실제로 경험해본 적은 없었다. 그날 산장에 오기 전까지만 하더라도 말이다.

그뿐만이 아니었다. 메인요리 옆에는 케이크를 진열한 테이블도 있었다. 아이들의 세례식도 아니고, 80세 생일상도 아닌데 케이크라니! 기다란 테이블에 앉은 사람들은 케이크를 먹으며 마주 앉은 사람들과 의무적인 대화를 나누고, 술을 찾아 주변을 두리번거리기도 했다.

심지어 케이크 진열대에는 아스픽*도 있었다. 독자들 중 150세 이하의 사람들을 위해 설명하자면, 아스픽은 야채나 새우 등을 모아 투명한 젤리로 굳힌 음식이다. 아스픽은 파티나 뷔페 레스토랑에서 볼 수 있는 음식이며, 노르웨이에선 80년대 성인식에 으레 등장했고 그 이후엔 자취를 감추었다.

그 아스픽이 바로 내 눈앞에 있었다.

우리는 그것을 보고 들뜨기 시작했다.

"세상에!" 장비 담당자가 말을 이었다. "이 산장에는 내 스키폴이 제조되었던 그 시절의 음식으로 가득하군."

주목할 만한 점은 그곳에 묵는 대부분의 사람들은 그다지 나이가 많지 않아서 파스타와 감자를 함께 먹는 식습관이나 아스픽에 넣은 새우와 같은 음식이 낯설다는 사실이다. 그들에겐 이런 음식

* 수육이나 생선을 젤리로 굳힌 음식.

이 매우 이국적으로 보였을 것이 틀림없다.

하지만 산장을 운영하는 사람들은 이런 모습이 조금도 이상하거나 이국적이라 생각하지 않는 것 같았다. 그들에겐 이것이 세상에서 가장 당연하고 자연스러운 일이 분명했다.

장식이라곤 전혀 없는 기다란 테이블에 앉아 다른 시대의 음식을 먹는 일? 그들에겐 그보다 더 자연스러운 일은 없는 것 같았다.

옷을 제대로 차려입지도 않고 낯선 사람들과 함께 저녁 식사를 하는 일? 이 또한 그들에겐 전혀 이상하게 여겨지지 않았으리라.

맞은편 테이블에선 이미 한 청년이 파스타와 감자를 먹기 시작했다. 그는 내복도 입지 않은 채 그물로 짠 듯한 망사 상의를 입고 있었다. 그러한 옷차림이 허용되는 곳은 노르웨이에서 두 곳밖에 없다. 관광객을 위한 산장과 클럽.

걱정 담당자는 식사를 하던 중 조그마한 사고를 당했다. 그는 퍼스에서 온 여자에게 매우 우아한 몸짓으로 음료수(물론, 맹물이다) 잔을 건네려다, 테이블 위의 유일한 장식품이었던 자그마한 양초에 손을 데었다.

"우리 일행에게 첫 사고가 일어났군."

걱정 담당자는 내 말에 동의하지 않았다. 그는 이미 햇볕에 심하게 그을렸고 눈에 반사된 햇볕 때문에 시력이 저하되었다고 말했다. 거기에 더해, 이틀 전 술집에서 있었던 작은 사고 때문에 여전히 몸을 움직이기가 쉽지 않다고 덧붙였다.

"게다가 내 스키폴도 이미 망가졌잖아." 장비 담당자가 거들었다.

우리 일행은 기대에 어긋나지 않았다.

따뜻한 산장의 식당에서 식사를 하며 본의 아니게 강제적 금주를 해야만 했던 우리는 어느새 차가운 맥주를 찾아 두리번거렸다. 보아하니, 그런 생각을 하는 것은 우리뿐만이 아닌 것 같았다. 사람들은 맥주를 주문하기 위해 기꺼이 줄을 섰다. 산장을 찾는 사람들은 실외와 최대한의 대조를 경험하기 위해 실내에 있을 때는 가급적 줄 서는 일을 자발적으로 하는 것 같았다.

만약 겨울 내내 산장에서 생활하는 사람이라면 잘 느끼지 못하겠지만, 우리처럼 가뭄에 콩 나듯 산장을 찾는 사람들은 대화에 끼어들기가 매우 어렵다는 것을 대번에 느낄 수 있다. 이곳에서는 자긍심이 강한 등산가들의 언어와 허영심이 강한 허세가들의 언어가 동일하게 사용된다.

학자들은 다른 사람들이 비웃는 것도 모른 채 '퇴보하는 군무 내의 유동적 성 정체성과 범문화적 독립성'이라는 이상한 이름의 세미나에 거들먹거리며 참석한다.

등산가들의 언어도 그와 다르지 않다. 나와 같은 보통 사람들은 산장에 체크인할 때부터 그들의 단답형 언어를 이해하기 위해 머리를 쥐어짜야 한다. 그렇지 않으면 다음 날 빈 보온병과 새로운 반려견과 함께 산을 오르는 일이 생길지도 모른다.

지도 보는 법을 배웠다 하더라도, 산장과 산장을 오가기 위해선 다시 공부를 해야 한다. 나는 하르당에르고원의 지도를 구입할 때, 셀 수 없이 많은 주머니가 달린 옷을 입은 한 남자에게서 즉흥적으로 간단한 가르침을 얻을 수 있었다.

"직원이 상주하는 산장은 빨간색 네모로 표시되어 있습니다. 직원이 상주하지 않는 산장은 빨간색 네모 테두리만 표시되어 있습니다. 직원이 상주하지 않지만 예약을 해야 하는 산장은 빨간 네모 안에 빗금이 그어져 있습니다. 개인 소유의 산장은 빨간색 또는 푸른색 원으로 표시되어 있습니다. 질문 있으신가요?"

"이걸 다 배우고 나면 시험도 치나요?"

"그렇지 않습니다. 직원이 상주하지 않지만 음식을 구입할 수 있는 산장은 분홍색 삼각형이고, 음식을 구입할 수 없는 산장은 보라색 마름모꼴입니다. 공용 열쇠를 사용할 수 없는 산장은 별표가 그려진 평행사변형으로 표시되어 있으며, 직접 삽으로 눈을 치우고 들어가야 하는 산장은 쇠지레 그림이 그려져 있습니다."

스웨덴의 가수 라스 빈네르베크Lars Winnerbäck는 자기가 도시를 떠나지 않는 이유를 노래로 불렀다.

당신이 알아야 할 것이 하나 있어요
그곳에 가면
내가 할 수 있는 일이 하나도 없어요

자연은 바로 이런 곳이다. 자연의 가장 중요한 역할은 인간을 항상 바보처럼 보이게 만드는 것이다. 산에 처음 오르는 사람은 시도 때도 없이 항상 다른 사람은 다 알고 있는 그 무언가를 자기만 모르고 있다는 느낌에 시달리기 마련이다. 어느새 줄이 줄어들고 내 차례가 왔다. 그곳에서 파는 맥주를 보니 모두 '핀세'라는 이름을 달고 있었다. 내가 누구인가. 나는 매우 유쾌하고 호의적이며 모든 일에 관심을 보이는 생기발랄한 사람이다. 나는 직원에게 그 맥주가 이 지역에서 제조되는 것인지 물어보았다.

"네, 그렇습니다. 에드바르드가 직접 만들어요."

보아하니 그곳에 모인 사람들은 에드바르드가 누구인지 다 아는 것 같았다.

나는 수치심을 안고 그곳을 떠나는 수밖에 없었다.

바에서 테이블까지는 13미터밖에 되지 않았다. 그 짧은 거리를 움직이는 동안 맥주는 어느새 미적지근하게 변했다. 그곳의 실내 온도는 모르긴 해도 섭씨 60도는 될 것 같았다.

산장에는 사람들로 발 디딜 틈이 없었지만, 식당을 벗어나니 쥐 죽은 듯 고요했다. 그 순간에는 별다른 생각을 하지 않았지만, 지나고 나니 그 이유를 알 수 있을 것 같았다. 사람들은 말할 기운조차 없는 것 같았다. 가족 단위로 온 사람들은 말없이 머리를 맞대고 보드게임에만 열중했다. 그들은 주사위를 들어올리는 것조차 힘들어 보였다. 여기서 우리가 기억해야 할 것이 있다. 그곳에 앉아 있는 사람들은 옷을 여러 겹 입진 않았지만, 모두 양모 재질의 옷차림이었다. 그들은 이미 밖에 나가 몇 시간이나 햇볕 아래에서 걷다가 들어온 사람들이다. 산장에 들어오기도 전에 이미 땀투성이였을 것이다. 그런데도 산장 안에는 벽난로를 피워 숨이 턱턱 막힐 정도로 더웠다.

산장 주인은 숙박객들이 일찍 잠자리에 들기를 원하는지도 몰랐다. 7~8시간 동안 스키를 타고 와서 이미 축 늘어진 사람들에게 80년대에나 먹던 묵직한 음식을 대접하고 벽난로에는 최대치의 장작을 넣어 불을 피웠으니까.

사람들이 더 견디지 못하는 것은 뻔한 일이었다.

우리도 그들과 함께 앉아 있었다. 스키를 타고 오랜 시간을 걷지도 않았기에 힘이 남아돌았지만, 로비의 분위기를 밝게 만드는 데는 역부족이어서 괜히 민망하기까지 했다. 그나마 장비 담당자는 할 일이 있어 다행이었다. 그녀는 안내실 겸 가게 겸 바에 가서 천으로 만든 고리를 하나 얻어 왔다. 우리는 즉흥적으로 고리를 이용해 그녀의 스키폴 손잡이를 고쳐주며 맥가이버(1980~90년대의 텔레비전 시리즈의 주인공. 주변의 사소한 물건으로 무기는 물론 각종 기계까지 무엇이든 다 고치는 사람)인 것처럼 우쭐거렸다. 그 일을 한 후엔 우리도 축 늘어져버렸다. 원래 계획으론 산장에 도착했으니 함께 와인을 마실 생각이었지만, 그조차도 힘겹게 여겨졌다. 게다가 와인을 사러 바까지 가는 길도 너무나 멀게 느껴졌다. 우리는 주사위 놀이를 하기로 했다. 하지만 그 또한 시간을 보내기 위해서였지 재미라곤 하나도 없었다. 게임에서 누가 이겼는지도 기억이 나지 않는다. 어쩌면 우리는 게임을 끝내지 않고 중간에 그만두었는지도 모른다.

저녁 시간은 수영장 물속에서 누가 더 오래 견디나 내기하는 것처럼 변하기 시작했다. 사람들은 무거운 눈꺼풀을 억지로 치켜뜨며 서로를 마주 보았다. 구석 자리에 앉아 있던 한 무리의 청년들이 문을 살짝 열었다. 아스픽 요리가 소개된 이후 처음으로 누군가가 산장의 문을 열어 환기시켰던 대사건이었다. 우리는 얼른 문에 가까운 자리로 옮겨 앉았다. 조금 도움이 되는 것 같았다.

하나둘 피곤에 지쳐 목운동을 하는 사람들이 늘어났고, 그들의 턱은 가슴께에 닿기 시작했다. 사람들은 졸지 않기 위해 허벅지를 꼬집으며 안간힘을 썼다. 여기저기 보드게임을 정리하고 제자리에 넣어두는 사람들이 늘어났다. 9시 30분이 되자 산장 로비에 남아 있는 사람은 4분의 1로 줄어들었다. 문을 열었던 청년들도 자리를 떴다. 호주에서 온 우리의 친구는 책을 읽고 있었지만, 나는 그녀가 이미 오래전부터 졸고 있다고 확신했다. 10시가 조금 지나자 로비에 남아 있는 사람은 우리밖에 없었다. 단답형 직원이 로비에 들어와 청소를 하기 시작했다.

승자는 우리가 될 것이라 확신했다.

여기서 포기하면 안 된다고 생각했다. 우리의 사전에 포기는 없으니까. 우리는 밤새 술과 파티로 즐길 수 있는 사람들이다. 우리는 송년 파티처럼 흥겹게 즐기기 위해 산에 온 사람들이다. 첫날부터 기차만 몇 시간 타고 저녁 10시 30분에 잠자리에 들 수는 없다.

"시가릴로* 생각이 나는군!" 기록 담당자가 말했다.

걱정 담당자는 안절부절못했다.

"시가릴로를 가져오지 않았는데 어떡하지?" 그가 민망한 듯 말했다.

우리는 함께 모여도 담배를 피우는 일은 자주 없었다. 하지만 가끔 파티 자리에선 시가릴로 한 대 정도 피울 때도 있었다. 그 시가릴로를 가져오는 것은 항상 걱정 담당자의 역할이었다. 그는 걱정이 많은 사람이긴 하지만 파티에서 흥을 돋우는 데는 재능이 많은 사람이었다.

"우리가 가져왔어. 이번 여행의 리더는 우리잖아. 리더의 역할을 해야 하지 않겠어?"

내 말에 걱정 담당자는 안도의 한숨을 내쉬었다.

"정말이야?"

기록 담당자가 시가릴로 팩을 꺼냈다.

"우와! 난 이런 여행이 될 것이라곤 상상도 못 했어."

그렇다. 이번 여행은 바로 그런 여행이었다.

산장 밖에는 재떨이가 있는 것으로 보아, 이전에도 담배를 피운 사람이 있었던 것이 확실했다. 그럼에도 잘 시간을 훨씬 넘긴 시각

* 일반적인 시가보다 가늘고 짧은 시가.

에 영하의 날씨에 산장 밖으로 나와 담배 연기를 내뿜으려니 마치 범죄자가 된 것 같은 느낌이 스쳤다.

밖에 나오니 한결 상쾌했다. 문득, 산장 로비를 조금의 틈도 없이 막아놓고 난로에는 거의 1톤이나 되는 장작을 넣어 불을 때는 목적을 짐작할 수 있을 것 같았다. 사람들이 바깥의 추위를 더 감사하게 여길 수 있도록 그러는 것은 아닐까?

고요했다. 기록 담당자는 꿈을 꾸는 듯한 눈초리로 하늘을 올려다보았다. 나는 그 모습을 보며 내일 당장 스키를 타고 걷기 시작하면 그녀가 또 어떻게 변할지 걱정이 되기 시작했다.

문이 열리는 소리에 걱정을 멈추어야만 했다. 우리 네 명은 본능적으로 시가릴로를 등 뒤에 감추었다. 한 남자가 문 밖으로 고개를 쑥 내밀었다.

"오로라가 보이나요?"

한밤중에 산장 밖에 나오는 사람들이 하는 일이라곤 오로라를 구경하는 것뿐일까?

산장의 로비는 텅 비어 있었다. 시각은 밤 10시 50분. 이젠 객실로 들어가서 자는 일만 남았다. 우리 방에 누가 먼저 들어와 자고 있지만 않다면 좋겠다고 바랐다.

모두들 다음 날의 스키 여행이 기대된다고 말했다. 일기 예보에 의하면 날씨도 좋고 공기도 신선할 것이다. 영하의 날씨라도 상관

없었다. 장비 담당자의 스키폴은 이미 수선을 한 후였다. 우리는 충분히 숙면을 취한 후 힘차게 하루를 시작할 것이다.

"잘 자."

우리는 저녁 인사를 나누었다.

"밤새 핸드폰을 충전하는 건 매우 위험해." 걱정 담당자가 걱정했다.

다음 날, 우리의 첫 스키 여행은 줄 서는 것으로 시작되었다. 아침 식사를 하러 내려가니 따뜻하게 데운 음식이 자리한 진열대, 빵이 자리한 진열대, 그리고 커피라고 생각되는 음료수가 자리한 진열대 앞에 각각 긴 줄이 이어져 있었다. 물론 줄 앞에 정확히 어떤 음식이 있는지는 확신할 수 없었다. 나는 8학년 때부터 항상 줄을 잘못 알고 서는 경향이 있었으니까.

어쩌면 식사를 하러 내려오기 전에 이미 나도 모르게 몇 가지 실수를 했을지도 모른다. 충분히 가능한 일이었다.

우리는 기록 담당자가 힘차게 부르는 〈즐거운 여행자〉 노래로 활기차게 하루를 시작했다.

장비 담당자는 만반의 준비를 갖추고 들떠 있었으며, 걱정 담당자는 잠을 제대로 못 잤다면서 얼굴을 찌푸렸다. 그는 우리에게 선크림 바르는 것을 잊지 말라고 당부했다. 그다음이 문제였다. 무슨 옷을 입어야 할까? 아니, 얼마나 많은 옷을 껴입어야 할까? 밖은 기온이 영하 15도 이하로 살을 에는 듯 추웠다. 기록 담당자가 기발

한 제안을 했다. 내복을 두 겹으로 입으면 어떨까? 나는 생각지도 못했던 아이디어였다. 그런데 정말 그렇게까지 할 필요가 있을까? 스키용 바지와 플리스 재킷과 방풍 재킷도 입어야 할 텐데? 모자를 두 개 겹쳐 써야 할지도 모른다. 한 번 결정하면 되돌릴 수 없는 일이기도 했다. 영하 15도의 날씨에 하르당에르고원 위에서 내복을 갈아입을 수는 없으니까.

우리는 그녀의 제안에 따라 내복을 두 개 겹쳐 입기로 했다. 얼굴에는 선크림을 두 겹이나 발랐다. 자연 속에 있을 때는 최대한 자연의 영향에서 벗어나야 한다.

그리고 우리는 손을 깨끗이 씻었다.

식사 테이블에서 내 옆자리에 앉은 여자는 익숙한 손놀림으로 지도를 보고 있었다. 그녀는 베르겐에서 왔으며, 몇 시간 후에 기차로 도착할 친구들을 기다리는 중이었다. 그들은 함께 만나 크렉차로 가기로 했다. 우리는 비록 바이러스가 창궐하긴 했지만, 올해 부활절은 예년보다 일찍 찾아왔고 날씨도 좋아 금상첨화라는 이야기를 나누었다. 그녀는 크렉챠까지 약 대여섯 시간이면 갈 수 있을 것이라 예상했다. 그녀는 스키에 블루 또는 그린 왁스를 바를 것이라 말했다. 그와 동시에 우리 테이블은 스키 왁스에 관한 토론으로 왁자지껄해지기 시작했다. 맞은편에 있던 남자 두 명은 블루나 그린 왁스가 적합할지 확신할 수 없다고 말했다. 나는 그들의 말에 귀를 기울일 필요가 없었다. 왜냐하면 나의 스키는 왁스를 바르지 않아도 되는 전천후 스키였으니까. 그들은 내가 전천후 스키를 가져왔다고 하니까 이상한 눈빛을 던졌다. 왁스를 바르지 않아도 되는 전천후 스키는 가수들이 립싱크를 이용해 노래를 하는 것에 비교할 수 있었다.

일행이 스키에 왁스를 문지르는 동안, 나는 로비 안내실에 서서 다른 일행들과 함께 크렉챠까지 몇 시간이나 걸릴지 대화를 나누었다. 어떤 이는 다섯 시간이라 말했고, 어떤 이는 일곱 시간이라 말했다. 나는 인터넷으로 검색을 해보았다. 하르당에르고원에서 가이드를 대동해 핀세에서 크렉챠까지 가는 스키 여행은 8시간에서 9시간 정도 걸린다고 나와 있었다.

그렇다면 우리가 할 수 있는 일은 단 하나뿐이었다.

직접 스키를 타고 가보는 수밖에.

하지만 그 전에 먼저 손을 깨끗이 씻어야 했다.

술과 시가릴로

세 번째 단계

핀세 »» 크렉챠. 26마일. 스키.

예상 시간

누구에게 묻느냐에 따라 4~9시간까지 차이가 남.

이 여행을 통해 우리가 대답을 얻을 수 있는 질문들

기록 담당자는 종교를 대하듯 자연에 빠져들 것인가?
우리는 얼어 죽지 않을 만큼 충분히 옷을 입었는가?
옷을 너무 많이 입은 건 아닌가?
걱정 담당자는 이 여행에서 살아남을 수 있을까?
미봉책으로 수리한 장비 담당자의 스키폴은 여행 내내 무사할까?

그리고 가장 중요한 질문

크렉챠까지는 도대체 몇 시간이나 걸릴까?

10분 후. 장비 담당자의 스키폴이 또 망가졌다. 이번에는 다른 쪽 폴이었다. 역시 손잡이 부분의 고리가 떨어져 나갔다. 약 30년 동안 무사하던 고리가 이번 여행을 시작하자마자 떨어져 나간 것이다. 80년대에 제조된 스키 장비에 대해선 하고 싶은 말이 많지만,

그중에서도 확실한 것 하나는 스키폴의 품질은 대충 비슷하다는 점이다.

15분 후. 그녀의 스키폴은 수선되었다. 우리 일행의 맥가이버를 자칭했던 기록 담당자가 산장에서 여분의 고리를 가져왔기에 수선하는 것은 그리 어렵지 않았다. 그녀의 손이 거친 후엔 오히려 폴의 손잡이가 더욱 튼튼해진 것 같기도 했다.

그날의 목적지까지는 아직 25킬로미터를 더 가야 했다.

25분 후. 우리는 10여 분간 침묵을 지키며 걸었다. 기록 담당자는 가끔 걷는 속도에 불만이 있는지 조급한 눈빛으로 우리를 바라보았다. 나는 그녀의 경쟁심이 고개를 들까 봐 자못 걱정이 되었다. 불행 중 다행이었던 것은, 주변 경치를 바라보는 그녀의 눈에 종교적 경외심을 찾아볼 수 없었다는 점이다. 전날의 일기 예보와는 달리 하늘에 구름이 끼어 있었기 때문일까.

30분 후. 걱정 담당자는 발에 물집이 생겼다고 선언했다. 예상했던 일이었다.

35분 후. 장비 담당자가 천천히 뒤처지기 시작했다. 나는 그녀의 스키폴 때문이라고 짐작했다. 비록 튼튼하게 수선하긴 했지만, 그녀의 스키폴은 꽤 짧았다. 그녀는 어머니에게서 그것을 물려받았다고 했다. 그녀의 어머니는 그녀보다 훨씬 키가 작았던 것이 틀림없다. 그게 아니라면, 이 세상의 다른 스키폴들이 세월과 함께 점점 자랐기 때문일 수도 있었다. 기억하건대, 내가 어렸을 때는 스키폴의 끝이 겨드랑이에 닿는 것이 정석이었다. 하지만 지금 내가 사용하는 스키폴은 그보다 훨씬 길다. 요즘 생산되는 스키폴은 모두가 이처럼 길게 나온다. 적어도 스포츠 가게에서 선글라스를 끼고 있던 직원은 그렇게 말했다. 어쨌든 신식 스키폴을 사용하니 좀 더 빨리 앞으로 나아가는 것 같기도 했다. 그도 그럴 것이, 폴이 짧으면 앞으로 나아가기 위해 몸을 굽혀야 하니 그만큼 시간이 더 걸릴 것이다.

45분 후. 우리는 초콜릿과 커피를 마시기 위해 잠시 발을 멈추고, 지나온 길을 평가해보았다. 걱정 담당자는 그새 물집이 하나 더 생겼다고 말했다. 역시 예상했던 일이었다. 장비 담당자는 우리보다 훨씬 빨리 숨을 몰아쉬고 있었지만, 여전히 환한 미소를 보여주었다. 스키폴이 말썽을 부렸음에도 불구하고 용기를 잃은 것 같진 않았다. 따지고 보면 용기와 배짱의 차이는 미미하고, 배짱과 히스테리적 흥분 상태의 차이 또한 미미하다. 특히, 일행보다 폴을 두 배나 더 많이 움직여도 뒤에 처질 때면 더욱 그러하다. 기록 담당자는 더 조급해졌다. 그게 아니라면, 어디가 아프거나 무언가 마음에 들지 않는 것이 분명했다. 하지만 우리는 등산 경험자들이기에 잘 극복해낼 수 있을 것이다.

우리는 잠시 쉬며 우리가 잘할 수 있는 일들을 차례차례 했다. 그것은 바로 가만히 서서 커피를 마시고 농담을 하는 것이었다. 이번에도 역시 산을 주제로 농담을 주고받았다. 우리는 갖가지 서로 다른 모양의 산등성이를 보며 애칭을 붙여보기로 했다. 물론 우리는 사람들이 많이 찾는 유명한 장소에는 항상 비현실적인 존재와 인간의 신체 부위, 또는 삶의 보금자리 등이 적절하게 조합되어야 한다는 규칙을 엄격히 따랐다.

"트롤의 비장."

"유니콘의 발목."

"니세•의 허벅지."

"뇌크••의 횡경막."

"베테•••의 질."

"훌더••••의 턱."

"투세•••••의 고추."

"신의 쓸개."

"늑대인간의 자취방."

"악마의 지하실."

• 북유럽의 성탄절을 대표하는 작은 요정.
•• 북유럽 물의 요정으로 변신하는 재주가 있다.
••• 북유럽 요정의 일종.
•••• 여성성을 가진 북유럽 요정.
••••• 트롤의 일종.

더는 생각이 나지 않았다. 날씨는 춥고 하늘엔 구름이 잔뜩 끼어 있었다. 5분 이상 가만히 서 있다면 온몸이 얼어붙을 것만 같았다.

하지만 나는 우리가 농담을 할 여유를 가질 수 있어 매우 만족했다. 농담은 밖에서 하는 수밖에 없었다. 왜냐하면 산장에는 저녁이 되면 농담을 할 시간이 없다. 스키를 탔던 시간은 물론 거리와 눈의 상태 등이 대화의 주제로 등장하면 농담을 하기 위해 끼어들 새를 찾을 수가 없다. 뿐만 아니라 올해 부활절이 예년보다 이르다는 말, 날씨가 좋다는 말도 해야 한다. 이 시기에 세상에서 이보다 더 좋은 곳은 없다는 말도 해야 한다. 만약 그 순간 누군가가 세이셸* 을 입 밖에 낸다면 분위기는 대번에 흐려질 것이다. 이것은 모두 경험을 바탕으로 하는 이야기다. 뿐만 아니다. 스키 왁스의 종류와 전천후 스키의 장단점에 관해서도 토론을 해야 하며, 눈사태나 바이러스에 관해서도 살짝 허세가 들어간 말을 늘어놓아야 한다. 이 모든 대화를 저녁 10시 30분 전까지 한 번씩은 다 해야 한다. 그 때문에 무의미한 농담을 하며 웃고 떠들 시간이 없는 것이다.

기억해야 할 것은 더 있다. 만약 밖에서 스키를 타며 농담을 하고 싶다면 잠시 휴식을 취할 때나 가만히 서 있을 때 해야 한다. 지금까지 산과 자연을 찬미하는 사람은 수도 없이 봤지만, 그 어느 누구도 산 위에서 스키를 탈 때 귀가 따가울 정도로 시끄럽다는 말은 해주지 않았다. 스키는 눈을 스칠 때 소리를 낸다. 눈 위를 찍는

* 아프리카 동부, 인도양에 위치한 섬나라.

스키폴도 소리를 낸다. 방풍 재킷 또한 움직일 때마다 엄청난 소리를 만들어낸다. 게다가 일반적으로 산중의 스키 트랙은 하나뿐이다. 그 때문에, 일행이 함께 스키를 탈 때면 나란히 서서 가는 것이 아니라 앞뒤로 서서 한 줄로 가야 한다. 모자는 또 어떤가. 추위와 바람을 피하기 위해 우리는 귀가 덮일 정도로 모자를 꾹 눌러쓴다. 가끔은 모자를 두 개 겹쳐 쓰는 사람도 있다. 목에 두른 목도리로는 입까지 막아버린다. 이쯤 되면 스키를 타고 가면서 세상의 크고 작은 문제를 해결하기 위해 대화를 하는 것은 거의 불가능하다.

그중에서도 가장 시끄러운 소리를 만들어내는 것은 바로 재킷에 달린 후드다. 만약 후드를 쓰고 있다면 대화를 포기하는 것이 좋다. 청각 장애를 얻지 않는 것만으로도 만족해야 한다. 사람들은 춥고 바람 부는 날이면 으레 후드를 쓰기 마련이다. 후드의 특징은 세상의 모든 소리를 머리 뒤쪽에 모았다가 귀를 지나쳐 다시 앞으로 보낸다는 것이다. 후드를 쓰고 걸으면 마치 풍동에 들어간 것 같다. 아니, 후드는 풍동 그 자체라 해도 과언이 아니다.

스키를 타고 걸으며 대화를 나누려면, 서로를 향해 크게 소리를 질러야 한다. 걱정 담당자는 큰 소리를 내면 눈사태를 유발시킬 수도 있기 때문에 절대 큰 소리로 말을 해선 안 된다고 말했다.

1시간 후. 우리는 사람들이 모두 어디에 있는지 궁금해지기 시작했다. 우리는 산장을 나설 때부터 사람이라곤 코빼기도 보지 못했다. 우리는 자연을 존중했기에 트랙을 벗어나 걷지도 않았다. 산중에는 스키 트랙이 하나뿐이었다. 동계 올림픽의 스키 트랙처럼 잘 준비된 것이라곤 할 수 없지만, 분명 트랙이 있긴 있었다. 그러니, 분명 우리보다 먼저 그 트랙을 지나간 사람이 있을 것이다. 그들은 지금 어디에 있을까? 이미 크렉챠에 도착한 것일까? 아니, 어쩌면 산장 숙박객들은 우리가 자고 있을 아침 7시에 이미 매스스타트•를 했던 것이 아닐까? 우리는 오전 10시 30분쯤 느지막이 출발했다. 그 시간이라면 부지런한 등산가들에겐 오후나 다름없을 것이다. 그렇다면 우리는 트랙에서 가장 마지막 주자일 것이다. 아니, 아침 식사 시간에 보았던 여자도 크렉챠에 간다고 하지 않았던가? 그녀는 기차를 타고 올 친구들을 기다린다고 했으니, 우리보다 훨씬 늦게 출발했을 것이다. 하지만 우리 뒤에도 사람의 그림자는 보이지 않았다. 앞쪽에도 마찬가지였다. 우리의 시력에 이상이 있는 것은 절대 아니었다. 아니, 저 멀리 앞쪽에 조그마한 점처럼 보이는 사람들이 있긴 했다. 부활절 산 위에선 산장과 산장에 이르는 길이 사람들로 바글바글하다 하지 않았던가? 쳇!

1시간 10분 후. 나는 스키 테크닉에 집중하기로 마음먹었다. 힘들이지 않고 스키에 내 몸을 맡기기로 했던 것이다. 어느새 나는 리듬을 타기 시작했고, 하르당에르고원 위를 날다시피 하며 앞으로 나아가고 있었다. 만족스러웠다. 하지만 5분도 채 지나지 않아

• 마라톤이나 크로스컨트리 스키 또는 일부 육상 경기에서 집단 출발을 하는 방식.

흥미가 사라져버렸다.

1시간 15분 후. 나는 〈도레미 송〉을 기억해보려 노력했다. 그 노력이 헛되지 않게 나는 후렴구를 완벽하게 기억해 부를 수 있었다. 나의 뇌와 신체가 정상적으로 작동한다는 점에 매우 만족했다.

1시간 30분 후. 구름이 걷히기 시작했다. 우리는 잠시 휴식을 취하며, 화창한 햇볕 아래서 지금까지의 여정을 평가하는 시간을 갖기로 했다. 걱정 담당자는 예상했던 대로 발목 뒤에 물집 하나를 더 얻었고, 장비 담당자는 여전히 생기로 가득했다. 그녀의 숨소리는 우리보다 더 거칠고 빨랐으며, 그녀의 스키폴은 더 자라지 않은 채 원래의 길이를 유지하고 있었지만, 맥가이버를 자처한 기록 담당자의 손이 거쳐 간 폴의 손잡이는 여전히 튼튼하게 제 역할을 하고 있었다. 그녀는 햇볕에 살짝 눈살을 찌푸리며, 만족스럽고 당당한 미소를 지었다. 어쩌면 자연을 경외하는 종교인으로 변모할 사람은 기록 담당자가 아니라 장비 담당자였을지도 모른다. 다시 한번 말하건대 깊은 종교심과 히스테리의 차이는 그리 크지 않다.

1시간 35분 후. 우리는 추위를 견디지 못해 다시 걷기 시작했다.

1시간 45분 후. 우리는 여전히 제자리에 머물러 있었다. 장비 담당자가 스키를 다시 제대로 신지 못했기 때문이다. 따지고 보면,

스키 장비는 눈과 추위 속에서 제대로 작동하는 때가 거의 없다. 스키의 바인딩이나 스키화의 아래쪽에 얼음이나 눈이 조금만 붙어 있어도 문제가 생긴다. 만약 카이고Kygo•가 태어나기 전에 제조된 스키라면, 스키를 신고 걷기까지 최소 15분 이상은 소비해야 한다.

약 15분 정도 서 있다 보면 슬슬 조급해지기 시작한다. 우리에게도 그런 일이 일어났다. 장비 담당자는 일행을 기다리게 한다는 생각 때문에 허둥지둥했고, 그 때문에 스키를 제대로 신는 일은 점점 더 어려워지기만 했다. 그녀의 미소도 점점 굳어지기 시작했다. 내 손은 점점 시려오기 시작했다. 하지만 나는 경험상 일단 다시 걷기만 한다면 괜찮진다는 것을 잘 알고 있었다. 산 위에서의 경험은 매우 중요하다. 우리처럼 최신식 스키 장비로 꾸미지 않은 두 사람의 손도 얼어붙기 시작했다. 선글라스에는 서리가 끼기 시작했고, 모자는 추위를 막아내기에 어림도 없었다.

그 상황에서 가장 머릿속이 복잡했던 사람은 바로 기록 담당자였다. 어떤 일이라도 생길 수 있는 상황이었다. 그녀를 가장 잘 아는 나는, 스키를 다시 신기 위해 힘을 들이지 않아도 되고 선글라스에 서리도 끼지 않았기에, 가만히 제자리에 서서 두 겹의 모자 아래에 자리한 그녀의 이마를 뚫어지게 바라보았다. 그녀의 머릿속에는 성마른 경쟁심과, 사교성을 바탕으로 한 책임감이 갈등을 일으키고 있었다. 그녀는 어려움에 처한 친구를 도와주고 일행을

• 노르웨이의 DJ 겸 음악 프로듀서. 1991년생.

결속시킬지, 또는 조금 전보다 더 작아진 저 앞쪽의 점들을 따라가기 위해 친구를 내팽개치고 달려가야 할지 고민하고 있었다. 그녀는 우리가 눈치채지 않게 슬쩍 시계를 보며 복식호흡을 했다. 아마도 그녀는 일행을 두 그룹으로 나누고 싶었을 것이다. 스키와 체력이 받쳐주는 한 그룹은 당장 크렉차까지 달려가 햇볕을 받으며 맥주를 마시면서 뒤늦게 오는 이들에게 코웃음을 쳐보자고 제안하고 싶었을 것이다.

그녀는 일행을 하나하나 차례로 돌아보았다. 턱수염에는 하얀 서리가 맺혀 있고, 너무나 얇은 모자와 앞을 제대로 볼 수 없는 도시풍 선글라스를 낀 남자. 굳은 미소를 지으며 어떻게든 빨리 스키를 다시 신어보려 쉴 새 없이 발로 툭툭 차는 여자. 촌스러운 녹색 재킷을 입고 가만히 서서 그녀의 이마만 뚫어지게 바라보는 남자.

그녀는 모든 사람들이 다 알아차릴 수 있는 사실을 그제야 깨달았다. 일행에겐 도움이 필요하다는 것을.

그녀의 경쟁심은 고개를 숙였다.

기록 담당자의 책임감이 고개를 들었다. 그녀는 어려움에 처한 친구들을 내버려두고 홀로 앞으로 나아가진 않을 것이다. 나는 시시때때로 문제를 만드는 우리 일행을 보며 알 수 없는 안도감을 느꼈다.

기록 담당자와 나는 사전에 충분한 준비를 했다. (실내에서 선글라스를 끼고 있던 가게 직원에게 속았다고도 말할 수 있을 것이다.) 우리는 필요하다고 생각되는 물건들을 각각 두 개씩 배낭에 넣어왔다. 기록 담당자는 부드러운 목소리로 지시를 내렸다. 모자와 장갑이 재분배되었고, 한 사람도 빠짐없이 좀 더 준비된 모습으로 변신했다. 우리는 이제 다시 앞으로 나아갈 준비를 마친 것이다.

물론, 장비 담당자도 다시 스키를 신는 데 성공했다.

2분 5초 만에 얼어붙었던 내 손가락에는 다시 피가 돌기 시작했다. 산장을 나설 때부터 계속되었던 오르막길은 어느새 평평하게 변했고, 햇볕은 따스했다. 눈앞의 산은 끝없이 펼쳐져 있었고, 기록 담당자는 미소를 지었다. 장비 담당자와 걱정 담당자도 미소를 지었다. 아름답기 그지없는 광경이었다.

그리고…?

내가 등산에 미쳐버린 친구들에게 설명하기 곤란한 것이 한 가지 있다. 등산의 전도사들이라 할 수 있는 그들은 산행 후에 항상 이런 말로 나를 설득하곤 했다. "너라면 할 수 있을 거야." "문제없어." "그다지 어렵지 않아."

하지만 문제는 그것이 아니다. 나도 꼭 해야 한다면 등산을 할 수 있는 사람이다.

문제는 바로 산을 오르는 것이 너무나 지루하다는 것이다.

등산은 내게 그럭저럭 할 만한 일에 불과했다. 이 "그럭저럭"이라는 말은 전문 등산가들에게선 아이러니를 담은 단어로 취급된다. 그들은 소셜미디어에 하르당에르고원에서 그럭저럭 좋은 시간을 보냈다고 말한다. 그럴 때 그들의 말에선 항상 아이러니를 엿볼 수 있다. 왜냐하면, 그들이 소셜미디어에 올린 사진 속에는 눈을 뗄 수 없을 정도로 아름다운 경치가 담겨 있기 때문이다. 사람들은 그것을 보며 사무실이나 야외 카페의 시끌벅적한 소란함에서 벗어난 사진 속의 주인공을 보며 질투를 느끼기 마련이다. 그런데, "그럭저럭"이라니.

나는 현대 사회의 노예이기 때문에 그런 사진을 보며 질투를 느껴야만 한다. 하지만 전혀 그렇지 않았다. 산에 오르면 5분만 더 가면 된다는 말을 자주 듣는다. 그 5분은 30분이 되고, 다시 1시간으로 늘어난다. 이런 상황 속에선 산행이 단조롭고 지루하다고 생각하게 된다. 똑같은 동작을 반복함과 동시에 주변의 경치 또한 반복된다. 사람들은 바로 이러한 반복을 통해 내면의 안정을 얻는다고 한다. 바로 그 때문에 사람들은 산에서 스키를 타는 것이 바로 명상을 하는 것이나 다름없다고 말하기도 한다.

이것은 일종의 뉴에이지 흐름이었던가?

그것이 아니라면 세상에서 가장 맛이 좋은 생선수프 때문이었던가? 황금 같은 휴가를 얻어 단조로운 동작을 반복하며 느릿느릿 스키를 타는 일에 시간을 소비한다면, 이보다 더 지루한 일이 어디 있단 말인가? 하지만 사람들은 이를 인정하려 들지 않는다. 바로 그 때문에 명상이라는 말로 꾸며대기에 바쁜 것이다. 내 귀에는 이 말조차도 지루하고 우스꽝스럽게 들릴 뿐이다.

일반적으로 우리의 경험을 말할 때, 그것이 그럭저럭 좋았다거나 평범하다고 인정하기는 쉽지 않다. 바로 그 때문에, 우리는 관광객들이 드문 곳을 찾아나서는 것이다. 하지만 그것이 우리가 진실로 원하는 것이라 단정할 수는 없다. 왜냐하면, 세상 곳곳에서 관광객들이 드문 곳을 찾기는 매우 쉽기 때문이다. 그런 곳을 원한다면 공업 지대로 가면 된다. 하지만 우리는 관광객들이 모여들 만한 특별한 곳을 원한다. 물론 그곳에는 관광객이 없어야 한다. 우리가 원하는 것은 프랑스의 한 광장을 돌아서자마자 마주칠 수 있는 작고 예쁜 마을이다. 그곳에는 모든 여자들이 아멜리라는 이름을 가지고 있는 것처럼 보이고, 모든 남자들이 헐렁한 바지를 입고 있으며, 그들은 통통한 할머니가 대대로 전해 내려오는 방법으로 만든 바게트나 고유 음식을 손에 든 채 영어라고는 한마디도 할 생각이 없는 것처럼 걷고 있다. 물론 거기에 관광객들은 한 명도 없어야 한다. 우리가 원하는 곳은 바로 그러한 장소가 아니었던가. 바로 그 때문에, 인터넷에는 관광객들이 많이 찾지 않는 관광명소를 소개하는 블로그로 넘쳐난다.

2시간 후. 우리는 잠시 쉬어가기로 했다. 휴식을 취하는 것은 매우 중요한 일이다. 우리는 시간에 맞춰 해야 할 일도 없었기에 느긋하게 휴식을 즐길 수 있을 것이다. 심지어는 기록 담당자조차도 딱히 생각해둔 일이 없는 것 같았다.

나는 마음속에 넣어두었던 말을 꺼냈다. 아무리 경치가 좋다 하더라도 몇 시간째 반복해서 같은 동작으로 걷기만 하는 이 일이 너무나 지루하다고 말했다. 장비 담당자는 동의하지 않았다. 그녀는 거의 흥분하다시피 하며 이보다 더 환상적인 일은 없을 것이라고 말했다. 걱정 담당자 역시 내 말에 동의하지 않았다. 나는 그를 이해할 수 있었다. 그의 머릿속은 걱정할 일로 가득 차 있을 테니까.

"사람들에게 물어보는 건 어때?" 기록 담당자가 말했다. 경쟁심을 버리고 책임감으로 똘똘 뭉친 그녀는 이제 나의 리서치 작업에도 책임지고 도움을 주려 하는 것 같았다.

"사람들을 만날 수 있다면야…."

"만날 수 있을 거야. 여기서 만날 수 없다면 저녁에 산장에 도착했을 때 물어보면 되잖아. 백이면 백 부활절 산에서 스키를 타는 것이 환상적이라고 말하지만 실제로는 많은 사람들이 이 일을 지루하다고 생각할 거야."

그녀는 나머지 여정을 책임졌을 뿐 아니라 우리에게 동기도 부여해주었다. 우리에겐 지루함을 이겨내고 기대할 만한 그 무언가가 필요했다. 그도 그럴 것이, 우리는 사람들의 그림자도 볼 수 없는 산길을 걷고 있었고, 그 길은 끝이 보이지 않았으며, 낡아 망가진 스키폴과 물집 때문에 고생하는 중이었으니까. 우리는 2시간 반이 지나면 점심을 먹기로 했다. 바위에 등을 기대고 얼굴에 내리쬐는 햇볕을 받으며 인스타그램에서 볼 수 있는 사진 속 주인공처럼. 3시간 반이 지나면 술을 한 모금 마시며 시가릴로를 꺼내들 계획이었다.

기록 담당자는 당연히 휴대용 술병을 가져왔다. 이제 그녀는 우리 일행을 전적으로 책임지는 리더가 되었다.

술과 시가릴로에 대한 기대감 때문인지, 또는 기분 좋은 햇볕 때문인지는 모르겠지만, 그다음부터는 훨씬 가볍게 발을 옮길 수 있었다. 심지어는 앞으로 나아가며 미소를 짓기도 했다. 가끔 지나가는 사람들을 만날 수 있었던 것도 분명 도움이 되었을 것이다. 무리를 지어 줄을 서서 가는 사람들은 어디에서도 볼 수 없었지만, 가끔 가족 단위의 사람들이나 선글라스를 낀 여인이 "안녕하세요"라고 인사를 건네며 우리를 지나쳤다. 산 위에서는 사람들을 만나면 항상 인사를 주고받는 것이 관례다. 이러한 인사를 주고받음으로써 우리가 원하는 인간상에 한 걸음 더 가까이 다가갈 수 있다고 생각하는 것일까. 우리는 흔히, 미국인들의 가벼운 잡담이나 영국인들이 쉴 새 없이 입에 올리는 "감사합니다, 미안합니다" 등의 말을 들으면 피상적이고 심지어는 천박하다는 생각마저 할 때가 있다. 하지만 산중에서 만난 노르웨이인이 낯선 이와 마주쳤을 때 건네는 "안녕하세요"라는 한마디 인사말은 큰 의미를 지니고 있다. 특히, 다음번 사람과 마주치려면 최소 한 시간은 더 가야 하는 산 위에선 이러한 인사말이 진심일 수밖에 없다. 따라서 산 위에서 낯선 사람과 마주쳤을 때 인사를 건네지 않거나 발을 멈추고 예의를 갖춘 안부를 묻지 않는다면 상대방은 일종의 배신감마저 느낄 수 있다. 나는 굳이 멈춰 설 마음이 없는 사람들을 억지로 불러 세워 말을 거는 일에서 조금의 환희를 느꼈다. 발을 멈추려 하지 않는 사람들은 스키를 타며 그 리듬감을 잃고 싶지 않기 때문이다. 물론 그들은 명상 중일지도 모른다. 하지만 나는 이 여행을 좀 더 재미있게 즐길 수 있는 일을 하고 싶었다.

낯선 사람들이 발을 멈추고 서로에게 인사를 건네는 것은 자연 속에서만 경험할 수 있는 삶의 한 부분이라 해도 과언이 아니다. 일상에서도 이렇게 할 수 있다면 얼마나 좋을까. 우리는 산 위에서 만난 대부분의 사람들에게 말을 걸었다. 그들은 모두 하나같이 유난히 일찍 시작된 부활절, 높이 쌓인 눈, 블루 또는 그린 왁스, 그다지 미끄러짐이 좋진 않지만 전천후 스키도 나쁘지 않다는 이야기 등을 늘어놓았다. 우리는 그들에게 크렉챠까지 얼마나 걸릴지 물어보았다. 모두들 킬로미터 단위로 대답을 했다. 하지만 그 대답은 우리에게 조금도 도움이 되지 않았다. 우리에겐 속도계가 없었기에 시간당 몇 킬로미터를 움직이는지 전혀 알 수 없었기 때문이다. 하지만 매번 물어볼 때마다 크렉챠까지는 우리가 생각했던 것보다 훨씬 멀다는 느낌을 지울 수 없었다.

2시간 30분 후. 우리는 마침내 점심 도시락을 먹을 수 있는 위치에 도달했다. 더 정확히 말하자면, 그 시간은 대부분의 사람들이 점심을 먹는 시간이었기에 우리도 동참했던 것이다. 적어도 그곳에 이르니 몇몇 일행이 휴식을 취하며 간식을 먹는 모습을 볼 수 있었다. 좋은 자리는 이미 그들이 점거해버렸기에, 우리는 음식을 먹을 만한 자리를 찾는 데 꽤 시간을 들여야만 했다.

2시간 35분 후. 우리는 스키를 벗어던지고 배낭을 내려놓았다.

도시락과 보온병을 꺼내고 보니, 우리가 잡은 자리는 하르당에르고원에서 점심을 먹기엔 가장 추운 곳이라는 것을 깨달았다. 우리는 손가락이 얼어붙기 전에 서둘러 도시락을 먹어야 했다.

그 전에 장비 담당자가 스키를 벗을 수만 있다면 말이다.

2시간 55분 후. 무거운 짐썰매를 끌며 스키를 타는 한 여자와 마주쳤다. 그녀는 스키를 타고 그린란드를 횡단하기 위해 매일 몇 시간씩 운동을 한다고 했다. 부활절 휴가를 그런 일에 사용하다니! 기록 담당자는 우리에게 의미심장한 눈빛을 던진 후, 그녀에게 매일 똑같은 일을 반복하는 것이 지루하지 않냐고 물었다. 그녀는 전혀 지루하지 않다고 대답했다. 오히려 정반대라고 했다. 부활절 휴가를 보내는 방법 중엔 이보다 더 좋은 것이 없다고도 했다. 또한 그녀는 우리가 예상했던 말들을 차례차례 늘어놓았다. 예년보다 이른 부활절, 화창한 날씨, 그린 왁스. 어쩌면 블루 왁스가 더 적합할지도 모른다는 말과 크렉차까지는 약 10킬로미터 남았다는 말을 한 후, 그녀는 다시 앞으로 나아갔다. 긴 휴식을 취할 여유가 없었을 것이다.

그녀는 매우 평범한 사람처럼 보였다. 전형적인 교사 또는 보험설계사, 또는 유아 보육사나 미디어 회사 직원일지도 몰랐다. 어쩌면 편의점 직원이거나 바이올리니스트일지도 모른다. 그녀에게도 가정이 있을 것이며 집에서는 평범한 일상을 누릴 것이다. 하지만 여가 시간에는 세상에서 가장 큰 섬을 스키로 횡단할 야무진 계획을 가지고 있는 사람이었다.

나는 가끔 노르웨이에서 사는 것은 구동독에서 사는 것과 비슷하다는 생각을 할 때가 있다. 이때 국가안보부의 역할을 하는 것은 바로 자연이다. 항상 누군가가 우리를 주시하고 감시하는 것 같은 느낌을 떨칠 수가 없기 때문이다. 노르웨이에서는 어디를 가나 등산가들을 볼 수 있다. 우리는 그들이 어떤 사람인지 확신할 수 없다. 그들은 우리의 친구일 수도 있고, 이웃일 수도 있다.

몇 년 전, 나는 전형적인 예술가처럼 감수성이 풍부하고 섬세한 손가락을 가진 한 남자와 알고 지내게 되었다. 그는 연극, 음악, 미술에 깊은 관심을 보였다. 한마디로 말해서, 그는 학창시절 친구도 별로 없었고 체육과는 담을 쌓은 채 관심이 가는 실내 활동에만 전념을 다하는 창백하고 재능 있는 사람으로서, 대학에 가고 난 후에야 관심을 같이하는 또래 청년들과 어울렸던 사람처럼 보였다. 어느 날, 악보를 정리하던 그가 갑자기 지나가는 말투로 친구들과 함께 알프스산에서 스키를 타고 왔다고 내게 말하는 게 아닌가.

나는 이미 앞에서 말했다. 우리는 그들이 어떤 사람인지 절대로 확신할 수 없다고!

우리는 자주 자연과 등산에 푹 빠진 사람들을 쉽게 웃음거리로 만드는 경향이 있다. 하지만 그것은 매우 신중을 기해야 하는 일이다. 우리 주변의 그 누가 자연 국가안보부 요원인지 확신할 수 없기 때문이다.

앞선 얘기와는 조금 반대되는 것이지만, 개인정보 보호법을 정확히 지키는 범주 내에서 나의 주치의 이야기를 해보겠다. 여러 해 동안 내가 찾았던 주치의가 청년 시절에 꽤 실력 있는 스케이트 선수였다는 소문을 들은 적이 있다. 나는 믿을 수 없다며 코웃음을 쳤다. 나의 주치의는 언뜻 보기에도 스케이트는 물론, 그 어떤 운동도 못할 것 같은 사람이었다. 내가 그를 좋아했던 것도 바로 그 때문이었다. 그는 유쾌하고 수다스러우며 몸집도 꽤 작았다. 항상 셔츠의 단추를 보통 사람보다 하나 더 열고 다니기도 했다. 그는 술 한 잔을 손에 들고 만족스런 미소를 머금은 채 카나리 군도의 야외 카페에 앉아 있으면 딱 어울릴 것 같은 사람이었다. 그의 코끝은 항상 발갛게 상기되어 있기도 했다. 소문을 접한 후 궁금해진 나는 인터넷으로 검색을 해보았다. 내가 알아낸 것은 그가 정말 과거에 스케이트 선수로 활약했다는 사실이었다. 꽤 실력도 있었다. 심지어는 한숨도 자지 않고 자전거로 2000킬로미터를 달려 기네스북에 오르기도 했으며, 백 년도 더 된 것 같은 낡은 자전거로 80일 동안 그린란드에서 남극까지 지구의 남북 횡단을 했던 사람이었다. 이 사실을 알아낸 후, 그와의 관계도 달라졌다. 나는 단지 몸이 여기저기 쑤신다고 그에게 찾아가 불평할 수 없을 것만 같았다.

우리는 그들이 누군지 정확히 알 수 없지만, 그들은 우리 주변 곳곳에서 찾아볼 수 있다. 술집 구석에 앉아 있는 통통한 남자일 수도 있고, 90년대부터 햇빛이라곤 전혀 받아보지 못한 것 같은 도서관의 사서일 수도 있다. 등에 해골 무늬가 장식된 가죽 코트를 입고 하얗게 화장을 한 남자일 수도 있다.

그들은 그 어떤 누구라도 될 수 있으며, 항상 우리 주변에 머물러 있다.

3시간 후. 내리막길이 시작되었다. 조금 더 가니 활강 언덕처럼 매우 가팔라졌다. 우리는 내리막길의 끝에 도착하면 시가릴로와 술로 휴식을 취하기로 했다. 우리는 스키에 몸을 맡긴 채 바람을 가르며 씽씽 내려갔다. 내리막길의 끝에는 사람들이 넘어지며 만든 것 같은 커다란 구덩이가 있었다. 바로 그 지점에서 걱정 담당자가 넘어졌다. 나머지 일행은 넘어지는 것을 피할 수 있었다. 스키 장비도 부러지거나 망가지지 않았다.

이번에는 휴식을 취하기에 꽤 적절한 장소를 찾을 수 있었다. 다시 오르막길이 시작되는 그곳에는 따스한 햇볕이 내리쬐었고, 눈앞에서 사람들이 넘어지는 것도 볼 수 있었다.

우리는 얼굴에 선크림을 발랐다. 휴식을 취할 때면 매번 잊지 않고 하는 일이었다.

우리는 모두 합쳐 자외선 차단 지수 300을 바른 채 그곳에 서서 휴대용 술병을 돌렸고 시가릴로를 피웠다. 나쁘지 않았다. 걱정 담당자는 환한 미소를 지으며 산장에 도착한 후 해야 할 일을 이야기했다. 물론 우리는 산장 담벼락에 등을 기댄 채 맥주를 마실 것이다. 저녁을 먹고 나면 책을 읽고 와인을 마시고 주사위 놀이를 할 것이다. 우리는 전형적인 산장의 삶을 즐길 계획이었다.

하지만 목적지에 도달해서 할 일들을 미리 늘어놓는 것은 매우 위험한 일이다.

한 여자가 지나가다 우리를 한참이나 바라본 후, 마치 곧 오르막길이 시작되어 불쾌하다는 듯한 표정으로 "안녕하세요"라고 인사를 건넸다. 분명 국가안보부 요원일 것이다.

시간을 절약하고 손이 얼어붙는 경우에 대비해서, 나는 휴식을 취할 때도 스키를 벗지 않았다. 한 남자가 소변을 보기 위해 트랙에서 벗어났다. 스키폴 없이 스키를 탄 채 푸석푸석한 눈 위를 뒤뚱뒤뚱 걷는 모습은 우리 일행에게 웃음을 주기에 충분했다.

4시간 후. 우리는 곧 목적지에 이를 것이라 생각했다. 왜 그렇게 생각했는지는 나도 모른다. 어쩌면 누군가가 우리에게 크렉챠까지 세 시간이 걸릴 것이라 말했기 때문일 것이다. 하지만 기억하건대 어떤 사람은 아홉 시간이 걸린다고도 했다. 우리가 그렇게 믿었던 것은 술과 시가릴로 때문에 현실 감각을 잃어버렸기 때문일 수도 있었다. 곰곰이 생각해보니, 방금 전 만났던 여자가 곧 매우 가파른 내리막길이 시작되며 거기서부터 약 5킬로미터 정도 더 가면 크렉챠에 도달할 수 있다고 말했던 기억이 났다. 우리는 휴식을 취하기 직전 매우 가파른 내리막길을 내려오지 않았던가.

우리는 얼어붙은 호수 너머에 산장이 있을 것이라고 확신했다.

4시간 15분 후. 호수 건너편에는 산장이 있을 리가 없다는 것을 깨달았다. 호수 건너편에는 산장이 아니라 가파른 언덕이 하나 더 있었다. 우리는 그 언덕을 넘으면 산장이 있을 것이라고 믿었다. 문제는 거의 직선으로 하늘까지 쭉 뻗어 있는 그 언덕을 올라가야 한다는 것이었다. 스키를 신고 오르막길을 가기 위해 지그재그로 걷는 것은 내 무릎에 큰 무리를 주었다. 나는 할 수 없이 옆으로 비스듬히 서서 걷기 시작했다. 모두들 저마다의 기술을 이용해 오르막길을 올랐고, 한 걸음씩 옮길 때마다 분위기는 눈에 띄게 가라앉았다.

기록 담당자는 일행의 사기를 돋우기 위해 숨겨놓았던 책임감과 경쟁심을 내보였다. 그녀는 구령을 외치며 열 발자국씩 앞으로 나아가보자고 했다. 하나! 둘! 셋! 조금 짜증이 났다.

오르막길의 중간 지점에서 스키를 탄 채 짐썰매를 끌고 내려오는 사람과 마주쳤다. 걱정 담당자는 그에게 언덕 꼭대기에 산장이 있는지 물어보았다. 그는 그렇지 않다고 대답했다.

4시간 30분 후. 우리는 언덕 꼭대기에 이를 수 있었다. 그곳의 풍경은 하르당에르고원 위의 다른 곳과 조금도 다름없었고, 산장이라곤 그림자도 보이지 않았다.

4시간 45분 후. 일행 중 한 명이, 얼마 전 마주친 여자가 말했던 언덕은 우리가 시가릴로를 피우기 전 내려왔던 그 언덕이 아니라 바로 이 언덕일 것이라고 말했다. 그렇다면 우리는 앞으로 적어도 5킬로미터를 더 가야 했다. 우리는 그럴 리가 없다고 말했다.

5시간 후. 일행의 분위기는 눈에 띄게 축 처졌다. 물집이 생겼다고 불평하는 사람은 걱정 담당자뿐이 아니었다. 기록 담당자와 장비 담당자조차 물집이 생겼다고 짜증을 냈다. 선글라스에는 서리가 맺혔고, 주변의 풍경은 조금도 달라지지 않았으며, 하늘에는 구름까지 끼기 시작했다.

5시간 20분 후. 일행 중엔 혼잣말로 욕을 하는 사람도 생겨났다. 우리는 이미 네 차례나 산장이 눈앞에 있다고 믿었지만, 매번 산장이라고 생각했던 것은 커다란 바위나 나무로 판명되었기 때문이다. 꽤 오랫동안 지나가는 사람들도 보지 못했다. 하르당에르고원에 무리를 지어 스키를 타는 사람들은 왜 우리가 필요할 때는 코빼기도 보이지 않는 것일까. 얼마나 더 가야 할까? 15분? 3시간? 아는 사람은 한 명도 없었다. 우리는 핸드폰의 GPS를 이용해 보기로 했다. 하지만 핸드폰은 근처에 산장이 없다고 했다. 컴퓨터조차도 산장을 찾지 못했던 것이다.

어쩌면 산장이 아예 없는 것은 아닐까? 아무도 내 말에 웃지 않았다.

5시간 30분 후. 결정을 내려야 할 순간이 다가왔다. 우리는 매우 진지하게 술과 시가릴로를 곁들인 휴식을 한 번 더 취해야 한다고 결심했다.

트랙 한 중간에 서서 술을 마시고 시가릴로를 피우니, 그제야 사람들이 여기저기서 나타나기 시작했다. 가장 먼저 만났던 남자는 자연 속에서 태어나고 자란, 등산 장비 광고 모델처럼 보였다. 우리는 그에게 말을 걸었다.

그는 술과 담배를 손에 쥔 우리를 보고 매우 당황한 표정을 지었다. 그는 우리에게 산장이 멀지 않다고 말해주었다. 최대 30분 정도만 더 가면 된다고 했다. 호수 끝의 언덕 꼭대기에 이르면 거기서부터 6킬로미터 되는 지점에 산장을 볼 수 있다고 했던가. 기억을 되살려보니 얼마 전 만났던 여자가 했던 말과 그리 다르지 않았다.

남자는 트랙에서 벗어나 어디론가 자취를 감추었다. 어쩌면 그는 소문이 사실이라는 것을 보고하기 위해 국가안보부 사령부로 가는 중일지도 몰랐다. 산 위에서 사용하기엔 적당치 않은 선글라스를 쓴 한 사람, 짧디짧은 스키폴로 스키를 타는 한 사람 등 네 명의 중년 커플들이 하르당에르고원 위의 스키 트랙 한 중앙에서 술을 마시고 시가릴로를 피운다는 소문.

6시간 후. 여전히 산장은 보이지 않았다. 갑자기 개 세 마리가 끄는 스키를 타고 한 남자가 쏜살처럼 우리를 지나쳐갔다. 개가 끄는 스키를 타다니. 그것은 한마디로 부정행위가 아니었던가. 그는 발을 멈추고 우리와 대화를 나누었다. 역시나 황금 같은 부활절이라는 이야기가 주를 이루었다. 세이셸 군도? 쳇! 세이셸은 물론 남쪽 섬들을 전부 합쳐도 이 산에 비하면 아무것도 아니죠! 바이러스만 피할 수 있다면야. 하하하! 이런 날엔 블루 왁스가 안성맞춤

이랍니다. 조금만 더 가면 산장이 있어요.

"오늘 스키를 꽤 오래 타셨나 봐요?" 우리가 물었다.

"아닙니다. 핀세에서 오는 길인걸요."

그는 조금만 더 가면 산장이 있다고 말했다.

우리는 그의 말대로 조금 더 가보았다.

역시, 아니나 다를까. 눈앞의 작은 언덕 끝에 산장이 보였다.

차가운 도시락을 먹고, 시가릴로를 두 대나 피우고, 기록 담당자의 내면의 전쟁을 목격하고, 네댓 개의 물집을 얻고, 스키폴을 두 개나 망가뜨린 후, 우리는 6시간 만에 겨우 산장에 도착할 수 있었다. 유쾌한 베르겐 부부가 예상했던 시간과 일치했다. 야외 카페에서 우연히 만난 유쾌한 베르겐 사람들의 말은 항상 귀 기울여 들어야 한다는 것을 배웠다.

드디어 크렉챠에 이르렀다.

상상 속의 자연

나는 여행 전에 크렉챠에 관해 알아보고 철저한 준비를 했다. 우스꽝스런 지명의 유래는 알아내지 못했지만, 크렉챠는 여러 면에서 역사적인 배경을 지닌 곳이라는 것쯤은 배울 수 있었다. 여러 채의 건물로 이루어진 산장은 하르당에르고원에 최초로 지어진 건축물이며, 그중에서 가장 오래된 건물은 1878년에 건축되었다. 산장 주변의 작은 마을에는 수천 년 전부터 사람들이 살고 있었다. 산장 안 내실에 들어서니 역시 수천 년 동안 그 자리를 지켰을 것 같은 한 남자가 서 있었다. 그의 부스스한 머리, 깊이 있는 미소, 굽은 등, 그리고 사방팔방으로 자란 턱수염에는 삶의 지혜와 과거의 시간이 묻어 있었다. 그는 모든 일을 자신의 방식대로 느릿느릿 처리했고, 필요하다면 자연에 관한 현명한 말을 단번에 내뱉을 수 있는 사람 같았다. 언뜻 보기에 그는 텔레비전에서 보았던 조화롭고 순수한 자연인들과 다르지 않았다. 흐르는 물은 60여 가지의 서로 다른 단어로 표현할 수 있으나, 전쟁에 관해선 단 한 단어도 모르는 사람.

우리가 체크인을 하면 그는 무슨 말을 할까?

"눈이 녹아 부엉이들이 물에 빠질 때면 바위 위에서도 나무는 자라지 않죠."

"습지에 생쥐 한 마리가 나타났다 해도 봄이 시작되진 않아요."

"잘 찾아오셨습니다!" 그가 우리에게 내뱉은 첫마디였고, 우리는 그 한마디에 기분이 좋아졌다. 나는 "안녕하세요"나 "환영합니다"라는 피상적이지 않은 말로 인사를 건네는 사람을 좋아한다. 비록 그것이 가식적이거나 빈정대는 말일지라도. 나는 그가 우리에게 호의를 가지고 있다고 짐작했다. 그는 아무에게나 호의를 보이는 사람이 아닐 것이다. 그가 우리를 좋아하는 까닭은 우리가 시간에 쫓겨 허둥대지 않고 느긋하게 산장에 들어왔기 때문일 것이다. 우리는 웃음을 지으며 그와 가볍게 대화를 나누었으며, 산장 냉장고에 들어있는 지역 맥주의 맛에 칭찬을 늘어놓았다. 비록 우리 뒤에는 긴 줄이 늘어서 있었지만, 그는 개의치 않았다.

그는 맥주와 관련된 에피소드를 전해주었다. 60년대 어느 날, 한 남자가 황급히 산장을 찾았다. 그는 숨을 거칠게 몰아쉬느라 말도 제대로 할 수 없었다. 그는 퓐세에서 2시간 30분 만에 왔다고 하며 최단 시간의 기록은 얼마인지 물으며 맥주를 주문했다. 그는 한 모금에 맥주병을 비우고 토한 다음 하루 종일 잠을 잤다. 다음 날 그는 구급차를 타고 집으로 돌아갔다.

우리는 6시간을 들여 핀세에서 온 것이 참 잘했다는 생각이 들었다. 어쩌면 6시간 이상 걸렸을지도 모른다.

바닥에는 산장 주인을 닮은 목제 조각상이 서 있었다. 나는 그에게 물어보고 싶은 것이 너무나 많았지만, 우리 뒤에는 이미 줄이 길게 늘어서 있었던지라 다음 기회로 미루어야만 했다. 게다가 곧 저녁 식사가 시작될 예정이었다.

우리는 이번에도 4인실을 배정받았다. 우리가 묵을 건물은 주 건물이 아니라, 그 옆에 자리한 좀 더 낡고 오래된 건물이었다. 나는 이 건물이 1878년에 건축된 것이리라 짐작했다. 아니 어쩌면, 바로 이 건물이 수천 년 동안 이 마을을 지켜왔던 건물이었을지도 모른다. 건물을 제대로 살펴보기는 쉽지 않았다. 눈 속에 거의 파묻혀 있었으니까. 한 무리의 커플들이 산장 밖에 앉아 술을 마시고 있었다. 나는 그들이 땅에 앉아 있다고 생각했으나, 자세히 보니 그들이 앉아 있는 곳은 눈 쌓인 산장의 지붕 위였다. 그들 중 두 명은 어제 핀세 산장의 벽난로 로비에서 보았던 사람들이었다. 어제보다는 훨씬 생기가 넘쳐 보였다. 그들은 맥주병을 들고 건배를 했다. 우리는 산장 지붕 위에 앉아 술을 마실 시간을 얻지 못했다. 15분 후에 저녁 식사가 시작되었기 때문이다. 만약 시간에 맞춰 가지 않으면, 빈속으로 잠자리에 들어야 할 형편이었다.

산장의 문을 열고 들어가기 위해선 삽으로 눈을 파헤쳐야만 했다. 매우 이국적인 경험이었다. 우리는 실질적으로 눈구덩이 속에서 잠을 자는 셈이었다. 언뜻 1천 살은 족히 되어 보이는 남자의 나무 조각상이 자리한 낡은 산장. 원초적 자연을 경험하는 일은 바로 이곳에서 시작된다 해도 과언이 아니었다.

산장에는 실내 화장실도 없었다. 꿈같은 삶이 아닐 수 없었다.

우리는 안내실에서 가져온 지역 맥주로 건배를 하고 트레이닝복으로 갈아입으며 재빨리 그날 하루를 평가했다. 26킬로미터를 하루에 걷기는 쉽지 않다는 데 모두들 동의했다. 물집이 생겨 고통스러웠지만, 스프레이 페인트로 칠한 듯 딱 달라붙은 스키용 선글라스는 그 목적과 취지에 반하지 않는다는 것을 깨달았다. 스키 여행을 하며 지루해하는 것도 충분히 가능하다는 것을 함께 깨달았다. 걱정 담당자는 음식에 곁들여 마실 와인을 주문했다.

그 산장은 여느 다른 산장과 그리 다르지 않았다. 체크인을 할 때 보온병에 관한 질문을 하는 것도 마찬가지였다. 사람들은 식당으로 들어가기 위해 불필요할 정도로 길게 줄을 지어 섰고, 긴 테이블에 발갛게 상기된 얼굴의 낯선 사람들과 마주 앉아 식사를 하는 것도 다른 점이 없었다. 그 때문에 조금이라도 다른 점이 눈에 띄면 왠지 반갑기까지 했다. 예를 들어, 크렉챠 산장 식당 내의 음향 효과는 다른 어느 곳에서도 경험할 수 없는 것이었다. 사람들로 가득 차니, 테이블 끝 쪽에 앉아 있는 사람들이 무슨 말을 하는

지 전혀 알아들을 수가 없었다. 때문에 테이블 끝에서 서빙을 하는 직원의 말을 못 알아듣는 것은 당연한 일이었다. 알고 보니, 그녀는 노르웨이 말이라곤 조금도 하지 못하는 스웨덴 사람이었다. 사람들은 주문을 위해 갖가지 시도를 해보고, 큰 소리로 또박또박 말도 해보았지만 도움이 되지 않았다. 비슷한 언어권인 북유럽에서 이웃 나라 사람에게 영어로 말을 해야 한다는 상황이 절망스럽게 느껴졌다. 12세 소년은 갖가지 방법으로 콜라를 주문해보려 했지만, 결국 그가 받아들었던 것은 와인 한 병이었다.

우리는 등산 경험이 많은 듯한 한 가족과 같은 테이블에 앉았다. 내 옆에 자리를 잡은 남자는 대대로 하르당에르고원에 올라 스키를 이용해 산장과 산장을 다녀본 경험이 있는 사람이었다. 그는 올해 십대에 이른 딸과 함께 이곳을 찾았다고 했다. 나는 그의 후손들도 싫으나 좋으나 해마다 하르당에르고원에 오를 것이라 짐작했다. 전통을 깨는 것은 그리 쉽지 않으니까.

기록 담당자는 배가 많이 고프다고 했다. 식사와 함께 가볍게 대화를 주고받은 후, 그녀는 몇 시간 동안이나 스키를 타는 것이 지루하지 않냐고 물어보았다.

사람들은 전혀 지루하지 않다고 대답했다. 내 옆에 앉아 있던 남자는 무슨 소리냐며 펄쩍 뛰었다. 그의 딸은 어깨만 으쓱 치켜올릴 뿐이었다. 그도 그럴 것이 아버지가 국가안보부 요원이라면 자유롭게 의사 표현하기가 쉽지 않을 것이다.

물집에 관한 이야기가 대화의 주제로 떠올랐다. 그 또한 발에 물집이 생겼지만, 불평할 정도는 아니라고 했다. 물집 또한 스키 여행의 한 부분이라고까지 말했다.

그는 딸과 함께 스키 여행을 하면서, 서로에게 동기 의식을 부여하기 위해 앞서거니 뒤서거니 자리를 바꾸어가며 왔다고 했다.

기록 담당자는 이때를 놓치지 않고 끼어들었다. 나는 그녀의 말이 매우 시기적절하다고 생각했다.

"만약 서로에게 동기 의식을 부여해야 할 정도라면, 가끔은 지루하거나 힘들 때도 있었다는 뜻 아닌가요? 만약 스키 여행이 마냥 가볍고 즐거웠다면 서로에게 동기 의식을 부여할 필요도 없지 않겠어요?"

그녀의 말은 너무나 솔직하고 명백했기에, 테이블 위에는 잠시 정적이 흘렀다. 물론 식당 내의 음향 구조로 보아 테이블 끝 쪽에는 고함을 치고 큰 소리로 웃는 사람이 있었을지도 모른다.

내 옆의 남자는 그것까지는 생각해보지 않았다고 인정했다.

정말 한 번도 생각해보지 않았을까? 대대로 산장과 산장을 스키로 여행하며, 단 한 번도 그것이 지루하다는 생각을 해보지 않을 수가 있다는 말인가? 물집이 생겨 짜증난다거나, 눈이 너무나 많이 쌓여 힘들다는 생각을 단 한 번도 해보지 않았다고?

맞은편에 있던 사람들이 우리의 대화에 끼어들었다. 전형적인 노르웨이 커플이었다. 나는 그들을 페르와 카리•라 부르기로 했다.

• 둘 다 노르웨이에서 흔한 이름이다.

“어쨌든 우린 지금 여기 있잖아요? 모두 함께!” 페르가 우리에게 미소를 지으며 잔을 들어올렸다. 나는 그가 우리의 대화를 비꼬고 있는지, 또는 어색한 분위기를 무마하려는 건지 정확히 간파할 수 없었다. 어쩌면, 그는 단지 함께 식사하는 사람들과 건배를 하고 싶었는지도 모른다.

걱정 담당자는 주의를 돌리기 위해 와인을 주문했다. 스웨덴인 웨이트리스는 고개를 끄덕이며 환한 미소와 함께 오이 한 개를 가져왔다.

분위기는 다시 가벼워졌다. 산장에서는 불쾌한 대화를 오래 끌면 안 된다. 내 옆자리의 남자는 기록 담당자가 던졌던 질문을 여전히 곰곰이 생각해보는 눈치였다. 나는 그가 존재적 위기에 당면했다고 짐작했다.

그는 내년 부활절이 되면 세이셸로 갈지도 모른다.

조금 시간이 지나자 걱정 담당자가 안절부절못했다. 그는 식사 후에 벽난로 로비에 자리를 잡으려면 서둘러야 한다고 말했다. 등산가들은 서로 다른 눈 상태를 표현하기 위해 6000가지의 단어를 사용하며, 나무둥치만 봐도 보름 후의 날씨를 예견할 수 있을 테지만, 우리 일행 중에는 좋은 자리를 잡기 위해 언제 움직여야 하는지 본능적인 감각을 지닌 사람이 있어 든든했다.

함께 자연 속에서 활동하다 보면, 개개인의 서로 다른 면을 알아볼 수 있다. 예를 들어, 걱정 담당자는 눈사태를 두려워하고 와인을 좋아한다. 여기에 더해, 그는 벽난로 로비의 한 중앙, 가장 좋은 자리를 잡을 수 있는 본능적인 감각까지 겸비하고 있다. 기록 담당자는 경쟁에서 이기는 것을 좋아하고 책임감이 강한 사람이며, 짜증날 정도로 긍정적이며 동시에 짜증날 정도로 성마른 사람이다. 여기에 더해 그녀는 나와는 달리 크렉챠 산장의 저녁 식사 자리에서 가능한 한 피했으면 좋을 듯한 질문도 직접적으로 던질 수 있는 사람이다.

장비 담당자는 짤막한 스키폴에 의지해 6시간 동안 스키를 타면서도 분위기가 가라앉지 않도록 항상 미소를 짓고 가벼운 농담을 했다. 게다가 그림에도 소질이 있으며, 갑자기 뜬금없는 아이디어를 제안하기도 한다.

우리는 여행 중에 얻었던 갖가지 상처를 표시해보기로 했다. 일종의 인간 지도를 그려보기로 했던 것이다.

장비 담당자는 벽난로 로비에 앉아 일행 네 명을 그리기 시작했다. 선으로 표시한 단순한 그림이었지만, 누가 누군지 대번에 알아볼 수 있었다. 그녀는 여러 가지 다른 색으로 각자의 몸에 상처를 표시했다. 조그만 상처 하나도 빠짐없이 종이 위에 남겨졌다. 햇볕에 그을린 자국, 망가진 장비, 그리고 물집.

내 지도에는 단지 오르막길을 지그재그로 오를 때 오른쪽 무릎에 무리가 생겼던 것만 표시되었다. 그녀는 내 콧잔등을 가리키며 햇볕에 심하게 그을렸다고 지적했다. 천 단위를 넘어서는 자외선 차단 지수의 선크림을 발랐는데도 말이다.

기록 담당자는 한쪽 발에 두 개의 물집이 표시되었다. 그 외에는 아무것도 없었다. 장비 담당자의 몸에도 물집 외엔 표시된 것이 없었다. 대신, 그녀의 스키폴과 선글라스에는 여러 개의 자국이 서로 다른 색으로 표시되었다.

걱정 담당자의 그림은 마치 달 표면을 보는 것 같았다.

옆 테이블의 사람들이 하나둘 우리의 그림에 관심을 보이기 시작했다. 저녁을 먹을 때 내 옆에 앉았던 남자가 우리에게 다가왔다. 그는 우리에게 호의를 가지고 있는 것이 틀림없었다. 창가 자리에는 페르와 카리가 자리를 잡았고, 우리의 등 뒤에는 핀세에서 아침식사를 함께 했던 여자가 친구들과 함께 와서 앉았다. 매우 가족 같은 분위기였다.

내일도 오늘처럼 많이 걸어야 한다고 말하니, 분위기가 살짝 가라앉았다. 걱정 담당자는 물집을 만지작거리며 20킬로미터 이상은 무리일 것 같다고 말했다. 사실, 우리가 목표로 했던 산장 전에 또 다른 산장이 하나 더 있긴 했다. 나는 이 산장을 플랜 B로 생각해왔지만, 일행에게 입 밖에 내어 말한 적은 없었다. 그 산장의 이름은 튜바였고, 매우 아늑하다고 소문난 곳이었다. 하지만 지도를 봐도 그 산장이 정확히 어디에 있는지 알아내기는 쉽지 않았다. 할 수 없이 산장 주인에게 물어보기로 했다. 그는 이곳에서 1800년대부터 산장을 운영해왔을 테니 그것쯤은 잘 알고 있을 것이다.

때마침 산장 주인이 벽난로 로비에 모습을 드러냈다. 그는 로비를 한 번 쓱 둘러보더니 우리 테이블로 성큼성큼 걸어왔다. 우리와 말이 통할 것 같다고 생각해서였을까. 그는 우리가 무슨 말을 하기도 전에 철학자 아르네 네스Arne Næss의 개인 산장이 할링스카르베 산에 있다고 이야기해주었다. 창밖으로 보이는 그 산은 한 마리 새처럼 보였다. 그는 튜바까지는 약 20킬로미터이며 핀세에서 크렉챠까지의 길보다 훨씬 완만해서 그다지 힘들지 않을 것이라 말했다. 내 옆자리의 남자는 20킬로미터까지는 안 된다며 약 16킬로미터라고 주장했다. 어떤 사람은 18킬로미터라고도 했다.

다시 토론이 시작되었다. 도대체 산 위에선 정확한 것이라고는 왜 하나도 없는 것일까?

물론, 겨울철 산중의 거리는 실질적으로 정확하게 단정할 수 없다고 주장하는 사람도 있을 것이다. 왜냐하면 스키 트랙은 매번 정확히 같은 자리에 만들어지는 것이 아니기 때문이다. 게다가 눈의 상태나 깊이, 눈사태의 여부 또한 영향을 미칠 것이다. 한마디로 자연의 상태에 따라 다르다는 말이다. 이누이트• 들이 눈을 표현하는 단어는 6000가지나 있다고 하니 그럴 만도 하지 않은가.

우리는 내일 튜바 산장에 가기로 결정을 내렸다. 결정을 내리고 나니 분위기가 한결 가벼워졌다. 우리는 옆 테이블의 새로운 친구

• 북극 에스키모족 원주민.

들과 와인을 마시며 건배를 했다. 퀴즈를 내며 함께 풀기도 했다. 그날 저녁 시간은 우리가 원했던 대로 송년 파티와 비슷한 분위기로 흘러갔다. 다음 날 아침 눈을 뜨고 온기 어린 신발을 신을 생각에 들떠 있는 우리에게 생각지도 않았던 일 두 가지가 일어났다.

첫 번째는 그 시간에 산장에 손님이 도착했다는 사실이었다. 모두들 그녀가 도대체 어디 있다 지금 오는지 궁금해했다. 밖은 어두컴컴했으며 매우 늦은 시간이었다. 그녀는 로비에 들어오자마자 우리 테이블에 앉아 이야기를 늘어놓았다. 오후 늦게 기차를 타고 핀세에 도착해서, 바로 크렉캬까지 스키를 타고 왔다는 것이었다. 홀로. 이 어둠 속에서. 더욱 놀랐던 것은 크렉캬까지 오는 데 3시간 30분밖에 걸리지 않았다는 점이었다.

그 점을 제외하면, 그녀는 매우 평범하게 보였다.

내가 말하지 않았던가. 산 위에서 만나는 사람들의 정체는 알 수 없다고!

두 번째는 밤이 되면 산장 문을 닫는다는 것이었다. 물론 이상할 것은 없다. 하지만 크렉캬에서는 정확히 밤 11시가 되면 문을 닫을 뿐 아니라 전기까지 끊어버린다는 것이었다.

그렇다면 잠자리에 드는 일 외에 다른 일은 아무것도 할 수 없다. 하지만 잠에 들 수 있을 리가 만무했다. 우린 처음부터 그토록 일찍 잠자리에 들 생각이 없었던 사람들이었다. 게다가 밖은 영하 20도였고, 우리가 묵는 산장에는 지붕까지 눈이 쌓였으며, 전기마

저 끊어지니 추위 때문이라도 잠을 자기가 쉽지 않을 것이다.

할 수 있는 일이라곤 가만히 누워 생각에 잠기는 것뿐이었다. 그럴 때면, 추위에 오들오들 떨며 신경 쓰지 않아도 될 온갖 자잘한 생각들을 떠올리게 된다. 그 또한 여행의 한 부분이라 말하는 사람도 있을 것이다. 추위와 물집, 시시때때로 변하는 날씨. 산 위에서는 예상 가능한 일이 하나도 없다. 그 때문에 우리는 산에 오를 때 만반의 준비를 해야 한다. 자연은 종잡을 수 없을 정도로 변덕스러운 존재다.

밤중에 화장실에 가야 할 일이 생길지도 모른다. 그러면 산장 밖으로 나가야 한다. 밖은 영하 20도에 어둡기까지 하다. 어쩌면 어둠 속에서 턱수염이 덥수룩한 남자가 자신을 닮은 나무 조각상을 만들고 있을지도 모른다. 그 정도는 문제없다. 우리는 언제 무슨 일이 일어날지 모르는 상황을 대비해 만반의 준비가 되어 있으니까.

반면 산장 내의 삶은 극도로 규칙적이기에 매우 안전하다. 이곳에서는 예측 불가능한 일이 아무것도 없다. 산장에 도착하면 로비에서 무슨 질문을 받을지부터 시작해 모든 것이 예상대로 진행된다. 심지어는 모두들 비슷비슷한 옷을 입고 있다. 정해진 시간이 되면 식사를 하며, 그날 어떤 음식이 나올지도 대충 예상할 수 있다. 저녁이 되면 정해진 시간에 잠자리에 들어야 한다. 각 산장마다 다른 것이 있다면 실내 장식이나 가구에 사용된 나무의 나이가 다르다는 것뿐이다. 사람들은 매번 같은 주제로 대화를 나눈다. 조화롭고 균형 잡힌 일과에서 벗어날 여지는 조금도 찾아볼 수 없다. 만약 식사 시간에 넥타이를 착용해야 한다는 규칙이 있었더라면 사람들은 혼란에 빠질 것이다. 실제로 식사 시간에 스키 여행이 지루하지 않았냐는 순진한 질문에도 분위기가 흐려지는 것을 우리는 직접 경험해보았다. 안내실에 가서 물어볼 수 있는 질문도 극히 한정되어 있다. 이곳에는 같은 이야기만 늘어놓는 비슷한 사람들끼리 모여 조금의 불규칙적인 상황도 용납되지 않는 극도의 안정감을 누릴 수 있다.

하지만 벽 하나를 사이에 둔 바깥세상은 정반대이다. 그곳은 생명의 위협을 받을 정도로 위험한 곳이며, 믿을 수 있는 사람은 아무도 없다. 우리는 전적으로 홀로 그 위험을 헤쳐나가야 한다.

이것은 종교와 등산의 공통점 중 하나이다. 만약 인터넷에서 욕을 먹고 싶다면, 종교에 관한 이야기를 꺼내면 된다. 등산에 관한 이야기도 마찬가지다. 적어도 노르웨이에서는 그렇다. 만약 모든 사람들이 찾고 즐길 수 있도록 산을 더욱 안전한 곳으로 만들자고 말하면, 사방팔방에서 날아오는 질책을 피할 수 없다.

구글에서 '안전 + 유명한 산 이름'으로 직접 검색을 해보면 알 수 있을 것이다. 산 위에서는 모든 것을 홀로 해결해야 한다. 누군가의 도움을 받거나 안전을 위해 몸을 사린다는 것은 등산의 개념에 반하는 것이라고도 할 수 있다. 나는 스키 여행을 떠나기 전 인터넷에서 관련 토론이 행해지는 것을 지켜보았다. 누군가가 "산 위에선 어떤 형식으로든 조금의 안전장치도 찾아볼 수 없다는 게 이상해요"라고 꽤 순진한 말을 던졌다.

그 밑에 달린 댓글은 다음과 같았다.

"온 세상의 산에 모두 안전장치를 설치할 수는 없어요."

"그런 이유로 산에 갈 수 없다면 차라리 동네 공원에 가보는 건 어떠신지요?"

"위험한 걸 알면서도 조심할 생각이 없다면, 무슨 말을 해줘야 될지 모르겠군요."

"산을 오를 때는 전적으로 개인이 책임을 져야 합니다."

"안전장치를 설치하는 것은 자연을 파괴하는 행위입니다."

"산 위에서 조심해야 한다는 것을 모르는 사람들은 스스로 위험을 부르는 멍청이들이죠."

반면 소셜미디어에서는 낭떠러지 끝에 한 손으로 매달린 사진을 수없이 볼 수 있다. 그런 사진을 올린 사람들은 분명 위험을 자각하지 못하는 멍청이들이거나 외국인 관광객들일 것이다. 노르웨이인들은 본능적으로 자연을 존중하는 유전자를 가지고 태어났다. 이러한 본능적 존중심은 외국에서 태어나 자랐다면 가질 수 없는 것이다.

몇몇 관련 댓글을 더 소개하자면;

"이것이 바로 노르웨이의 특징이죠. 우리는 사람의 손이 닿지 않는 야생의 자연을 본능적으로 존중한답니다."

"국경지대와 공항에 노르웨이의 등산 규칙에 관한 책자를 세계 각국의 언어로 만들어 배부하는 건 어떨까요."

물론 그럴 것이다. 노르웨이 사람들은 산에 안전장치를 설치하기보다는 차라리 외국인들에게 자신들만의 규칙을 가르치려 든다. 사람의 손이 닿지 않는 야생의 자연에서 살아남을 수 있는 사람들은 전 세계에서 노르웨이인들뿐이니까. 지구상에서 가장 사회민주주의적 성격이 강한 나라에서 태어나고 자란 노르웨이인들은 세상에서 가장 안전한 복지사회를 만들어 살아왔으나, 일단 자연으로 나가기만 하면 난간도 없는 절벽 끝에 서서 셀피를 찍는다.

자주 있는 일은 아니지만, 노르웨이의 여왕이 국민들에게 질책을 받았던 적도 있다. 그녀가 신체 장애인들도 자연을 더 쉽게 경험할 수 있었으면 좋겠다고 말했을 때였다. 물론 큰 질책은 받지 않았다. 그녀는 한 나라의 여왕이었으니까. 게다가 그녀가 등산가들의 질책을 받는 일은 매우 드물다. 그녀 또한 등산가 중의 한 명이기 때문이다. 그녀는 자주 산에 오르기도 하고, 노르웨이 관광협회의 명예 회원이기도 하다. 그녀는 80세 생일날, 관광협회로부터 선물을 받았다. 그것은 등산화를 신고 낡은 배낭을 곁에 둔 채 바위 위에 앉아 있는 여왕의 동상이었다. 그러한 선물은 다른 나라 같으면 왕실 모독죄로 간주될 수 있겠지만, 노르웨이에서는 왕궁 옆 가장 명예로운 곳에 자리를 잡았다. 그 동상은 여왕이 비록 현대 미술에 지극한 관심을 보이기는 하나 우리와 다름없는 평범한 사람이라는 것을 의미하기 때문이었다.

반면, 여왕이 2017년에 했던 발언은 등산가들의 큰 반발을 샀다.

한 케이블카 준공식에서 여왕은 신체 장애인들도 산에 올라 아름다운 경치를 만끽할 수 있도록 나라 안에 이와 같은 케이블카가 더 많이 생겨났으면 좋겠다고 말했다. 대부분의 사람들은 그녀의 발언이 정치적으로도 전혀 문제될 것이 없는 인간적인 말이라 생각할 것이다.

하지만 실제로는 달랐다.

자연보호협회의 대변인은 여왕의 발언이 매우 부적절하다며 반발했다. "노르웨이의 아름다운 자연을 순수하게 즐길 수 있는 방법은 두 발로 직접 걷는 것"이라고 말했다. 두 발로 직접 걷지 못하는 사람들에겐 자칫 무례하게 들릴 수도 있었지만, 그건 문제도 되지 않았다. 관광협회 또한 이에 동의했다. "노르웨이의 자연은 국민들의 자부심이다. 이 자연은 개개인이 직접 스스로 경험해야 하는 것이다."

그렇다. 우리는 이제야 알았다. 만약 산에 직접 오르지 못한다면, 아예 산을 찾지도 말아야 한다는 것을. 팔이 없으면 케이크도 먹지 말라는 소리나 마찬가지다. 만약 노르웨이의 자연이 위험하다는 것을 알고 있으면서도 절벽 끝에 서서 사진을 찍는다면, 거기서 떨어져도 그 책임은 스스로 져야 한다.

왜냐하면 우리는 북유럽의 자연인들이니까.

물론 항상 그렇지는 않다. 가정이나 직장, 학교나 유치원, 거리에서는 정반대이다. 이러한 곳에서는 조그만 위험에도 사회가 우리를 보호해주기를 기대하고, 이를 당연하게 받아들인다. 국내에 있을 때뿐만이 아니라 지구 반대편에 있을 때도 마찬가지다. 스스로의 정체성을 찾고 사회가 요구하는 책임과 의무에서 벗어나 자유를 찾고자 외딴 나라에서 휴가를 즐길 때조차도, 조그만 위험에 처할 경우 국가와 사회의 보호를 당연하게 요구한다.

반면, 자연 속에서는 그렇지 않다. 우리는 자연 속에서 완벽한 자유를 누리길 원한다. 국가와 사회는 자연에까지 손을 미쳐서는 안 된다. 그렇다고 해서 영 모른 척해서도 안 된다. 우리는 국가와 사회가 항상 근처에 있기를 원한다. 혹여 위험에 처할지도 모르기 때문이다. 하지만 자연 속에 있을 때는 국가와 사회가 우리 눈에 띄지 않기를 바란다. 적어도 사진 속에 함께 찍히기를 원하지는 않는다는 말이다.

만약 문명사회가 우리에게 도움을 제안한다면, 우리는 이마에 흐르는 땀을 슥 닦고서 턱수염을 만지작거리며 "괜찮습니다. 이쯤은 얼마든지 혼자 해결할 수 있습니다"라고 허세를 부리길 원한다.

그렇다면 자연 속에 있을 때만 우리는 본연의 독립적인 모습을 찾을 수 있다고 봐도 좋을 것이다. 본연의 모습으로 산다는 것은 어쨌든 간에 나쁘진 않다.

바로 이러한 이유 때문에 자연을 주제로 한 토론장에서는 다른 곳에서 질책을 받을 만한 이야기를 해도 쉽게 빠져나갈 수 있다. 적어도 무책임하거나 밉살스러운 사람으로 인식되진 않을 것이다.

2017년 겨울에는 노르웨이의 활강 스키장에서 헬멧 착용을 의무화하자는 공론이 일었다. 한 라디오 프로그램에선 이를 주제로 활강 스키장을 찾은 사람들을 인터뷰했다. 그중 한 명은 헬멧 착용을 의무화하는 것은 매우 바람직하나, 이를 지키는 사람은 거의 없을 것이라고 말했다. "항상 몇몇은 헬멧을 쓰기 싫다고 말할 거예요. 어쩔 수 없죠, 뭐."

안전을 주제로 한 다른 토론장에선 생각할 수도 없는 일이다.

"어떤 사람은 초등학교 앞에서 시속 180킬로미터로 달리는 것을 좋아해요. 어쩔 수 없죠, 뭐."

"어떤 사람은 비행기 조종석에 앉기 전에 항상 술 한 병을 비우는 것을 좋아해요. 어쩔 수 없죠, 뭐."

생각난 김에 음주에 관한 사항도 짚고 넘어가보자. 노르웨이에서는 음주 운전이 엄격히 금지되어 있다. 하지만 자연 속에서는 규제가 매우 허술하다. 보트를 운전할 때는 조금 술에 취해 있어도 상관없다. 바다라는 자연 속에 있기 때문이다. 그때는 사회도 손가락질을 할 수 없다. 노르웨이의 도시에선 혈중 알코올 농도가 0.2퍼센트 이상이면 운전면허가 취소된다. 하지만 바다에선 0.8퍼센트까지도 가능하다. 이 수치는 술을 더 마셔야 할지 멈추어야 할지 스스로 평가를 내리기 힘든 상태이다. 대부분의 노르웨이인들은 뭍에서의 음주 단속 기준치를 바다에서의 기준치만큼 낮춰야 한다고 주장한다. 하지만 대부분의 노르웨이 사람들은 보트를 소유하고 있지 않기에 자신들이 무엇을 주장하는지 잘 모르고 있다. 그리고 바다에서도 뭍에서와 같은 법을 적용한다는 것은 전통적으로 보트 소유자들을 공격하는 것과 마찬가지로 간주되어왔다.

즉, 노르웨이에서는 사진 속에 돌멩이나 물, 언덕이나 눈이 보이면 다른 법과 규칙이 적용된다. 사람들은 바로 그러한 곳에서 완벽한 자유를 만끽하고 싶어 한다. 그 때문에 국가와 사회는 한발 물러설 수밖에 없다.

노르웨이 관광협회에서 발간한 연감에, 외딴 산장에 홀로 사는 남자를 인터뷰한 기사가 실렸다. 그는 익명으로 한 인터뷰에서 이렇게 말했다. "꿈이 있냐고요? 없습니다! 모든 사람들이 꿈꾸는 삶을 이미 살고 있는데 더 꿀 꿈이 어디 있겠습니까?"

책에는 그의 사진도 함께 실렸다. 사진 속의 남자는 그다지 나이가 많아 보이지 않았다. 그런데도 그는 꿈이 없다고 말했다. 따지고 보면 매우 슬픈 일이다. 하지만 그를 향한 모든 동정과 연민을 따로 제쳐둔다면, 모든 것은 명백해진다. 어떻게 그런 말을 할 수 있을까?! 그런 말을 했을 때 질책을 받지 않을 사람이 있을까?

만약, 대중의 인기를 끄는 가수나 리얼리티 쇼의 주인공이 이런 말을 했다면 일순간에 대중의 밉상으로 전락할 것이다.

또 누가 있을까? 회계사? 의사? 교사? 정치인? 국무총리? 국왕?

절대 있을 수 없는 일이다. *절대!*

어떤 이유를 든다 하더라도 있을 수 없는 일인 것은 틀림없다.

물론 그가 산 위의 작은 산장에서 행복하게 살고 있다는 것은 매우 보기 좋은 일이다. 하지만 다른 사람들도 과연 그렇게 사는 것이 행복하다고 생각할까? 이렇게 따져보면, 노르웨이의 자연 속에 부는 신선한 바람은 사람들에게 잘못된 자긍심만 불어넣어주는 것이 분명하다.

더는 꾸어볼 만한 꿈이 없다고? 그것은 정체된 삶을 뜻한다. 하지만 자연 속에서는 다른 의미로 해석되는 것이 틀림없다.

노르웨이의 산 위에 호화로운 호텔이 없는 것도 바로 그 때문이다. 자유를 갈망하는 사람들은 호텔에 묵지 않는다. 자유인들은 차라리 개인 소유의 산장에서 묵기를 원한다. 물론 그 산장은 호텔급 시설을 갖추어야 한다.

만약 누군가가 연중 대부분 비어 있는 개인 소유의 산장까지 길이 닦여 있지 않다고 불평하거나, 현재 우리가 자연을 대하는 방식이 궁극적으로는 자연을 파괴하는 것이라 말한다면, 크렉챠의 식당에서 스키를 타는 것이 지루하지 않냐고 물었을 때의 반응을 국가적 차원에서 경험할 수 있을 것이다.

영하의 날씨에 전기도 들어오지 않는 크렉챠의 산장에 누워 뜬 눈으로 밤을 지새우던 나는 이런 생각으로 시간을 보냈다. 나는 순수하고 완전한 자유를 찾겠다며 자연을 찾는 사람들이 국가와 사회의 도움은 하나도 필요 없다며 허세를 부리는 모습을 떠올리며 혀를 찼다.

물론, 허세를 부리는 것은 쉬운 일이다.

하지만 어느 날 갑자기 도움이 필요한 상황은 그 누구에게도 발생할 수 있다.

우리에게도 바로 다음 날 그 같은 상황이 생겼다. 크렉챠와 튜바 사이. 눈 쌓인 허허벌판에서.

사고가 생겼다. 이러한 상황이 발생하면, 우리는 그제야 본연의 모습을 내보이기 마련이다. 우리가 누구인지, 어떤 사람인지, 누가 우리 편인지 또는 누가 우리의 적인지 모두 드러나는 것이다.

우리는 그 누구의 도움도 없이 홀로 문제를 해결해야만 했다. 그렇지 않으면 모든 것을 포기해야 할 상황이었다. 이 양 갈래 길에서 무엇을 선택하느냐에 따라 우리 본연의 모습이 드러나게 될 참이었다.

인간인지 생쥐인지.

인간이 될 것인가,
생쥐가 될 것인가?

네 번째 단계

크렉차 ≫ 튜바. 스키. 약 20킬로미터.

그 일이 있기 전까지만 하더라도 우리 일행은 파티를 하듯 들떠 있었다.

비록 영하의 실내 온도에서 잠을 깼고, 잠도 제대로 못 잤지만, 전날 밤 마셨던 와인과 오늘의 일정이 그다지 힘들지 않을 것이라는 기대감 덕분에 우리는 용기백배해서 산장을 나섰다. 〈즐거운 여행자〉 멜로디를 흥얼거리는 사람도 있었다. 나는 그때 몸이 꽁꽁 얼어붙어 있었기에 오히려 밖으로 나가면 더 따뜻하지 않을까 하는 착각마저 들었다. 우리는 밖으로 나가야만 했다. 당장! 걱정 담당자는 전날과 마찬가지로 먼 길을 걸어야 한다는 사실과 물집이 훨씬 커졌다는 사실 때문에 불평을 늘어놓았다. 하지만 어느 누구도 그의 말에 귀를 기울이지 않았다. 우리는 물집에 반창고를 붙이고 옷을 겹겹이 껴입은 후 식당으로 내려갔다. 줄을 잘못 서지도 않았다. 식당에서 만난 이들은 모두 오랜 친구처럼 여겨졌다. 우리는 보온병을 어떻게 준비해야 하는지도 잘 알고 있었다. 도시락도 문제없이 준비했다. 안내실을 지키던 주인은 목제 조각상은 근처에 사는 목수가 선물한 것이며 조만간 좀 더 나은 곳으로 옮길 것이라고 말했다. 우리는 트랙을 대번에 찾았고, 날씨는 화창하기 그지없었다. 텔레비전 광고에서 보던 부활절의 산 위로 강렬한 햇볕이 내리쬐었다. 우리는 평평한 곳에 멈춰 서서 셀피를 찍었다. 사진 속의 우리는 건강하고 활기차 보였으며, 장비 담당자의 짤막한 스키폴도 여전히 제 역할을 해내고 있었다. 어떻게 보니, 그녀의 폴은 밤새 조금 자란 것 같기도 했다. 잠시 후, 우리는 차도를 가로지르며, 아스팔트 위에 서서 사진 한 장을 더 찍었다. 이젠 여정의 3분의 1이나 되는 길을 지나온 셈이었다. 꽤 빨리 걸은 것 같기도 했다. 차도를 가로지르니, 동계 올림픽에서나 볼 수 있듯 완벽하게 준비된 스키 트랙이 눈앞에 펼쳐졌다. 스키를 타는 사람들도 훨씬 많이 보였다. 그들은 차도 건너편에 있던 사람들보다 훨씬 더 빨리 걸었고, 그들의 스키복과 장비도 훨씬 비싸 보였지만, 우리에게 인사를 건넬 시간적 여유는 없는 것 같았다. 그도 그럴 것이, 그들은 수십 킬로미터를 걸어 다시 산장으로 돌아가야 했고, 그 후엔 지역 농가에서 재배한 유기농 재료로 음식을 만들어 이웃 산장 사람들과 함께 식사를 해야만 할 것이고, 다음 날의 스키 여행을 위해 일찍 잠자리에 들어야 할 테니까. 그렇다. 우리는 죽는 날까지 해야 할 일이 너무나도 많다. 그리고 그 날은 생각지도 않게 급작스럽게 우리를 찾아올 수도 있다. 우리는 잠시 멈춰 서서 차도를 중심으로 한 양쪽 산의 분위기가 너무나 다르다는 이야기를 나누었다. 사람 수는 이쪽 편이 훨씬 많았지만, 분위기는 저쪽 편이 훨씬 좋다는 이야기도 했다. 적어도 저쪽 편에서 스키를 타던 사람들은 발을 멈추고 인사를 건넬 여유는 있었다. 하지만 불평할 이유는 없었다. 길은 완만했고, 트랙은 완벽했으며, 햇볕은 따스했다. 이것이 바로 부활절의 산이라며 우리는 모두 만족했다. 이보다 더 좋을 수는 없었다. 세이셸?! 세이셸 생각은 떠오르지도 않았다. 우리는 추위에 몸을 떨지도 않고 도시락을 먹었다. 지나가는 사람들의 눈치도 보지 않고 술을 한 모금씩 마신 후 시가릴로도 피웠다. 우리가 궁금해했던 것은 단 한 가지, 얼마나 더 가야 튜바 산장에 도착할 수 있느냐 하는 것이었다.

그리고 그 일이 벌어졌다.

기록 담당자의 스키는 다른 일행들보다 훨씬 잘 미끄러졌다. 특히 내리막길을 갈 때는 그 차이를 확연히 볼 수 있었다. 그녀와 나는 내리막길 끝에 이른 후, 두 사람을 기다렸다. 그렇다. 우리는 그런 사람들이다. 기다림은 생각보다 길어졌다. 몸을 돌려보니, 걱정 담당자와 장비 담당자는 아직도 언덕 위에 서 있었다. 꼼짝도 하지 않고.

결국, 우리는 기다리다 못해 그들에게 되돌아갔다.

장비 담당자는 당황해서 어쩔 줄 몰랐다.

"신발이 부러졌어."

"뭐가 어쨌다고?"

"신발이 부러졌다고!"

"미안한데… 한 번만 더 말해줄래? 도대체 뭐가 부러졌다고?"

"신발!"

"신발?"

"신발."

"신발이 부러질 수도 있어?"

보아하니 충분히 가능한 일이었다. 스키화의 밑창은 스키의 바인딩에 고정되어 있었고, 윗부분은 그녀의 발에 붙은 채 분리되어 있었던 것이다.

스키 여행을 한답시고 사전에 인터넷을 뒤져 정보를 얻고, 경험자들을 찾아다니며 조언을 구하는 등 만반의 준비를 했지만, 이런 일은 듣도 보도 못한 것이었다.

삽? 확인.

여분의 스키 블레이드? 확인.

충분한 음료수? 확인.

손전등 및 헤드라이트? 확인.

붕대와 반창고? 확인.

신발 수선공? ….

이러한 상황이 닥치면 개인의 본연의 모습이 드러난다. 우리는 얼마 더 가지 않아 관광객을 위한 산장이 있다는 것을 알고 있었다. 그곳에는 산에서 일어나는 갖가지 예상치 못한 일들을 경험했고 조언을 줄 수 있는 사람들이 있을 것이다. 심지어, 우리는 그 산장의 전화번호까지 알고 있었으며, 핸드폰도 가지고 있었다. 그 산장에는 스노우 스쿠터가 있어 장비 담당자를 실어 나를 수도 있을 것이다. 우리는 이 모든 것을 잘 알고 있었다. 하지만 막상 산중에서 그러한 일을 당하니 눈앞이 캄캄했다. 밑창이 떨어져 나간 스키화를 신고 얼마나 더 나아갈 수 있을까.

그때, 장비 담당자의 숨겨진 면모가 드러났다. 그녀는 스노우 스쿠터에 의지하는 것을 결사반대했다. 자존심이 허락하지 않았던 모양이다. 그녀는 이것쯤은 아무것도 아니라며 의기양양하게 말했다.

우리의 맥가이버가 나섰다. 그녀는 강력 테이프가 필요하다고 했다. 하지만 우리에게 그것이 있을 리가 만무했다. 우리가 가지고 있던 것은 붕대를 고정시키기 위한 작은 테이프뿐이었다. 그것은 떨어져 나간 신체 부위나 신발을 고정시키기엔 역부족이었다.

그녀는 노끈과 테이프를 이용해 스키화를 수선했지만, 약 27미터밖에 유효하지 않았다.

다시 누군가가 스노우 스쿠터를 부르자고 말했지만, 장비 담당자는 있을 수 없는 일이라며 완강히 거부했다. 그녀는 오른쪽 발을 들어 올리지 않고 걷는다면 충분히 가능하다고 말했다. 물론 그것은 평지가 계속될 때만 어느 정도 가능한 일이었다.

기록 담당자의 얼굴이 살짝 일그러졌다. 우리 모두는 입 밖에 내진 않았지만 장비 담당자의 새로운 스키 테크닉을 의심했다.

"물론 앞으로 갈 수야 있겠지. 하지만 네가 스노우 스쿠터의 힘을 빌리지 않는다면 우린 모두 네 속도에 맞춰 걸어야 하잖아. 그러면 오늘도 어제와 마찬가지로 저녁 식사 전에 여유롭게 맥주를 마실 시간을 얻지 못할 거야. 심지어 저녁 식사 시간에 맞춰 도착할 수 있을지도 장담할 수 없어."

하지만 그것은 우리의 문제가 아니었다. 그것은 장비 담당자가 자연과 해결을 봐야 할 문제였고, 그녀는 이미 결심을 한 후였다. 밑창이 떨어진 스키화와 발을 붙일 수 없어 덜렁거리는 스키를 신고 가겠다고.

나는 아무 말도 하지 못했다. 일행은 모두 속으로만 뭐라 중얼거렸다. 스노우 스쿠터를 사용할 것인지의 여부, 정말 구시대 유물 같은 스키 장비로 먼 길을 가는 것이 과연 안전하고 타당한 일인지는 이미 토론을 거친 후였고, 결정은 내려졌다.

주변에 스키를 타고 지나가는 사람들의 수는 훨씬 줄어들었다. 저 멀리서 한 여자가 스키를 타고 우리에게 다가왔다. 우리는 방금 있었던 불행한 사고에 관해 이야기를 하고, 혹여 그녀가 강력 테이프나 신발 수선공을 배낭에 넣어 데려왔는지 물어보았다. 그녀는 배낭도 가져오지 않았다며 빈 등을 돌려 우리에게 보여주었다. 하지만 그녀는 방법이 있을 것이라며 우리를 위로해주었다. 그녀는 저 모퉁이만 돌면 산장이 있다고 말했다. 자기도 그 산장에서 방금 오는 길이라고 말하며, 가장 좋은 방법은 그 산장으로 가서 비축해 놓은 여분의 스키와 스키화를 빌리는 것이라고 덧붙였다.

우리는 그 뉴스에 안도했다. 적어도 일행의 4분의 3은 그랬다. 반면, 나는 그녀의 말을 곧이곧대로 믿을 수 없다는 느낌을 지울 수 없었다. 그도 그럴 것이, 약 1킬로미터 전에 한 이정표 옆에 서 있던 커플 한 쌍을 만났고, 거기에는 튜바까지 약 7.2킬로미터라고 적혀 있었기 때문이다. 커플 한 쌍은 튜바에서 오는 길이었고, 그들의 말에 의하면 크렉챠와 튜바 사이에는 이정표가 두 개밖에 없으며, 그 하나에는 7.2킬로미터, 다른 하나에는 2.7킬로미터로 표시되어 있다고 말했다. 내가 그것을 확실히 기억하는 이유는, 하르당에르고원에 이정표를 세웠던 사람들은 갖가지 숫자 중에서 2와 7밖에 모르는 것이 틀림없다고 그들과 농담을 했기 때문이었다.

게다가 내 기억으로는 튜바까지 2.7킬로미터 남았다는 이정표를 본 적이 없었다. 만약 그런 이정표를 보았다면 분명히 기억하고 있을 것이다. 눈으로 뒤덮인 밋밋한 산 위에서 오직 스키 트랙 위만 걷다 보면 조그만 이정표 하나도 확실히 눈에 띄기 마련이다. 저 앞쪽에도 이정표 비슷한 물체는 보이지 않았다. 하얀 눈이 쌓인 산 위에선 멀리까지도 볼 수 있다. 그렇다면, 가장 가까운 산장까지는 적어도 3킬로미터는 더 가야 한다는 말이다. 어쩌면 그보다 훨씬 더 가야 할지도 모른다. 만약 우리 일행 중 한 명이 가장 가까운 산장에 잠시 들러 비축용 스키를 가지고 되돌아온다 하더라도 최소 한 시간 이상은 걸릴 것이다. 우리 중 가장 재빠른 사람(물론 기록 담당자다)을 보낸다 하더라도 말이다. 만약 휴식을 취하며 마셨던 술과 시가릴로의 여운이 남아 있는 사람이라면 1시간 30분에서 2시간까지 걸릴 수도 있을 것이다.

나를 제외한 다른 일행들은 다시 걷기 시작했다. 장비 담당자는 절뚝거리며 앞으로 나아갔다. 모두들 눈에 띄는 산장이 있는지 쉴 새 없이 주위를 두리번거렸다. 나는 그들이 7.2킬로미터라고 적힌 이정표 이야기를 못 들은 것이 틀림없다고 생각했다. 문득, 나도 지나가던 커플의 말을 잘못 들었던 것이 아닌가 의심하기 시작했다. 어쩌면 나 또한 이정표를 간과하고 지나쳤을지도 모른다. 밋밋한 산 위에서는 예술 작품으로 보이기까지 하는 이정표를!

그것이 아니라면 따로 설명할 길이 없었다.

우리는 걷고 또 걸었다. 장비 담당자는 이를 악물고 절뚝거리며 앞장섰고, 다른 이들은 그녀의 뒤를 따랐다. 우리는 할 수 있다며 서로에게 용기를 불어넣었다.

그다지 빨리 앞으로 나아갈 수는 없었다. 하지만 장비 담당자는 새로운 스키 테크닉에 놀랄 만큼 빨리 적응했다. 물론 평평한 곳이긴 했지만 그녀는 몸의 리듬을 찾는 데 성공했고, 거의 행진 속도에 이를 정도로 발을 움직일 수 있었다. 만약 올림픽에서 밑창 떨어진 스키화를 신고 평지를 걷는 종목이 있다면, 그녀는 분명히 메달권에 들었을 것이다.

분위기는 점점 고조되었다.

문득, 저 앞에 무언가가 눈에 띄었다.

그것은 우리의 바람과는 달리, 산장은 아니었다.

그것은 한 무리의 사람들이었다. 더 가까이 가니 그들은 한곳에 모여 서서 무언가를 함께 쳐다보고 있었다.

그들이 보고 있는 것은 이정표였다. 하얀 눈 위에 박아놓은 작대기와, 사방팔방을 가리키는 여러 개의 화살표. 우리는 하르당에르 고원 위의 교차로에 이른 것이 분명했다.

걱정 담당자가 가장 먼저 이정표를 향해 뛰어갔다. 그는 이정표를 읽어본 후, 다시 한번 더 찬찬히 읽었다. 몇 미터 뒤에 서 있던 우리에게 되돌아온 그는 절망적으로 외쳤다.

"2.7킬로미터나 더 가야 된대. 여기서부터 2.7킬로미터를 더 가야 된다고!"

"너무 큰 소리로 말하지 마. 눈사태가 발생할지도 모르니까."

그는 내 농담을 받아들이지 못했다.

우리는 그곳에 모인 사람들에게 일행이 당한 불행한 사고에 관해 말해주었다. 그들은 우리를 동정하는 동시에 웃음을 터뜨렸다.

"여기서부터 튜바에 이르기까지는 완만한 내리막길뿐이니까 크게 걱정하지 않으셔도 돼요."

나는 이미 수차례나 등산가들에게 속은 바가 있었기에, 정확성을 기하기 위해 다시 한번 물어보았다.

"지금 튜바에서 오시는 길인가요?"

"네."

"방금 튜바에서 출발해 여기 오셨다는 말씀이죠?"

"네."

"방금요?"

"네."

나는 다른 사람들에게도 물어보았다.

"여기서부터는 완만한 내리막길만 있는 게 확실합니까?"

"네, 여기서부터는 계속 완만한 내리막길뿐입니다."

약 20여 분을 더 가니, 완만한 오르막길이 눈앞에 펼쳐졌다. 우리가 확신할 수 있는 것은 아무것도 없다는 사실을 깨달았다. 어쩌면 산장에 이르기까지는 10여 킬로미터를 더 가야 할지도 모르고, 마지막 400여 미터는 깎아지른 절벽을 올라야 할지도 몰랐다. 확실한 것은 아무것도 없었다. 산에서 만난 사람들의 말은 믿을 것이 못 되었다. 우리는 방금 서로 다른 세 가지 정보를 얻었지만, 어느 하나도 정확하지 않았다.

걱정 담당자는 화를 내기 시작했다. 장비 담당자는 새로운 스키 테크닉과 용기를 잃지 않기 위해 정신을 집중했다. 언뜻, 그녀의 기분은 허세와 히스테리 중간쯤에 자리한 것 같기도 했다. 기록 담당자와 나는 그들도 이런 상황을 직접 경험할 수 있다는 사실에 은근히 기분이 좋았다. 지난번 요툰헤이멘에 다녀온 후, 우리는 등산가들이 허세와 허풍과 거짓으로 가득 차 있는 사람들이라고 말한 적이 있다. 친구들은 우리가 매우 과장을 하거나 거짓말을 한다고 생각했다.

하지만 이제 그들도 직접 경험해보았다. 산에서 만난 사람들은 우리의 코앞에서 눈 하나 깜짝하지 않고 거짓말을 늘어놓는다는 것을. 게다가 아무 이유도 없이 말이다. 그날 우리가 들었던 말은 허세도 허풍도 아니었다. 그것은 그냥 거짓말에 불과했다. 불행한 사고를 당해 망가진 스키 장비에 의지해 평소보다 두 배는 느리게 걷는 사람을 앞에 두고 뻔뻔하게 거짓말을 하다니! 그러한 상황에서 거리와 길 상태에 관해 거짓말을 늘어놓는 것이 단순한 악의를 바탕으로 한 것이 아니라면 또 무엇이라 할 수 있을까.

도대체 무엇 때문일까?

저기요! 잠깐만요! 산장에서 약 4킬로미터 떨어진 곳에서 만났던 여자분! 네, 바로 당신 말입니다! 어쩌면 그럴 수가 있죠? 산에 오르면 모두 상식을 잃어버리기 마련인가요? 만약, 도심 한 중앙에서 휠체어를 탄 사람, 그것도 전동 휠체어가 아니라 수동 휠체어를 탄 사람이 당신에게 휠체어가 고장 나서 바퀴가 돌아가지 않는다고 말하면 어떻게 할 건가요? 그는 이미 바퀴를 고칠 수 있는 곳의 주소를 알고 있고, 거기까지 얼마나 걸리냐고 묻는다면, 당신은 뭐라고 대답할 건가요? 그가 거기까지 가는 데 오래 걸리냐고 묻는다면 당신은 어떻게 대답할 건가요? 산 위에서처럼 저 앞의 모퉁이만 돌면 된다고 말할 건가요? 택시를 잡는 건 약해 빠진 멍청이들만 하는 짓이라고 말할 건가요?

그렇진 않을 것이다. 실제로 그렇게 행동하는 사람은 아무도 없다. 적어도 문명사회에서는 그렇다. 하지만 산 위에서는 다르다.

매서운 산바람 때문일까? 아니면 식중독을 일으키는 바이러스 때문일까?

음식 때문일까? 산장에서는 80년대 이후엔 볼 수 없는 음식들이 식탁 위에 오른다. 어쩌면, 80년대의 음식들은 사람들을 진실하지 못하게 만드는 특이성을 가지고 있을지도 모른다. 큼직한 고깃덩어리와 아스픽 요리를 먹고 나면 진실과 거짓을 구별할 수 있는 능력을 잃어버리게 되는 것은 아닐까?

이미 짐작했겠지만, 나는 80년대를 똑똑히 기억하는 나이의 사람이다. 그 시대의 사람들은 많은 점에서 과장된 행동과 말을 했던 것으로 기억한다. 불필요한 어깨 뽕을 넣어 다니는가 하면, 허세도 많이 부렸다. 그것이 바로 그 시대를 살았던 사람들의 일반적인 태도였다. 허세를 부리고, 온갖 일에 세계 챔피언이나 된 듯 다 잘할 수 있는 척했던 것이다.

80년대 이후 그러한 경향은 거의 사라졌다.

하지만 산 위에서는 그러한 경향이 여전히 유지되는 것 같았다. 아무래도 음식 때문일 것이다.

산 위에서는 아스픽 요리가 말을 한다.

누군가를 추월한다는 것은 꽤 기분 좋은 일이다. 특히, 한쪽 발을 들어 올리지 못한 채 걸으면서도 누군가를 추월하는 것은 감동적이기까지 하다.

우리가 추월했던 사람은 바로 다름 아닌 펀세에서 함께 아침 식사를 했고, 전날 크렉챠에서 다시 만났던 여자들이었다. 부활절에 산에 오르는 사람들은 생각했던 것처럼 그다지 많진 않다. 그 때문에 산에서 한 번 만났던 사람들은 여기저기서 계속 마주치기 마련이다.

그들 일행도 분위기는 그다지 좋아 보이진 않았다. 물집 때문이라고 했다.

물집? 우리는 코웃음을 쳤다. 밑창 떨어진 스키화에 비하면 그건 아무것도 아니었다.

우리에게도 물집이 생겼다.

다행히도 나는 물집이 없었지만, 그들의 고충을 충분히 이해할 수 있었다.

우리는 가장 가까운 산장까지 얼마나 더 가야 하는지 머리를 맞대고 토론했다. 그들 또한 그곳으로 갈 예정이라고 했다. 저 멀리 깃발이 보이는 것 같기도 했다. 산장일까? 여자들의 일행은 그것이 산장이 틀림없다고 자신했다. 산장이 아니라면 산 한 중앙에 깃발을 꽂아놓을 리가 없지 않은가.

그럼에도 나는 확신할 수가 없었다.

우리는 그들을 뒤에 두고 서둘러 걷기 시작했다. 그들은 잠시 휴식을 취하거나, 말다툼을 하거나, 또는 스키화를 바꿔 신거나 하는 등의 이유로 우리 뒤에 처졌다. 우리는 깃발을 목표로 정하고 앞으로 나아갔다. 깃발에 가까이 이르니 예상치도 못했던 내리막길이 펼쳐졌다. 그것은 우리에게 장애물로 작용했다. 장비 담당자는 내리막길에서 속도를 조절하기 위해 V 자로 내려갈 수 없었기 때문이다. 만약 그렇게 한다면 한쪽 스키가 떨어져 나갈 것이다. 그것은 스키 바인딩에 스키화가 고정되어 있어야만 써먹을 수 있는 테크닉이었다. 그녀가 내리막길을 내려가면 얼마 가지 않아 눈 위에 널브러질 것이 틀림없었다. 하지만 그녀는 포기하지 않았다. 속도를 줄이지 않고 그대로 미끄러져 내려가면 된다고 자신 있게 말했다. 그녀는 거의 활강 속도로 내리막길을 내려갔다. 점점 더 속도가 붙기 시작했다. 나를 비롯한 나머지 일행은 그녀의 뒤에서 스키로 V 자를 그리며 천천히 내려갔다. 그녀의 스키가 멈춘 곳은 깃발이 휘날리는 산장 마당이었다. 그곳에 모여 햇볕을 받으며 맥주를 마시던 무리들은 그녀를 향해 손을 들어 올리며 인사를 건넸다.

로비에 들어가니 핀세와 크렉차에서 만났던 사람들의 얼굴이 보였다. 우리는 가볍게 대화를 나누었다. 분위기는 나쁘지 않았다.

우리는 스키화를 수선할 수 있을지 물어보았다. 안내실 직원은 그녀의 남편이 망가진 스키화를 고쳐줄 수 있을 것이라며 그를 데려오겠다고 했다. 보아하니, 그 산장에도 맥가이버가 상주하는 것 같았다. 그녀는 산장에 여분의 스키 장비도 꽤 많으니, 필요하다면 대여를 해도 된다고 말했다. 그곳에서는 일 년에 한 번씩 아마추어 스키 대회가 열린다고 했다. 그 대회에 참여하는 사람들은 매일 헬스 스튜디오에서 운동을 하는 듯한 건장한 몸집의 중년 남자들이 대부분이었다. 그중 몇 명은 산장으로 오는 트랙에서도 만났던 사람이었다. 물론 그들은 우리에게 짤막한 한마디 인사말도 건넬 여유가 없었던 사람들이었다. 그런 이들은 대회에서 만족할 만한 성적을 거두지 못할 경우, 자전거 대회 참가자들이 그러하듯 스키를 집어던지고, 산장 직원들은 대회가 끝난 후 여기저기 흩어져 있는 스키들을 거두어들이기 위해 결승점 근처를 돌아다녀야 한다고 했다. 그렇게 모아들인 스키는 산장을 오는 숙박객들이 필요로 할 경우 대여를 해준다고 했다. 그것은 내가 최근에 들어본 이야기 중 가장 아름다운 이야기였다.

나는 그 산장이 좋아졌다. 직원은 유머 감각이 풍부했고, 산장의 크기는 여태 우리가 묵었던 다른 산장들보다 훨씬 작은 규모였다. 장비 담당자의 스키화를 고쳐주겠다고 말했던 직원은 대대로 내려오는 가업을 물려받아 산장을 지키고 있다고 했다. 산에 오르는 사람들은 전통을 좋아하는 것이 틀림없다.

우리는 아쉽지만 밖으로 나가야만 했다. 저녁 식사를 하기 전에 산장 밖에서 햇볕을 받으며 맥주를 마셔야 했으니까. 밖으로 나가 먼저 맥주를 마시고 있던 사람들과 어울렸다. 몇몇 유쾌한 베르겐 사람들과, 핀세에서 만났던 매우 혼란스러워하던 네덜란드인들도 그 자리에 있었다. 그중 한 명은 발 전체를 뒤덮을 만큼 커다란 물집이 생겼지만 아무 문제 없다며 허세를 떨었다.

그는 노르웨이 산을 잘 알고 있는 것이 틀림없었다.

우리는 느긋하게 벽에 등을 기대고 햇볕을 받으며 맥주를 마셨다. 말할 수 없이 기분이 좋았다. 1분도 채 지나지 않아 온몸이 꽁꽁 얼어붙었다. 매번 영하의 날씨에는 손발이 얼어붙을 수 있다는 것을 잊곤 한다. 어쩌면 아스픽 요리의 부작용이 그 효력을 발휘하기 시작했는지도 모른다.

조금 전 우리가 추월했던 여자들이 산장에 도착했다.

어제 만났던 페르와 카리도 산장에 도착했다.

올해 부활절 산에 오른 사람들은 모두 그곳에 모인 것 같았다. 남은 것은 저녁 식사뿐이었다.

아무리 생각해도 부활절 산이 바글바글하다는 소문을 이해할 수 없었다. 왜냐하면, 우리는 세 번의 시도 중 세 번 모두 4인용 객실을 얻을 수 있었기 때문이다. 물론 객실은 작고 이상하기까지 했지만, 꽤 고즈넉했고 이국적이었다. 정확히 말하자면 발 디딜 틈도 없이 비좁았다. 우리가 묵을 객실은 지붕 바로 아래에 자리한 방이었다. 방에 들어가기 위해선 사다리를 오른 후 나직하고 좁은 문을 지나쳐야 했다. 문을 통과하기 위해선 거의 엉금엉금 기다시피 해야만 했다. 나의 지인들 중에는 그 문을 통과할 수 없는 사람들도 꽤 있을 것이라 짐작한다. 그 때문에 나는 그 문을 문제없이 통과

했다는 사실에 내심 만족하고 뿌듯해했다. 방에 들어서니 천장이 낮아 허리를 쭉 펼 수도 없었다. 우리는 90도로 허리를 굽힌 채 옷을 갈아입어야만 했다.

저녁 식사로 나온 음식은 생선과 쌀밥이었다!

세상에 이럴 수가?!?!

그 산장의 운영자는 새로운 사고방식을 지닌 신세대 사람이 틀림없었다. 이전 산장에서는 입맛과 관련한 소수자들을 전혀 고려하지 않고 돼지고기나 소고기 등 육류만 식탁에 올랐다. 그것은 산장 음식의 정법이라고도 할 수 있었다.

우리는 친구끼리 온 여자들과 함께 테이블에 앉았다. 그들은 다음 날 예일로에 갈 예정이라고 했다. 우리의 목적지도 그곳이었다. 아니, 거기까지 가는 길이 활강 언덕을 연상시킬 정도로 가파른 언덕이라는 말을 듣기까지는 그랬다.

사실 우리는 예일로에서 집으로 가는 기차를 탈 예정이었다. 하지만 기차를 탈 수 있는 곳은 예일로 외에도 많았다. 우리는 활강 언덕을 피하기 위해 다른 기차역을 선택하기로 결심했다. 가장 가까운 기차역이 자리한 마을 이름은 우스타오세트였다.

그곳까지의 거리는 예일로의 반밖에 되지 않았고, 길도 완만하다고 했다. 요점은 짧은 스키폴과 망가진 스키화 때문에 고생하는 일행을 배려해야 한다는 것이었다.

그 때문에 우리는 연달아 두 번이나 일정을 변경해야만 했다. 그렇게 함으로써 우리는 산중에 만연한 마초 문화에 연연하지 않고 당당하게 현명한 결정을 내릴 수 있었다.

하지만 우리는 친구끼리 온 여자들 중 한 명이 물집 때문에 예일로까지 갈 때 스노우 스쿠터를 이용할 것이라는 말을 듣고 코웃음을 치며 농담을 했다.

그 정도의 마초 문화는 즐길 수 있어야 하지 않겠는가. 우리는 휴가 중이니까.

우리는 다음 날 일정을 더 쉬운 쪽으로 변경했다는 점에 대단히 만족하며 이를 축하하기 위해 와인을 주문했다. 장비 담당자는 부상 지도를 수정했다. 전날보다 더 많은 표식을 얻은 사람은 걱정 담당자뿐이었다.

산장에 상주하던 맥가이버가 우리 테이블에 다가와 망가진 스키화를 수선했다고 말했다. 그 또한 산중에서 볼 수 있는 전형적인 외모를 지니고 있었다. 부스스한 머리, 다소 말이 많긴 하지만 매우 친절하고 호의적인 사람. 그는 본드로 스키화의 밑창을 붙여놓았다며, 당분간은 문제없이 사용할 수 있을 것이라고 장담했다. 우리는 그의 말에도 완전히 마음을 놓을 수 없었다.

산장 주인은 매일 일정한 시간표에 따라 산장이 운영된다고 말했다. 아침 식사가 끝나면 전날 묵었던 손님들은 산장을 나서고, 그 후로는 약 한두 시간 정도 산장이 조용하다고 했다. 오후가 되면, 근처에 개인 산장을 소유한 사람들이 그곳에 와서 와플을 먹는다고 했다. 그곳의 와플은 스키인들 사이에선 꽤 유명하다고 했다. 겨울 산의 와플은 여름 산의 생선수프에 비교할 수 있는 것이리라.

"우린 그 와플을 맛보기 전엔 산장을 떠나지 않을 거야." 기록 담당자가 말했다.

우리는 페르와 카리, 그리고 친구끼리 함께 온 여자들과 많은 대화를 나누었다. 핀세와 크렉챠 산장에서 만났던 커플 한 쌍과도 적지 않은 이야기를 나누었다. 그날은 우리에게 마지막 날이었기에 가능한 한 그들과 함께 시간을 보내고 싶었다. 만약 우리도 다음 산장으로 여행을 계속한다면, 그들과 다시 마주칠 것이 틀림없었다. 그렇다면 우리는 산과 스키, 거리와 산장, 물집 외에 다른 이야깃거리를 찾아야 할 것이다. 만약 그런 일이 생긴다면 그 다음 일은 어떻게 흘러갈지 아무도 장담할 수 없다. 우리는 그들이 실제로 어떤 사람인지 알지 못하기 때문이다. 만약 그들과 평범한 대화를 나눈다면, 그들이 인종차별주의자이거나 요가에 심취한 사람이라는 사실을 알게 될지도 모른다.

테이블 위의 대화는 이미 평범한 사람들 간에 주고받을 수 있는 일상적인 이야기로 바뀌어가고 있었다. 하지만 다행히도 우리는 대화가 더 평범해지기 전에 자리를 뜰 수 있었다.

밤 11시. 전기가 끊어질 시각이었다.

산장과 산장을 구별하는 다른 점이라면 바로 실내 기온을 들 수 있다. 어떤 곳은 터무니없이 더웠고(핀세의 벽난로 로비), 또 어떤 곳은 이해할 수 없을 만큼 추웠다(크렉챠의 객실). 이번에는 터무니없이 무더운 객실을 배정받았다. 지붕의 굴뚝에서 약 50센티미터 아래에 자리한 방이니 그럴 만도 했다. 밖은 그해 가장 낮은 기온을 기록했기에 산장 안에선 쉴 새 없이 장작을 넣어 벽난로를 피웠다. 덕분에 실내외의 온도 차가 60도는 족히 되는 것 같았다. 섭씨 30도 정도의 객실에 머무르다가 사다리를 타고 내려가 밖으로 나가면 갑자기 영하 30도의 기온을 접하게 된다. 게다가 야외 화장실 안은 어쩐 일인지 바깥보다 더 추운 것 같았다. 볼일을 본 후, 손을 씻고 양치를 하기 위해 옆 건물로 가는 사이에 온몸은 꽁꽁 얼어붙었고, 다시 객실로 돌아오면 급작스레 60도 정도의 기온차를 느끼기 마련이었다.

우리는 잠자리에 들기 전에 산장에서의 마지막 저녁을 시가릴로로 마무리하기로 결심했다.

영하의 날씨, 어둠 속에 서서 한 미국인이 발을 절뚝절뚝 절며 걷는 모습을 보며 시가릴로를 피우니 감성적일 것까지는 아니었지만 왠지 기분이 좋았다.

주요 용어 해설

산장을 찾을 때 꼭 알아두어야 할 어휘와 그 해석

아름답다	=	춥다
멋있다	=	춥다
장관이다	=	춥다
매우 아름답고 멋있다	=	매우 춥다
이국적이다	=	비좁다
성취감	=	지루해하던 일을 마침내 끝내다
단거리	=	장거리
그다지 멀지 않은	=	꽤 먼
아무 문제 없는	=	문제가 많은
바로 코앞에	=	약 5킬로미터
내리막길	=	오르막길
울퉁불퉁한 길	=	매우 가파른 길
완만한 길	=	가파른 길
명상적인	=	지루한
공기가 좋은	=	위험을 무릅쓰고 올라야 하는 가파른 길

등산 무경험자의 조언을 들어라 3

1 산에서 스키를 탈 때는 항상 강력 테이프, 여분의 스키화, 강력 본드, 그리고 맥가이버를 대동해야 함.

2 목적지까지의 거리는 항상 생각보다 훨씬 길다는 것을 염두에 두어야 함.

3 시가릴로 등 등산과 전혀 어울리지 않을 것 같은 기호품을 꼭 소지할 것. 산장에는 생각지도 못한 여러 가지 물건들이 구비되어 있지만, 시가릴로는 그 어디에서도 구할 수 없음.

4 스노우 스쿠터를 부르는 것은 전혀 수치스러운 일이 아님.

5 일정을 매일 변경하는 것 또한 전혀 수치스러운 일이 아님.

물집을 주제로 수다 떨기

마지막 단계

튜바 ⋙ 우스타오세트. 스키. 10킬로미터.

우리는 그 유명한 산장의 와플을 맛볼 것이다. 그것은 산중에서의 진실의 척도를 시험해볼 수 있는 기회가 될 것이다. 우리는 아침 식사를 한 후에도 자리를 뜨지 않고 기다렸다. 다른 이들이 모두 산장을 나선 후에도 우리는 그 자리를 지킬 것이다. 페르와 카리도 산장을 나섰다. 안녕히 가세요. 좋은 여행하시기 바랍니다. 안녕.

친구끼리 온 여자들도 산장을 나섰다. 몇 명은 스노우 스쿠터를 타고 떠났다. 소심한 사람들 같으니.

핀세와 크렉차뿐 아니라 전날 저녁과 그날 아침에 만났던 커플 한 쌍도 산장을 떠났다.

안녕히 가세요.

날씨가 좋아서 다행이에요.

정말 운이 좋은 것 같아요.

세이셸과는 비교도 할 수 없죠.

올해는 부활절이 일찍 찾아왔어요.

즐거운 여행하시기 바랍니다.

오늘은 그린 왁스가 적절해요.

산장에 남은 사람은 우리뿐이었다. 먼 거리를 가지 않아도 되었기에 시간은 많았다. 약 10킬로미터. 산장 주인은 그 길이 완만한 내리막길로 이어져 있다고 말했다. 그녀는 힘들이지 않고 기분 좋게 스키를 탈 수 있을 것이라며 우리를 안심시켰다.

우리는 느긋하게 책을 읽고 휴식을 취하며 와플이 나오기를 기다렸다. 와플을 먹은 후엔 산장 담벼락에 등을 기대고 유유자적 햇볕을 즐기거나, 마지막 맥주를 마시며 떠들썩하게 시간을 보낼 수도 있을 것이다.

우리는 오전 10시 30분까지 벽난로 로비에 앉아 가볍게 대화를 나누었다.

하르당에르고원 산장의 역사를 통틀어 그처럼 느긋하게 오전 시간을 보내는 숙박객들은 우리가 처음이었으리라. 그러한 모습은 관례에서 벗어난 모습이 틀림없었다. 산장에는 오후가 되어야 숙박객들이 몰려든다. 그들은 안내실에 서서 보온병과 도시락에 관한 질문과 대답을 주고받은 후, 극도로 덥거나 극도로 추운 비좁은 방에 짐을 내려놓고, 전날 다른 산장에서 만났던 사람들과 식당에서 재회를 한 후, 물집에 관한 이야기를 늘어놓는다. 그들은 일찍 잠자리에 들고, 아침 일찍 눈을 떠서 아침 식사를 하고 산장을 나선다. 하지만 오전 시간에 아무런 이유도 없이 산장에 남아 느긋하게 시간을 보내는 사람들은 우리가 처음이었던 것이다.

산장을 청소할 시간이 되었다. 직원이 벽난로 로비에 모습을 드러냈다. 그녀는 제자리에 멍하니 서서 우리를 바라보더니, 다시 어디론가 사라졌다. 아마도 그녀는 위기 상황에 대처하기 위해 임시 회의를 소집했을 것이다.

"아직 로비에 사람이 있어요."

"사람이라고? 여기에? 지금?"

"네."

"어떤 사람들이지?"

"숙박객들인 것 같아요."

"숙박객이라고? 지금? 오전 10시가 지났잖아?"

"그러니까요."

"그들이 뭘 하고 있는지 봤어?"

"그냥 가만히 앉아 있던데요?"

"왜?"

"그걸 제가 어떻게 알겠어요? 쉬고 있겠죠."

"쉰다고?! 부활절 휴가 기간에 가만히 앉아 쉬고 있단 말이야?"

"그러니까요!"

"오래 있을 것 같아?"

"와플이 나오기를 기다린다고 하던데요."

"와플? 방금 아침 식사를 했잖아. 와플은 이제 곧 몰려올 손님들을 위한 건데…. 첫 손님이 오려면 아직 한 시간이나 기다려야 해. 낮에 오는 손님들과 숙박객들이 뒤엉키면 안 되는데 어떡하지?"

"이제 뭘 어떻게 하면 좋을까요?"

"이런 일은 나도 처음이라 무척 당황스러워. 우린 매년 부활절 휴가 기간에 방 두 개로 4000명의 손님을 받아왔어. 올해는 바이러스도 이겨냈는데, 이제 와서 이렇게 황당한 일이 생기다니."

그들은 우리에게 와플을 주었다. 아마도 그것이 우리를 쫓아낼 유일한 방법이라 생각했을 것이다. 와플은 소문대로 매우 맛이 좋았다. 세상에서 가장 맛있는 와플이라고는 할 수 없었지만, 겉은 바삭바삭하고 속은 촉촉해서 모두들 고개를 끄덕이며 먹었다.

와플이 그토록 맛있게 느껴졌던 것은 우리가 산중에 너무나 오래 있으면서 평범한 음식 맛을 잊었기 때문일 수도 있었다. 어쩌면 요리사가 와플 반죽에 아스픽을 집어넣었을지도 모른다.

산중에서 스키를 탈 때 경험할 수 있는 또 다른 재미있는 일은, 우리가 하고 있는 일과 관련된 노래의 멜로디를 자신도 모르게 쉴 새 없이 흥얼거린다는 것이다. 물론 내 머릿속에 〈즐거운 여행자〉의 멜로디가 사라지지 않았던 것은 다른 얘기다. 근본적인 이유부터 다르니까. 스키를 타던 우리는 첫 번째 휴식 시간에 각자의 뇌

속에 박혀있는 멜로디에 관해 이야기를 나누었다.

“난 〈티퍼레리까지는 길이 멀구나〉를 나도 모르게 계속 흥얼거려.”

“그래? 뜻밖인걸!”

“나도 그렇게 생각해. 스스로도 놀랐다니까.”

“난 〈언덕들 너머 저 멀리〉.”

“물론 그렇겠지!”

“난 산장을 나설 때부터 〈그는 무겁지 않아요, 내 동생인걸요〉를 흥얼거렸어. 그 이유는 나도 몰라.”

“아마도 그건 노래의 가사가 ‘길은 멀고, 구불구불 돌고 도네’로 시작하기 때문일 거야.”

우리는 눈앞에 펼쳐져 있는 길고 구불구불한 스키 트랙을 보며 말없이 고개를 끄덕였다.

“다들 좋은데… 난 이상하게도 자꾸만 〈신이여, 당신에게 더욱 가까이 다가갑니다〉라는 노래가 생각나.” 기록 담당자가 말했다.

우리는 그 이유를 생각하지 않으려 애썼다.

특히, 장비 담당자는 더욱 애써 외면하는 것 같았다. 그녀는 눈앞에 끝없이 펼쳐진 내리막길을 보며 심각하게 걱정을 하고 있었다. 우리의 목적지는 계곡 아래쪽에 있었기에 내리막길을 피할 수 없었다. 하지만 산장 주인의 말대로 그리 가파르진 않을 것이다. 우리는 그녀가 산사람이긴 하지만 그녀의 말을 신뢰하기로 했다. 그녀는 이미 와플을 통해 진실을 말하는 사람인 것으로 판명이 되었으니까. 장비 담당자는 내리막길을 가는 도중에 신발의 밑창이 다시 떨어져 나가면 어떡할지 걱정했다. 근거 없는 걱정은 아니었다. 일행 중 누군가가 브루스 스프링스틴의 〈난 내려갑니다〉를 흥얼거리기 시작했다.

저 아래쪽에 이정표가 보였다. 어쩌면 목적지로 향하는 길은 여러 갈래가 있을지도 모른다. 그렇다면 우리는 가장 가파른 길을 피해서 가면 된다.

근처에는 스키를 신은 사람들이 적지 않았다. 우리는 그들에게 이곳 지리를 잘 아는지 물어본 후, 우스타오세트까지 가파른 내리막길이 계속되는지 물어보았다.

"아닙니다. 완만한 내리막길이라 기분 좋게 갈 수 있습니다." 첫 번째 남자가 대답했다.

장비 담당자는 그에게 망가진 스키화를 신고 가는 것도 가능한지 물어보았다.

"아무 문제 없습니다." 두 번째 남자가 대답했다.

"저는 어제 망가진 바인딩에 의지해 내리막길을 달렸답니다." 세 번째 남자가 대답했다.

"제겐 매일 있는 일이죠."

"내가 정확히 말을 하지 않았는데 말이야, 내 스키의 바인딩은 양쪽 모두 망가졌었지. 내게도 매일 있는 일이야. 심지어 눈이 쌓이지 않는 여름에도."

"참 편하게 사는군! 난 이 내리막길을 하루에도 네 번이나 왕복해. 1년 365일 내내. 심지어 바인딩이나 스키 없이도 왕복한다고."

"식은 죽 먹기지. 내가 어렸을 땐 말이야, 야외 수영장 안에서 살았다고. 심지어 겨울에도. 게다가 우린 잠자리에 들기도 전에 일어나서 물 없이 수영장을 청소했어. 그리고 알몸으로 이 내리막길을 하루에도 스무 번이나 왕복했지. 수영장에 돌아오면 아침 식사를 할 수 있었냐고? 천만에! 우린 꾸지람만 들었어. 그것도 운이 좋은 날에만!"

"흠… 그런 말을 요즘 애들에게 한다면 아무도 믿지 않을 거야."

"그렇겠지. 세상이 변했어. 어쨌든 그대들은 좋은 여행을 하시기 바랍니다."

"감사합니다."

"올해 부활절은 날씨가 좋아 다행이에요."

"그린 왁스를 사용했죠."

"세이셸과는 비교할 수도 없어요."

책을 처음부터 찬찬히 읽어본 독자라면 이미 오래전에 이해했을 것이다. 그들의 말은 우리의 앞에 펼쳐진 내리막길이 매우 가파르다는 것을 의미한다고. 마침내, 이정표 앞에 이르니 남은 내리막길은 그 어느 곳보다 더 가파르다는 말로 경고를 하고 있었다. 그와 동시에 한 남자가 우리 옆을 시속 100킬로미터는 될 듯한 속도로 지나쳤다.

장비 담당자의 스키화는 첫 번째 모퉁이를 도는 순간 다시 밑창이 떨어져 나갔다. 맥가이버도 믿을 수 없었다.

이제 어떻게 할까? 인간이 될 것인가, 생쥐가 될 것인가? 릭 애스틀리가 될 것인가, 소비에트 연방 공화국이 될 것인가?

장비 담당자가 할 수 있는 일은 단 한 가지뿐이었다. 스키를 벗고 걸어 내려가는 수밖에. 무릎까지 쌓인 눈 위를 스키 없이 걸으니 속도는 느려지기 마련이었다. 특히, 콘돔을 연상시키는 스키복 차림의 변호사들이 쏜살같이 스키를 타고 결승점에 도착해 아무 의미도 없는 아마추어 스키 대회에서 등수 안에 들지 못했다고 값비싼 스키를 내동댕이치는 그 길에선 말이다.

우리 일행은 어떻게 해야 할까? 우리도 그처럼 가파른 내리막길을 무턱대고 내려갈 정도로 멍청하진 않았다. 트랙 중앙에서 V 자 걸음으로 걷는 것도 대안이 될 수는 없었다. 그렇게 한다면 등 뒤에서 쏜살처럼 내려오는 다른 사람들에게 뒤통수를 얻어맞을 것이다.

우리는 트랙을 벗어나 지그재그로 내려가기로 결심했다. 물론 옆에서 보면 엉성하기 그지없을 것이다. 하지만 장비 담당자와 속도를 맞추기 위해선 그렇게 하는 수밖에 없었다. 우리는 일행의 어려움을 모른 척하는 사람들은 아니다.

"그다지 가파른 길도 아닌데 굳이 그런 식으로 내려갈 필요가 있을까요?"

누군가가 우리 옆을 지나치며 이렇게 말했다. 고개를 들어보니 이미 지나쳐간 사람의 등밖에 보이지 않았다. 혹시 내가 아는 사람일까?

그렇진 않은 것 같았다.

"산 위에서 시가릴로를 피웠다면서요?"

도대체 누가 그런 말을 했을까?

"노르웨이 산장의 이름이 우스꽝스럽다고 조롱했다면서요? 그렇게 하면 기분이 좋은가요?"

나는 등을 돌려보았지만, 누가 그런 말을 했는지는 알아낼 수가 없었다.

"우리는 자연을 존중해야 해요."

그제야 한 사람이 눈에 띄었다. 하지만 그가 그런 말을 했는지는 확신할 수 없었다. 혹시 그는 크렉차에 이르기 직전 시가릴로를 피웠을 때 마주쳤던 남자일까? 시가릴로를 피우는 우리를 못마땅한 눈으로 쳐다보았던 여자일까? 핀세 산장의 식당에서 우리를 꾸짖었던 여자일까?

"자연은 매우 변덕스런 존재죠."

그가 말을 이었다.

"이 내리막길은 그다지 가파르지 않아요. 그리고 25킬로미터는 그다지 먼 길이 아니랍니다."

그가 유유히 내리막길을 내려갔다.

"참으로 황금 같은 부활절이에요. 세상에 이보다 더 좋은 곳이 있을까요. 우리가 세상에서 가장 아름다운 나라에 살고 있다는 사실은 아무도 부정할 수 없을 거예요. 우리는…."

그가 연기처럼 자취를 감추었다.

한 남자가 맞은편에서 다가왔다. 그물로 짠 상의를 입은 그는 발을 옮기며 감자를 곁들인 라자냐를 먹고 있었다. 그가 발을 멈추고 제자리에 서서 음식을 우물우물 씹더니, 내 곁으로 걸어왔다.

"좀 드시겠어요? 오랜 전통 음식이랍니다." 그가 음식 한 조각을 치켜들었다.

"아닙니다. 고맙지만 사양하겠습니다."

"한번 드셔보세요. 생각처럼 나쁘지 않아요. 망각에 도움이 된답니다."

"망각이라니요?"

"제 바지 뒷주머니에는 아스픽 요리도 있어요. 차라리 그걸 드시는 건 어떤지요?"

"괜찮습니다."

"감자를 곁들인 라자냐와 조금의 아스픽 요리만 있다면 이 길도 전혀 가파르게 느껴지지 않을 겁니다. 거기에 햄도 곁들이면 금상첨화죠. 이 내리막길조차도 평평하게 보일 겁니다."

"아, 괜찮습니다."

"그렇다면야… 어차피 선택은 당신이 하는 것이니까요."

그가 자취를 감추었다.

나는 얼른 트랙으로 되돌아가야겠다고 생각했다.

뒤를 돌아보니 트랙을 찾을 수 없었다. 일행도 보이지 않았다. 저 멀리 짐썰매를 끌며 스키를 타던 한 여자가 나를 쳐다보고 있을 뿐, 그 외에는 사람의 그림자도 볼 수 없었다.

뒤에도, 앞에도, 오른쪽에도, 왼쪽에도….

숲 언저리에서 나를 지켜보는 저 사람은 누구일까?

나는 그녀를 어디선가 본 것 같았다.

어디였을까…? 설마…?

그녀는 바로 갈회피겐 산장의 주인이었다. 날씨에 관계없이 등산을 하면 항상 기분이 좋다고 말했던 사람. 짙은 안개와 비구름도 상관없다고 말했던 사람. 바로 그녀였다. 그녀는 고기 조각을 씹으며 나를 뚫어지게 바라보았다. 그녀가 흥얼거리는 노랫가락은 〈즐거운 여행자〉였던가.

그녀가 몸을 돌려 숲속으로 사라졌다.

저 뒤에 있는 사람은 누구일까? 계곡 반대쪽 산등성이 아래에 있는 사람… 짐 캐리와 함께 춤을 추며 〈즐거운 여행자〉를 노래하는 저 사람은… 줄리 앤드루스?

그럴 리가 없었다.

하지만 분명 누군가가 〈즐거운 여행자〉를 흥얼거리고 있었다. 나는 똑똑히 들을 수 있었다. 한 사람도 아니고 합창단이 부르는 노랫소리가 분명했다. 그 소리는 점점 더 커졌다. 등을 돌리니, 한 무리의 사람들이 노래를 부르며 내게 다가오고 있었다. 그중 몇 명은 발을 옮기며 햄을 먹고 있었다. 그들은 노래를 부르는 도중에도 몇 마디씩 대화를 나누었다.

"날씨가 참 좋은걸."

"환상적이야."

"이렇게 몸을 움직이니 기분이 좋아."

"이보다 더 좋을 수는 없어."

"전혀 멀지 않아."

모두 본 적이 있는 얼굴들이었다. 페르와 카리. 어제 만났던 여자들. 스노우 스쿠터를 타고 산장을 나섰던 여자는 지금 두 발로 걷고 있었다. 다른 이들은 그녀의 입에 햄을 넣어주었다.

지난여름, 베세겐 능선에서 만났던 석유 회사 직원들도 보였다. 나는 문득 반가운 마음에 그들에게 손을 흔들었다. 그들은 내게 손을 흔들어주지 않았다. 나는 그들에게 어디로 가는 중인지 물어보았다.

"그런 멍청한 질문은 하지 마세요."

그중 한 명이 진지하게 말했다.

"햄을 드시겠습니까?"

그들은 다시 어디론가 사라졌다.

호주에서 온 여자가 나타났다. 그녀는 어둠을 뚫고 3시간 30분

만에 핀세에서 크렉챠까지 왔던 사람이었다. 그녀의 옆에는 십대 딸과 함께 온 중년의 남자도 있었다.

지난여름, 베세겐과 프레이케스톨렌에서 만났던 캐나다인 부부와도 마주쳤다. 도대체 이들은 모두 어디로 가고 있는 것일까?

그들은 마치 내게 무언가를 원하는 것 같았다. 캐나다인 남자가 내게 고개를 끄덕이며 아는 척을 했다. 마치 내게 어디론가 같이 가자고 말하는 것 같았다. 그의 아내는 어깨만 으쓱 치켜올릴 뿐이었다.

나는 그들의 뒤를 따랐다. 그들은 리듬감 있는 몸짓으로 앞서 나갔다. 모두들 날씨가 좋다거나, 내리막길이 완만하다거나, 그리 멀지 않다는 말을 중얼거렸다. 사람들은 햄 조각을 나누어 먹으며 노래를 흥얼거렸다.

길은 멀고, 구불구불 돌고 도네.

도레미.

발데리.

발데라.

갑자기 눈앞에 넓디넓은 들판이 펼쳐졌다.

그곳에는 자연에 빼앗겼던 나의 옛 친구들이 모여 있었다. 그들은 둥그렇게 원을 그린 채 서 있었고, 방금 내 곁을 지나쳤던 사람들은 모두 그 원에 합류했다. 잠시 후, 그들은 원을 그리며 움직이면서 마치 한 번도 본 적이 없는 사람에게 하듯 서로에게 인사를 건넸다. 안녕하세요! 날씨가 참 좋군요! 환상적이에요! 그다지 멀지 않았어요. 가파르지도 않았죠. 좋아요. 이보다 더 좋을 수는 없어요. 세상에서 가장 맛있는 와플이었어요. 삶은 바로 이런 것이죠.

나는 학창시절 친구들을 발견하고 뛰어갔다.

"정말 오랜만이군!"

"그다지 오래된 것 같지도 않은데? 그건 그렇고 아스픽 요리를 먹겠나?"

"그런데 왜 다들 여기 모여 있어?"

"무슨 소리야? 이보다 더 좋을 수가 없는데…."

"넌 옛날에 유머 감각이 아주 풍부했던 애잖아?"

"사람을 잘못 봤겠지. 너도 얼른 옛날 음식을 좀 먹고 합류해."

"여기? 너희들과 함께 제자리에 서서 원을 그리며 걸으라고?"

"아냐!" 90년대에 자주 함께 파티에서 만났던 이가 말을 이었다.

"원을 그리며 돌고 있다고? 무슨 소리야? 우린 곧 산장에 도착할 거야. 그곳에선 물집에 관해 함께 대화를 나눌 수 있는 사람을 만날 수 있어. 삶에서 이보다 더 좋은 일이 어디 있을까?"

"어… 난 그보다 더 좋은 일을 많이 알고 있어!"

"설마! 그럴 리가 없어! 잔소리 말고 얼른 합류해."

원을 그리며 모여 있던 사람들이 일제히 나를 돌아보았다.

"얼른 들어오세요. 이곳에 들어오면 걱정이 깨끗이 사라진답니다."

"아무 문제 없어요."
"일상의 삶에서 벗어날 수 있어요."
"시간을 멈출 수 있죠."
"그다지 멀지 않아요."
"바로 코앞이랍니다."
"환상적이에요."
"자연 속에서는 스스로가 얼마나 미미한 존재인지 깨달을 수 있어요."
"그보다 더 좋을 수는 없죠."
"대문을 나서기만 하면 자연을 즐길 수 있어요."
"노르웨이는 집 안에서 가만히 앉아 있도록 설계된 나라가 아니랍니다."
"꿈이 왜 필요하죠? 우리는 다른 이들이 꿈꾸는 바로 그런 삶을 살고 있는데?"
"어서 오세요."
"얼른 합류하세요."
"얼른 들어오세요."

도레미 송

도(doe) 사슴 중 암사슴
레(ray) 황금 햇볕 한 방울
미(me) 내가 날 부르는 이름
파(far) 달릴 먼 거리
솔(sew) 실을 꿰는 바늘
라(la) 솔 다음의 음
시(tea) 잼 바른 빵과 함께 마시는 차

다음에는 다시 도, 오오오

도(doe) 사슴 중 암사슴
레(ray) 황금 햇볕 한 방울
미(me) 내가 날 부르는 이름
파(far) 달릴 먼 거리
솔(sew) 실을 꿰는 바늘
라(la) 솔 다음의 음
시(tea) 잼 바른 빵과 함께 마시는 차

다음에는 다시 도, 오오오

도(doe) 사슴 중 암사슴
레(ray) 황금 햇볕 한 방울
미(me) 내가 날 부르는 이름
파(far) 달릴 먼 거리
솔(sew) 실을 꿰는 바늘
라(la) 솔 다음의 음
시(tea) 잼 바른 빵과 함께 마시는 차

다음에는 다시 도, 오오오

도(doe) 사슴 중 암사슴
레(ray) 황금 햇볕 한 방울
미(me) 내가 날 부르는 이름
파(far) 달릴 먼 거리
솔(sew) 실을 꿰는 바늘
라(la) 솔 다음의 음
시(tea) 잼 바른 빵과 함께 마시는 차

다음에는 다시 도, 오오오

도(doe) 사슴 중 암사슴
레(ray) 황금 햇볕 한 방울
미(me) 내가 날 부르는 이름

발데리
발데라
발데랄라라랄라라

관심 있는 독자들을 위한
출처 및 여담, 그리고 가외의 정보

그건 아니지 않은가

이 책의 앞머리에 표기된 숫자들은 2017년 중앙통계청에서 발표한 삶의 지표 수치를 참고했다.

지난 1년 동안 전 국민의 80퍼센트가 산이나 숲에서 하이킹을 했다고 밝혔던 것은, 설문 조사의 질문에 산과 숲이라는 장소가 특정되었기 때문이다. 따라서 도심의 거리나 공원, 그리고 자연 속이라 하더라도 나무가 없는 곳은 제외되었다.

1983년 스트란다 축구팀에 관한 이야기는 전적으로 나의 기억과 지인들의 이야기를 바탕으로 한 것이며, 특히 축구 전문가이자 해설가인 아르네 셰이에의 도움이 컸다. 1983년 중앙통계청에서 발행된 연감과 당시의 신문 기사, 그리고 스트란다 축구팀의 홈페이지에서도 정보를 얻을 수 있었다. 특히, 더 관심 있는 독자들은 유튜브에서 당시의 경기와 경기 전후의 모습을 볼 수 있다.

우리 세대에서 급격히 증가하는 야외 활동에 관한 정보는 소셜미디어 및 삶의 지표 수준을 측정했던 중앙통계청의 정보를 바탕으로 한 것이다. 사회적 격차를 가장 크게 보이는 것은 스키였다. 스키 및 스키 장비가 비싼 것도 그 이유가 될 수 있을 것이다. 하지만 의무교육 과정을 마친 사람들의 33퍼센트가 스키를 타보았다고 대답했던 것은 상당히 고무적이다. 반면, 대학을 비롯한 전문 교육 과정을 마친 사람들 중 스키를 타보았다고 대답했던 사람은 전체의 71퍼센트였다.

늘어난 여가 시간과 더불어 현대인의 운동량만 늘어난 것은 아니다. 같은 기간을 살펴보면 문화생활이 차지하는 시간도 급격히 늘어났다. 그 예는 다음 설문 조사의 결과에서 볼 수 있다. 1991년부터 2016년 사이 영화 관람은 58퍼센트에서 72퍼센트로 늘어났고, 연극 및 스탠드업 코미디 관람은 44퍼센트에서 50퍼센트로 늘어났으며, 콘서트 관람은 48퍼센트에서 62퍼센트, 춤과 발레 관람은 거의 두 배로 증가했다. 즉, 사회가 발전함에 따라 자연은 물론 우리의 문화 활동량도 함께 늘어났다는 것이다. 여기서 스발바르의 예를 들지 않을 수 없다. 스발바르는 거의 자연뿐이라 해도 과언이 아닌 도시이다. 그곳에는 사람들도 거의 살지 않는다. 몇 개 되지 않는 거리에서 벗어나기만 하면 북극곰과도 마주칠 수 있는 곳이다. 즉, 자연에 미쳐 있지 않고선 스발바르에 갈 일이 거의 없다고 봐도 된다. 하지만 그곳에조차도 사회가 있고, 문화생활도 행해진다. 놀랄 만큼 큰 비율로. 스발바르의 가장 큰 도시라 할 수 있는 롱이어뷔엔의 인구는 약 2000명뿐이지만, 현재 그곳에는 16개의 레스토랑 및 카페, 2개의 콘서트홀이 있다. 이 수치를 오슬로에 대입하자면 700개의 콘서트홀과 맞먹는다. 런던에는 7만 개의 펍과 1만 8000개의 극장이 있어야 한다는 말과도 같다. 현실성으로 따지자면 적절한 예라고는 할 수 없다.

나는 이 책을 쓰기 위해 『밖으로 나가자!Ute!』(파그북 출판사, 2016년)를 참고했다. 그중에서도 특히 콜비외른 라포스Kolbjørn Rafoss와 외르눌프 세이펠Ørnulf Seipel이 쓴 「노르웨이인들의 야외 활동: 1990~2013년의 기간에 대두된 사회적 격차의 변화」를 중점적으로 참고했다. 등산과 스키에 관한 예는 「사회적으로 만연한 활동을 국민적 특성으로 볼 수 있는 이유」를 참고 했다. 또한, 80년대 이후부터 증가한 운동량은 사람들이 인위적으로 만들어낸 흐름이 아니라 전적으로 새로운 시대상이라는 것도 주목해볼 만하다.

노르웨이인들의 가을 방학 기간에 관한 사항은 2017년, 입소스Ipsos* 에서 행한 노르웨이인들의 야외 활동에 관한 설문 조사의 결과에 근거한 것이다.

---

* 프랑스 파리에 본부를 둔 다국적 마케팅 및 설문 조사 기관.

노르웨이에서 가장 오랜 기간 동안 상영되었던 리얼리티 쇼는 〈북위 71도〉라는 프로그램이다. 가장 먼저 텔레비전에 방영되었던 리얼리티 쇼는 〈로빈슨 탐험〉이지만, 이는 스웨덴에서 제작된 프로그램이다. 둘 다 1999년에 첫 방송을 시작했다. 〈북위 71도〉는 일반인들이 참가하는 프로그램과 유명 인사들이 참가하는 프로그램으로 나뉘어져 있다. 이 프로그램을 통해 우리는 국가대표 선수 생활을 하다 은퇴한 사람들은 음악인이나 배우보다 체력이 좋다는 것을 확인할 수 있었다.

근친상간과 전통무용에 관한 주장의 근거는 부정확하지만, 아놀드 백스Arnold Bax, 토마스 비첨Thomas Beecham, 사무엘 존슨Samuel Johnson 등이 남긴 말에 바탕을 둔 것이다. 영국의 다재다능한 방송인 스티븐 프라이Stephen Fry는 아놀드 백스가 이런 말을 했다고 언급한 적이 있지만, 역시 그 또한 어떤 근거로 주장했는지는 명확하지 않다.

내가 이해할 수 없는 것들

나는 이 챕터에서 지난 30년 동안 사람들의 삶에서 자연과 종교가 자리바꿈을 했는지 질문해보았다. 역사상 수많은 설문 조사를 통해, 스칸디나비아 국가는 전 세계에서 가장 비종교적인 나라라는 사실이 증명되었다. 2005년, 65개국 국민을 대상으로 국제 갤럽 조사위원회에서 설문 조사를 한 바에 의하면, 전 세계에서 가장 비종교적인 대륙은 서유럽이며, 노르웨이는 서유럽 국가들 중에서 가장 비종교적인 국가라는 결과가 나왔다. 2018년 1월, 텔레그래프The Telegraph는 2008, 2009, 2015년에 윈/갤럽WIN/Gallup사에서 행한 세 건의 설문 조사를 바탕으로, 가장 종교적인 나라와 비종교적인 나라의 순위를 발표했다. 스웨덴과 노르웨이는 전 세계에서 가장 비종교적인 국가 중 각각 4위와 5위를 했으며, 이들 두 나라는 유럽에선 각각 2위와 3위를 기록했다. 유럽에서 가장 비종교적인 나라는 에스토니아였다. 30년 전 노르웨이가 더욱 종교적인 나라였다는 근거는 1985년부터 입소스에서 격년제로 행한 설문 조사를 통해 찾아볼 수 있다. 1985년에는 노르웨이 국민의 50퍼센트 이상이 신을 믿는다고 대답했고, 신을 믿지 않는다고 대답한 사람은 20퍼센트를 간신히 넘겼다. 2015년에는 39퍼센트가 신을 믿지 않는다고 했으며, 신을 믿는다고 대답한 사람은 37퍼센트였다.

유로스타트에서는 유럽 국가의 전통적 종교관이 출산에 미치는 영향을 조사한 적이 있다. 유럽 국가들 중, 기혼 가정 외부에서 혼외자로 태어난 아이들의 수는 노르웨이, 스웨덴, 아이슬란드, 덴마크가 가장 많았다. 이 수치는 해가 바뀌어도 크게 변하지 않았다. 2005년에는 이들 4개국 중에서 덴마크가 빠지고 에스토니아가 그 자리를 차지했다. 이들 국가 중 혼외자 출생 비율이 가장 높은 나라는 아이슬란드였으며, 매년 1위 자리를 놓치지 않았다.

이 챕터에서 근거로 사용했던 책들은 다음과 같다.

윌리엄 세실 슬링스비William Cecil Slingsby: 『노르웨이, 북유럽의 놀이터. 1872~1903년 사이에 행했던 노르웨이 암벽 등반 및 탐험 스케치』(그 당시에는 책 제목에서 상상력이라고는 조금도 찾아볼 수 없었다), 데이비드 더글러스, 1904년.

엘링 카게Erling Kagge : 『소음 속의 정적: 세상과의 단절 속에서 찾을 수 있는 기쁨』, 카게 출판사, 2016년.

토머스 트웨이츠Thomas Thwaites : 『염소 사나이: 인간의 삶에서 벗어난 휴가』, 가이다로스 출판사, 2016년.

존 크라카우어Jon Krakauer : 『인투 더 와일드』, 빌러드, 1996년.

헨리크 입센의 인용구는 그의 저서 『산 위에서』에서 발췌한 것이다.

인간의 소음에 관한 인용구는 NRK 방송국에서 제작하여 2015년 9월 NRK2에서 방영한 〈셀스카펫〉이라는 프로그램에서 발췌했다. 관심 있는 독자라면 nrk.no 홈페이지에서 이 프로그램을 찾아볼 수 있을 것이다.

등산이 우리의 삶에서 일상으로 자리 잡기 시작했던 시기에 관한 정보는 모두 중앙통계청에서 발표한 수치에 근거한 것이다. 이쯤 되면 나를 너드라고 보는 사람도 있겠지만, 중앙통계청의 홈페이지를 방문하면 몇 주 동안이나 지루해하지 않고 시간을 보낼 수 있는 갖가지 정보를 얻을 수 있다.

전 세계에서 행복한 나라의 순위는 유엔 산하 자문기구인 지속가능 발전해법 네트워크United Nations Sustainable Development Solutions Network에서 「세계행복보고서World Happiness Report」라는 이름으로 발표했다. 2018년의 수치는 북유럽 전 국가가 10위 안에 들었으며, 상위 4개국은 핀란드, 노르웨이, 덴마크, 아이슬란드였다. 당시 스웨덴은 9위를 차지했다.

「세계행복보고서」와는 달리 유엔의 「인간개발보고서UNDP Human Development Index」에서는 위에 언급된 나라들 외에도 스웨덴, 캐나다, 독일 등이 상위를 차지한다. 그 이유는 이들 국가 국민들이 산을 자주 찾는다는 사실 때문이 아니라, 산을 찾을 수 있는 여유 시간이 많다는 것을 의미한다.

현대로 들어오며 농업에 근간을 둔 산업 기반이 약해진다는 근거는 중앙통계청에서 발표한 수치에 근거한 것이다. 내가 태어난 1969년에는 노르웨이에서 약 15만 가구가 농사를 지었다. 2010년에는 그 수가 4만 6000가구로 줄었다.

'지루함boredom'이라는 영어 단어는 영국인이 노르웨이의 산을 오르기 시작했던 바로 그 시기에 생겨났다. 물론 언뜻 믿지 못하는 사람도 많을 것이다. 하지만 이것은 사실과 그리 다르지 않다. 라르스 스벤센Lars Fr. H. Svendsen*의 저서 『지루함의 철학』을 읽던 도중, '지루함'이라는 영어 단어가 처음 사전에 등재된 것은 1870년대라는 사실을 알게 되었다. 슬링스비가 노르웨이의 산에 처음 올랐던 해는 1872년이다.

---

* 노르웨이의 철학자이자 작가.

직접 산에 오르기 전, 내가 참고했던 책은 노르웨이 관광협회의 연감을 비롯한 다음과 같은 책들이다.

루네 슬라그스타Rune Slagstad : 『산이 처음 생겨났을 때』, 드레이어, 2018년.

페르 로게르 로릿첸Per Roger Lauritzen : 『노르웨이의 산과 평원』, 폰트 출판사, 2011년.

실내 등산과 모닥불 위의 팝콘

노르웨이의 외스트폴주에 전 세계 사람들이 서 있을 수 있다는 수치적 근거는 텔레비전의 코미디 패널쇼 〈브릴레〉에서 소개된 것이다. 물론 나는 좀 더 확실히 하기 위해 직접 그 수를 계산해보았고, 틀리지 않다는 것을 알아냈다.

에든버러의 펍 이름이 무엇인지는 밝히지 않겠다. 그곳에 가보고 싶어 하는 독자들도 없으리라 짐작한다.

요툰헤이멘 지역에서 일주일 묵는 데 필요한 비용은 구글 검색을 통해 2018년 물가를 근거로 계산한 것이다.

구원을 얻기 위해 요툰헤이멘산맥을 오르다

2008년, 오슬로 지역 일간지 〈아프텐포스텐Aftenposten〉에서는 독자들을 대상으로 오슬로에서 가장 볼품없는 건물을 가리기 위한 설문 조사를 시행했다. 당시 1위를 차지했던 건물은 버스 터미널 위에 있는 오슬로갤러리였다. 오슬로플라자 건물과 거의 비슷한 시기에 문을 열었던 그 건물은 북유럽에서 가장 긴 지하 실내 쇼핑센터를 포함하고 있었다. 그렇다. 당시에는 북유럽에서 가장 높거나 긴 건물이 유행이었다.

〈즐거운 여행자〉는 원래 〈Der fröhliche Wanderer〉라는 제목의 독일 노래이며, 첫 구절의 가사를 따서 자주 〈나의 아버지는 여행자Mein Vater war ein Wandersmann〉라고도 불린다. 곡은 프레드리히-빌헬름 묄러Fredrich-Wilhelm Möller가 만들었고, 가사는 프레드리히 지기스문트Fredrich Sigismund가 붙였다. 노르웨이 버전으로는 여러 가지가 있지만, 그중에서도 내가 가장 좋아하는 버전은 비외르크룬 자매Søstrene Bjørklund가 부른 노래이다.

〈도레미 송〉은 뮤지컬 음악가인 로저스 & 해머스테인이 만든 곡으로 영화 〈더 사운드 오브 뮤직〉에 삽입된 노래다.

소리를 만들어내지 않기 위해 만들어내는 소리라는 구절은 소설가이자 극작가인 존 어빙John Irving의 소설 『1년 동안의 과부』에서 빌려온 것이다. 어빙은 훗날 『소리를 만들어내지 않기 위해 만드는 소리』라는 청소년 소설을 집필하기도 했다.

매년 베세겐 능선에 오르는 등산가의 수는 nasjonalparkriket.no에서 참고했다. 이 사이트는 모든 노르웨이인들이 의무적으로 숙지해야 하는 등산 규칙을 찾아볼 수 있는 홈페이지 중의 하나이기도 하다.

엔데스헤임 산장에 묵는 숙박객들의 수는 산장의 홈페이지를 참고했다. 이 수치를 신뢰할 수 있는지는 장담할 수 없다.

베세겐 능선의 400미터나 되는 절벽에서 떨어질 위험은 'Visit Jotunheimen'이라는 인터넷 사이트에서도 거론하고 있다. 사람들에게 겁을 주기 위한 목적은 아니라고 생각한다.

매년 베세겐 능선에서 구급 요원의 도움을 받아 하산하는 사람의 수가 15~20명이나 된다는 사실은 옌데스헤임 산장의 주인이 〈아프텐포스텐〉 일간지와의 인터뷰에서 밝힌 사항이다.

야외 활동에 관한 일반적인 조언을 담은 책들 중에서 개인적으로 추천하고 싶은 책은 시그리 산베르그Sigri Sandberg의 『잘 다녀오세요, 야외 활동을 위한 안내서』를 들 수 있다. (그녀는 인간의 소음에 관해 언급했던 사람이기도 하다.)

헤프티와 슬링스비의 유치한 말다툼에 관해 더 읽어보고 싶다면 위키피디아Wikipedia나, 시그리 산베르그의 저서 『요툰헤이멘에서의 두려움과 환호』를 참고하면 된다.

노르웨이의 자연 속으로 떠나는 여행에 관해선 노르웨이 관광협회의 연감이나, 아른게이르 베르그Arngeir Berg와 아르네 요한 예르문센Arne Johan Gjermundsen이 감수한 『노르웨이가 처음 발견되었을 때』라는 책을 찾아보면 될 것이다. 카터 스미스Carter Smith와 파브리시우스Fabricius를 인용한 문장도 이 책을 참고했다.

니체의 인용구는 1878년 발행된 그의 어록에서 발췌한 것이다.

개인 산장의 면적이 두 배로 늘어났다는 사항은 2017년에 발행된 잡지 〈쉰 오 세인Syn og Segn〉 제3호에 소개된 카를로 올Carlo Aall의 저서를 참고했다. 나는 같은 잡지(그것은 산장과 야외 활동에 관한 특별호였던 것으로 기억한다)에서 오플란주의 관광 진흥 계획도 살펴볼 수 있었다. 미래의 산장은 호텔 형식의 화려한 건물이 지배할 것이라는 내용은 호바르 테이겐Håvard Teigen이 쓴 기사를 참고했다.

전기와 식수 시설이 설치된 산장의 수는 2014년 입소스에서 실시한 산장에서의 삶에 관한 조사를 참고했다.

사유지 접근권이 노르웨이만의 특별한 법이 아니라는 사실은 위키피디아와 allemannsretten.no에 명시된 「외국에서의 사유지 접근권」에 관한 글을 참고했다. 이 홈페이지는 사유지 접근권에 관해 박사 논문을 쓴 법학자 마리안네 레우쉬Marianne Reusch가 만든 것이다.

프레이케스톨렌을 찾는 관광객의 수는 인터넷 홈페이지 preikestolen.no에서 참고했다.

나는 홀로 걷는다, 도시에서

슬로겐산 꼭대기까지 가는 것이 얼마나 위험한 것인지를 두고 왈가왈부했던 토론은 2016년 여름 노르웨이 북서쪽 지방을 중심으로 한 미디어 매체에서 성행했다. 나는 관련 기사를 그 지역의 NRK 방송국 및 일간지의 인터넷 홈페이지에서 읽어보았다. 어린 아이가 슬로겐산을 오르는 것은 피해야 한다고 주장하며 토론을 시작했던 남자는 얀-군나르 홀레Jan-Gunnar Hole라는 사람으로서, 그 지역 알파인 구조팀의 단장이기도 했다. 즉, 산 위의 위험에 관해 매우 잘 아는 사람이라는 사실이다.

사회의 로봇화 현상은 마틴 포드Martin Ford의 저서인 『로봇의 대두』 및 스웨덴의 경제학자인 스테판 푈스터Stefan Fölster의 리포트 「디지털 혁명이 이끄는 노르웨이의 새로운 직업」을 참조했다. 나는 이 리포트를 바탕으로 한 저자의 10분짜리 인터넷 강연도 직접 들어보았다.

사람들을 만나기 위해 하르당에르고원을 오르다

노르웨이 관광협회의 홈페이지에는 2017년과 2018년 부활절 휴가 기간 동안 사람들이 가장 많이 찾은 곳이 하르당에르고원이라고 했다. 핀세 산장은 2017년 부활절 기간 동안 사람들이 가장 많이 찾은 산장이었고, 2018년에는 2위에 머물렀다. 크렉챠 산장은 이 기간에 상위 5개의 산장에 포함되었다.

릭 애스틀리 앨범은 2016년 영국에서 1위를 차지했지만, 그 외의 국가에서는 그다지 인기를 끌지 못했다. 해당 앨범의 '50'이라는 타이틀은 그의 나이를 상징하는 것이라 짐작한다.

핀세에서 촬영했던 스타워즈 영화의 제목은 〈제국의 역습The Empire Strikes Back〉이다. 핀세는 1979년 이 영화의 장면 중 호스 행성의 배경이 되었다. 그 이후, 핀세에서는 이를 기념하기 위해 매년 스타워즈 관련 행사를 열어왔으며, 바로 그 때문에 산 위에서 스키를 타다 보면 외계에서 온 듯한 괴상망측한 차림의 사람들을 만날 때도 있다.

트롤의 성기라는 이름을 지닌 트롤피켄이 2017년 훼손되었던 것은 사실이다. 한 관광객이 바위의 성기에 해당하는 부분을 부러뜨렸던 것이다. 이후, 그 일은 쉴 새 없이 사람들에 회자되었다. 현재 트롤피켄은 원상 복구된 상태이다.

스탠 리지웨이의 솔로 앨범 제목은 '더 빅 히트The Big Heat'이며, 같은 앨범에 속한 주목할 만한 곡은 〈세일즈맨Salesman〉, 〈드라이브, 쉬 새드Drive, she said〉, 〈캐머플라지Camouflage〉 등이 있다.

퀴즈의 답: 소개된 모든 지명은 '두떼다'를 제외하고 모두 노르웨이에 실제 존재하는 지명 및 산장 이름이다. 두떼다는 2000년대 초반 유로비전 송 콘테스트에서 크게 인기를 끌었던 독일팀에서 아이디어를 얻어 내가 지어낸 이름이다.

라스 빈네르베크의 노래 제목은 〈우리는 바다에 간 적이 없어요Vi åkte aldrig ut til havet〉이며, 그의 다른 노래들과 비슷한 분위기를 지니고 있다.

나의 주치의는 아슬레 요한센Asle T. Johansen이며, 지면을 빌려 그의 저서 『100년 후에 가보는 남극』(프리 플뤼트 출판사, 2012년)도 함께 추천한다.

크렉챠의 역사는 ut.no와 위키피디아에 소개된 산장의 홈페이지를 참고했다.

여왕이 오픈한 케이블카 시설은 노르피오르에 있는 로엔 스카이리프트이다. 인용된 말은 2017년 5월 23일 nrk.no에 소개된 기사를 참조했다.

호브덴 알파인 센터는 2017년 노르웨이에서 처음으로 헬멧 착용 의무화를 도입했으며, 이와 관련된 논란을 촉발시켰다.

노르웨이 국민의 대다수가 바다 항해시 술을 마시면 안 된다고 주장한다는 사실은 2017년 칸타르 TNS 갤럽에서 시행한 설문 조사 결과에 근거한다. 당시, 혈중 알코올 농도 측정 기준이 육지와 바다에서 동일해야 한다고 응답했던 사람은 전체의 70퍼센트였다.

다른 사람이 꿈꾸는 삶을 살고 있기에 더 바랄 것이 없다는 말은 『방랑의 기술』이라는 책에서 참조한 것이다. 이 책은 율리에 마스케Julie Maske가 감수하여 노르웨이 관광협회 창립 150주년을 기념하기 위해 출판된 것이다.

위에 언급한 책 외에도 새로운 아이디어를 얻거나 나의 편견을 증명했던 저서들은 적지 않다. 예를 들면:

에이빈 에이즐로트Eivind Eidslott : 『등산가, 스키인, 협회 산장 및 전반적인 야외 활동을 엿보기 위해 밖으로 나가보자』, 프리 플리트, 2014년.

토마스 에스페달Tomas Espedal : 『걷기 (또는 야생적이고 시적인 삶을 사는 기술)』, 윌렌달, 2007년.

비외른 가브리엘센Bjørn Gabrielsen : 『겨울전쟁, 일 년 중 가장 추운 계절에 행하는 노르웨이인들의 무의미한 전쟁』, 윌렌달, 2002년. (이 책은 매우 재미있는 책이다. 나는 이 책에서 발췌한 문장을 사용하기도 했다.)

마그누스 헬게루드Magnus Helgerud : 『당신이 어디로 갈 것인지 말만 하면, 나는 당신이 어떤 사람인지 알 수 있어요』, 아스케하우그, 2018년.

에를렌 로에Erlend Loe : 『도플러』, 카펠렌, 2004년. 『우리가 아는 세상의 끝』, 카펠렌 담, 2015년.

라스 박케 맛젠Lars Backe Madsen : 『노르웨이 스키 팀의 황금 레이스, 메달, 권력과 미스터리』, 윌렌달, 2017년.

이언 매큐언Ian McEwan : 『솔라』 (기본적으로는 현시대를 적나라하게 그린 암울한 소설이지만, 세상을 구하기 위해 북극으로 여행을 하던 주인공이 변장을 위해 옷을 갈아입다가 성기가 지퍼에 끼는 이야기 등 재미있는 에피소드를 접할 수 있는 책이다.)

아그네스 라바튼Agnes Ravatn : 『추악한 세상. 시골 마을에서의 삶』, 삼믈라게, 2017년.

페테르 베셀 삽페Peter Wessel Zapffe: 『열린 하늘 아래의 삶. 거친 꿈과 그 외의 이야기들』, 카펠렌 담, 2012년.

그 외에도 내가 자주 찾았던 인터넷 사이트는 다음과 같다.

Harvest.no

ut.no

Dnt.no

Fjellforum.no

소개된 사진들은 기록 담당자가 찍었다. 그녀가 장비 담당자의 스키화를 고쳐주는 사진은 내가 찍었으며, 나의 어린 시절 사진은 어머니가 찍은 것이다. 돌계단 사진은 나의 형이 찍은 것이다. 그렇다. 온 가족이 이 책을 만들기 위해 도움을 주었다. 색연필 그림은 장비 담당자가 그린 것이다.

아르네 플라틴, 에를란 그레브 헤스트하겐, 토미 호브데, 옌스 요한손, 시리 바겐 카네달, 베릿 수잔네 횔로스, 아네 콜베르그, 리스벳 코팡, 모르텐 로렌첸, 율리에 마스케, 외이빈 스타르헤임, 그리고 그 외 나의 옛 친구, 새 친구, 잃어버린 친구, 되찾은 친구를 비롯하여, 이 여행의 전후 그리고 여행 당시 내가 귀찮게 괴롭혔던 모든 친구들에게 감사를 전한다.

후회의 산장
수렁진창 능선
모기지옥 숲
안개봉
네 발 동물길

기록 담당자

엘리사베트 레이에르센

1 경미한 상처

2 물집

3 왼쪽 발가락

장비 담당자

린다 블로스베르

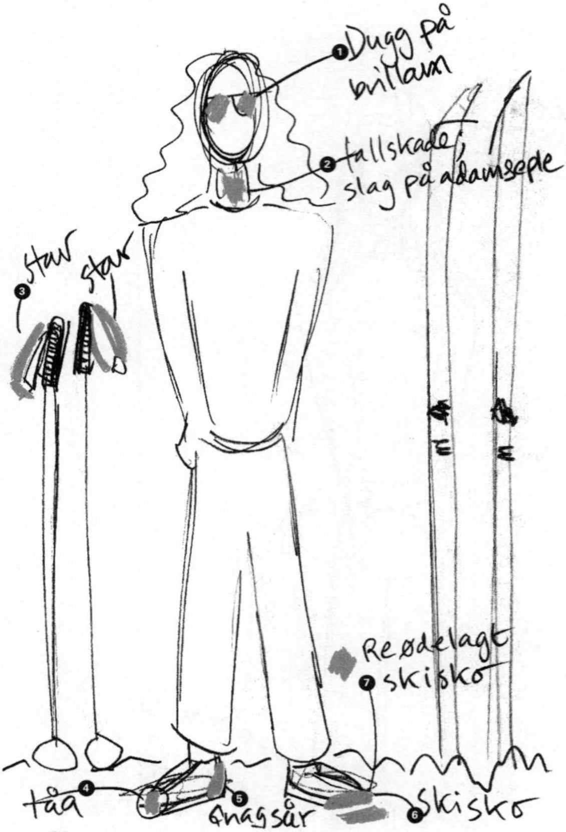

1 선글라스에 맺힌 서리
2 넘어지면서 생긴 목젖의 상처
3 양쪽 스키폴
4 발가락
5 물집
6 스키화
7 다시 망가진 스키화

걱정 담당자

안드레아스 아우스트르헤임 뢰드

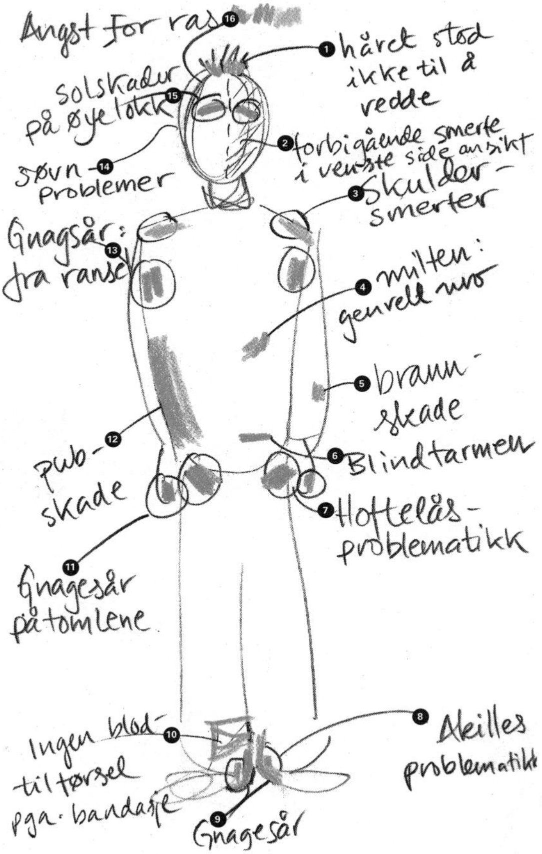

1 빗어도 빗어도 부스스한 머리
2 왼쪽 얼굴의 경미한 통증
3 어깨 통증
4 일상적 불안감으로 인한 비장 기능의 저하
5 화상
6 맹장
7 삐걱거리는 고관절
8 아킬레스건의 통증
9 물집
10 붕대 때문에 피가 통하지 않아 생긴 통증
11 엄지에 생긴 물집
12 술집에서 얻었던 상처
13 배낭 때문에 생긴 물집
14 불면증
15 햇볕에 심하게 그을린 눈꺼풀
16 눈사태가 날까 봐 끊임없이 불안함

옮긴이 손화수

한국외국어대학교에서 영어를, 오스트리아 잘츠부르크 모차르테움 대학에서 피아노를 공부했다. 1998년 노르웨이로 이주한 후 크빈헤라드 코뮤네 예술학교에서 피아노를 가르쳤다. 2002년부터 노르웨이 문학을 번역하기 시작했다. 2012년에는 노르웨이 번역인협회 회원(MNO)이 되었고, 같은 해 노르웨이 국제문학협회(NORLA)에서 수여하는 번역가상을 받았으며, 2014년에는 '올해의 번역가'로 선정되었다. 칼 오베 크나우스고르의 '나의 투쟁' 시리즈와 『벌들의 역사』, 『부러진 코를 위한 발라드』, 『노스트라다무스의 암호』, 『파리인간』, 『이케아 사장을 납치한 하롤드 영감』, 『유년의 섬』, 『잉그리 빈테르의 아주 멋진 불행』, 『자연에 거슬러』, 『나의 작고 커다란 아빠』, 『나는 그때 왜 비겁했을까?』, 『초록을 품은 환경 교과서』, 『나는 거부한다』, 『풍선 사냥꾼』, 『3 2 1』, 『비발디』 등을 번역했다. 스테인셰르 코뮤네 예술학교에서 가르치고 있으며, 철 따라 찾아오는 노르웨이의 백야와 극야를 벗 삼아 책을 읽고 번역을 하고 있다. 2012년, 2021년에는 각각 올해의 번역가 및 노르웨이 예술인 상을 받았고, 2019년 한·노 수교 60주년을 즈음하여 노르웨이 왕실에서 수여하는 감사장을 받기도 했다.

내 친구들은 왜 산으로 갔을까

초판 발행 2021년 11월 22일

지은이 아레 칼뵈
옮긴이 손화수
펴낸이 김정순
편집 장준오 조장현 허영수
디자인 이강효
마케팅 이보민 양혜림 이다영

펴낸곳 (주)북하우스 퍼블리셔스
출판등록 1997년 9월 23일 제406-2003-055호
주소 04043 서울시 마포구 양화로 12길 16-9(서교동 북앤빌딩)
전자우편 editor@bookhouse.co.kr
홈페이지 www.bookhouse.co.kr
전화번호 02-3144-3123
팩스 02-3144-3121

ISBN 979-11-6405-138-0 03850